MIRA®

Die falsche Braut

Als Marissa in London dem eleganten Ian Tremayne ihr Ja-Wort gibt, befindet dieser sich in dem irrigen Glauben, dass er sein Mündel Mary Ahearn, das er vorher noch nie gesehen hat, heiratet. Doch Marissa, mit Mary aufgewachsen und erzogen, war jahrelang das Hausmädchen der Ahearns. Nur der Zufall, dass beide auf denselben Namen getauft sind, macht es möglich, dass Marissa sich für das Glück ihrer besten Freundin mit deren Geliebten Jimmy opfert. Und so ist die Liebe, die zwischen Ian und Marissa wächst, auf einer Lüge gebaut, die sich auch in San Francisco, wo Ian als Architekt arbeitet, nicht ewig verbergen lässt ...

Heather Graham

Die falsche Braut

Roman

Aus dem Amerikanischen von
Riette Wiesner

MIRA®

MIRA® TASCHENBUCH
Band 25022
2. Auflage: Dezember 2002

MIRA® TASCHENBÜCHER
erscheinen in der Cora Verlag GmbH & Co. KG,
Axel-Springer-Platz 1, 20350 Hamburg
Deutsche Taschenbucherstausgabe

Titel der nordamerikanischen Originalausgabe:
Forbidden Fire

erschienen bei: Harlequin Enterprises Ltd., Toronto
Published by arrangement with
Harlequin Enterprises II B.V., Amsterdam

Redaktion/Lektorat: Ilse Bröhl
Konzeption/Reihengestaltung: fredeboldpartner.network, Köln
Umschlaggestaltung: pecher und soiron, Köln
Titelabbildung: by Agentur Thomas Schlück GmbH, Garbsen
Autorenfoto: © by Harlequin Enterprise S.A., Schweiz
Satz: Berger Grafikpartner, Köln
Druck und Bindearbeiten: Elsnerdruck, Berlin
Printed in Germany
ISBN 3-89941-022-X

PROLOG

Yorkshire, England, im März 1895

Als Marissa den Fremden zum ersten Mal sah, war sie noch nicht ganz zehn Jahre alt. Dennoch war ihr von diesem Augenblick an klar, dass sie ihn nie mehr vergessen würde.

Wie immer war es ein kalter Tag in dieser kleinen Stadt im nordenglischen Kohlenbergbaudistrikt. Die armseligen Feuer wärmten die Hütten der Bergleute kaum, in den Fenstern gab es kein Glas. Im Winter und Frühling boten Pappe oder zerrissene Säcke nur notdürftig Schutz vor der Kälte. Dazu waren dieses Jahr die Märzregen ungewöhnlich schwer gewesen. Aber selbst sie waren nicht imstande gewesen, die schwärzliche Dunstglocke zu durchbrechen, die über der Gegend hing. Der dichte Kohlenstaub brütete gleich einer unheilvollen Wolke über der Gegend.

Marissa war es, als hätte selbst der Himmel hier eine andere Farbe. Nur dort, wo dieser düstere Schleier sie nicht einhüllte, wäre Freiheit, eine lichtere Welt. Die einzige Sehnsucht des Kindes zielte darauf, dieser schwarzen Bedrohung zu entkommen. Diesmal hatten die Regenfälle den Kohlenstaub in klebrigen Schlamm verwandelt. An diesem Tag, da sie dem Fremden begegnete, hatte Marissa ein frisches Kleid angezogen und trug eine Schürze, die so lange gebürstet worden war, bis sie dem Mädchen beinahe weiß vorkam. Auch hatte sie ihr wildes und ungebärdiges Haar sorgsam gekämmt und in Zöpfen gebändigt. Onkel Theo pflegte von den rotblonden Wellen zu sagen, sie glichen der Farbe des Sonnenunterganges. Freilich waren die Kinder im Städtchen anderer Meinung. Als Marissa hierher gebracht worden war, hatten sie ihr „Karottenkopf“ nachgeschrien und sie ausgelacht.

Zwar hatte sie sich mit angeborener Zähigkeit und Entschlossenheit schließlich durchgesetzt, ohne das Vorurteil jedoch ganz überwinden zu können.

Marissa Ayers war und blieb eine Außenseiterin, zumal sie auch noch lesen und schreiben konnte. Ihr Onkel Theo hatte sie gewarnt, sich nichts darauf einzubilden. Hatte sie denn kein Recht, sich anders als die anderen Kinder zu fühlen? Immerhin war sie die Tochter eines Pastors der Anglikanischen Hochkirche und hatte die ersten Lebensjahre in einer völlig anderen Umgebung verbracht. Zu oft war das Kind auf den großen Landsitzen gewesen, um sich nicht nach dem Dasein als Lady zu sehnen. Inzwischen war dieser Gedanke so notwendig geworden wie der Atem. Ihr Stolz und ihre Träume waren gleichsam das Floß, auf dem Marissa im Ozean trieb.

An eben diesem Tag kehrte Marissa vom Haus eines Schulkameraden zurück. Der Onkel hatte sie mit einer Kraftbrühe zu der kranken Mutter des Jungen geschickt, und die Frau war überaus dankbar gewesen. Der Bursche freilich hatte nur eines im Sinn, das Mädchen zu quälen und mit den frischen sauberen Kleidern in den Straßenschlamm zu stoßen. Aus diesem Grund schaute sie nur über die Schulter zurück, als er ihren Namen rief, und begann zu laufen. Was danach geschah, war einzig und allein die Schuld des Fremden, wirklich, nur die seine. Er kam gerade um die Ecke, und Marissa hatte kaum einen Atemzug lang Zeit, den Fremden anzuschauen, bevor sie mit ihm zusammenstieß. Das genügte dennoch, um sich sein Bild für immer einzuprägen.

Er war ein sehr großer Junge, wesentlich älter als sie, beinahe schon ein Mann, und er war einfach vollkommen. Schlank war er und etwa achtzehn, neunzehn Jahre alt, dazu tadellos gekleidet in rehbraune Hosen, eine preiselbeerrote Weste und eine Jacke, etwas heller als die Hosen. Marissa konnte nicht mehr anhalten, und gerade bevor sie gegen ihn prallte, traf sie sein Blick. Trotz seiner Jugend war es ein forschender, durchdringender Blick aus Augen von ungewöhnlich leuchtendem Blau, das zu dem pechschwarzen Haar in überraschendem Gegensatz stand. Und dann landete Marissa genau dort, wo sie unter keinen Umständen hatte landen wollen, nämlich im tiefen Schlamm. Der Junge streckte die Hände nach ihr aus und sagte: „Ich helfe dir auf."

Sie starrte ihn zornig an im Bewusstsein, wie schmutzig sie nun aussehen musste.

„Du hast mich umgestoßen", zischte sie.

„Ganz gewiss nicht, kleines Fräulein, du hast mich umgerannt."

„Aus dem Weg, verdammte dreckige Ratte", herrschte Mr. Lacey, der Minendirektor, sie an, „wie kannst du es wagen, so zu einem jungen Herrn zu reden?"

Lacey war wegen seiner ungewöhnlichen Grausamkeit berüchtigt und verhasst. Seinen Neid auf die reichen Aktionäre der Bergwerksgesellschaft hatten die Unglücklichen auszubaden, die von frühester Kindheit an unter Tag arbeiten mussten. Neben ihm stand ein älterer weißhaariger Gentleman von freundlichem Wesen, der die gleichen tiefblauen Augen hatte wie der Junge. Er suchte den Direktor sanft zurechtzuweisen, das Kind nicht anzuschreien. Doch Marissa bäumte sich auf gegen das Mitleid in den Augen des Fremden und protestierte wild: „Ich bin keine dreckige Ratte."

Sie rieb den Schmutz ab, und dabei passierte es ihr, dass einige Schlammspritzer Mr. Lacey trafen, der gotteslästerlich zu fluchen begann.

„Vater", mischte sich jetzt der Junge ein, „ich glaube nicht, dass die Ausdrucksweise dieses Mannes für die Ohren eines Kindes geeignet sein mag."

Mr. Lacey verlor die Beherrschung und tobte los: „Und ob du eine dreckige Ratte bist! Und wenn du mir vor diesen vornehmen Herren hier noch weiter aufmuckst, werde ich Sorge tragen, dass dein Onkel hinausfliegt, und dich eigenhändig verdreschen!"

„Das genügt", sagte der ältere Gentleman ruhig und wandte sich ab. „Ich werde hier nicht investieren, nicht in menschliches Elend."

Mit einem giftigen Blick auf Marissa, die trotzig da stand, rannte Mr. Lacey hinter dem Fremden her, während der Junge noch stehen blieb und Marissa mitleidig anschaute. Sie konnte nicht anders, als ihn wegen dieses Mitleids zu hassen. Nun warf er ihr eine Münze zu, ein Goldstück, von dem sie mit Onkel Theo vermutlich einen ganzen Monat hätte leben können.

„Kauf dir eine neue Schürze dafür", sagte er, dann drehte er ihr den Rücken und entließ sie. Auch für ihn schien sie eben nur ein dreckiges Gör, dem man ein Almosen gönnte.

„Nimm das zurück", schrie sie zornig auf und schleuderte ihm das Geld nach, bevor sie sich umwandte und mit Tränen in den Augen nach Hause flüchtete. Sie hasste nicht so sehr den Bergwerksdirektor, dessen Gefühle sie eher begreifen konnte. Den fremden Jungen dagegen hasste sie, weil alles an ihm so tadellos war, weil er selbst so hübsch aussah, und sie hasste ihn wegen seines amerikanischen Akzents. Vor allem aber hasste sie ihn, weil er nicht unter der unheilschwangeren Wolke von schwarzem Kohlenstaub leben musste.

September 1904

Erst etwa zehn Jahre später sah Marissa den Fremden wieder. Obwohl er sich ziemlich verändert hatte, erkannte sie ihn sofort. Freilich sollte noch einmal beinahe ein ganzes Jahr vergehen, bevor sie erfuhr, wie er hieß, welche Rolle er in ihrem, Marissas, eigenen Leben spielen sollte. Natürlich war auch sie anders geworden, war so gut wie erwachsen und lebte nicht länger in der kleinen Bergbaustadt. Was dem Mädchen von dieser zweiten Begegnung in Erinnerung blieb, war die Ungeduld des Fremden, die schon spürbar wurde, bevor er überhaupt das Haus betreten hatte.

Marissa wollte eben mit einem Tablett die Bibliothek des großen Landhauses verlassen, als jagender Hufschlag von der Rampe her hörbar wurde. Sie alle wussten, dass ein überaus wichtiger amerikanischer Bekannter Sir Thomas' kommen sollte, doch hatten sie ihn natürlich mit einer Kutsche erwartet, vielleicht sogar in einem jener neumodischen Automobile, die bei der eleganten Welt der Reichen der letzte Schrei waren. Keinesfalls hätte Marissa angenommen, dass der Gast im Sattel eines großen Braunen geritten käme.

So blieb sie stehen und spähte aus dem Erkerfenster des Landhauses. Und so sah sie ihn, wie er elegant zu Pferde saß und sich jetzt mit spielerischer Leichtigkeit herabschwang. Das tadellos geschnittene rabenschwarze Haar war vom heftigen Ritt zerzaust. Eine Locke fiel glänzend in die Stirn, als er dem Stallburschen die Zügel zuwarf und ihm zunickte. In den langen Schritten, mit denen der Fremde zum Eingang strebte, verriet sich Ungeduld, mehr noch, Hochmut. In den spiegelblanken Stiefeln, den engen rehbraunen Reithosen, der zinnoberroten Weste unter dem marineblauen Jackett, sah er überaus gut aus.

Marissa hatte ihn sofort wieder erkannt, als er nun die wenigen Stufen hinaufstürmte und den Türklopfer heftig in Bewegung setzte. Die schlanke, ältliche Haushälterin des Squire öffnete das Portal und wurde von dem Eintretenden beinahe über den Haufen geworfen, so ungestüm drang der Gast ein. Marissa blieb im Schatten der Bibliothekstür stehen und hörte ihn mit unverkennbar amerikanischem Akzent hastig sagen: „Sir Thomas erwartet mich.“

Zwar kamen häufig Männer aus der Neuen Welt, um den Hausherrn zu besuchen, doch waren sie bisher immer älter gewesen, sehr im Gegensatz zu diesem Fremden. Selbst die Stimme verriet, dunkel und wohllautend, Jugend, nur der Tonfall zeugte von Autorität und hallte in der Halle nach. Dieser Mann war daran gewöhnt, Befehle zu erteilen. Und eben diese Stimme war es, die Marissa bis ins Innerste drang und ihr einen prickelnden Schauer über den Rücken jagte, die Stimme des Jungen von damals, tief und männlich. Aus dem Heranwachsenden war nun ein richtiger Mann geworden.

Als die Haushälterin schnell zur Seite wich, musste Marissa einen Schritt in die falsche Richtung gemacht haben, denn im nächsten Moment stieß der Fremde mit ihr zusammen. Das Teegeschirr klirrte und fiel, Marissa taumelte gegen die Wand. Der leise Aufschrei galt nicht der heftigen Berührung, sondern dem Wert des zerbrochenen Porzellans. Statt sich um das Service zu kümmern, streckte der Mann die Hand aus und zog Marissa aus dem Schatten ins helle Licht. Dieser Kerl musste sie aber auch immer zu Fall bringen! Marissa schaute ihm in die Augen, die, wie in ihrer Erinnerung, tiefblau waren und einen verwirrenden Kontrast zu dem gebräunten, scharf geschnittenen Gesicht bildeten. Das Kinn war fest und glatt rasiert, in dem beunruhigend leuchtenden Blau der Augen brannte ein seltsames Feuer. Mit einem Blick streifte der Fremde Marissa vom Scheitel bis zur Sohle und schätzte sie ab, wie er wohl auch abgeschätzt hätte, wie hoch der Schaden des zerbrochenen Geschirrs war.

„Ist alles in Ordnung mit Ihnen?“ fragte er kurz. Kein Zeichen, dass auch er sie erkannte. Wie sollte er auch? Damals war sie für ihn ein dreckiges Gör in schmutzigen Kleidern gewesen, heute nur ein Hausmädchen. Sie nickte und befreite ihren Arm. Dabei stellte sie verblüfft fest, dass ihr Herz wie rasend klopfte, der Atem viel zu schnell kam und die unverkennbare Höflichkeit, die der Besucher selbst der Magd schenkte, sie verletzte. Warum störte sie gerade diese Aufmerksamkeit? War es nicht vielmehr das schlichte graue Kleid unter blütenweißer Schürze, das Marissa sich unbehaglich fühlen ließ? Oder die Tatsache, dass ihr einziger Schatz, das goldrote Haar, ihr nicht wellig bis auf die Hüften fallen konnte, sondern unter einem Häubchen verborgen war? Marissa hasste plötzlich das pochende Herz, hasste die Männerhand, die fest und warm ihren Arm umfasst hatte, die neuen Gefühle, die in ihr aufstiegen. Vor allem aber zürnte sie dem, der dazu die Ursache gegeben hatte, dessen leuchtend blaue Augen sie jetzt intensiv musterten. Wie die Stimme war auch der Blick gleich einer körperlichen Berührung spürbar und ließ ihr einen heißen Schauer über den Rücken rinnen.

Gewiss, Marissa war stolz. Das hatten ihr alle immer wieder gesagt, ihr Onkel Theo, der sie so sehr liebte, in früher Kindheit auch der Vater, später der gütige ältliche Sir Thomas und sogar Mary, seine Tochter, die an niemandem etwas Negatives finden konnte.

„Es ist alles in Ordnung“, murmelte sie grollend. Er ließ ihren Blick nicht aus dem Bannkreis des seinen und schien von der Farbe ihrer Augen betroffen. Zu ihrem Ärger spürte sie, dass ihr nun auch noch das Blut in die Wangen stieg. Sie wusste, dass sie schöne Augen hatte, grün unter dichten dunklen Wimpern und ganz leicht schräg. Katzenaugen, pflegte Sir Thomas freundlich zu necken. Mary dagegen hatte bemerkt, dass diese Augen einen Menschen zwängen, mehr als einmal hinzuschauen, dass sie für ein Mädchen ihres Standes viel zu herrisch blickten und, so hatte die scheue Tochter des Hauses verlegen geflüstert, zu sinnlich. Sir

Thomas hatte Marissa einmal ernsthaft gewarnt. Mit solchen Augen würden zu leicht zu viele Empfindungen erregt, zu heftige Leidenschaften.

Dieser Mann schien anders geartet. Zwar hielt sein Blick Marissa immer noch fest, doch trotz des Aufflackerns hatte sich die Strenge seiner Züge nicht im Mindesten gelöst. Dennoch schien einen Atemzug lang etwas zwischen den beiden Menschen hin und her zu flackern, etwas, das heißer brannte als das eigenartige Feuer im tiefen Blau, etwas, das Marissa die Pulse stocken ließ, sie zittern machte und zorniger als je zuvor.

Nein, dachte sie und hätte dabei nicht sagen können, was sie so heftig verneinte. Weiter konnte sie nicht überlegen, denn die Flamme in den Augen des Fremden erlosch ganz unvermutet, wich Abwehr, Kälte, vielleicht sogar etwas wie Schmerz, und er trat zurück. Der Junge von damals war nicht so hart gewesen; er hatte sich auch innerlich verändert, war zu einem Mann wie aus Stahl geworden.

Marissa ertappte sich bei der Frage nach dem Grund dieser Verwandlung. Und wieder beschlich sie ein Gefühl von Besorgnis über die eigene Reaktion.

Endlich kniete Marissa nieder und begann die Scherben aufzusammeln. Sofort folgte der Amerikaner ihrem Beispiel, nur war er viel schneller als sie und hatte das Tablett beladen, bevor Marissa auch nur zwei Stücke hatte aufheben können.

„Ich werde Ihrem Herrn sagen, dass es meine Schuld war“, meinte er. Das war es auch tatsächlich, und doch glaubte sie einen Unterton von Herablassung in den sachlichen Sätzen mitschwingen zu hören, der ihr jedes angebrachte Wort des Dankes auf der Zunge erstickte.

„Das ist auch richtig so“, gab sie leise zurück. Schon auf dem

Weg zur nächsten Tür, drehte er sich um und schaute ihr fest in die Augen. Vielleicht sah er sie jetzt erst wirklich bewusst? Dann lachte er.

„Hier in England scheint man auch junge Tigerinnen auf dem Land zu züchten. Sie sollten nach Amerika gehen, Mädchen." Noch einmal streifte sie der Blick aus den tiefblauen Augen, dann war der Fremde in der Bibliothek verschwunden, die Schwingtüren fielen hinter ihm zu.

Die Haushälterin atmete auf, und Marissa wollte mit einer unterdrückten Verwünschung das zerbrochene Geschirr in die Küche tragen, als drinnen die Stimme des Amerikaners mit deutlichem Ausdruck von Grimm aufklang. Marissa wechselte ein schnelles Lächeln mit der ältlichen Frau, und darin lag kein Verständnis für den Gast. Wie konnte er es nur wagen, so mit Sir Thomas umzugehen? Es gab kaum einen gütigeren Menschen auf der Welt als ihn. In der Bibliothek spitzte sich die Auseinandersetzung offensichtlich zu. Die Schwingtüren flogen wieder energisch gestoßen auf, und der Fremde rief gereizt: „Schon gut, schon gut, Sie sollen Ihren Willen haben, ich werde es tun, wie Sie es verlangen."

Aus der anfänglichen Ungeduld war nun ganz unüberhörbarer Unmut geworden. Die breiten Schultern straffend, richtete er sich hoch auf und schaute noch einmal in die Bibliothek zurück. Mit lodernden Augen starrte er den Squire an. Die Stimme wurde leiser, ohne an leidenschaftlichem Ausdruck zu verlieren.

„Gut also, Sir Thomas. Ich schwöre Ihnen, dass ich Ihnen niemals Kummer machen möchte. Aber ich warne Sie. Sie haben einen schlechten Handel abgeschlossen, haben kaum mehr gewonnen als die leere Schale eines Mannes, der bitter geworden ist."

Sir Thomas' Antwort klang beinahe beschwingt. „Ich habe Sie für meinen Plan gewonnen, lieber Freund, und mehr wollte ich gar nicht. Ich kenne den Mann, mag er nun bitter geworden sein oder nicht. Ich sehe Sie noch im Klub, bevor Sie reisen."

Der Fremde setzte erneut zum Sprechen an, unterdrückte einen Fluch, bezwang seine Ungeduld und grinste plötzlich.

„Geben Sie Acht auf sich, alter Freund", sagte er, und etwas wie liebevolle Sorge schwang in diesen Worten mit. Dann drehte er sich um und war auch schon gegangen, die Eingangstür fiel hinter ihm ins Schloss. Marissa und die Haushälterin starrten ihm nach. Durch die geschliffenen Glasfenster sahen sie, wie nun der Mann in den Sattel des Braunen sprang, wieder hing die widerspenstige Stirnlocke über den Augen. Noch einmal traf sein Blick Marissa, ernst neigte er den Kopf, bevor ein spöttisches Lächeln seine Mundwinkel umspielte.

Marissa hätte am liebsten laut aufgeschrien, wäre zum Tor gestürzt, um ihm nachzurufen. Sie würde nicht als Magd ihre Tage beschließen, als Hausmädchen, das jeder so leicht geringschätzen konnte. Sie würde es zu etwas bringen, würde eine Lady werden, auf die keiner mehr herabzuschauen wagte.

Mit sanfter Stimme rief Sir Thomas nach Marissa, sie solle ihm vorlesen. Der alternde Squire war der einzige Mensch, dem es gelang, ihren ehrgeizigen Stolz zu dämpfen, die Bitterkeit auszulöschen, das qualvolle Verlangen zu lindern. Mit einem raschen Blick auf die sauberen Hände und die tadellose Schürze musste Marissa sich eingestehen, dass sie es immerhin schon weiter gebracht hatte, als die Jahre in der rußgeschwärzten Bergbaustadt hätten ahnen lassen. Hier auf dem alten Landsitz war die Luft rein und legte sich nicht schwer auf die Lungen. Hier glänzten poliertes Holz und glattes Kupfer, und sie las, las, las die großen Klassiker, kannte die berühmten Opern und konnte mit ihrer tadellosen Aussprache manche Dame der großen Welt beschämen.

Mit einem fast dankbaren Lächeln überließ Marissa das Tablett mit den Scherben der Haushälterin und trat in das Studierzimmer des Squire. Dabei bemühte sie sich, die verkrampften Hände zu lösen, umsonst. Die Begegnung mit dem Fremden hatte sie wie mit Messern getroffen und im tiefsten Herzen verletzt. Eines Tages würde sie es ihm zeigen, würde eine Lady sein, die sich an seiner Verlegenheit weidete und herablassend lächelte. Die Entschlossenheit des Kindes von damals hatte sich in den Jahren nur verstärkt. Selbst in der Nacht verfolgte sie dann der Klang der Stimme, der jähe Schmerz in den blauen Augen. Erst am nächsten Morgen lächelte Marissa über sich selbst und ihre Torheit. Vermutlich würde sie diesen Fremden niemals wiedersehen.

Doch das Schicksal hatte es anders gefügt. Marissa würde den Amerikaner wiedersehen, und sie würde es ihm zeigen ...

1. KAPITEL

London, im November 1905

„Er kommt“, rief Mary trostlos aus und ließ den Samtvorhang über die Scheibe gleiten. Angstvoll schaute Mary auf Marissa. Sir Thomas’ Tochter war todblass, die braunen Augen schienen in dem schmal gewordenen Gesicht zu brennen. Mary hatte erschreckend abgenommen während der Zeit, in der ihr Vater sich durch das Endstadium des langen schweren Leidens quälte. Stunde um Stunde hatten die beiden Mädchen am Krankenlager des Squire gesessen und hatten alles getan, ihm das Sterben zu erleichtern. Trotz aller Gegensätzlichkeiten hatte Mary ihren Vater geliebt, auch Marissa hatte den gütigen Mann verehrt, und nun vermissten sie ihn beide so sehr.

Und trotzdem waren sie heute hier, um seinen letzten Willen anzufechten.

Mary flocht nervös die schlanken Finger ineinander und stöhnte leise, bevor sie Marissa fragte: „Bist du auch sicher, dass es gut gehen wird?"

Marissa war ganz und gar nicht sicher, das verriet der hastige Atem, und sie fühlte eine ungewohnte Befangenheit. Andererseits hatte sie im Leben schon größere Schwierigkeiten gemeistert. Wenn es darauf ankommen würde, eine Rolle zu spielen, so war nicht umsonst Marissas Mutter in ganz jungen Jahren eine viel versprechende Schauspielerin auf Londons Bühnen gewesen. Marissa hatte die Begabung zur Darstellung geerbt. Und nun handelte es sich schließlich um Marys Glück.

„Gewiss", tröstete Marissa die aufgeregte Freundin und warf einen letzten Blick in den geschliffenen Kristallspiegel im Salon der eleganten Hotelsuite. Es musste alles gut gehen, denn Marissa bot das Bild einer jungen Lady. Sie trug eines von Marys kostspieligen Seidenkleidern, besetzt mit schimmernden Perlmuttknöpfen vom Hals bis zum Saum und von den Handgelenken bis zu den Schultern. Der schmale, bodenlange Rock entsprach der neuesten Mode und brachte Marissas schöne Gestalt zu vorzüglicher Wirkung. Die kleinen Füße steckten in seitlich geknöpften Lederstiefelchen. Die weichen Wellen des rotblonden Haares wurden im Nacken von einer Spange zusammengehalten, die zu der Brosche am Hals passte. Mary hatte Geschmack, und Marissa verstand die Kleider zu tragen, als wären sie für sie entworfen.

Aufmunternd lächelte sie Mary an. Auf dem Tisch wartete schon Tee auf den Besucher. Wie oft hatten die beiden Freundinnen in den vergangenen Jahren miteinander Tee getrunken ...

Schon zu Lebzeiten von Marissas Vater, Reverend Robert James Ayers, hatten die Mädchen in nächster Nähe gewohnt. Pastor

Ayers war Pfarrer in dem Kirchspiel mit der herrlichen mittelalterlichen Kirche auf Sir Thomas' Ländereien. Als überaus begabtes Kind hatte der frühere Pastor den Knaben Robert gefördert und ihm das Theologiestudium ermöglicht. Nach dem Tode seines Wohltäters war Ayers dann an dessen Stelle getreten. So hatte Marissa als Tochter des Pastors gewisse Vorteile genossen. Deshalb war sie zu ihrem sechsten Geburtstag auf den Landsitz eingeladen worden und hatte sich der schüchternen kleinen Tochter des Hauses als Miss Katherine Marissa Ayers vorgestellt. Die kleine Mary hatte gelacht und es höchst angenehm gefunden, dass ihre beiden Namen so ähnlich waren, hieß Mary doch eigentlich auch Katherine Mary Ahearn. Wie Marissa wurde auch die Tochter des Squire mit dem zweiten Namen gerufen.

Von damals an hatten Mary und Marissa oft und gern miteinander gespielt. Doch dann war Marissas Vater gestorben, und mit ihm hatte Marissa gleichzeitig die Freundin verloren. Onkel Theo, der Bruder des Pastors, hatte die geliebte kleine Nichte zu sich in die Bergwerksstadt geholt. Mochte Marissa auch das neue Leben dort gehasst haben, so hing sie doch mit zärtlicher Liebe an ihrem Onkel, dem einfachen Bergmann, der weder lesen noch schreiben konnte und mit seinem unwiderstehlichen Lächeln und seinem unerschöpflichen Schatz an alten Märchen das Kind immer wieder zum Lachen brachte, bevor es in seinen starken Armen einschlief. Im Gegensatz zu anderen früh verwaisten Kindern hatte Marissa bei ihrem Onkel nichts als Liebe erfahren. Doch da war die trostlose Umgebung gewesen, der Kohlenstaub, der alles mit einer schwärzlichen Rußschicht überzog. Eine gute Schülerin, hatte das kleine Mädchen immer den ärmlichen Haushalt geführt, sich um saubere Kleidung gekümmert und versucht, aus der engen Hütte ein Daheim zu machen.

Beim Schulaustritt freilich war Marissa bewusst geworden,

wie bald sie auch würde arbeiten müssen. Ein Mädchen ihrer sozialen Schicht hatte keine Chancen. Und trotzdem hatte Marissa sich immer ihre Träume von einem besseren Leben bewahrt, vor allem, nachdem sie den fremden Jungen in seinem tadellosen maßgeschneiderten Anzug gesehen hatte. Nie hatte Marissa den alten Landsitz des Squire vergessen und nicht die sanfte Mary mit den immer sauberen Händen.

Eines Sonntags hatte Onkel Theo den einzigen verfügbaren Ponywagen ausleihen können, und sie waren zu der Pfarrkirche zum Gottesdienst gefahren, in der einst Marissas Vater gepredigt hatte. Dabei hatte Marissa die scheue Freundin wiedergesehen. Groß und schlank hatte sie im pelzverbrämten eleganten Tuchmantel neben dem Squire gestanden, eine junge Lady von beinahe fünfzehn Jahren, ebenso alt wie Marissa. Ein Blick auf die eigenen Hände mit den abgebrochenen Fingernägeln ließ Marissa sofort nach dem Segen aus der Kirche flüchten. Sie schämte sich ihrer armseligen Erscheinung.

Doch Sir Thomas hatte Marissa gesehen und kam ihr nach, legte ihr beide Hände auf die Schultern und fragte nach ihrem Ergehen. Auch Mary hob nicht hochmütig die Nase in die Luft, sondern zog Marissa überglücklich in die Arme. Später hatten sie zu viert auf dem Landsitz Tee getrunken, und Marissa war glücklich gewesen, obwohl sich der Bergmann in der beeindruckenden Umgebung sichtlich nicht wohl gefühlt hatte. Dabei hatte Marissa eine neue Erfahrung gemacht. Hoher Stand und vornehme Eleganz hatten nichts mit hochmütig gerümpften Nasen zu tun, sondern mit der angeborenen Noblesse dieser warmherzigen Menschen hier. Beim Abschied von Sir Thomas und Mary mochte vielleicht zum ersten Mal in ihrem Leben statt des ehrgeizigen Stolzes etwas wie Demut und Dankbarkeit in Marissa aufgestiegen sein.

Drei Tage später war der Squire dann in die rußige Bergwerksstadt gekommen und hatte vorgeschlagen, Marissa sollte zu ihm und seiner Tochter auf den Landsitz kommen. Da Theo Ayers keine Barmherzigkeit wollte, meinte Sir Thomas, Marissa könnte sich als Hausmädchen ihr Brot und ihre weitere höhere Erziehung verdienen. Zuerst hatte sich Theo Ayers gewehrt, er wollte das einzige Kind des toten Bruders nicht von sich lassen. Doch Sir Thomas gab dem Bergmann zu verstehen, dass Marissa für das armselige Dasein einer Bergmannsfrau mit zahllosen Kindern nicht geboren wäre und hier ihre Chance zu einem besseren Leben wahrnehmen müsste. Außerdem würde sie ihren Onkel, den sie so innig liebte, an den Wochenenden besuchen können, selbst Geld verdienen und sich eine umfassende Bildung aneignen, die dem Mädchen später viele Türen öffnen könnte.

So kam es endlich doch dazu, dass Marissa auf den Landsitz übersiedelte und ein Dachzimmer bezog, in dem sie schalten und walten konnte, wie es ihr gefiel. Während der Woche arbeitete Marissa und setzte ihre Ausbildung fort, am Sonntag ging sie zur Kirche und besuchte den Onkel. Niemals kam sie mit leeren Händen, denn der Squire schickte immer einen vollen Korb mit Geflügel, Schinken, Obst, Gemüse und frisch gebackenem Brot mit. So konnte Onkel Theo seine Freunde zu einem Festmahl einladen, während Marissa versuchte, den schmutzigen Kindern der Nachbarn die Grundbegriffe des Schreibens und Lesens beizubringen. Dann war Theo Ayers ebenso stolz auf seine kluge Nichte wie Marissa auf sich selbst. Sie war dem Kohlenstaub entronnen.

Es war so leicht, mit Mary und dem Squire auszukommen. Marissa arbeitete hart und lernte ebenso eifrig, so dass sie meistens glücklich war. Meistens. Mary war zwar ihre Herrin, doch gleichzeitig auch die beste Freundin, mit der es sich wunderbar träumen ließ. Mary sehnte sich nach Liebe, Marissa nach höherem sozialen Stand, um die bitteren Leiden der Bergleute lindern zu können. Bald schon überflügelte Marissa die Freundin in geschichtlichem Wissen, ahmte ihre Aussprache nach und gewöhnte sich an kleine Eigenheiten einer Lady aus adeligem Haus. Auch Mathematik machte ihr keine Mühe, und ihr waches Interesse ließ Marissa regen Anteil nehmen an den Abenteuern jener Männer, die ausgezogen waren, sich eine neue Welt aufzubauen.

Schon der Sprung von der winzigen Bergbaustadt in die Umgebung des Landsitzes „Ahearn Hall" und der nächsten größeren Stadt war ein Schritt nach vorn gewesen. Danach reiste Marissa mit Mary bis York und war hingerissen von den Mauern, die bereits römische Legionäre angelegt hatten, und der großartigen Kathedrale, diesem Denkmal vergangener mittelalterlicher Glorie. Die Unheil drohende dunkle Wolke, die Marissa im Grubengebiet wie in einem Gefängnis eingeengt hatte, war gewichen, der Blick konnte sich frei in unbekannte Weiten ergehen. So waren Jahre vergangen, und fast immer hatte Marissa sich wohl gefühlt. Fast immer.

Sie runzelte unwillig die Stirn. Wie flogen sie solch düstere Gedanken bloß an? Sie unterschied sich in nichts mehr von Mary, konnte sich in jeder Art von Gesellschaft bewegen und hatte neuerdings öfter in Marys Begleitung Oper und Theater besucht, um sich auf die jüngste Rolle einzustellen, die ihr zugedacht war. Warum also musste plötzlich die Erinnerung auftauchen an zwei tiefblaue Augen, die durch jede Maske hindurchzusehen schienen und Marissa als das zu entlarven schienen, was sie in Wirklichkeit war: ein einfaches englisches Hausmädchen, begabt mit einem Herzen voll brennenden Ehrgeizes, einem gütigen Brotgeber und seiner liebenswerten Tochter. Der Blick dieser Augen hatte Marissa verstört, als könnte sie sich davor nicht verbergen oder vorgeben, eine andere zu sein.

Dem Kind war es damals so ergangen, später dem jungen Mädchen. Und ausgerechnet heute, da alles darauf ankam, überzeugend zu wirken, brach der Gedanke an diesen Blick in die Gegenwart der Frau ein.

„Mary“, murmelte Marissa plötzlich, „vielleicht sind wir dabei, einen großen Fehler zu machen. Vielleicht ist dieser Mensch gut, und wir sollten ihm offen und ehrlich die Wahrheit sagen? Gewiss liegt ihm ebenso wenig daran, ein Mündel zu bekommen, wie dir an einem Vormund? Möchtest du nicht lieber selbst mit diesem Mr. Tremayne reden?“

In Marys warmen braunen Augen stand Schmerz. Sie eilte durch den stilvollen Salon der Hotelsuite auf Marissa zu und umarmte sie.

„Vormund! Dabei bin ich neunzehn. Wie konnte Vater mir das nur antun?“

„Er hat dich über alles geliebt, Mary“, begütigte Marissa sanft, „und wollte dir gewiss damit etwas Gutes tun. Denk nur, wie schwach deine Gesundheit immer gewesen ist. Dazu bist du so gutherzig und vertrauensvoll. Mag sein, dass dein Vater fürchtete, du könntest das Opfer eines gewissenlosen Mitgiftjägers werden, der dich um dein Erbe bringen könnte, um dich danach zu verlassen. Natürlich hat dein Vater sich damit geirrt, aber er wollte nur das Beste für dich.“

„Hätte ich ihm nur reinen Wein eingeschenkt.“

Marissa war nicht überzeugt, dass dies etwas an dem Testament geändert hätte. Seit mehr als einem Jahr hatte Mary ihre große Liebe gefunden, einen jungen Iren namens James O’Brian. Marissa mochte James O’Brian selbst sehr, sonst hätte sie Mary nicht in jeder Hinsicht unterstützt. Und trotzdem gab es immer wieder Stunden, in denen Marissa die Freundin für eine hoffnungslose Törin hielt.

James O'Brian war ein feiner Kerl, ein Strebender und ein Überlebenskünstler wie Marissa selbst. Er hatte seine irische Heimat verlassen, weil er mehr vom Leben verlangte als ein paar Kartoffeln. Da er ein kluger Kopf war und die natürliche Eignung für Höheres besaß, hatte er es somit bereits geschafft, eine ordentliche Stelle im Kontor eines mittelständischen Kaufmannes zu erhalten und mustergültig auszufüllen. Mit seinem Auge für tadellose Ware avancierte er zum Einkäufer und brachte das Geschäft zu schneller Blüte.

Zwischen Mary und ihm war es Liebe auf den ersten Blick gewesen. Die Gewissheit, dass ihr Vater niemals einer Verbindung mit dem noch mittellosen jungen Menschen zustimmen würde, hatte Mary nicht daran hindern können, sich entschlossen an die Seite ihres Liebsten zu stellen, auch wenn sie dem Vater dies verschwiegen hatte. Immer wieder hatte Marissa die Freundin gedeckt, damit Mary bei Tag oder im Dämmerlicht des Abends sich mit dem jungen Iren treffen konnte. Trotzdem hatte Marissa stets gewarnt, auf Marys Herkunft verwiesen, auf ihre Kindheit in Luxus und Reichtum. Was sollte aus dem verwöhnten und oft kränkelnden Mädchen werden, wenn sie mit einem Habenichts durchbrannte, um ihn zu heiraten? Mary hatte stets nur eine Antwort gehabt.

„Du hast selber nie geliebt, Marissa, du kannst das nicht verstehen. Ich würde alles für James tun, alles, würde für ihn arbeiten, für ihn sterben, wenn es sein müsste."

So viel Entschlossenheit und leidenschaftliche Unbeugsamkeit waren völlig neue Eigenschaften an dem sonst so scheuen, sanften Mädchen. Umsonst hatte Marissa dagegen gehalten: „Du weißt nicht, Mary, wie das ist, wenn du zuschauen musst, wie Kinder langsam verhungern."

Kurz nach diesem Gespräch wurde Sir Thomas ernstlich krank. Dann dauerte es nicht mehr lange, bis der Hausarzt Mary eröffnete, dass es für ihren Vater keine Hilfe mehr gäbe. In jener Nacht waren aus den beiden Freundinnen gleichsam Schwestern geworden. Immer inniger hatten sie einander zu trösten versucht, hatten in der gegenseitigen Zuneigung Vertrauen und Kraft gefunden. Nun erst recht sprach Mary nicht über James O'Brian mit dem Vater, um den Todkranken nicht unnötig zu erregen. Wenn er seinen Frieden gefunden und Mary gelernt haben würde, darüber hinwegzukommen, dann wollten Jimmy und sie in aller Stille heiraten. Bis dahin aber stand ihr der Geliebte bei.

In den schweren Tagen, da das Leben des Squire sich dem Ende zuneigte, wachte Marissa bei dem Sterbenden, während Mary für kurze Augenblicke bei Jimmy jenen Trost fand, den selbst die Freundin ihr nicht zu geben vermochte.

Es war an einem strahlenden Sommermorgen, als Sir Thomas Ahcarn dahinschied. Die Sonne schien, und in goldener Fülle blühten die Blumen im Park. Beide Mädchen hatten neben Sir Thomas an dem großen Erkerfenster gesessen, wo er zum letzten Mal die milde Luft einatmete. Dann hatte er die Augen geschlossen und war friedvoll hinübergegangen.

Drei Tage später hatten sie ihn nach einer feierlichen Totenmesse in der Gruft seiner Ahnen zur Ruhe gebettet. Bei allem Wissen um die Unabänderlichkeit des Sterbens hatten die Mädchen schweigend getrauert und tagelang kaum ein Wort gewechselt. Danach war Marissa für kurze Zeit zu ihrem Onkel Theo gefahren und hatte ihn schließlich überzeugen können, dass er nun, da Mary ihr ein sehr großzügiges Gehalt ausgesetzt hätte, nicht länger zu arbeiten brauchte. Er litt an einem hartnäckigen

Husten, und Marissa, die eben erst Sir Thomas hatte sterben sehen, wollte dem geliebten Onkel einen frühen Tod ersparen. Mary würde nun als reiche Frau ihren Jimmy heiraten und die Freundin als Gesellschafterin im Haus behalten.

Bei der Rückkehr auf den Landsitz dann hatte Marissa allerdings eine todblasse Mary vor dem Kamin in der Bibliothek gefunden, die blicklos in die Flammen starrte. Immer wieder flüsterte sie, während ihr die Tränen unaufhaltsam über die Wangen rannen:

„Wie hat er mir nur das antun können?"

Marissa hatte sich neben den Stuhl der Freundin gekniet und gefragt: „Wovon redest du, Mary, wer hat dir was angetan?"

„Oh, Marissa", klagte Mary Ahearn tonlos. Ihre Hände waren eiskalt.

„Wer, Mary, wer? Jimmy?"

„Jimmy würde mir nie etwas zuleide tun", schluchzte die Freundin, „es geht um meinen Vater ... Wie konnte er nur?"

Der Squire war tot und begraben, was konnte Mary bloß meinen?

Endlich raffte Mary sich auf und begann unglücklich zu stammeln. Es ging um das Testament, um Sir Thomas' Letzten Willen. Da Mary noch nicht großjährig war, hatte ihr der Vater einen Vormund eingesetzt, der bis zu ihrem fünfundzwanzigsten Geburtstag Marys Vermögen verwalten sollte. Diesen Mann hatte Mary nie gesehen, er war einer der amerikanischen Freunde des Verstorbenen. Aber das war noch nicht alles.

„Vater hat mich ohne mein Wissen und Einverständnis mit diesem Mann verlobt."

„Niemand kann dich zwingen, diesen Mann auch zu heiraten, Mary."

Aufstöhnend barg Mary das Gesicht in den Händen.

„Wenn ich mich weigere, seine Frau zu werden, soll er meine Güter für mich verwalten, bis ich dreißig bin."

„Das kann es nicht geben", versicherte Marissa, und Mary hob mit neuer Hoffnung den Kopf.

„Gewiss lässt sich das mit den Anwälten deines Vaters ins Reine bringen."

„Aber nein, die sind meinem Vater treu ergeben, und ich kenne sie nicht einmal. Vater hat mich nie in seine Geschäfte einbezogen, und ich habe mich nie darum gekümmert."

„Wir werden das schon irgendwie in Ordnung bringen."

„Ich kann mich nicht mit diesen Vermögensverwaltern auseinander setzen."

„Ich kann es aber", sagte Marissa entschlossen. „Ich werde hingehen, da sie nicht wissen, wie du aussiehst, und deinen Platz für dich einnehmen."

Ganz wohl war freilich auch ihr nicht bei diesem Gedanken. Andererseits hatte Mary nur allzu Recht, und ihre Lage war geradezu verzweifelt. Der Squire hatte sogar eine Sondergenehmigung des Erzbischofs von Canterbury erwirkt. So würde es nicht nötig sein, die vorgeschriebene Einspruchsfrist einzuhalten, sollte Mary sich bereit finden, ihren Vormund zu ehelichen. Die Trauung konnte gegebenenfalls auf der Stelle durchgeführt werden, so dass der Ehemann sich nicht für längere Zeit von seinen Geschäften in den Vereinigten Staaten entfernen müsste.

Es sprach durchaus für Jimmy O'Brian, dass er an jenem Abend beschwor, er mache sich nichts aus Marys Erbschaft, gar nichts, und werde arbeiten und sparen, bis er statt seines Cottages ein eigenes Geschäft und ein Haus für seine Frau bauen könnte. Irgendwo würden sie ein Plätzchen finden und dank ihrer gemeinsamen Liebe überleben.

So saßen die beiden jungen Menschen Hand in Hand vor dem

Kamin in der Bibliothek und starrten schweigend in die Flammen. Marissa, die einige Schwierigkeiten auf sich zukommen sah, die es zu überwinden gelten würde, ließ die Verlobten endlich allein.

Im Laufe der folgenden Woche warf ein heftiges Fieber Mary aufs Krankenbett und bedrohte die ohnehin zarte junge Frau ernsthaft. Tag und Nacht saß Marissa am Lager der Freundin und betete, bot Gott einen Handel an, gelobte, alles zu tun, um Marys Leben zu retten. Auch Jimmy O'Brian war häufig bei seiner Braut.

Mary war für Marissa nicht nur die Retterin aus dem Kohlenstaub der winzigen Bergwerksstadt gewesen, sondern eine verständnisvolle Zuhörerin für die Träume, die aus Bitterkeit und Hass der Kinderjahre gewachsen waren. Marissa hatte nie aufgehört zu hoffen, die Verhältnisse in jener Mine bessern zu können und den Bergleuten mit ihren Familien das Leben zu erleichtern. Und Mary hatte die Freundin dabei immer unterstützt. Es gab daher kaum etwas, das Marissa nicht für Mary getan hätte.

Endlich besserte sich der Zustand des Mädchens. Freilich warnten die Ärzte Marissa, darüber zu wachen, dass die vor allem erkältungsanfällige Mary sich stets schonen und jede Anstrengung vermeiden sollte.

Jimmy O'Brian und Marissa waren erst einmal verzagt und am Ende ihrer Weisheit. Wie sollte er jemals seine geliebte Mary heimführen können, wenn er kaum genug verdiente, sich selbst zu erhalten? Natürlich würde er auf Mary warten, bis sie beide alt und grau wären, doch bis dahin half alle Liebe nichts.

Dennoch gab Marissa die Hoffnung nicht auf. Und am folgenden Tag war ihr dann der rettende Einfall gekommen, der helfen konnte, Mary davor zu bewahren, die Frau irgendeines alten und reichen Mannes zu werden, den der Vater ihr bestimmt hatte, ohne dass sie ihn jemals gesehen hätte. Natürlich war der Plan ungeheuerlich, doch wenn er erfolgreich war ...

Marissa trat in das Krankenzimmer. Ein Blick auf die trostlose Miene der Freundin nahm der entschlossenen jungen Frau die letzten Zweifel. Es musste der Weg sein, Mary wieder gesund und glücklich zu sehen.

„Mary, ich weiß, was wir tun werden. Ich spiele deine Rolle."

„Großer Gott, wie stellst du dir das vor?"

Die blassen Wangen der Kranken röteten sich etwas.

„Wenn es dir recht ist, muss es gelingen, Mary."

„Mir ist alles recht, was mich nicht von meinem Jimmy trennt, Marissa. Vielleicht wäre es wirklich ein Ausweg? Dieser Mann kennt mich so wenig wie ich ihn, kommt aus Amerika, aus Kalifornien, und würde dich ebenso für mich halten wie Vaters Anwälte."

Marissa gewann an Boden und wurde zuversichtlich.

„Eben. Wir werden nach London reisen und diesen Mann dort treffen, wo keiner weiß, dass nicht ich Mary Ahearn bin."

Mary schwankte zwischen Hoffnung und Besorgnis.

„Aber all die Unterschriften, Marissa?"

„Wir ordnen alles im Voraus hier in York, so dass wir später die Anwälte ganz aus dem Spiel lassen können, außerdem ..."

„Außerdem sind unsere beiden Namen so sehr ähnlich." Mary lächelte, bereit, nach dem rettenden Strohhalm zu greifen.

Als abends Jimmy O'Brian von dem gewagten Plan erfuhr, war Mary bereits fest entschlossen, Marissas Vorschlag in die Tat umzusetzen. Den Einwand des jungen Iren, man könnte doch Marissa nicht zumuten, aus Freundschaft für Mary irgendeinen alten Millionär zu heiraten, wischten die beiden Mädchen einfach weg.

„Ich brauche ihn ja nicht zu heiraten", erklärte Marissa fest, „ich muss nur bis zu Marys dreißigstem Geburtstag ein pflichteifriges Mündel spielen und bis dahin die festgesetzte Unterhaltssumme für sie erhalten. Danach wird sie ihr Erbe antreten und glücklich werden."

Jimmy O'Brian dachte klar und sachlich.

„Marissa, du musst auch dich selbst nicht vergessen. Willst du wirklich zehn Jahre, deine schönsten, allein zubringen? Wie, wenn du einem Mann begegnest, den du liebst? Der deine Träume Wahrheit werden lässt? Was dann, Marissa?"

Ein jäher Kälteschauder rann ihr über den Rücken, als er ruhig sagte: „Du hast heute noch keinen Begriff, was Liebe bedeutet."

„Mag sein; dafür weiß ich sehr genau, was Hunger, Elend und Tod bedeuten, Jimmy", unterbrach Marissa sehr bestimmt, „ich muss nur imstande sein, Onkel Theo weiterhin zu unterstützen, und Mary und ich möchten dort auch eine kleine Schule bauen lassen, um anderen Kindern die Chance zu geben, die ich einst hatte. Um mich mach dir keine Sorgen, ich halte durch, Jimmy."

Trotz der unermüdlichen Gegenargumentation des jungen Iren war es unmöglich, die beiden Mädchen von ihrem riskanten Vorhaben abzubringen. Sie waren entschlossen, den Plan auszuführen.

Die erste Nachricht des „alten Ian Tremayne" traf sie daher nicht unvorbereitet. Er wolle nach London kommen, so teilte er Mary kurz und bündig mit, und Marissa schrieb die Antwort in ihrer ausdrucksvollen Handschrift, um den Amerikaner daran zu gewöhnen. Miss Katherine Mary Ahearn wäre bereit, den Letzten Willen ihres Vaters zu erfüllen, und erwarte daher den für sie bestimmten Vormund. So konnte Mary noch alle nötigen Unterschriften für die Vermögensanwälte leisten und nachher keine Verpflichtung mehr haben. Nur dieser Mr. Tremayne würde die Dokumente beglaubigen, da er bereits der gesetzliche Verwalter von Marys Erbe war.

Als die Notare dann einer überaus selbstsicheren und kühlen jungen Dame gegenüberstanden, fiel es ihnen leicht zu begreifen, dass diese keinen Beistand in ihrer doch etwas ungewöhnlichen Situation brauchte. Denn Marissa lehnte den Vorschlag der Anwälte, bei dem ersten Treffen mit dem Amerikaner anwesend zu sein, dankend und gelassen ab.

Und nun saßen die beiden Freundinnen hier in der Hotelsuite und warteten. Es klopfte. Mary starrte aus weit geöffneten Augen auf Marissa, die ihr beruhigend zulächelte. Freilich war ihr selbst nicht viel besser zu Mute. Dennoch verwies sie Mary ins Schlafzimmer.

„Geh nur, Mary, es wird alles gut, glaube mir. Denk an die Advokaten, sie hatten nicht die geringsten Zweifel an meiner Identität."

Als das Klopfen sich wiederholte, huschte Mary, blass und unsicher, durch die Verbindungstür. Der Besucher schien ungeduldig. Und dann hörte Marissa die Stimme, dunkel und volltönend, befehlsgewohnt. Es war genau jene Mischung von Gewalt und Festigkeit, die einem einen prickelnden Schauer über den Rücken jagen konnte.

„Miss Ahearn?"

Jähe Unsicherheit überfiel Marissa. Sie kannte diese Stimme, kannte sie nur allzu gut aus den Träumen, die immer wiederkehrten, und sie hatte stets von Neuem das goldene Spinnennetz der Hoffnung und der Zukunftserwartung zerrissen. Obwohl Marissa kein Wort gesagt und auch die Tür nicht geöffnet hatte, flog diese nun auf. Er stand auf der Schwelle, dieser hoch gewachsene

Fremde mit den beunruhigend tiefblauen Augen, deren Blick wie eine körperliche Berührung war und Marissa mit einem feurigen Funkenregen überschüttete. Hochmut, Macht und stählerne Entschlossenheit. Und vor diesem Mann sollte sie ihre Täuschung durchstehen, vor diesem durchdringenden Blick, der auf den Grund zu schauen schien, vor diesem eisernen Willen, dieser drohenden Überlegenheit?

Zorn, Ungeduld mit sich selbst stiegen in Marissa auf und auch ein inneres Zittern. Sie wollte sich einreden, es wäre bloß die Überraschung, die Angst, dass auch er sie erkennen, sich an sie erinnern könnte.

„Miss Ahearn“, wiederholte er, „ich bin Ian Tremayne.“

Als sie auch jetzt nichts erwiderte, flammte Unwille in den kobaltblauen Augen auf, Unduldsamkeit.

„Ich bin gekommen, Sie nach Hause mitzunehmen, Miss Ahearn, ist Ihnen etwas? Fühlen Sie sich nicht wohl?“

Nein, nein, tausendmal nein. Sie fühlte sich ganz und gar nicht wohl in ihrer Haut. Vor ihr stand nicht, wie erwartet, ein ältlicher Gentleman, mit dem sie sich spielend hätte einigen können. Es war vielmehr der Junge von einst, der dem Bergmannsgör eine Goldmünze zugeworfen hatte, der ungestüme Mann, der einem Hausmädchen das Tablett aus der Hand gestoßen, der ihr lachend versichert hatte, sie sollte besser nach Amerika gehen.

Es war eben dieser gut aussehende Mann, der immer wieder die feine Oberfläche der Zukunftsträume durchbrochen und Marissa zu dem gestempelt hatte, was sie wirklich war, zu einem Mädchen der niedrigen sozialen Schicht. Eines nur war auf einmal anders geworden. Der Fremde hatte jetzt einen Namen. Ian. Ian Tremayne. Schon kniff er die tiefblauen Augen zusammen. Hatte er sie erkannt? Sie hätte es nicht sagen können. Nein, das durfte nicht geschehen, er konnte sich nach den so flüchtigen beiden Begegnungen nicht erinnern. Beim ersten Mal war sie ein zehnjähriges Kind gewesen, beim nächsten ein Hausmädchen mit Schürze und Häubchen im Schatten der Halle. Es durfte einfach nicht sein.

„Miss Ahearn?"

„Ja, ja, ich bin Katherine", sagte sie endlich, nachdem ihr die Stimme wieder gehorchte. Doch das Lächeln misslang, Marissa konnte gerade nur die Hand ausstrecken, die Tremayne an die Lippen hob und herzlich küsste. Die so behutsame und doch zärtliche Berührung schien die Finger zu versengen.

„Ich bitte Sie, behalten Sie Platz, Ma'am. Wir haben eine Menge wegen des Testaments Ihres Vaters zu besprechen. Wir wollen versuchen, alles freundschaftlich abzuhandeln. Denn ich versichere Ihnen, ich selbst habe nichts dazu getan, dass es so gekommen ist."

Mit einer sanften Bewegung drückte er sie auf das Sofa nieder. „Ich habe Sir Thomas mein Wort gegeben, seinem Willen Nachdruck zu verleihen, auch wenn es gegen meinen Wunsch ist, und ich werde mein Versprechen halten, das müssen Sie wissen, Miss Ahearn. Seien Sie dessen versichert."

2. KAPITEL

Während Tremayne neben Marissa saß, ließ er den Blick unablässig auf ihr ruhen, forschend, beinahe unhöflich lange. Sie hob das Kinn. Mochte sie innerlich auch noch zittern, es sollte ihm nicht gelingen, sie einzuschüchtern. Die leisen Worte klangen daher bestimmt und ein wenig hochmütig.

„Mr. Tremayne, ich war nicht weniger entsetzt über diese

Verfügung, die mein Vater hier getroffen hat, so nahe wir einander auch standen. Ich habe ebenso wenig den Wunsch, einen Vormund zu haben, wie Sie den, einer zu sein. Deshalb nehme ich an, dass wir schnell zu einer befriedigenden Übereinstimmung gelangen werden."

Erst hob er die Brauen mit leichter Belustigung, dann wurde er schnell wieder ernst und runzelte die Stirn.

„Könnte es sein, dass wir einander schon einmal begegnet sind?"

„Nein, Mr. Tremayne, ganz gewiss nicht. Als Sie meinen Vater besuchten, war ich nicht im Haus."

„Wie wissen Sie dann, dass ich bei Ihrem Vater war?"

„Ich muss es annehmen, da er selbst England schon viele Jahre vor seinem Tod nie mehr verlassen hat."

„Aha", murmelte er, sprang auf und begann mit langen Schritten in dem Salon auf und ab zu wandern.

„Ich möchte so schnell wie möglich nach San Francisco zurückkehren. Lässt sich das bei Ihnen einrichten?"

Marissa zuckte gleichmütig die Schultern.

„Wenn es nötig ist, warum nicht? Ich verstehe, dass eine junge Frau Ihnen als Mündel nur eine Belastung wäre. Wenn Sie damit einverstanden sind, so kann ich gut weiter hier in London leben, während Sie von den Vereinigten Staaten aus mein Vermögen verwalten."

Wieder flog das seltsame Lächeln über sein Gesicht, ließ fast etwas wie Zärtlichkeit in seinen tiefblauen Augen erwachen und löste sekundenlang die stählerne Entschlossenheit des Gesichtes. Tremayne wirkte auf einmal viel jünger und sehr attraktiv.

„Meine liebe Miss Ahearn", murmelte er leise, „ich hätte mir zwar diese Verpflichtung nicht aufgeladen, doch da ich sie nun einmal habe, nehme ich sie sehr ernst ... Es würde mir nicht im

Traum einfallen, eine so junge Dame wie Sie ungeschützt hier zu lassen."

„Davon ist keine Rede, ich habe sehr gute Freunde."

„Das kann ich mir denken", gab er gelassen zurück und unterbrach sich von Neuem. „Sind Sie ganz sicher, dass wir einander noch nie zuvor gesehen haben?"

„Vollkommen sicher", versetzte Marissa und biss die Zähne zusammen. Bitterkeit erfüllte einmal mehr ihr Denken. Wie sollte er sich an das Armeleutekind erinnern, an die Magd in Häubchen und Schürze? Nein, Marissa war nicht in Gefahr, entdeckt zu werden. Trotzdem überlief es sie kalt. Sie senkte schnell die Lider und versicherte: „Außerdem bin ich eine junge Frau von Verantwortung und daran gewöhnt, unabhängig Entscheidungen zu treffen und auf eigenen Füßen zu stehen. Sie können mich guten Gewissens in England allein lassen."

„Nein", widersprach er, und sie hob den Kopf, schaute geradewegs in die kobaltblauen Augen, die jetzt stahlhart blickten. Dieser Mann duldete keinen Widerspruch, war nicht gesonnen, auf Vernunftgründe zu hören, wenn sie seiner Ansicht zuwiderliefen. Das würde wenig ändern, sie waren schließlich alle drei übereingekommen, wenn nötig, nach Amerika zu gehen. Dann würde Jimmy O'Brian eben sein Geschäft in Kalifornien begründen, und sie würden einander nahe bleiben.

„Wir wollen nicht streiten, Miss Ahearn, auch wenn ich nicht darauf gefasst war, einem trotzigen Kind gegenüberzustehen. Sonst ..."

Er drohte ihr? Hinter den äußerlich ruhigen und beinahe freundlichen Worten schwang deutliche Drohung mit. Sonst ... was sonst? fragte sich Marissa unwillig. Wieder hob sie herausfordernd das Kinn. Sie würde ihm schon noch zeigen, dass sie ihrerseits nicht gewillt war, von einem Amerikaner Befehle entgegenzunehmen. Doch dazu war jetzt nicht der richtige Zeitpunkt.

„Ich möchte die Sache für uns beide möglichst angenehm abhandeln", lenkte Marissa daher ein, „doch wenn Sie das nicht ..."

„Mädchen", schnitt er ihr brüsk das Wort ab, „angenehm war die Sache von Anfang an nicht." Er strich sich ungeduldig übers Haar und entschuldigte sich dann.

„Es tut mir Leid. Natürlich hat es auch Sie betroffen gemacht. Erst kürzlich haben Sie Ihren Vater verloren und bis dahin nicht geahnt, dass er Ihnen einen Vormund aufdrängen würde. Auch müssen die Testamentsbedingungen für Sie äußerst ... befremdlich sein."

Irrte sie sich, oder klang beinahe etwas wie Mitgefühl in der dunklen Stimme? Schon war es wieder vorbei. Gegen ihren eigentlichen Willen merkte Marissa, dass sie anfing, sich über diesen Mann Gedanken zu machen. Wie konnte er so unbeugsam und schroff sein und gleich darauf beinahe zärtlich, sanft und fast weich? Man musste sehr vorsichtig mit ihm umgehen, seinen Zorn nicht erregen. Unmerklich musterte sie ihn. Er sah ungewöhnlich gut aus mit den breiten Schultern, den schmalen Hüften, und trug seine kostspieligen Kleider mit gelassener Selbstverständlichkeit. Heute war er in Schwarz, eng anliegende Hosen und Samtjackett, dazu trug er ein weißes, gestärktes Hemd, silbergraue Halsbinde und gleichfarbige Weste. Sein Körper musste muskulös sein, doch es war das Gesicht mit den markanten Zügen, das Tremayne so stark und fast gewaltsam erscheinen ließ. Tief gebräunt, mit hohen Wangenknochen und einem breiten, sinnlichen Mund, wenn er lächelte, der ihn aber hart und gefährlich machte, wenn er ihn zu einem schmalen Strich zusammenpresste. Die kobaltblauen Augen freilich beherrschten den Gesamteindruck. In ihnen verriet sich die Erkenntnis schier endloser

Jahre, Trauer und Eis und Sturm und sogar Heiterkeit dann und wann, all das lag in der Tiefe und wechselte ununterbrochen. Mochte der Mann auch erst um die Dreißig sein, in seinem Blick drückten sich Generationen aus.

Nun hatte Tremayne seine Wanderung wieder aufgenommen, die Hände auf dem Rücken gekreuzt. „Ich kann nicht lange meinen Geschäften fernbleiben. Dennoch begreife ich natürlich, dass Sie etwas mehr Zeit brauchen werden, von Ihren Freunden Abschied zu nehmen, den Landsitz versorgt zu sehen und nach einem Ort zu übersiedeln, der einen halben Globus weit entfernt von Ihrer Heimat ist. Wenn Sie erst einmal drüben sind, werden Sie sich dann schnell wohl fühlen, das verspreche ich Ihnen. Mein Haus ist groß, ich selbst bin selten daheim, und wenn dem so ist, ziehe ich mich gern zurück."

Die letzten Worte klangen unerwartet bitter, und Marissa horchte auf. „Ich kann leider nichts dagegen tun, was Ihr Vater verfügt hat. Ich darf Ihnen keinen Dollar Ihres Vermögens zur Verfügung stellen, solange die testamentarischen Bestimmungen nicht völlig erfüllt sind."

„Was soll das heißen?" schrie Marissa leise auf und erhob sich. „Ich habe keine Ahnung, wovon Sie sprechen."

„Ich dachte, man hätte Sie unterrichtet. Sie können mit Ihrem fünfundzwanzigsten Geburtstag über Ihr Erbe verfügen, wenn Sie in die Heirat mit mir einwilligen, und mit dem dreißigsten, falls nicht."

„Aber die Unterhaltszahlung hat doch damit nichts zu tun?"

Er schüttelte unwillig den Kopf.

„Sie erfolgt nur, wenn Sie meine Frau sind. Ich war der Meinung, Sie wüssten auch das. Allerdings bin ich sehr vermögend, Katherine, und würde nie zulassen, dass es Ihnen schlecht ginge."

Marissa versagten die Knie den Dienst, sie musste sich setzen.

Selbst wenn sie den Betrug weiterspann, die Rolle spielte, was sollte aus Jimmy O'Brian werden? Mit einer kleinen Zuwendung hätte er mit seinen Fähigkeiten sein eigener Herr werden können, wäre eines Tages zu Wohlstand und Ansehen aufgestiegen. Und Onkel Theo? Und vor allem, wie würde Mary einen weiteren Schicksalsschlag überstehen?

„Nein", stöhnte sie leise, „so kann es nicht gehen, so nicht."

Er starrte sie sekundenlang düster an, dann zuckte die eine Braue unmutig hoch, als er sehr bestimmt sagte: „So liegen die Dinge, und Sie werden sich wohl oder übel damit abfinden müssen, Miss Ahearn."

„Ich kann doch nicht meine persönlichen Ausgaben ..."

„Sie würden ein großes Heim haben, und ich würde natürlich Ihre Rechnungen ..."

„Ich will nicht Ihre Barmherzigkeit", schrie sie auf und sank in sich zusammen, „gerechter Gott, das kann nicht sein. Wir müssen das Testament anfechten."

„Dazu gibt es keine Handhabe, seien Sie versichert. Sir Thomas war im Vollbesitz seiner geistigen Kräfte."

Mit einem Aufseufzen setzte sich Ian Tremayne neben Marissa. Offensichtlich bemühte er sich, seine Ungeduld und sein Unbehagen zu unterdrücken. Er nahm ihre Hände, und sie hätte sie ihm am liebsten heftig entzogen. Dabei strömte Wärme aus der Berührung durch Marissa, sein Knie stieß gegen das ihre, sein Blick schien ihr auf den Grund der Seele zu dringen. Las er dort die Täuschung, die ihm galt? Spielte das alles überhaupt noch eine Rolle?

„Katherine", begann er behutsam, „ich denke, Ihr Vater war in Sorge um Sie wegen einer Beziehung zu einem sehr wenig passenden jungen Mann, um Ihre Gesundheit, Ihre Zukunft ..."

„Er hat es gewusst?" Heftige Röte färbte Marissas Wangen

bei dem Gedanken, dass Ian Tremayne ja von ihr annehmen musste, sie hätte diese Liebesaffäre. In den kobaltblauen Augen stand ein stummer Vorwurf.

Tremayne ließ ihre Hände los und stand jäh auf. „Vermutlich, ja. Ist die Sache zu Ende?"

Die Glut vertiefte sich. Was ging das diesen Mann an?

„Ich sehe keine Verpflichtung, darüber zu sprechen."

„Oh, doch, Miss Ahearn, denn Sie werden in meinem Haus leben."

Ihr Tonfall war sehr kühl.

„Kaum, Mr. Tremayne, denn ich habe keine Veranlassung, nach Amerika zu gehen."

„Ich verstehe wohl nicht richtig, Katherine?"

„Marissa", sagte sie und lächelte sonderbar, „Katherine ist zwar mein erster Name, doch man nennt mich Marissa."

„Marissa", wiederholte er, und sie war verwundert über die Sanftheit, mit der er ihren Namen aussprach, „Marissa, Sie verkennen die Situation. Ich bin Ihr Vormund, und ich will es so, ich befehle es."

Das gab ihr die Sicherheit zurück. Beinahe belustigt sah sie auf.

„Haben Sie vielleicht vor, mich in Ketten über den Ozean zu bringen?"

„Vertrauen Sie mir", meinte er verbindlich, „ich werde darauf bestehen müssen, denn ich habe Sir Thomas mein Wort verpfändet."

„Wie konnten Sie das nur tun? Sie wussten von der Verlobung?"

„Ja, aber nicht von all den anderen Bestimmungen. Ihr Vater war verzagt, mehr, verzweifelt. Und er wusste, dass ich an keine zweite Ehe dachte, dass es für mich keine Frau mehr geben würde. Deshalb wohl übertrug er mir die Sorge für Sie. Er war sich im Klaren, dass es für Sie keine Verpflichtung sein würde. Und ich verspreche Ihnen ..."

„Aber es ist unmöglich", wehrte Marissa sich. Was um Himmels willen konnte sie bloß tun? Es schien alles so ausweglos.

„Marissa", sagte Tremayne und verbesserte sich sofort, „Miss Ahearn", und es klang wieder sehr ungeduldig und gereizt, „es hätte alles so einfach sein können. Ich hatte nicht damit gerechnet, es mit einem verwöhnten Kind zu tun zu haben, das nicht weiß, was es will."

„Ich bin nicht verwöhnt, und ich weiß sehr genau, was ich will", stieß sie zornig hervor und trat dicht vor ihn hin. Gleichzeitig empfand sie wieder die Hitze, die von ihm ausstrahlte, und wäre gern zurückgewichen. An seinem Hals pochte der Puls sichtbar, die kobaltblauen Augen hatte er fest auf sie gerichtet. Marissa rang nach einer halbwegs würdevollen und gefassten Haltung.

„Und ich bin kein Kind mehr", sagte sie dann leise, und er nickte bekümmert, während er murmelte: „Hoffentlich, hoffentlich. Ich habe noch in der Stadt zu tun, und ich kann Sie ja nicht anbinden. Sir Thomas hatte wohl doch Recht mit seiner Sorge um Sie."

Er nahm wahrscheinlich an, sie würde mit dem Liebhaber, zu dem sie sich nicht geäußert hatte, durchbrennen. Sie schüttelte den Kopf.

„Das sollte Ihnen keine Sorgen machen", murmelte sie stockend, „ich werde Ihnen nicht weglaufen, ich wüsste auch nicht, wohin."

„Selbst wenn Sie versuchten, mir Schwierigkeiten zu machen, seien Sie sicher, ich finde Sie. Ich kann sehr unangenehm werden."

„Daran zweifle ich nicht", kam es tonlos, und er nickte.

„Gut, dann haben wir einander endlich verstanden. Ich werde morgen Abend wiederkommen, und dann können wir die Sache zu Ende bringen."

Ohne ein weiteres Wort des Abschieds schritt er zur Tür und zog sie hart hinter sich ins Schloss.

Leichenblass stürzte Mary aus dem Schlafzimmer und brach beinahe hysterisch in Tränen aus.

„Oh, Marissa, was sollen wir bloß tun? Ich muss Jimmy dazu bringen, mich zu heiraten, ohne nach der Zukunft zu fragen. Ich will ..."

„Unsinn, Mary", unterbrach Marissa unwillig, „du hast dich noch nicht von deiner Krankheit erholt, du darfst dich nicht aufregen. Und Jimmy würde dem auch nie zustimmen, er liebt dich zu sehr."

Mit ungewohnter Heftigkeit schüttelte Mary den Kopf.

„Du verstehst das nicht, Marissa, du hast nie geliebt. Eine Stunde Glückes mit Jimmy wöge mir ein ganzes Leben auf. Das kannst du nicht begreifen. Oh, Gott, es ist alles aus, alles. Und mein Vater hat von Jimmy gewusst und mir nicht vertraut."

Es brauchte viel, um die Verstörte endlich wieder zu klarer Überlegung zu bringen. Spätabends, als Mary dann bereits im Bett lag, wurde Marissa noch an das Telefon gerufen. Es war O'-Brian, der wissen wollte, wie alles stünde. Marissa versicherte ihm, alles gehe nach Plan, und Ian Tremayne sei verhältnismäßig jung und vernünftig. Jimmy machte sich Sorgen um Marissa und bat sie, sich Mary nicht so verpflichtet zu fühlen. Freilich konnte er gar nicht wissen, wie sehr Marissa dies tat. Mary hatte immerhin die junge Marissa aus der düsteren Kohlenstaubwolke geholt, und dafür konnte sie ihr niemals genug danken.

So beschwor sie Jimmy, ihr alles zu überlassen, sie werde die Sache unbeschadet überstehen. Marissa presste noch den Telefonhörer ans Ohr und dankte im Stillen Mr. Bell für diese wunderbare Erfindung.

Auf der Hoteltreppe kam Marissa freilich erst zu Bewusstsein, dass sie Jimmy angelogen hatte, denn sie wusste auch keinen Ausweg aus der verfahrenen Situation. Warum aber hatte sie ihn getäuscht? War es nur, weil sie wollte, dass alles gut würde für die Liebenden? Sie war realistisch genug, Marys glühenden Zukunftshoffnungen wenig Wirklichkeitschancen zu geben, wenn die Erbschaft nicht gesichert war. So musste ein Ausweg gefunden werden, und das sehr schnell.

Sekundenlang schloss Marissa die Augen und lehnte sich gegen die Wand, bevor sie sich fasste und entschlossen hinaufging.

Sie liebte Mary wie eine Schwester und Jimmy wie einen Bruder, und sie würde dafür sorgen, dass alles noch gut werden sollte.

Es war schon sehr spät geworden, als Ian Tremayne vor dem Gästehaus aus dem Sattel sprang und das Pferd in den Stall führte. Dies war eine Nacht, wie sie für London so typisch war, düster und nebelig. Es war, als ob dieser Nebel auch die trüben Erinnerungen in seinem Innern weckte. Schmerz umkrallte das Herz. In einer Nacht wie dieser war Diana gestorben. Der Nebel war in dichten Schwaden von der See hereingezogen. Ian hatte Diana auf den Knien gehalten und mit ihr aus dem großen Verandafenster hinausgeschaut in die unheimliche Schönheit dieses Naturschauspiels. Sie hatte San Francisco ebenso geliebt wie er, und in solchen Augenblicken hatten die Eheleute die völlige Harmonie ihrer Seelen empfunden, Ian hatte gemeint, wühlt sie säßen dort oben wohl im Paradies. Diana hatte einzelne Sterne gesucht und den Kopf an die Schulter ihres Mannes gelegt.

Erst nach einiger Zeit hatte Ian erkannt, dass sie mit einem leisen Seufzer ihren letzten Atemzug ausgehaucht hatte. Diana, schön und zerbrechlich mit den sanften Gesichtszügen und den milden grauen Augen, sie hatte ihn verlassen. Sie war stets an seiner Seite gewesen, hatte ihm zugehört, wenn er seine Träume spann, wenn er seine Baupläne schmiedete und seine Befürchtungen laut werden ließ. Diana war seine Stütze gewesen, die Mitte seines Lebens. Und dann auf einmal war sie gegangen. Und selbst das lag nun auch schon wieder zwei Jahre zurück.

Natürlich würde Ian Tremayne seine Frau niemals vergessen, niemals aufhören können, sie zu lieben. Dennoch wusste er genau, dass er sie aus seinen Gedanken zeitweise verbannen musste, um einen gangbaren Weg durch das Leben zu finden. Denn die Erinnerung hatte Tag und Nacht bisher durchweht, der Schmerz um ihren Verlust hatte ihn unaufhörlich gequält, nur heute nicht.

Das hatte selbstverständlich nichts mit Sir Thomas' widerspenstiger Tochter zu tun. Sie war so trotzig, so stolz und halsstarrig, und nur dadurch war es ihr gelungen, Ian Tremayne ein paar Stunden lang seiner Erinnerung zu entreißen. Er versorgte ganz mechanisch das Pferd und trat dann wieder in den Nebel hinaus, der unheimlich, geisterhaft und bedrückend waberte. Trotzdem erhoben sich die Geister der Vergangenheit nicht, als Ian sein Zimmer in dem heimeligen Gästehaus betrat.

Sorgsam schloss er die Tür hinter sich, entledigte sich des Jacketts, streifte Halsbinde und Weste ab und lockerte den Hemdkragen. Dann ließ er sich bequem in den tiefen Lehnsessel fallen, zog die Schreibtischlade auf und holte den Cognac heraus, trank einen Schluck. Zugegeben, diese Tochter seines alten Freundes Ahearn hatte Tremayne aufgewühlt. Diese Augen!

Er hätte schwören mögen, dass er sie schon einmal gesehen hatte, diese grünen, zauberischen Augen, die Funken sprühten und Stolz verrieten, Verlangen und Leidenschaft. Nixenaugen. Ian lehnte den Kopf gegen die Polsterung und überlegte. Dieses Mädchen war sehr schön. Trotz der angeborenen Ungeduld, trotz des Ingrimms, dass die Verantwortung eines Vormunds auf seinen Schultern lastete, trotz all dem hatte er sich gewünscht, den Ausdruck des Gehetztseins, der Unrast aus den Augen der jungen Lady zu löschen. Er hatte sogar versucht, höflich, geduldig und verständnisvoll zu sein, doch sie hatte es ihm unmöglich gemacht.

Damals, als Sir Thomas ihn so inständig gebeten hatte, sich nach seinem Tode um sein Kind zu kümmern, hatte er nicht an die unheilbare Krankheit des Squire geglaubt. Ian hatte dagegen gehalten, dass er als Witwer an keine neue Ehe mehr dächte, dass er durch den Verlust der über alles geliebten Frau bitter und kalt geworden wäre und einem jungen Mädchen kein rechter Beistand sein würde. Sir Thomas hatte auf dem Versprechen beharrt. Und so hatte er es schließlich gegeben.

Und nun saß er hier in London und sollte doch zu Hause sein, wo dringende Aufgaben seine Anwesenheit erforderten. Natürlich gab es Geschäftsbeziehungen mit England. Die Warenhauskette versorgte die Kundschaft mit vielen englischen Waren.

Die Tremayne-Dynastie war von Ians Großvater gegründet worden, einem lebenstüchtigen Schotten. Während des Goldfiebers hatte er ein Vermögen gemacht und die Kaufhausgesellschaft ins Leben gerufen. Sein Sohn James hatte den Geschäftsgeist geerbt und den Wohlstand noch deutlich vergrößert. Zur Enttäuschung des Vaters hatte der junge Ian dagegen wenig Interesse für das Warenhausimperium aufgebracht. In ihm brannte das Verlangen zu bauen. Er liebte seine Stadt, die Bucht, in der San Francisco lag, er liebte den Nebel und die Kühle, die zerklüftete Landschaft.

Erst der Fürsprache Sir Thomas', der ihn beschwor, kein Narr zu sein und den Sohn eigene Wege gehen zu lassen, hatte James Tremayne nachgegeben. Ian verdankte also dem Squire sehr viel, eigentlich auch seine Erfolge, seinen Ruf als Planer und Architekt. Und sein Vater hatte noch lange genug gelebt, um den Aufstieg seines Sohnes bewundernd anzuerkennen, da Ian sowohl die Warenhauskette in Schwung hielt, als auch das Vermögen durch eigene Tüchtigkeit vergrößerte. Nach der Hochzeit mit Diana hatte James Tremayne hoffen können, das Familienerbe würde an Enkel und Urenkel weitergegeben werden.

Aber Diana war tot, und es würde keine Kinder geben, weil es keine andere Mrs. Tremayne geben würde, die Mutter werden durfte. Natürlich gab es genug schöne Frauen in San Francisco, aber Ian hatte keine in sein Herz blicken lassen. Nach dem ersten brennenden Abschiedsschmerz hatte er allerdings festgestellt, dass er noch jung, gesund und leidenschaftlich war, und es gab mehr als genug Gelegenheit, das körperliche Verlangen zu befriedigen. Doch kein Wort war über seine Lippen gekommen, das einem Versprechen geglichen hätte. Er stürzte sich tagsüber in die Arbeit, die ihm geblieben war und die allein seinem Leben einen Sinn gab. Die Liebe, die er für Diana gehabt und für das ungeborene Kind, das mit ihr dahingegangen war, übertrug Ian Tremayne nun auf seine Bauten, um Vater einer Stadt zu werden.

Jetzt unterließ er es, den Cognac in ein Glas zu gießen, und trank aus der Flasche. Die Gedanken, eben noch bei seiner verstorbenen Frau, zerstoben. Hole der Teufel das Mädchen mit den grünen Augen! Er wagte es einfach nicht, Marissa allein hier zu lassen. Vorher war er entschlossen gewesen, sie ihrer Wege gehen zu lassen. Sie hätte nach Belieben in England bleiben und Amerika besuchen können. Das hatte sich völlig geändert. Tatsächlich fand Ian den Verdacht des Squire bestätigt. Dieses schöne Geschöpf hatte einen nicht standesgemäßen Liebhaber und würde keine Sekunde zögern, eine große Erbschaft gegen ihn einzutauschen.

Der Alkohol begann langsam zu wirken, wohlige Wärme rann trügerisch durch die Adern. Ian lehnte sich zurück, schloss die Augen. Zwar legte er noch die Beine auf den Tisch und knöpfte das Hemd auf, doch dann forderte der Körper sein Recht, erschöpft von der Reise von Kontinent zu Kontinent.

Ian Tremayne hörte von weither das Klopfen. Er hatte dem Besitzer des Gästehauses zu verstehen gegeben, dass jede Störung unerwünscht wäre. So öffnete er zwar die Augen und starrte ungehalten auf die Tür, rührte sich aber nicht und blieb stumm. Zu seiner großen Verblüffung wurde die Tür geöffnet, und zu seiner noch größeren Verblüffung war es sein widerspenstiges Mündel, das auf der Schwelle stand. An diesem Morgen war Marissa sehr elegant, noch viel schöner als am Vorabend im Salon des viktorianischen Luxushotels. Sie trug ein mattblaues Tageskleid, nach der neuesten Mode gearbeitet, das diskret die wohlgerundeten Formen unterstrich, helle Knopfstiefelchen, die gerade eben unter dem Saum hervorlugten, weiße Handschuhe und einen Sonnenschirm. Kein Hut, nicht einmal ein Steckkamm bändigte die Fülle des rotgoldenen Haares, das in reichen Wellen wie flüssiges Metall bis auf die Hüften niederfiel.

Sie trat ins Zimmer und hob die dunklen Brauen beim Anblick des Mannes mit dem offenen Hemd vor der beinahe leeren Cognacflasche, der die Beine auf den Tisch gelegt hatte. Er fand es immer noch nicht der Mühe wert aufzustehen, sondern murmelte träge: „Was verschafft mir diese Ehre zu solch früher Stunde?“

„Ich muss mit Ihnen sprechen“, gab sie leise zurück. Dabei blieb sie nun wie angewurzelt stehen. Er lächelte und war sich nicht bewusst, ob er sie nun bewunderte oder aus tiefstem Herzen ablehnte. Es dämmerte ihm, dass er sie zwar mochte, nicht aber ihre Art, sein Leben und seine Pläne durcheinander zu bringen. Er hätte sich gewünscht, dass sie ihm nach San Francisco folgte, dort still in ihrem Zimmer säße und so problemlos wäre, dass er sie schnell vergessen könnte.

Natürlich sollte sie alles haben, was sie sich wünschte, aber dabei brav und wohlerzogen im Hintergrund bleiben, unauffällig und bescheiden.

Unmöglich. Ihre Gegenwart würde ihm immer bewusst sein. Sie war so schön, und sie musste es auch wissen. Einmal schon hatte sie sich Hals über Kopf in eine unstandesgemäße Liebschaft gestürzt. Um der Ehre des toten Squire willen musste Ähnliches in Zukunft verhindert werden. Doch dieses Mädchen war nicht still und bescheiden und schon gar nicht gehorsam und brav. Diese Augen!

Dieses Geschöpf konnte locken und in Versuchung führen wie eine Hexe. Es bestürzte Ian Tremayne zutiefst, dass sie ihn am vergangenen Abend ebenso aus dem seelischen Gleichgewicht gebracht hatte, wie es eben jetzt geschah. Sie brauchte ihn nur anzuschauen mit diesen unvergleichbaren grünen Nixenaugen, und schon fühlte er, wie das Begehren heiß und klopfend in seinen Lenden aufbrannte. Mit einem raschen Atemzug sprach Ian rauer als beabsichtigt.

„Was wollen Sie? Ich habe Sie nicht gebeten zu kommen und nicht zum Eintreten aufgefordert. Reden Sie doch!"

Zorn flammte jäh in den grünen Augen auf, und er fürchtete schon, sie würde auf dem Absatz kehrtmachen und ihn zwingen, ihr nachzugehen. Sie dagegen richtete sich stolz auf und blieb stehen, unbeweglich, mit einem verächtlichen Blick den Mann und die Flasche streifend. Nur einmal flatterten ihre Lider, als sie die

Augen auf seine halb nackte Brust richtete, doch das war schnell wieder vorbei, Hochmut und eine gute Erziehung verdrängten die leichte Verlegenheit.

„Ich habe mich entschlossen, den Anordnungen meines Vaters in seinem Testament buchstabengetreu zu folgen, Mr. Tremayne. Ich bin bereit ..." Nur einen Atemzug lang zögerte sie noch, bevor die Worte folgten: „Ich werde Sie heiraten, Mr. Tremayne."

3. KAPITEL

„Was sagen Sie da?" Ian Tremayne sprang wie vom Donner gerührt auf. Hörbare Verblüffung schwang in der sonoren Stimme.

Marissa hatte etwas Mühe durchzuatmen. Dieser Mann gab ihr immer neue Rätsel auf. Eben jetzt konnte man ihn nicht gerade einen Gentleman nennen, eher einen verbummelten Lebemann, mit dem offenen Hemd über der muskelbepackten Brust, auf der ein goldenes Medaillon blinkte. Eine Locke des dunklen Haares hing wirr in die Stirn, und vermutlich hatte er die Nacht dazu genutzt, eine Flasche Cognac zu leeren. Und trotz allem war er ein Gentleman, der zu seinem Wort stand, das er Sir Thomas Ahearn verpfändet hatte. Und der Squire hatte die Zukunft seines einzigen Kindes in die Hand dieses seltsamen Mannes gelegt. Dennoch ...

Im tiefsten Inneren blieb ein sonderbares Zittern, halb Angst, halb Erregung, eine abwegige Versuchung beim Anblick der halb nackten Männerbrust, die bronzefarbene Haut zu berühren. Unsinn, wozu dieser verstohlene Wunsch, diese ungewohnte Unsicherheit? Dieser Mann hatte gar nicht die Absicht zu heiraten, das hatte er klipp und klar zum Ausdruck gebracht; nicht wieder zu heiraten. Also stand anzunehmen, dass Ian Tremayne bereits einmal verheiratet war. Und nun war es Marissas Aufgabe, ihn dazu zu bringen, dass er verstand, eine Ehe mit ihr würde nichts mit Gemeinsamkeit zu tun haben. Jeder würde sein eigenes Leben leben.

Mühsam wiederholte Marissa: „Ich werde Sie heiraten."

„Aber warum denn auf einmal?" Es klang beinahe grob.

„Das scheint mir klar, Mr. Tremayne, ich brauche meine Unterhaltszahlungen, ich will nicht Ihre Mildtätigkeit, sondern das, was mir zusteht und gehört."

„Sie wollen zwar keine ... Mildtätigkeit, aber Sie sind bereit, einen Fremden zu ehelichen, nur um Ihre Unterhaltszahlungen zu sichern? Verzeihen Sie, Miss Ahearn", er hob ungläubig die linke dunkle Braue, „aber es scheint mir doch wesentlich leichter, von einem Fremden eine ... finanzielle Zuwendung anzunehmen, als seine Frau zu werden."

Er machte sich lustig über sie, er nahm sie nicht ernst.

„Mr. Tremayne, für mich ist das sehr wichtig."

„Auch für mich, Marissa, und es ist mein Ernst. Eine Ehe ist ein gesetzlich bindender Vertrag."

„Dessen bin ich mir auch bewusst."

„Freilich ist es auch mehr als das, viel mehr."

„So muss es nicht sein", warf sie hastig dazwischen.

Er fragte: „Wie muss es nicht sein?"

Sie nahm an, dass er ärgerlich war und sie deshalb mit seinem Spott kränken wollte. Sie machte einen Schritt näher zu Ian Tremayne und blieb gleich wieder stehen, als auch er auf sie zuging. Während er um den Schreibtisch herum auf sie zutrat, schloss er sein Hemd. Allem Anschein nach wartete er auf ihre Antwort.

Endlich wiederholte er, und Marissa hätte ihn für den ironischen Unterton ohrfeigen mögen: „Wie, Miss Ahearn? Bitte, klären Sie mich auf."

Eingedenk der verzweifelten Lage schluckte Marissa ihren Groll und bemühte sich um gelassene Würde.

„Der Letzte Wille meines Vaters durchkreuzt alle meine Pläne. Ich habe karitative Verpflichtungen, die ich mit meinem Vermögen erfüllen möchte. Sie gaben mir zu verstehen, dass Sie keine zweite Ehe eingehen möchten. Nun, wenn Sie mich dem Namen nach heiraten, kann das niemand mehr von Ihnen erwarten."

Er lachte erheitert auf.

„Dafür wäre ich ja dann an Sie gebunden."

„Aber nicht wirklich."

„Sie können nicht an Ihr Erbe kommen, indem Sie eine Eheschließung vortäuschen."

„Nein, ich denke nicht an das, sondern an eine richtige Heirat."

„Ich habe nicht die Absicht zu heiraten."

Marissa verlor die Geduld und wurde heftig. Das wiederum schien Ian Tremayne zu erheitern.

„Mr. Tremayne, ich darf doch wohl annehmen, dass Sie nichts dagegen haben, gewisse ... Dienste von gewissen ... Frauen zu beanspruchen, um es genau zu sagen, von käuflichen Dirnen und leichten Mädchen ..."

„Vergessen Sie nicht die Tänzerinnen der Vergnügungsetablissements. San Francisco hat eine ganze Reihe sehr bekannter Lokale", setzte er hinzu.

Marissa hob hochmütig den Kopf. „Daran zweifle ich nicht. Was aber, wenn Sie Gäste in Ihrem Haus empfangen sollen, Geschäftsfreunde zum Beispiel, wenn man von Ihnen erwartet, den Gentleman herauszukehren, der Sie gelegentlich sind ..."

„Zu gütig", bemerkte er scharf, und sie verstummte.

Etwas später murmelte sie: „Und Sie sind zu grausam.“

Er seufzte leise.

„Marissa“, begann er wieder, und der Name klang fast wie eine Liebkosung, „es tut mir wirklich Leid. Ich wollte gewiss nicht grausam sein, ganz und gar nicht, eher so gelassen wie nur möglich.“

Sie senkte den Blick. Es nahm ihr den Wind aus den Segeln, wenn er plötzlich so sanft wurde, und sie sagte unsicher: „Manchmal ist es nicht leicht, gelassen zu bleiben.“

„Wissen Sie tatsächlich, was Sie da von mir verlangen?“ fragte er.

„Ja.“

„Ich will keine zweite Frau“, brach es unbeherrscht aus ihm heraus.

„Sie möchten keine Ehefrau, die von Ihnen Zuneigung erwartet“, verbesserte Marissa. Der betroffene Blick, den Ian Tremayne ihr schenkte, verriet ihr, dass er wankend geworden war. Diese unerwartete Schwäche galt es zu nutzen.

„Und gerade aus diesem Grunde wäre unsere Verbindung geradezu vollkommen“, rief sie leidenschaftlich und trat ganz dicht an ihn heran, vielleicht etwas zu nahe. Sie stützte sich mit einer Hand auf den Schreibtisch und sah Ian Tremayne beinahe flehend in die Augen. Er lächelte wieder.

„Verstehen Sie denn nicht?“ flüsterte sie drängend.

„Ich bedaure, aber ich kann Ihrer Logik nicht ganz folgen.“

„Ich, ich würde niemals von Ihnen erwarten, dass Sie sich wie ein Ehemann benehmen.“

„Soso. Und wie benimmt sich denn ein Ehemann?“ fragte er.

Marissa wandte sich heftig ab und ging einige Schritte von Ian Tremayne fort. Plötzlich sah sie sich dem Bett gegenüber und fuhr herum. Ihre Wangen brannten. Dieser Mann machte sich einmal mehr über sie lustig, und er wusste ganz genau, was sie meinte.

„Mr. Tremayne, wir würden eine reine Namens-Ehe eingehen. Ich käme zu meinem Erbe, und dafür ..."

Sie sprach nicht weiter. Er meinte trocken: „Ja, dafür ...? Genau an diesem Teil einer Vereinbarung bin ich interessiert, dazu möchte ich Ihre Meinung hören."

„Dafür würde ich Sie vor unerwünschten Annäherungsversuchen abschirmen."

Ian Tremayne brach unvermittelt in ein tiefes Lachen aus. Wenigstens hatte Marissa ihn amüsiert. Jeder Zug von Härte war wie weggewischt.

„Das war sehr ungezogen", wies sie ihn kühl zurecht.

„Ich bitte um Vergebung, Miss Ahearn. Denn obwohl ich mich gegen eine Ehe wehre, habe ich durchaus nichts gegen gewisse ... hm ... Annäherungsversuche, wenn Sie wissen, was ich meine."

Mit glühenden Wangen zwang sich Marissa, keine Gemütsbewegung zu zeigen. Stattdessen trug sie eine eher verächtliche Miene zur Schau und sprach ziemlich sanft, was ihr ungemein schwer fiel.

„Mr. Tremayne, Ihre diesbezüglichen Bedürfnisse kommen meinen Wünschen durchaus entgegen. Genau das. Sie könnten völlig unbehelligt Ihr Vergnügen außer Haus suchen, ohne als Heiratsobjekt belagert zu werden, denn Sie hätten ja schon eine Gattin. Eine, der Sie in nichts verpflichtet wären, die Ihnen tunlichst aus dem Wege ginge, die Ihnen das Leben im eigenen Haus so angenehm wie möglich machen würde aus aufrichtiger Dankbarkeit."

„Angenehm?"

Sie biss die Zähne zusammen und versicherte ihm unmutig: „Ich bin eine ausgezeichnete Gastgeberin, wenn es um Geschäftseinladungen und offizielle Anlässe geht."

„Davon bin ich überzeugt", pflichtete er ihr bei. Damit waren allerdings ihre Argumente erst einmal erschöpft. Tremayne aber dachte kaum daran, ihr zu antworten, wie es den Anschein hatte, sondern sah sie nur prüfend an.

Etwas gereizt ermunterte sie ihn: „Nun? Wie stehen Sie zu meinem Vorschlag?"

„Nun, ich denke nach", gab er unbewegt zurück.

„Sie haben immerhin von dieser Vereinbarung gewusst", erinnerte Marissa ihn mit mühsam unterdrücktem Zorn.

„Über eine Verlobung, ja, aber nicht, dass ich mir mit meinem Versprechen eine Ehefrau einhandeln würde", murmelte er. „Selbst wenn ich mich nun dareinfinden könnte, eine glänzende Gastgeberin und Gesellschaftsdame zur Seite zu haben, die mir alle Möchtegern-Schwiegermütter mit den dazugehörigen Töchtern vom Halse hielte, so fürchte ich doch, dass ich doch auch einige Anforderungen an mein angetrautes Tugendlämmchen stellen würde."

„Und die wären?"

„Nun", sagte er gedehnt und ließ den Blick lässig über Marissa gleiten, „ich würde von ihr erwarten, dass sie ... eben ... ein Tugendlämmchen wäre, Miss Ahearn."

Spöttisch fuhr sie ihn an: „Wohl ebenso tugendhaft wie Sie, Mr. Tremayne?"

„Bedauerlicherweise stellt unsere Zeit hier an das weibliche Geschlecht größere Ansprüche und legt strengere Maßstäbe an."

Marissa drehte sich abrupt um und ging zur Tür. Ian Tremayne machte keinerlei Anstalten, ihr zu folgen. Sie schloss die Finger krampfhaft um die Klinke. Zornbebend zögerte sie. Schließlich war sie es, die hoch pokerte, denn dieser Mann wollte keine Ehefrau.

„Was verlangen Sie denn von mir?“ fragte sie tonlos.

„Nur die Wahrheit.“

Verständnislos und argwöhnisch zugleich starrte sie ihn an.

„Sie verlangen von mir, dass ich Sie heirate. Ich aber weiß so gut wie nichts von meiner zukünftigen Ehefrau.“

„Was wollen Sie hören?“

„Was ist mit Ihrem jungen Liebhaber? Ich würde es nicht dulden, dass er Ihnen etwa nachgereist käme. Und ich würde niemals einer Frau meinen Namen geben, nur damit sie mich mit einem Dahergelaufenen zum Hahnrei macht und in meinem eigenen Haus verbotene Spielchen treibt.“

Verdutzt nahm Marissa zur Kenntnis, dass Tremayne zwar scherzte, dabei aber eigentlich auch wütend war, mehr noch, zornig. An seinem Hals pochte der Puls heftig. Sie lehnte sich gegen die Tür und fuhr mit der Zungenspitze über die ausgetrockneten Lippen. Ihre Blicke trafen sich.

„Ich habe niemals einen Liebhaber gehabt, Mr. Tremayne“, sagte sie leise.

Er mahnte: „Sie haben es mir gestanden, als ich von den Befürchtungen Ihres Vaters redete.“

„Nein“, widersprach sie und senkte die Lider, so schwer ihr das auch fiel. Selbst die Wahrheit war hier mit einer Lüge verknüpft „Ich gab zu, dass ich einen jungen Mann gekannt hatte. Er ist niemals mein ... Liebhaber gewesen.“

Unvermutet kam er auf sie zu. Am liebsten hätte Marissa die Tür aufgerissen und die Flucht ergriffen. Doch Nachgeben stand außer Frage, dies musste jetzt bis zur Entscheidung durchgestanden werden. Ian Tremayne stützte die Arme links und rechts von ihr gegen das Holz.

„Ich frage mich, ob Sie mir die Wahrheit sagen, ob Sie überhaupt imstande sind, die Wahrheit zu sagen."

„Kommt es denn wirklich darauf an?" schrie sie außer sich auf. „Ich will keine wirkliche Ehe, das kann ich Ihnen notariell bestätigen."

„Nein", donnerte er wild, „Sie haben mir nicht zugehört, Lady. Ich lasse mit meinem guten ehrlichen Namen nicht Schindluder treiben. Ich lasse mir nicht schriftlich bestätigen, dass ich eine Scheinehe eingehe, nicht Schwarz auf Weiß. Ich lasse mir auch keinerlei Bedingungen auferlegen, was diese Ehe sein soll und was nicht, in der Sie die Gastgeberin spielen dürfen und ich die Rechnungen bezahle."

„Es ist mein Erbe."

„Nicht ohne mich."

Nicht das, dachte sie bei sich, alles, nur nicht das. Diesen jähen und unvorhergesehenen Wechsel von Scherz zu leidenschaftlichem Zorn würde sie nicht lange ertragen, ohne laut zu schreien.

„Ich habe Ihnen die Wahrheit gesagt", rief Marissa plötzlich, „es gibt keinen Mann in meinem Leben, es hat nie einen gegeben, ich schwöre es Ihnen. Und ich werde kein falsches Spiel mit Ihnen treiben. Ich möchte gar nichts, nur in Würde und Anstand leben können."

„Und was, wenn ich fragen darf, stellen Sie sich vor", fiel er ihr heftig und unbeherrscht ins Wort, „wenn Sie sich irgendwann in einen anderen verlieben?"

„Ich werde mich in niemanden verlieben."

„Sie sind für Ihre Jugend ungewöhnlich sicher."

„Sie selbst sind ebenso sicher, dass Sie nicht mehr heiraten wollen, und sind auch noch kein Greis."

„Aber ich weiß, was es bedeutet, zu lieben, und darin liegt der große Unterschied, Lady", stellte er plötzlich mit verräterischer Sanftheit richtig, „und wenn ich mich nach diesen ... karitativen Verpflichtungen erkundige? Haben sie nicht etwa mit einem jungen Mann zu tun?"

„Nein."

Ian Tremayne löste sich von der Tür, schritt einige Zeit im Zimmer auf und ab, holte sich schließlich einen Stuhl an den Schreibtisch und ließ sich darauf fallen.

„Sonderbar, Marissa. Sie machen mir so gar nicht den Eindruck übergroßer Nächstenliebe."

„Ich sagte Ihnen schon ..."

„Werden Sie deutlicher, um was geht es?"

„Ich habe eine Zofe, nein, eigentlich ist sie es nicht mehr. Sie möchte heiraten. Nun sind beide sehr jung und mittellos, dazu ist die Gesundheit des Mädchens sehr schwach, und ich möchte sie beide mit mir nehmen. Sie ist mir stets eine wirkliche Freundin gewesen. Dann ist da noch ein winziges Bergwerksnest, und ich möchte helfen ..."

„Sie sprechen von bestimmten Bergleuten", half er überaus höflich nach, ohne Marissa wirklich unterbrechen zu können.

„Ich versichere Ihnen, Sir, dass es durchaus ehrenhafte Gründe hat."

„Tatsächlich?"

Ian Tremayne saß vor dem Schreibtisch und klopfte mit den Fingern auf die Platte, ohne den Blick von Marissa zu wenden.

„Sie wehren sich gegen einen Vormund, und doch wären Sie bereit, sich einen Ehemann einzuhandeln?"

„Das habe ich Ihnen alles schon einmal erklärt."

Er beugte sich vor und verriet mit jedem Wort mehr, wie nahe er daran war, die Beherrschung zu verlieren.

„Dann will ich Ihnen auch etwas erklären, Miss Ahearn. Ich bin kein Mensch, mit dem es sich gut leben lässt."

„Sie erwähnten, dass Sie recht selten zu Hause wären."

„Wenn ich dann einmal zu Hause bin, verlange ich Gehorsam, bin anspruchsvoll, herrisch und habe ein heftiges Temperament."

„Kaum zu glauben", sagte Marissa mit großen Augen und einem geradezu liebenswürdigen Sarkasmus.

„Sie reizen mich dazu, Miss Ahearn."

„Bitte, fahren Sie fort, Mr. Tremayne."

„Nicht zu vergessen, dass ich nicht heiraten will."

„Das erwähnten Sie bereits."

„Und ich werde meiner eigenen Wege gehen."

„Damit, Sir, erweisen Sie mir den größten Gefallen."

Er wies mit ausgestrecktem Finger auf sie.

„Dagegen erwarte ich ohne Ausnahme von Ihnen, dass Sie das versprochene gesellschaftsgewandte Tugendlämmchen sind, auf das ich jederzeit bei offiziellen Anlässen fraglos zurückkommen werde."

Wie ein Hammer pochte Marissa das Herz in der Brust. Sie ließ sich hier auf einen Teufelshandel ein, der buchstäblich in der Hölle geschlossen würde. Dennoch hatte sie von vornherein gewusst, dass sie – fast – jeden Preis bezahlen würde, um den Plan zum Gelingen zu führen. Einen Teil dieses Preises hatte sie übrigens bereits entrichtet, denn die Lüge, mit der sie lebte, hatte etwas Lähmendes, Tödliches.

„Sie lassen das klingen, als handle es sich um Folter."

„Ganz im Gegenteil. Ich pflege eine Frau weder zu verprügeln noch ihr Gewalt anzutun, Marissa."

Der wieder verwandelte Tonfall ohne jede Schärfe zwang sie, den Blick zu dem Mann zu heben.

Tremayne setzte ruhig hinzu: „Mir liegt nur daran, Ihnen reinen Wein einzuschenken, damit Sie begreifen, wie verrückt das alles wäre."

Sie fuhr mit der Zungenspitze über die trockenen Lippen. „Als ich hierher kam, Sir, stand mein Entschluss fest."

„Es könnte Zeiten geben, in denen Sie den Eindruck haben könnten, ich hätte etwas gegen Sie, nur weil wir verheiratet wären", sagte er.

Verständnislos schaute sie zu ihm auf. Er sprang hoch.

„Geben Sie sich keine Mühe, mich zu verstehen. Ich mache auch keinerlei Versprechungen oder Zugeständnisse, ist das klar?"

Obwohl Marissa überhaupt nicht begriff, worauf Tremayne hinauswollte, nickte sie. Ihre Kehle war wie zugeschnürt. Würde er nachgeben und zustimmen, oder war es nur ein neues Katz-und-Maus-Spiel, um sie zu demütigen?

Er starrte sie finster an, stieß endlich rau hervor: „Gott steh dir bei, Mädchen." Damit griff er nach einem Jackett und berührte Marissas Arm, um sie von der Tür wegzuziehen.

„Wohin gehen Sie?" rief sie atemlos.

Er wandte sich um, ließ den Blick über sie hinstreifen, als wollte er sie damit durchbohren. Eine schwarze Locke hing zerzaust in die Stirn.

„Ich hole einen Standesbeamten, Lady. Wenn wir dieses Vorhaben schon unbedingt ausführen sollen, dann gleich und jetzt. Danach haben wir alles hinter uns. Ich habe eine Sondergenehmigung, uns fehlt nur noch der Standesbeamte." Die Tür schwang auf und schlug hinter ihm ins Schloss.

Marissa rang nach Atem. Die Knie gaben unter ihr nach, sie musste sich gegen die Wand lehnen. Was war geschehen? Was hatte sie getan?

Ian Tremayne hatte in den Plan eingewilligt. Allzu schnell

hatte dieser Mann dem Vorhaben zugestimmt, hatte ihr keine Zeit gelassen, weiterzudenken und zu überlegen, wie es weitergehen sollte. Er war schon unterwegs zu dem Standesbeamten. Marissa musste handeln, aber wie?

Eisige Kälte stieg in ihr auf. Sie musste Ian Tremayne heiraten. Gerechter Gott! Selbst der Himmel würde ihr kaum beistehen, ihr, Marissa Ayers, einer Betrügerin, die ein solches Lügengewebe spann. Natürlich war ihr klar, dass es gar keine andere Möglichkeit gab. Wenn man es genau überlegte, war sie schließlich hierher gekommen, um eben dies zu erreichen, und nun hatte sie zu ihrer eigenen Überraschung auch tatsächlich gesiegt. Alles verlief völlig nach ihrem Wunsch.

In ganz kurzer Zeit würde Ian Tremayne hierher zurückkommen, der Standesbeamte mit ihm, und Marissa würde hier stehen und ewige Treue schwören, sich für alle Zeit an diesen Mann binden, unwiderruflich. Sie zitterte und schloss die Augen, wagte nicht weiter zu denken und konnte doch den jagenden Gedanken keinen Halt gebieten. Was würde geschehen, wenn die Täuschung aufgedeckt würde? Der würgende Druck um die Kehle verstärkte sich mit jedem Atemzug.

Vielleicht hatte sich der Amerikaner nur einen argen Scherz mit ihr erlaubt und war unterwegs, um Tee und Gebäck zu bestellen? Gewiss hatte er gar nicht die Absicht, sie zu heiraten, wollte ihr bloß noch eine Möglichkeit zu klarer Überlegung geben, damit Marissa ihre Meinung ändern und den Hals aus der Schlinge ziehen könnte.

Noch konnte Marissa von ihrem Vorhaben absehen. Denn wenn man ihr und Marys Täuschungsmanöver durchschaute, gäbe dies eine Katastrophe. Ian Tremayne hielt ihr den Ausweg offen.

In ihrer Versunkenheit schien es Marissa, als wäre zwischen

dem Weggang Tremaynes und seiner Rückkehr nur eine kleine Weile verstrichen, als sich die Tür öffnete. Hinter dem Amerikaner tauchte ein unscheinbarer und stämmiger kleiner Mann mit wirrem grauen Haar auf, gefolgt von zwei Frauen. Eine war offensichtlich ein junges vorwitziges Stubenmädchen mit blendend weißem Häubchen und ebensolcher Schürze, die andere ältlich und sehr adrett, auch sie in Häubchen und Schürze.

„Hier, meine Liebe", sagte Tremayne und glich eher einem Lebemann nach durchfeierter Nacht mit dem offenen Kragen, dem lässig über die Schulter geworfenen Jackett und dem Vierundzwanzig-Stunden-Bart. „Dies ist Mr. Blackstone, der Standesbeamte, und Meg hier wird meine Trauzeugin sein, dort Lucy die deine. Es muss alles seine gesetzlich vorgeschriebene Ordnung haben."

Nein, er hatte ihr den Fluchtweg abgeschnitten.

Marissa zwang sich zu einem Lächeln. Sie musste jetzt herablassend und freundlich zugleich den beiden Frauen die Hand reichen. Dabei kam kein Wort über die Lippen, und wie festgewurzelt stand Marissa neben der Tür, starrte nur auf Tremayne. Sein Mund war wie ein harter Strich, sein Blick verriet keine Empfindung. Obwohl er nichts weiter sagte, konnte sich Marissa denken, was in ihm vorging. Sie hatte das Wagnis begonnen, das er nun auf seine Weise zu Ende brachte. Er erfüllte ihren dringenden Wunsch.

„Es dauert nicht sehr lange, Sir", versicherte der Standesbeamte, „ich brauche nur die nötigen Dokumente und mein Siegel." Damit legte er eine abgegriffene Aktenmappe auf den Schreibtisch.

Ian Tremayne zog eine Schublade auf und entnahm ihr einige Papiere, darunter auch die Sondergenehmigung.

Mr. Blackstone fragte unsicher: „Sollte man nicht vielleicht noch ein wenig ... aufräumen, Sir?"

Ian strich sich über das stoppelbärtige Kinn und lächelte Marissa zu, ohne dass seine Augen den grimmigen Ausdruck veränderten.

„Nicht nötig, Mr. Blackstone, haben Sie Dank. An derlei Unordnung wird sich meine Frau von nun an gewöhnen müssen, außerdem macht ihr das alles gar nichts aus, nicht wahr, Liebste?"

Marissa zwang ein strahlendes Lächeln auf das Gesicht und berührte scheinbar zärtlich Ians unrasierte Wange. Dabei versicherte sie dem Standesbeamten: „Sie haben ja keine Ahnung, wie bezaubernd Mr. Tremayne ist, so liebenswürdig und rücksichtsvoll, einfach hinreißend. Und diese edlen Züge, selbst jetzt mit den Bartstoppeln, geradezu unwiderstehlich."

„Sie liebt mich." Tremayne nickte dem etwas verdutzten Mr. Blackstone zu. Lucy kicherte, Meg schaute zu Boden und seufzte leise. Ian fasste Marissas Hand und zog seine Braut zu sich heran.

„Können wir anfangen?"

„Ja, natürlich, Mr. Tremayne, selbstverständlich, ich glaube, ich habe nun all die Urkunden zur Hand."

Er begann mit der Trauungsformel, langsam, wichtig setzte er jedes Wort. Marissa hörte keines davon wirklich. Ians Hand umschloss ihre, sie spürte die Wärme, den festen Druck, die Kraft, die von ihm ausströmte. Jäh wurde ihr klar, dass sie in diesem Augenblick selbst Gefängnismauern um sich her aufbaute. Dies war die Wirklichkeit. Die bevorstehende Schiffsreise über den Ozean, das Leben in Ians Haus, die dauernde Bereitschaft, für ihn eine Rolle zu spielen.

„Wollen Sie, Ian Robert, diese Frau zu Ihrem ehelichen Weibe nehmen, sie lieben und in Ehren halten, von heute an, bis dass der Tod Euch scheidet?"

Marissa stockte der Atem. Spätestens jetzt würde Tremayne protestieren, alles für einen Spaß erklären und sagen, dass er, Ian Tremayne, nicht daran dächte zu heiraten.

„Ich will es", sagte Tremayne eben sehr bestimmt.

„Und wollen Sie ...", der Standesbeamte stockte, kramte in seinen Papieren, und Ian kam ihm trocken zu Hilfe.

„Katherine Marissa, Mr. Blackstone!"

„Ja, richtig, natürlich, ... Sie, Katherine Marissa, diesen Mann ehelichen, ihn lieben und in Ehren halten, bis dass der Tod Euch scheidet?"

Bis in den Tod? Das klang geradezu beängstigend. Ian Tremayne hatte keinen Scherz mit ihr getrieben, sie musste weitermachen. Beinahe hätte sie aufgeschrien, so unvermittelt und hart presste er ihre Hand, warnend, mahnend.

„Ich will es", stammelte sie.

Wieder redete Mr. Blackstone, und wie vorher verstand Marissa kein einziges Wort von allem, was gesagt wurde. Gleich darauf fühlte sie ihre Rechte hochgehoben, und etwas Kaltes, viel zu Weites wurde an einen Finger geschoben. Der Standesbeamte erklärte das jung vermählte Paar nun feierlich zu Mann und Frau und gestattete dem Bräutigam, die Braut zu küssen.

„Die Braut küssen", murmelte Ian Tremayne tonlos an ihrem Ohr, und sie zuckte zusammen vor der Bitterkeit, die in seiner Stimme mitklang. Fast fürchtete Marissa, er würde sie weit von sich stoßen. Nichts dergleichen geschah. Sein Griff wurde härter, und völlig unvermutet riss Tremayne sie in die Arme. Sie öffnete den Mund zu einem Wort der Abwehr, als sie am Ausdruck seiner tiefblauen Augen die Absicht begriff. Doch kein Laut wurde hörbar.

Seine Lippen legten sich auf die ihren, und sie erwartete wildes Ungestüm. Das blieb allerdings aus. Zwar nahm sich Ian ihren Mund verlangend und mit leidenschaftlichem Druck, doch es lag mehr als das in diesem Kuss. Vielleicht war es bloß die Erfahrung des Wissenden, vielleicht auch etwas, das diesem seltsamen Mann angeboren war. Mochte es sein, was es wollte, Marissa konnte nicht mehr darüber nachdenken. Seine Lippen verschlossen ihren Mund, sie spürte noch die Bartstoppeln an seinem Kinn, die harte Umarmung, die unbeugsame Entschlossenheit. Dann war alles bedeutungslos geworden, was blieb, war lockende Verführung.

Wie unter einem leisen Zwang öffneten sich Marissas Lippen seiner Zunge, die feucht und warm zu kosen, zu erforschen, spielerisch zu erregen begann. Mit der Linken streichelte er das Haar in ihrem Nacken, gab ihr keine Möglichkeit, sich seinem Kuss zu entziehen. Die Rechte lag auf Marissas Rücken und presste sie so eng an ihn, dass sie jeden gespannten Muskel des Männerkörpers fühlte, die Glut, die pulsierende Spannung. Es war eine drängende, fordernde und aufpeitschende Berührung. Niemals hätte sich Marissa träumen lassen, dass ein Mann sie so in seinen Armen halten könnte, ohne äußerlich etwas von seinem Empfinden preiszugeben.

Mit der Zunge fuhr er nun über Marissas Lippen, tauchte wieder in ihren Mund, suchte, lockte, erkundete. Marissa krampfte die Hände in Ian Tremaynes Hemd. Wenn er sie jetzt losließe, würde sie zusammenbrechen unter der Flamme, die von seinem Körper in den ihren herüberschlug. Unzählige nie gekannte Gefühle erfüllten sie mit siedender Hitze und eisiger Kälte, waren beglückend und verwirrend, erregten Zorn und zugleich Begeisterung, Verzauberung. Marissa ahnte dunkel, dass sie sich von dem Mann lösen müsste, schnell, und konnte es doch nicht ...

Wie aus weiter Ferne hörte Marissa, dass Mr. Blackstone sich leise räusperte, während Lucy und Meg gleichzeitig tief seufzten. Dann erst hob Ian Tremayne den Kopf und löste seine Lippen vom Mund seiner jungen Frau. In seinen kobaltblauen Augen flackerte es noch einmal auf, und sie konnte den Blick nicht abwenden. Mit dem Daumen strich er über ihren Mund. Was sollte nur der heiße Ausdruck in den Augen bedeuten? War Ian noch zornig auf Marissa, weil sie sich seine Hand ertrotzt hatte? Am Ende war es doch er gewesen, der Entschlossenheit an den Tag gelegt und den Stein endgültig ins Rollen gebracht hatte. Ob er sich hatte hinreißen lassen von einem plötzlichen heißen Verlangen? Sie war sich dessen beinahe sicher, denn jetzt erst spürte sie, wie er sich von ihr löste und den Blick von ihr zu dem Standesbeamten wandte.

„Die Urkunden", sagte er, „alles muss seine gesetzliche Richtigkeit haben, Mr. Blackstone."

„Natürlich, Mr. Tremayne, selbstverständlich."

Der kleine Beamte schob hastig den Trauschein über den Tisch, Ian Tremayne lehnte sich darüber und setzte seinen Namen mit beinahe unleserlichen Zügen darunter. Dann drückte er Marissa die Feder in die Hand, ungeduldig wie gewohnt, und sagte: „Unterschreib, Marissa, um alles in der Welt, unterschreib endlich das verdammte Blatt."

Sekundenlang starrte sie ihn an, ohne sich zu bewegen. Wie sollte sie denn nun eigentlich unterschreiben? In Marys Namen? Würde das etwas ändern, wenn alles herauskäme? Sie wusste es nicht.

„Marissa!"

Es war wie ein unterdrücktes Donnergrollen, und mit zitternden Fingern kritzelte sie ihren Namen noch unleserlicher als zuvor den ihres Ehemanns. Nur sie sah mit weit geöffneten Augen, dass sie ihren eigenen Namenszug unter das Dokument gesetzt hatte, Katherine Marissa Ayers. Ian Tremayne würde es niemals erfahren. Ayers, Ahearn, das sah so ähnlich aus, wenn es mit solch bebenden Händen geschrieben wurde wie hier.

Nun traten die beiden Frauen hinzu und unterzeichneten ebenfalls. Als letzter siegelte Blackstone die Urkunde.

„Gibt es keinen Champagner?“ fragte Lucy keck, und der Standesbeamte bekam plötzlich glänzende Augen.

„Champagner“, überlegte Tremayne, und Marissa biss sich stumm auf die Lippe, „natürlich, was wäre auch eine Trauung ohne Champagner?“

Im Handumdrehen war Lucy draußen und mit einem Tablett zurück.

Mit kritischem Blick musterte Tremayne das Etikett auf der Flasche, zuckte die Schultern und ließ den Korken knallen. Der Champagner schäumte perlend in die hohen Gläser. Eines hob er Marissa entgegen und reichte ihr ein anderes.

„Bis dass der Tod uns scheidet“, murmelte er.

Mr. Blackstone sagte feierlich: „Wir trinken auf viele Jahre ehelichen Glückes.“

„Auf viele Jahre“, wiederholte Ian Tremayne.

Meg rief plötzlich: „Auf eine große Familie mit starken hübschen Söhnen und schönen Töchtern!“

Sah denn niemand den Ausdruck von Feindseligkeit in Ian Tremaynes kobaltblauen Augen? Offensichtlich niemand außer Marissa. Schweigend nippte sie an ihrem Glas. Schließlich warf sie den Kopf in den Nacken und stürzte den Champagner hinunter, Ian Tremayne verzog spöttisch den Mund und goss nach.

Mr. Blackstone hatte die Urkunden sorgsam zusammengefaltet und seine Tasche geschlossen. „Meine aufrichtigen Glückwünsche Ihnen beiden, Sir, Madam.“

Während Marissa zusammenzuckte, öffnete Tremayne dem

Standesbeamten die Tür. Der ließ den beiden Stubenmädchen den Vortritt und verschwand mit einer achtungstiefen Verbeugung. Tremayne ließ das Schloss einschnappen und lehnte sich an den Rahmen. Wieder bemerkte Marissa das spöttische Lächeln, das seine Mundwinkel kräuselte.

„Schau nicht so entsetzt drein, Mrs. Tremayne, gewöhn dich daran, Liebste. So hast du es doch gewollt, nicht wahr?"

Sie wich zurück, als er langsam auf sie zukam, ihre Handgelenke umspannte und Marissa hart an sich presste. Sie spürte das Spiel der Muskeln.

„Deshalb bist du doch gekommen, genau zu diesem Zweck, meine Liebe. Du bist nun Mrs. Tremayne. Bist du nun glücklich?'

Sie suchte sich von ihm zu befreien. Sein feindseliger Tonfall machte ihr auf einmal Angst.

„Mr. Tremayne ..."

„Warum so förmlich, Mrs. Tremayne!"

„Aber ich bin nicht wirklich ..."

„Oh, doch, meine Liebe, in diesem Punkte hast du dich geirrt. Du bist vor dem Gesetz meine richtige Frau, Marissa, meine Frau", versicherte er leise.

Damit ließ er sie unvermittelt los und wandte sich zur Tür. Die Klinke schon in der Hand, zögerte er noch einen Augenblick. Das ironische Lächeln erschien wieder, als Ian Tremayne wiederholte: „Du bist meine Frau. Ich habe eine Ehefrau. Gütiger Himmel, was ist bloß in mich gefahren? Gnade Gott uns beiden!"

Damit, ohne eine weitere Erklärung, war er gegangen.

4. KAPITEL

„Was hast du?“ flüsterte Mary atemlos. Eben hatte Marissa ihr mit betonter Gelassenheit mitgeteilt, dass sie inzwischen Ian Tremayne geheiratet hätte. Jetzt verzog sie leicht das Gesicht. Sie befanden sich in dem Salon ihrer Hotelsuite. Es war nicht leicht, ruhig und ausgeglichen zu wirken, wenn einem das Herz bis zum Hals hinauf schlug und einen die Ungewissheit marterte.

Ian Tremayne war nicht in seine Bleibe zurückgekehrt, hatte aber alle seine Sachen im Zimmer gelassen. Also musste er noch einmal auftauchen. Marissa hatte eine gute halbe Stunde gewartet und sich dabei bemüht, die vielen persönlichen Kleinigkeiten nicht zu sehen, nicht das Bett, nicht die Briefe auf dem Schreibtisch. Endlich hatte sie es nicht länger ausgehalten und überlegt, ob er überhaupt voraussetzen würde, dass sie bliebe. Schließlich hatte Marissa eine Droschke genommen und war in ihr eigenes Hotel zurückgefahren. Dort hatte Mary die Freundin bereits ziemlich besorgt vorgefunden.

„Ja, ich habe ihn geheiratet“, wiederholte Marissa und setzte sich auf das Stilsofa, „oder sollte ich besser sagen, wir haben ihn geheiratet? Ich habe die Urkunde mit meinem eigenen Namen unterschrieben, damit alles seine gesetzliche Ordnung hat, wenigstens diese Trauung.“

„Oh, Marissa, wie konntest du nur?“ Mary umschlang die Freundin mit beiden Armen und küsste ihre Wangen. „Irgendwie hätten wir es schon geschafft, ohne dass du dieses Opfer hättest bringen müssen.“

„Unsinn, es war der einzige Weg, und außerdem wird sich kaum etwas dadurch ändern.“

„Wie kannst du das sagen, Marissa, eine Ehe ist eine Ehe,

weißt du, was du da auf dich nimmst? Du wirst dein Leben lang an dieser Verbindung festhalten müssen."

Manchmal konnte Mary bei aller Liebenswürdigkeit ziemlich anstrengend sein. Tatsächlich war sich Marissa ihrer fragwürdigen Lage durchaus bewusst. Ziemlich ungehalten sagte sie: „Natürlich weiß ich es, und außerdem ist es nur eine Namens-Ehe. Es steht also nichts zu befürchten"

„Und er sieht sehr gut aus, dieser Mr. Tremayne", meinte Mary leise. „Ich habe durchs Schlüsselloch geguckt, als ich gestern Abend im Schlafzimmer wartete. Er ist ein schöner Mann, wirklich."

„Warum hat er dich dann so in Angst und Schrecken versetzt?"

„Ich wäre ihm nicht gewachsen gewesen, er macht mir einen herrischen und selbstsicheren Eindruck, aber er sieht sehr gut aus", wiederholte Mary, „er muss ganz bezaubernd sein."

„Bezaubernd? Ja, das ist das richtige Wort."

Das war, wie Marissa inzwischen wusste, nur teilweise eine Lüge. Mr. Ian Tremayne konnte jedenfalls manchmal richtiggehend bezaubernd sein, wenn er nicht gerade spöttisch und hochmütig war und schrecklich ungeduldig.

„Wenn du gestern gelauscht hast, musst du auch gehört haben, dass er nicht wieder heiraten wollte. Er hat eine Ehe hinter sich und dachte ganz und gar an keine zweite. Ich werde ihn als seine Ehefrau dem Namen nach vor allen diesbezüglichen Avancen sichern, das ist alles."

„Trotzdem mache ich mir Sorgen um dich, Marissa. Einfach hinzugehen und einen Fremden zu heiraten, du hattest doch keine Zeit nachzudenken. Vielleicht hätten wir anders ..."

„Es gab keine andere Wahl, Mary, und alles wird gut werden."

„Bist du sicher?"

„Ich musste ihn dazu bringen, wenn unser Plan nicht scheitern sollte, und dann kam er auch schon mit einer Sondergenehmigung und dem Standesbeamten. Ich konnte nichts riskieren, Mary."

Ein einziger Blick in Mary Ahearns traurige Augen ließ Marissa die eigenen Einwände gegen das Geschehene sofort vergessen. Sie umfasste die zitternden kalten Hände der Freundin und begütigte: „Vergiss nicht, dass ich für meinen Onkel Theo sorgen muss. Und eigentlich ist alles genauso, wie ich es mir immer gewünscht habe. Mr. Tremaynes Haus ist groß, ich werde Oper und Theater besuchen und als elegante Gastgeberin der Mittelpunkt unzähliger gesellschaftlicher Ereignisse sein."

Mit unerwarteter Einsicht hielt Mary dagegen, dass Äußerlichkeiten nicht viel bedeuteten an der Seite eines kühlen, herrischen Fremden.

„Trotz allem werden wir zusammenbleiben", tröstete Marissa die Freundin.

„Vergiss nicht, dass wir die Rollen getauscht haben", warnte Mary. „Er wird nicht erlauben, dass du Freunde aus der niederen sozialen Schicht hast, arme Emigranten!"

„Amerika ist schließlich das Land der unbegrenzten Möglichkeiten und der sozialen Gleichheit, Mary."

„Gleichheit ist ein dehnbarer Begriff", widersprach Mary.

„Mach dir keine Sorgen, er wird mir keine Vorschriften machen. Er wollte keine Ehefrau, sondern eine elegante Repräsentantin seines Namens, nicht mehr. Du wirst ein hübsches kleines Haus in der Nähe bewohnen, und Jimmy wird Arbeit haben und sich ein Geschäft aufbauen. Alles wird genauso sein, wie wir es geplant haben, Mary, lass mich nur machen, ich finde mich schon zurecht."

Ein leises Klopfen an der Tür unterbrach sie. Es war Jimmy

O'Brian. Und er war sehr ernst, als er eintrat und feststellte: „Ich war nicht sicher, ob ihr beide nicht irgendetwas Verrücktes anstellen würdet, darum bin ich gekommen. Ja, Mary, schließlich ist es meine Aufgabe als Mann, klar Schiff zu machen."

Marissa lächelte gerührt bei diesen so bestimmten und ernst gemeinten Worten des jungen Iren. Er war so impulsiv, immer bereit zu geben, auch wenn er selbst nichts besaß. Und er liebte seine Mary aufrichtig.

„Du kommst zu spät, Jimmy", murmelte Mary, „Marissa ist hingegangen und hat diesen Amerikaner geheiratet."

„Was?" rief der junge Mann entsetzt.

Marissa lenkte ein. „Es ist halb so schlimm, Jimmy, der Mann ist nicht alt, sieht gut aus, und es ist für uns alle das Beste so."

„Man wird diese überstürzte Eheschließung annullieren!"

Marissa stand auf und straffte die Schultern. „Genau das werden wir bleiben lassen. Ich habe alles auf diese Karte gesetzt und die erste Runde gewonnen. Die Würfel sind gefallen, und wir werden damit leben können, denke ich."

Sie verstummte, da es wieder klopfte, diesmal sehr energisch und laut. Ein kleiner Schauer rieselte ihr über den Rücken. Das konnte nur Ian Tremayne sein. Bevor sie etwas tun konnte, war Jimmy an der Tür und öffnete. Draußen stand tatsächlich Ian Tremayne. Gebadet, rasiert und umgezogen wirkte er äußerst attraktiv in dem eierschalen-hellen Anzug und mit dem pechschwarzen Haar. Wie immer fiel eine Strähne in die gebräunte Stirn. Der Blick aus den bezwingenden blauen Augen traf den jungen Iren zwar mit düsterem Funkeln, doch die Haltung verriet Selbstbeherrschung und kühle Zurückhaltung. Marissa fühlte die hochmütige Verachtung, mit der er sie bedachte, und umklammerte die Seitenlehne des Sofas mit zitternden Fingern. Sie durfte ihm nicht zeigen, dass er sogar sie erschreckt hatte.

„Kann mir jemand erklären, was hier vorgeht?" fragte er kalt. Hinter den wenigen Worten ballte sich eine unausgesprochene Drohung.

Marissa begriff, dass Tremayne den jungen Iren für ihren Liebhaber halten mochte, den sie verleugnet hatte. Jimmy war unwillkürlich zurückgewichen, und Marissa wünschte ihm ihre eigene äußerliche Sicherheit. Ihn hatte der Auftritt des Amerikaners offensichtlich eingeschüchtert.

„Ich unterhalte mich mit Freunden, Mr. Tremayne", sagte sie nun hochmütig.

Er konterte scharf: „Das hätten Sie besser gelassen, Ma'am."

Mit unvorstellbarer Gelassenheit hob Marissa den Kopf und richtete sich hoch auf, obwohl ihr das Herz bis zum Halse schlug.

„Mr. Tremayne, ich habe einige Zeit vergeblich auf Ihre Rückkehr gewartet. Kommen Sie herein. Dies sind meine besten Freunde, Mr. und Mrs. James O'Brian."

Er ließ einen prüfenden Blick von Jimmy zu Mary gleiten. Jimmy erstarrte, doch Tremayne wurde spürbar weicher, als er Mary anschaute. Es war etwas ungemein Sanftes um dieses braunhaarige Mädchen, etwas fast Madonnenhaftes, als hätte nur Güte in ihrem Herzen Raum. Ihr Lächeln kam immer aus dem Innersten, echt und warm. Sie reichte dem Amerikaner die Hand und sagte freundlich: „Wir sind sehr froh, Sie kennen zu lernen, Sir."

Er neigte sich über ihre Rechte und entschuldigte sich. „Ich bitte um Vergebung, Mrs. O'Brian, aber ich fürchte, die lange Seereise hat mich nicht gerade in die angenehmste Laune versetzt."

„Dafür haben wir volles Verständnis." Lächelnd zog Mary Jimmy hinzu, der seine Kappe zwischen den Händen drehte und ziemlich verlegen schien.

„Komm, Lieber, das ist Mr. Tremayne."

Mit großer Verwunderung bemerkte Marissa, dass Tremayne das junge Paar nur kurz anblickte und sich sichtlich entspannte.

„Das Vergnügen ist ganz meinerseits, Mrs. O'Brian, Mr. O'Brian", versicherte er und schüttelte den beiden die Hand. Dann wandte er sich an Marissa und nickte ihr zu.

„Es tut mir Leid, wenn ich dich habe warten lassen. Ich hatte noch allerlei zu erledigen und hätte es dir erklären müssen. Und dies, nehme ich an, sind deine guten Freunde, von denen du sprachst."

Ohne mit der Wimper zu zucken, neigte Marissa den Kopf. „Genau das, dies sind meine besten Freunde, die ich mit mir nach Amerika nehmen möchte."

Der besorgte Blick, den er Mary zuwarf, verriet seine richtige Einschätzung ihres Gesundheitszustandes, noch bevor er zu bedenken gab: „Die Überfahrt ist lang und anstrengend."

„Ich weiß", räumte Mary ein.

Tremayne fragte den jungen Iren: „Welchen Beruf haben Sie?"

Inzwischen legte Mary die Hand auf Marissas Arm und flüsterte ihr zu: „Fordere deinen Ehemann doch auf, sich zu setzen, und biete ihm einen Drink an."

Marissa zuckte zusammen. Das war ja ein herzlich missglücktes Verhalten für Ian Tremaynes gesellschaftserprobte Ehefrau, die gute Gastgeberin. Aber sie war so verdutzt, dass Ian Tremayne nach dem unhöflich raschen Aufbruch nun so entspannt und wirklich charmant sein konnte. Jetzt, da er überzeugt sein musste, nicht der vermeintliche Liebhaber seiner Frau hätte ihm die Tür geöffnet, nahm Tremayne regen Anteil an diesem jungen Paar.

Marissa riss sich aus ihrer Starre und fragte: „Was darf ich Ihnen anbieten, Mr. Tremayne, Whisky, Cognac?"

Mary zupfte die Freundin wieder am Ärmel und flüsterte ihr zu: „Du musst deinen Mann beim Vornamen nennen, nicht so förmlich."

Ian lachte ihnen beiden zu. Einmal mehr schien ihn Marissas Verhalten im höchsten Grade zu amüsieren.

„Cognac wäre wunderbar", sagte er, ließ sich auf das Sofa fallen und winkte O'Brian zu sich. „Kommen Sie zu mir, Jimmy, erzählen Sie mir über Ihre Pläne."

Schnell genug begriff der verlegene junge Mann, dass der selbstsichere Amerikaner echtes Interesse an Marys und seinem Leben nahm, und taute merklich auf. Im Verlauf eines angeregten kurzen Gespräches machte Ian Tremayne Jimmy ein Angebot. Da er selbst weder Zeit noch Lust hätte, das Familienerbe in Form der Warenhauskette zu verwalten, so erzählte der Amerikaner, suchte er einen jungen Kaufmann, den man auf den verantwortungsvollen Posten eines Direktors schulend vorbereiten könnte. Und sollte es dem Iren später noch um ein eigenes Geschäft zu tun sein, würde er längst das nötige Anfangskapital verdient haben.

Dabei nahm Tremayne das Glas seiner Frau aus der Hand, ohne sie anzuschauen, und Marissa fühlte sich plötzlich zurückversetzt in die Zeit des Hausmädchens im Schatten der großen Halle. Daran änderte auch die hoffnungsvolle Miene des jungen Iren nichts. Er konnte sein Glück noch nicht recht fassen, und Mary stand mit strahlenden Augen hinter ihm, beide Hände auf seine Schultern gelegt.

Ian lächelte ihr zu. „Ihnen wird San Francisco ganz gewiss auch gefallen, Mary", sagte er sehr sanft. „Es ist eine wunderbare Stadt und gehört zu den schönsten Orten dieser Erde. Sie werden die alte Heimat nicht zu sehr vermissen, wenn Sie erst einmal drüben sind."

„Ich kann meine Heimat gar nicht vermissen, Mr. Tremayne“, gab Mary mit einem liebevollen Unterton zurück, „wo immer Jimmy ist, dort wird auch meine Heimat sein. Außerdem werden wir dann ja in Marissas Nähe sein können, was brauchen wir da noch mehr, um daheim zu sein?“

Ian stand auf und betrachtete sie nachdenklich. Marissa biss sich auf die Lippe. Er schien Mary zu bewundern und gern zu mögen. Vielleicht wäre es für sie alle besser gewesen, wenn sie nicht diesen Betrug ausgeheckt hätten? Jetzt war daran nichts mehr zu ändern. Die Würfel waren eben gefallen. Und sie allein war es, die ihn belogen und getäuscht und schließlich sogar geheiratet hatte.

„Marissa?“

Das klang, als ob er zu einem Kinde gesprochen hätte, zu einem Hausmädchen, zu Mary hingegen war er so höflich, liebenswürdig und mild.

„Auf ein Wort, Ma'am.“

„Oh“, murmelte Mary, „Jimmy und ich wollten ohnehin gerade gehen. Marissa und Sie werden furchtbar viel zu besprechen haben, Mr. Tremayne.“

„Ich kümmere mich um die Schiffskarten und erledige die nötigen Formalitäten.“ Ian nickte Jimmy zu, der ihn verdutzt anstarrte, und schüttelte ihm herzlich die Hand. Dann beugte er sich über Marys Rechte. „Auf bald also, auf sehr bald.“

„Und vielen Dank, Mr. Tremayne.“ Lächelnd sah sie zu ihm auf.

„Ian, bitte, wir sind doch Freunde, nicht wahr?“ Ians Tonfall klang freundschaftlich.

Mit dem ihr eigenen bezaubernden Ausdruck zog sie ihren Jimmy mit sich zur Tür, ungewöhnlich resolut und entschlossen. Sobald sie draußen waren, überfiel Marissa etwas wie Bangigkeit, dem Mann gegenüberzustehen, den sie vor wenigen Stunden geheiratet hatte.

„Ich hatte gedacht, dass wir beide uns in den nächsten Tagen einschiffen würden", begann er, doch sie unterbrach ihn sofort in seiner Rede.

„Das kann ich unmöglich!"

Sie musste unbedingt noch von Onkel Theo Abschied nehmen und ihm irgendeine Geschichte erzählen von einer großen Liebe auf den ersten Blick, Blitzhochzeit und Amerikareise mit einem steinreichen Ehemann.

Nur so konnte sie erklären, warum er in Zukunft monatlich einen Scheck von ihr erhalten würde. Vielleicht konnte sie ihn später sogar überreden, zu ihr über den großen Teich zu kommen. Doch das war noch ein Traum, ebenso wie die kleine Schule in dem Minenstädtchen in Yorkshire.

„Das verstehe ich vollkommen", stimmte Ian Tremayne überraschend zu. „Noch heute morgen hätte ich freilich abgelehnt, doch jetzt ..."

„Was ... jetzt?" murmelte sie argwöhnisch, und er lachte.

„Jetzt habe ich deine Freunde kennen gelernt. Sie sind so reizend und vertrauenswürdig, dass ich dir vielleicht Unrecht getan habe, als ich dir misstraute."

Marissa bezwang ihren jähen Groll und senkte die Lider. „Ich darf also später reisen?"

„Du wirst mit Mary und Jimmy auf der ‚Lorena' nachkommen, die in zehn Tagen aus London ausläuft."

„Schon in zehn Tagen", murmelte sie unwillig.

Seine Antwort kam sehr ernst, wenn auch ohne Ungeduld. „Es ist schon ungewöhnlich genug, dass ein frisch gebackener Ehemann ohne seine Angetraute heimkehrt. Zehn Tage kann ich überbrücken. Das Schiff bringt dich nach New York, der Zug dann von dort nach Kalifornien, nach San Francisco. Es ist eine lange und ermüdende Reise, die halbe Zeit an Bord, die andere Hälfte im Schlafwagen. Es wäre für dich einfacher gewesen, mit mir zusammen zu fahren."

Alles, nur das nicht. Marissa war überaus dankbar, dass sie nicht mit ihrem Mann reisen musste. Das hätte zweifellos eine gewisse Vertraulichkeit zur Folge gehabt, vor der sie zurückschreckte. Sie sah ihn mit einem halben Lächeln an.

„Ich bin sehr selbstständig, auch wenn Sie mir das nicht zutrauen. Und ich werde sicher und unbeschadet auch die Seereise überstehen."

Sie konnte den Ausdruck in seinen tiefblauen Augen nicht deuten.

„Daran besteht kein Zweifel", räumte er ein, „ich glaube dir aufs Wort, dass du Mut und Ausdauer genug hast. Für eine junge Dame deiner Herkunft und verwöhnt, wie du sein musst, ist dies ganz außergewöhnlich."

Marissa fragte sich, ob das wohl als Kompliment von ihm gedacht wäre.

Ian Tremayne sprach schon weiter. Dabei schritt er auf und ab und warf Marissa hin und wieder einen fragenden Blick zu.

„Ich muss mich noch für mein Benehmen heute Morgen entschuldigen, aber du erschienst so völlig unerwartet. Und der Gesinnungswechsel von der festen Entschlossenheit, in London zu bleiben, zu der, auf einer Heirat zu bestehen, war auch nicht gerade alltäglich."

Sie sah ihn nachdenklich an. Er war so sprunghaft, so quecksilbrig. Alles an ihm schien ständig in Bewegung, ständig in unvorhersehbarem Wechsel, von den blauen Augen über den Klang der dunklen Stimme bis zu seinen Gesprächsthemen und seinen

Stimmungen. Auch das war nicht gerade alltäglich, um bei seinem Wort zu bleiben. Einmal war er sanft und beinahe zärtlich, schon im nächsten Moment konnte die Luft vor feindseliger Spannung knistern.

„Jetzt ist es müßig, darüber nachzudenken", fuhr er fort. „Geschehen ist geschehen. Zugegeben, ich handelte übereilt aus Zorn und aus Ungeduld, aber das kam mir erst später zum Bewusstsein. Übrigens ist mir immer noch nicht klar, ob du wirklich weißt, auf was du dich mit mir eingelassen hast. Obwohl du mich überrumpelt hast, liegt der Fehler bei mir. Und deshalb muss ich dir einiges sagen."

Marissa stand so, dass das Sofa eine fühlbare Grenze zwischen ihnen aufrichtete. Nicht, dass sie sich vor Ian gefürchtet hätte. Aber sie hatte den Brautkuss nicht vergessen, würde ihn vermutlich überhaupt niemals vergessen können, auch nicht den Aufruhr, den er in ihr ausgelöst hatte.

Nun, da sie wieder mit Ian allein war, ertappte sie sich dabei, dass sie wie gebannt auf seinen Mund starrte, der ihr auf einmal so vertraut war wie sonst nichts an diesem Mann. Selbst mit geschlossenen Augen sah sie sein besonderes Lächeln vor sich, hörte den spöttischen Tonfall, die Zärtlichkeit, wenn er ihren Namen aussprach. Seine Stimme, die Berührung seiner Hände, seiner Lippen ...

Bei dem bloßen Gedanken stieg Hitze in ihr auf. Marissa schluckte und wusste selbst nicht, was sie mehr hoffte, dass Ian sie nicht mehr in die Arme nehmen sollte oder dass er es schnell wieder täte.

Wie würde sich diese Ehe wohl entwickeln? Marissa hatte keine Ahnung, und Ian hatte nichts darüber angedeutet. Sie zwang sich, Haltung und Fassung zu bewahren.

„Nun, einiges haben Sie bereits erwähnt. Sie wünschen zwar

keine Ehefrau, doch ein Aushängeschild gegen unerwünschte Annäherungsversuche, abgesehen natürlich von Ihren ..."

Sie unterbrach sich gerade noch rechtzeitig, bevor ihr das Wort „Dirnen" entschlüpfen konnte, und verbesserte schnell „Tänzerinnen aus den Vergnügungsetablissements, derer es ja in San Francisco viele gibt, wie Sie mir sagten."

Sein Lächeln entbehrte jeder Heiterkeit.

„Meine verehrte Mrs. Tremayne, du hast eine gefährlich spitze Zunge."

Er machte einige lange Schritte auf sie zu. Plötzlich fand sie sich heftig an seine Brust gepresst und spürte, wie er zwischen Scherz und Zorn schwankte.

„Vorsicht, Marissa, du kennst mich nicht. Ich kenne mich selbst manchmal nicht wieder. Nimm heute Morgen zum Beispiel. Ich war völlig gegen jede Heirat. Du kamst, begannst zu sprechen, und schon war es geschehen. Es war mein Fehler, ich weiß es. Man kann einen Mann nicht einfach herumkriegen, wenn er es nicht geschehen lässt. Und ich werde mich in Zukunft auch nicht mehr so leicht übertölpeln lassen. Doch das war es nicht, was ich dir sagen wollte."

„Bitte", murmelte sie leise und versuchte sich zu befreien. Sie ertrug die so vertrauliche Nähe nicht, das wusste sie seit dem Morgen, nicht die Hitze, die von seinem Körper auf sie überströmte, nicht das Spiel seiner Muskeln, die ihr seine Spannung verrieten, seine Erregung. Flammen schienen sie zu durchzucken, das Blut pochte in den Adern, heiße und kalte Schauer rieselten ihr über die Haut. Unsicher und bebend wünschte sie sich einerseits, weglaufen zu können, während sie ihm andererseits am liebsten die Arme um den Hals gelegt hätte, um Halt an ihm zu finden.

Er war auch verstummt, und als Marissa den Kopf zurücklehnte und in die tiefblauen Augen schaute, erlahmte ihr Widerstand. Blick ruhte in Blick, Marissa war keines Wortes mächtig, Ian hielt sie nur fest an sich gedrückt. Endlich gab er sie zögernd frei und wandte sich ab.

„Ich sehe dich noch, bevor wir auslaufen. Ich reise übermorgen auf der ‚Princess of the Sea'. Bis dahin werden alle nötigen Reisedokumente und Anleitungen für dich fertig sein und natürlich auch", setzte er hastig hinzu, „natürlich auch für deine Freunde Mary und Jimmy." Wieder ganz kühl, gelassen und geschäftsmäßig wie immer, war er schon bei der Tür, als Marissa ihm nachlief und rief: „Mr. Tremayne", und als er sich umdrehte, verbesserte sie sich, „Ian?"

„Ja, was ist?"

„Ich habe Ihnen nicht gedankt."

„Wofür?"

„Sie waren so herzlich zu Mary und Jimmy, und Sie ... werden Jimmy einstellen."

Er zuckte lässig die Schultern und wollte gehen.

„Ian?"

Sein Name klang noch so fremd aus ihrem Mund. Tremayne hielt die Klinke in der Hand, und sie wusste nichts zu sagen.

„Gute Nacht dann", wünschte er ihr diesmal doch und zog die Tür hinter sich ins Schloss.

Marissa lehnte sich kraftlos an die Wand und schloss die Augen. Sie hatte nicht nur diesen Tag überlebt, sie war auch verheiratet, rechtmäßig mit Ian Tremayne verheiratet.

Und er hatte sie geküsst, er konnte so zärtlich sein und doch auch wieder so sprunghaft. Und sie hatte ihn belogen, sie spielte ihm eine Komödie vor, die, würde sie entdeckt, blitzschnell zur Tragödie werden musste.

Nein, alles würde gut werden, für Mary und Jimmy, für Onkel Theo und sie selbst. Wenn nur die Erinnerung nicht gewesen wäre an diese kobaltblauen Augen, an die Berührung der starken Hände, heiß und fordernd! Und vor allem, wenn dieses Zittern in ihrem Körper aufhören wollte, dieses sehnende Verlangen.

5. KAPITEL

Der Londoner Nebel waberte durch die Straßen. Ian Tremayne war an das Ziehen der Schwaden gewöhnt und liebte es. Überhaupt war ihm vieles an der Themsestadt wohltuend vertraut, erinnerte an die Heimat, etwa die zahlreichen Brücken, die kühle, feuchte Nachtluft auf den Wangen.

In Gedanken erwog Ian den neuesten Auftrag, den er in San Francisco übernommen hatte und mit dem er seither nur Schwierigkeiten bekam. Ein groß angelegter Bau in der Lagune verlangte nach dauerhafter Pfeilergrundlage und extremer Schwankungsspanne wegen der häufigen Erdstöße, denen San Francisco standhalten musste. Er war Architekt aus Berufung und weitsichtiger als die engstirnigen Stadtväter, denen es nur auf die Kosten ankam und mit denen er unnachgiebige Kämpfe auszufechten hatte.

Es war spät geworden, ziemlich spät, und Ian Tremayne wandte sich in Richtung Hyde Park, der im verschwimmenden Schein der Gaslaternen lag. Er liebte es, durch nächtliche Straßen zu wandern, und hatte deshalb keine Droschke genommen, als die Geschäftsbesprechung endlich vorbei gewesen war. Plötzlich befremdete ihn etwas an der rechten Hand, an der sonst der goldene Siegelring steckte. Seit heute Morgen trug Ian dort den schmalen Platinreif, das Zeichen seiner zweiten Ehe. Das Blut wollte ihm in den Adern stocken, und Kälte rann ihm durch die Glieder, abgelöst von einem Hitzeschauer. Zum hundertsten

Male an diesem Tag stellte sich Ian Tremayne die Frage, warum er sich auf diese Heirat eingelassen hatte.

Damals, als er im strömenden Regen hatte zusehen müssen, wie sie Dianas Sarg in die Familiengruft gesenkt hatten, hatte Ian sich geschworen, nie wieder einer anderen Frau sein Herz und seinen Namen zu geben. Diana war die sanfteste Frau gewesen, die man sich denken konnte, und sie hatten einander so innig und zärtlich geliebt. Danach hatte es lange gedauert, bis er es über sich gebracht hatte, eine Frau auch nur anzurühren, und dann waren es rein körperliche Begegnungen gewesen, von denen seine Seele nichts wissen wollte. Alles war gut gegangen, er hatte der Toten die Treue gehalten, auch wenn er seinen Sinnen Befriedigung verschaffte.

Und dann war die Verantwortung für dieses Mädchen auf seine Schultern gelegt worden, hatte Sir Thomas, der väterliche Freund, ihm sein einziges Kind anvertraut. Dabei hatte sich Ian Tremayne freilich nicht träumen lassen, was daraus werden würde. Er presste die Lippen fest zusammen bei dem Gedanken an dieses Geschöpf, das sich, um schnell über die große Erbschaft verfügen zu können, an ihn verkauft hatte wie eine kostspielige Londoner Kurtisane oder auch das billigste Straßenflittchen an einen zahlenden Freier.

Und doch war sie so ganz anders, so entschlossen, logisch überlegend, konnte aufbrausen und beinahe pathetisch werden. Ihr Zorn hatte ein geradezu gefährliches Echo in ihm erweckt. Er hatte sich dagegen gewehrt und es auch ernst gemeint. Wenig später war er dann trotzdem halb angezogen, unrasiert und übernächtigt die Straße entlanggeeilt, um Mr. Blackstone zur Trauung zu holen. Und Ian Tremayne hatte das Eheversprechen abgelegt: „... bis dass der Tod Euch scheidet!"

Was bedeutete nur der sonderbare Ausdruck in ihren Augen,

der in Ian geradezu leidenschaftlichen rasenden Zorn anstachelte, obwohl es keinen Grund gab, Sir Thomas' Tochter vor den Kopf zu stoßen?

Er wollte dieses Mädchen nicht in seiner Nähe haben, wollte sein Leben weiterführen wie bisher, in der Erinnerung an Diana leben und um diese einzig geliebte Frau trauern. Er hätte der jungen Waise in seinem Haus eine Heimstatt gegeben, und sie hätte dafür möglichst unauffällig bleiben sollen, ein wohlerzogenes, meist unsichtbares junges Mädchen. Stattdessen hatte er die Beherrschung verloren und diese Tigerkatze geheiratet. Dafür hätte er sie hassen können. Nein, nicht sie, nur seine eigene Art, auf Marissa anzusprechen. Sie erregte seine Neugierde, machte manchmal einen so gehetzten Eindruck, als klammerte sie sich an die Dinge, die ihr immer entglitten waren. Ein Blick in die grünen Augen hatte genügt, dass Ian Tremayne sich zum Narren gemacht hatte. Sie machte den Eindruck, als hätte sie tiefste Leiderfahrung. Nun hatte sie freilich erst vor kurzem ihren Vater verloren. Aber konnte deshalb ein so junges Mädchen zugleich königlich und kühl, schutzbedürftig und verführerisch sein? Er kannte keine Frau von derartiger Klugheit, Eleganz und sinnenverwirrender Weiblichkeit. Diese Augen, Katzenaugen, nein, Nixenaugen, die man so schnell nicht wieder vergessen konnte ...

Und nun war Marissa seine Frau. Er spürte Bitterkeit. Marissa war sehr schön und würde für sein Haus und sein Geschäft ein wertvolles Accessoire sein. Er konnte sich gut vorstellen, wie sie der Mittelpunkt einer Abendgesellschaft war und Samt und Seide mit gelassener Grandezza trug, umweht von kostspieligem Parfüm. Soweit ließ sich dieser Teufelspakt vertreten. Außerdem würde der junge Ire mit ihr kommen, Jimmy O'Brian. Das war nun ein Mann nach Ian Tremaynes Geschmack, ohne Firlefanz, aufrichtig, strebsam, von tiefem Glauben an den „Amerikanischen Traum“ erfüllt, der auch die Mitte von Ians Anschauung bildete.

O’Brian würde schon bald Ian eine Menge Zeit sparen und ein Pfeiler für das Familienerbe der Kaufhäuser werden. Er würde den Platz einnehmen, der dem mit Diana verstorbenen Kind zugedacht gewesen war, weil Ian sich geweigert hatte, dies zu tun. Inzwischen hatte er das Gästehaus erreicht und schritt die Treppe hinauf. Von oben kam ihm eine üppige Blondine in feuerroter Seide mit einer Federboa entgegen. Es war eine Diseuse aus einem Etablissement in der Straße, ziemlich elegant und überaus diskret, die Ian vor zwei Tagen kennen gelernt hatte. Er fühlte die jähe Erregung in seinen Lenden, doch gleichzeitig stand ein Paar grüner Augen voll hochmütiger Verachtung vor seinem inneren Auge. Zorn verdrängte den sinnlichen Impuls.

Mit einem höflichen Gute-Nacht-Gruß ließ er die Sängerin an sich vorbeigehen und übersah geflissentlich die Enttäuschung auf ihren hübschen Zügen. Er trat in sein Zimmer und wusste, dass er auch in dieser Nacht zur Cognacflasche greifen würde, um die Erinnerung an grüne Nixenaugen darin zu ertränken, an die Augen seiner Frau.

Am folgenden Nachmittag stand Marissa Tremayne als Trauzeugin für Mary und James O’Brian vor dem Altar in der Kirche zu St. John’s. Sie waren kurz nach Ian Tremaynes Weggang am letzten Abend in das Hotel zurückgekehrt und hatten Marissa erzählt, dass Jimmy sich um alle nötigen Dinge für eine schnelle Trauung gekümmert und mit einem Pastor bereits Termin und Stunde dafür festgelegt hatte. Dazu war er eigentlich nach London gekommen. Und sie hatten ihr Geheimnis so lange für sich behalten, um Marissa in keiner Weise zu einem Entschluss oder einer Handlung zu drängen.

Nach der herzlichen Umarmung der überraschten Marissa musste sie dann auch noch hören, wie das junge Paar Ian Tremaynes Lob in allen Tonarten sang. Ihr ziemlich düsteres Schweigen hatte die hingerissene Vorfreude der beiden frohen Menschen nicht trüben können, und sie hatten ihr noch einmal von ganzem Herzen gedankt. Marissa liebte beide, und das offensichtliche Glück ihrer Freunde ließ sie ein wenig die eigenen Probleme verdrängen. Schon nach kurzer Zeit freilich fühlte sie sich ziemlich überflüssig und zog sich zurück.

Im Bett dann lag sie wach und starrte grübelnd ins Dunkel. In Gedanken durchlebte Marissa noch einmal jeden Augenblick ihrer überstürzten Hochzeit. Eines stand für sie fest. Ian Tremayne würde niemals wie James geruhsam am Kamin sitzen, die Hände seiner Frau halten und anbetungsvoll in ihre Augen schauen. Je länger sie sich mit ihm beschäftigte, desto fühlbarer wurde seine Berührung, sein Kuss. Jähe Hitze stieg in Marissa hoch, ein Schwindel erregender Zusammenklang von Erregung und Bangigkeit und Sehnen.

Am Morgen dann war Mary so schön wie noch nie gewesen. Die Fieberkrankheit schien sie endgültig überwunden zu haben. Die Augen strahlten, die Wangen glühten, so und nicht anders sollte eben eine glückliche Braut aussehen. In dem elfenbeinweißen Kleid mit dem kostbaren spanischen Spitzenschleier, in dem schon ihre Mutter vor den Altar getreten war, war Mary beim Champagnerfrühstück heiter und gelöst, und auf der Droschkenfahrt zur Kirche lachte und scherzte sie beinahe übermütig mit ihrem Jimmy. Immer wieder küssten sich die Brautleute, und Marissa musste sich mit einem leisen Räuspern erst in Erinnerung bringen.

In dem Gotteshaus hielt dann der Pastor eine herzliche Traurede, seine hübsche, üppige Gattin spielte die Orgel und sang mit schöner Sopranstimme. Alles war feierlich, rührend und familiär. Denn wie bei Marissas übereilter Zeremonie gab es nur zwei Frauen als Trauzeuginnen, nämlich Marissa und die Gattin des Reverend. Und dennoch war alles so ganz, ganz anders. Hier hatten sich zwei Menschen das Jawort gegeben, denen die herzlichste Liebe aus den Augen leuchtete und die sie wie ein wärmender Mantel einhüllte, so dass alles andere keine Bedeutung mehr hatte. Marissa hatte nie gedacht, dass es so etwas überhaupt geben könnte.

Die Stimmen klangen leise beim Gelöbnis, doch zwei Herzen schlugen in schönster Harmonie mit. Als der Pastor Jimmy bat, die Braut zu küssen, hätte Marissa aufschreien können, und Tränen brannten ihr in den Augen. Sie war sonst nicht leicht zu rühren, und so wunderte sie sich über sich selber. Es mochte daran liegen, dass sie hier mit etwas konfrontiert wurde, von dem sie bisher nichts geahnt hatte und das es für sie niemals geben würde. Und dann zwang ein siebenter Sinn sie plötzlich, den Kopf zu wenden. Sie atmete gepresst, ein kalter Schauer rieselte ihr über den Rücken, als sie ihren Mann sah.

Ian Tremayne stand ganz hinten in der Kirche an einen der Pfeiler gelehnt, entspannt, gelöst, und hatte offensichtlich die Zeremonie vom Anfang an mit verfolgt.

Marissa strömte alles Blut zum Herzen, sie erblasste jäh. Was suchte Ian Tremayne hier, und wie war er überhaupt auf ihre Spur gekommen? Sie hatte gelogen, hatte ihm das junge Paar als schon verheiratet vorgestellt, und nun hatten sie einander eben erst das Jawort gegeben. Da sein Gesicht im Schatten war, konnte sie nicht erkennen, in welcher Laune er sein mochte, schon gar nicht ahnen, was in ihm vorging. Eines nur war sicher. Er schaute sie an, und auch Marissa konnte den Blick nicht von seiner Gestalt abwenden.

„Mrs. Tremayne“, kam von fern her die Stimme des Pastors, „würden Sie bitte noch Ihre Unterschrift unter die Urkunde setzen?“

Die Papiere lauteten natürlich auf Marys richtigen Namen. Marissa hatte es auf einmal sehr eilig zu unterschreiben. Ian Tremayne durfte diese Dokumente niemals zu Gesicht bekommen. Während die Feder mit leisem Kratzen über das Papier raschelte, kam Ian Tremayne nach vorne. Mit einem Blick verständigten sich die beiden Freundinnen, und Mary trat ihm hastig in den Weg.

„Mr. Tremayne!“

„Welch eine schöne Hochzeit, liebe Mary, und so rührend“, sagte er und beugte sich über ihre Hand.

„Oh, wenn ich gewusst hätte, dass Sie uns die Ehre geben würden ...“, erwiderte Mary.

„Wie konnte ich? Ich war ja der Meinung, Sie wären bereits ein Paar, Jimmy und Sie.“

Mary errötete und senkte den Kopf.

„Oh, Marissa wollte nur, ich meine, sie wollte nicht, dass Sie einen, nun, einen falschen Eindruck von uns beiden bekommen sollten ...“ Sie ließ den Satz unvollendet, die Stimme zitterte ein wenig und verriet einen leisen Unterton von bezaubernder Verlegenheit.

„Warum hätte ich das wohl, liebe Mary? Ich fand Sie und Ihren Mann vom ersten Kennenlernen an überaus liebenswürdig“, versicherte Ian Tremayne und schenkte dabei Marissa über Marys Schulter hinweg ein ziemlich schiefes Lächeln. „Ich hätte mir überhaupt nichts dabei gedacht.“

Inzwischen hatte Jimmy die Urkunde verwahrt und sich mit einem Dankeswort von dem Pastor und dessen Frau verabschiedet. Dann kam auch er auf den Amerikaner zu und schien verlegen, befangen.

„Keine Ursache, Jim O'Brian. Ich fand Ihre Trauung überaus eindrucksvoll; es war schön dabei zu sein."

Es war Mary, die fragte, wie Ian Tremayne überhaupt hierher gekommen sei, und sie erfuhr, dass das Stubenmädchen im Hotel Auskunft gegeben hatte, als Ian die Reisedokumente für das junge Paar hatte abgeben wollen.

„Wie gut, dass Sie nun tatsächlich Mrs. und Mr. James O'Brian sind", scherzte Tremayne und schlenderte zu der Kanzel hinüber, an deren Fuß Marissa sich Halt suchend gelehnt hatte. Er sagte zwar kein Wort, doch der flimmernde Ausdruck der kobaltblauen Augen schien ihr den unterdrückten Zorn zu verraten. Und dieser Zorn galt nicht den Neuvermählten, er galt ihr, die ihn belogen hatte.

Der Pastor trat zu ihnen und meinte unbefangen: „Das also ist nun Mr. Tremayne, schade, dass wir nicht gewusst haben, dass auch er hier war, sonst hätte er zusammen mit Mrs. Tremayne als Trauzeuge fungieren können."

Marissa dankte dem Himmel für die Gnade, dieser Gefahr entgangen zu sein. Was alles hätte geschehen können, wenn Ian die Trauungsurkunde für Katherine Mary Ahearn mit James O'-Brian hätte unterschreiben sollen! Mit einem freundlichen nichts sagenden Wort verabschiedete er sich und nahm den Arm seiner Frau. Marissa zuckte zusammen, bezwang sich aber rechtzeitig. Außerdem hielt Ian sie so fest, dass jeder Versuch, sich von ihm zu lösen, vergeblich gewesen wäre.

Vor dem Kirchenportal holten sie das jung vermählte Paar ein, und Tremayne murmelte: „Anlässlich dieser einmaligen großen Gelegenheit werden Sie mir als Ihrem künftigen Arbeitgeber wohl gestatten, Jim O'Brian, Sie und Ihre Frau zu einem Hochzeitssouper einzuladen?"

Als Jimmy unsicher einwandte, er könne nicht noch mehr von Ian annehmen, wurde er belehrt, dass dies das Selbstverständlichste der Welt sei.

„Kommt, solange der Abend noch jung ist", sagte der Amerikaner und zog seine Frau enger an sich, „weder Marissa noch ich werden euch beide zu lange aufhalten, aber wir wollen doch ein wenig mit euch feiern, nicht wahr, meine Liebe?"

Machte er sich schon wieder über sie lustig, oder meinte er es ernst? Seine Augen funkelten, sein Arm war wie eine Klammer.

„Natürlich", murmelte Marissa tonlos.

Tremayne war immer Herr der Lage. Jetzt winkte er einer Droschke und nannte einen vornehmen Klub nahe dem Parlamentsgebäude, in dem auch die Mitglieder der königlichen Familie ein und aus gingen. Jimmy kannte den Klub nicht, doch Mary sperrte sekundenlang die Augen auf. Der Türsteher riss die Tür der Droschke auf und verbeugte sich tief, als er Ian Tremayne mit dem Namen ansprach, der die kleine Gesellschaft hineingeleitete. Der Maître d'Hotel kam herbeigeeilt und führte sie zu einem Tisch in einem der privaten Klubräume. Auf weißem Damast war in feinstem Porzellan eingedeckt, die Gläser waren aus geschliffenem, kostbarem Kristall. Die Kerzen auf einem Kronleuchter verbreiteten ein gedämpftes Licht. Das Souper war exquisit, der Champagner eiskalt und perlend.

Ian brachte einen Toast auf die Neuvermählten aus. „Auf ein Leben in Gesundheit und Glück!"

Der frisch gebackene Ehemann Jimmy sprang auf und erwiderte den Trinkspruch. „Auf Sie, Sir, und Marissa! Auf ein ..." Er unterbrach sich jäh und verschluckte sich beinahe bei der plötzlichen Erinnerung, wie wenig hier wohl seine Worte angebracht wären, und setzte dann ziemlich unsicher hinzu: „Natürlich auch viel Gesundheit und Glück."

Marissa lächelte kühl und neigte dankend den Kopf. Ian hob ihr sein Glas entgegen, wieder huschte der sonderbare Zug um seinen Mund. War es Spott? Zorn?

„Und Reichtum“, sagte er beziehungsvoll.

„Danke“, gab sie gelassen zurück. Er zuckte die Schultern und wandte sich Jimmy zu. Ihm übergab Ian Tremayne die Reisedokumente und erklärte noch einmal kurz die Zusammenhänge.

„Ich selbst werde morgen an Bord gehen“, schloss er ruhig, „und Sie alle in San Francisco am Bahnhof abholen. Sollte ich verhindert sein, wird eine Droschke oder ein Automobil Sie erwarten. Sie haben meine Adresse und die Telefonnummer meines Hauses für alle Fälle.“

Mit ernster Miene verstaute Jimmy die Papiere in der Brusttasche und bedankte sich sehr herzlich.

Tremayne lächelte. „Nun wird wieder ein Toast fällig: auf unsere zukünftige Geschäftsbeziehung, möge sie lang und erfolgreich werden!“

„Hört nur“, rief Mary überglücklich und strahlte ihren Mann an.

Als die Gläser wieder gefüllt wurden, dachte Marissa, dass Champagner nicht nur gut schmeckte, sondern auch ein Mittel gegen Unsicherheit und Unbehagen, vielleicht sogar gegen die unterdrückte ... Angst sei. Denn Marissa hatte Angst. Angst, dass Ian sie durchschauen und ihr Lügengebäude einreißen könnte, um dahinter das schmutzige Kind aus Yorkshire zu entdecken, das Hausmädchen im Schatten der großen Halle. Wie zornig er schon wegen der kleinen Lüge um das junge Paar gewesen war! Wie würde er erst reagieren, wüsste er die ganze Wahrheit?

Marissa fühlte, wie die Augen ihres Mannes sie musterten und abschätzten, während er ihr Glas von Neuem füllte. Sie senkte den Blick. Keine Sorge, er konnte nichts wissen, sich nicht erinnern. Das Gespräch drehte sich um London und San Francisco, um Irland und den Wollmarkt und enthob Marissa einer allzu aktiven Teilnahme.

„San Francisco und London haben eines gemeinsam, den Nebel", sagte Ian Tremayne eben, „die Schönheit der ziehenden Schwaden, das Geheimnisvolle, Schwebende, die Brücken, die kühle Luft."

Mit einem Male empfand Marissa Angst vor der Zukunft. Nein, nicht jetzt England verlassen müssen, nicht einen Ozean überqueren und einen neuen Kontinent durchreisen. Sie spürte den Blick ihres Mannes auf sich und errötete unwillkürlich, senkte die Lider, damit der Schreck in ihren Augen verborgen wurde.

Schließlich verließen sie den Klub, und Ian wollte für die Neuvermählten eine Droschke rufen, um danach Marissa zu ihrem Hotel zu begleiten. Sie zuckte heftig zusammen. Natürlich, Mary und Jimmy waren nun ein Ehepaar, verbunden vor Gott und den Menschen. Der Gedanke, mit ihrem Ehemann allein zu sein, jagte ihr Furcht ein. Dennoch blieb ihr keine andere Wahl, denn nach den üblichen Umarmungen und Glückwünschen fuhren Mary und Jimmy davon und winkten und riefen noch: „Auf Wiedersehen in Amerika!"

Auf der Fahrt zum Hotel wechselten Ian und Marissa kaum ein Wort. Sie fühlte die Wärme seines Körpers, die Spannung der Muskeln, die verhaltene Erregung, die nicht abgeklungen war, seitdem er ihr in der Kirche den Arm gereicht hatte. Im Hotel stiegen sie Seite an Seite die Treppe zu der Suite hinauf. Im Salon wollte sich Marissa umdrehen und sich eilig für den schönen Abend bedanken. Doch Ian Tremayne dachte nicht daran, sich von ihr zu verabschieden, sondern zog die Tür hinter sich ins Schloss, lehnte sich mit verschränkten Armen dagegen.

Marissa ließ ihren Mantel achtlos auf das Sofa fallen, fühlte den Blick der kobaltblauen Augen auf sich ruhen und den leichten Schwindel, die Folge des reichlich genossenen Champagners. Dabei brauchte sie gerade jetzt einen klaren Kopf, um mit diesem Mann fertig zu werden. Zuerst versuchte sie es mit einem elegant unterdrückten Gähnen.

„Nun, Mr. Tremayne, es ist nun doch spät geworden. Ich bin auf einmal schrecklich müde."

„Müde oder nicht, Mrs. Tremayne, glaubst du nicht, dass du mir noch eine Erklärung bezüglich deiner frisch vermählten Freunde schuldest?"

Marissa hob mit einer Ungewissen Bewegung die Schultern. „Sollte ich das denn?"

„Immerhin hast du mich belogen, was die Heirat angeht."

Sie würde ihm nicht zeigen, wie sehr sie Angst hatte.

„Ich sah keine Notwendigkeit, sie dir anders vorzustellen am Vorabend ihrer Eheschließung. Warum bist du deshalb zornig?"

„Ich bin es ja nicht", sagte er leise.

„Was denn sonst", murmelte Marissa und fühlte sich in die Enge getrieben, als er sich nun von der Tür löste und langsam auf sie zukam. Sie zitterte und wich zurück, halb unsicher, halb unwillig. Sie wusste, dass er sie nun wieder berühren würde, aber nicht, ob sie das fürchtete oder ersehnte.

Er stand jetzt ganz dicht vor ihr, hinter ihr war die Wand. Er stützte seine Arme neben Marissa gegen die Tapeten, hielt sie gefangen, ohne sie zu berühren, bannte sie mit dem blauen Feuer der Augen.

„Die Wahrheit, meine liebe Marissa, die Wahrheit will ich wissen, warum du mich belogen hast, und zwar jetzt, auf der Stelle, heute Nacht."

„Es war doch nur eine kleine Lüge", setzte sich Marissa schwach zur Wehr.

Doch Ian Tremayne widersprach ruhig: „Keine Lüge ist klein, Marissa. Ich will die Wahrheit wissen.“

Sie schlüpfte hastig unter seinem Arm durch und wies auf das Tablett mit den Getränken. „Möchten Sie etwas trinken?“

„Ich möchte bloß die Wahrheit, Marissa.“

Sie versuchte, sich von ihm zu entfernen, doch er fasste sie am Arm. Die Berührung hatte nichts Gewaltsames, auch nichts Schmerzhaftes, sie war nur bestimmt und fest.

„Keine Ausflüchte“, sagte er seufzend, „lass uns vernünftig reden.“ Er zog sie neben sich auf das Sofa, hielt ihren Blick mit dem seinen. „Wir sollten es hinter uns bringen, Marissa.“

6. KAPITEL

In seiner Nähe, unter dem Eindruck seiner Entschlossenheit hätte Marissa zu gern die Wahrheit gestanden, ihrem Mann alles rückhaltlos gebeichtet, doch das war unmöglich. Die Wahrheit würde sie alle aus der Bahn werfen. Marissa durfte sich nicht einschüchtern lassen, sich keine Schwäche gönnen. Mary und Jimmy waren zwar verheiratet, doch noch ohne jeden finanziellen Rückhalt. Und sie, Marissa, war immerhin die rechtmäßige Mrs. Tremayne. Die Lider wurden schwer. Der Champagner tat seine betäubende Wirkung, gerade jetzt hätte Marissa ihre klare Überlegung gebraucht. Eben jetzt in dieser Nacht. Denn Ian Tremayne strahlte die widersprüchlichsten Empfindungen aus. Sie hatte ihn schon sanft erlebt, zornglühend, belustigt und zärtlich, jedoch niemals wie eben jetzt.

Und all das nur, weil Marissa ihn belogen hatte. Er konnte ja nicht ahnen, dass ihr ganzes Leben mit ihm eine einzige Lüge war. Es gab keinen Ausweg aus dieser Verstrickung. Marissa konnte

Ian Tremayne nicht die Wahrheit sagen. Nur ihre Rolle konnte sie spielen, die Rolle des verwöhnten und eigenwilligen Mädchens aus gutem Hause. Sie hob trotzig das Kinn.

„Ich wollte einfach nicht ohne Mary und Jimmy reisen", sagte sie. „Und sie hätten ohnedies die Reisedokumente auf ihren gemeinsamen Namen gebraucht, was zählte da schon ein Tag?"

„So sehr bist du ihnen verbunden? Du machst mich neugierig."

Wenn bloß seine Augen nicht so durchdringend gewesen wären, so tiefblau, so voll Verlangen, befehlend und beschwörend zugleich! Auf dem Sofa, so nah neben diesem Mann, dessen Körper eine fühlbare Hitze ausströmte, fühlte sich Marissa in die Enge getrieben, gestellt, wenn sein Atem ihr Gesicht streifte, sobald Ian sprach. Jäh stieg Sehnen in ihr auf, diesen Mann zu umarmen, zu berühren, den herben Duft zu atmen, der ihn einhüllte.

Und plötzlich war es gar nicht mehr unangenehm, obgleich seine Züge nach wie vor ernst und streng waren. Nicht anfassen, dachte sie, Gefahr! Ob das der Champagner war? Marissa lehnte den Kopf gegen das Sofa, hörte wie von fern die dunkle Stimme: „Erzähl mir mehr von deinen Freunden."

Sie schloss die Augen und verneinte. „Ich kann es nicht, nicht jetzt, ich bin so müde, morgen, irgendwann, ich verspreche es ..."

„Und ich glaube es nicht." Ian Tremayne zog Marissa an beiden Händen mit sich hoch und an sich.

Sie riss die Augen groß auf, widerstand. „Wenn Sie ein englischer Gentleman wären ..."

„Ich bin es aber nicht, ich bin Amerikaner und habe deshalb, eurer Meinung nach, eben keine feinen Manieren."

„Schon gut, schon gut", murmelte sie und riss sich los, taumelte. Sie tastete nach einem Halt, fand ihn an einem Beistelltischchen, stützte sich darauf, bis die jähe Schwäche wich.

„Marys Vater war der Pfarrer in unserer Gemeinde. Schon als Kinder waren wir gute Freundinnen, waren unzertrennlich wie Schwestern. Bald nach dem Tod ihres Vaters nahm Papa sie zu uns ins Haus. Das ist schon alles“, schloss Marissa mit einem verächtlichen Unterton.

„Und Jimmy O’Brian?“

„Jimmy?“ Marissa lächelte. „Sie traf ihn, verliebte sich in ihn, sie liebten sich vom ersten Sehen an, das ist nichts Ungewöhnliches, Mr. Tremayne.“

„Doch dein Leben, Mrs. Tremayne“, sagte er weich, „ist ein einziges Geheimnis und ganz und gar ungewöhnlich, will mir scheinen.“

„Wenn Sie meinen, Sir“, murmelte sie schläfrig.

„Ich will die Wahrheit wissen, Marissa.“

„Ich habe doch schon gesagt ...“

„Und ich habe dich gewarnt.“

Sie wollte einfach davongehen, hoch aufgerichtet, an ihm vorbei. Sobald sie freilich das Tischchen losließ, überfiel Marissa von Neuem ein Schwindelgefühl, sie schwankte, griff um sich und fand sich gegen den Mann geschleudert, der aufspringen und sie stützen wollte. Durch die Wucht des Aufpralls krallte Marissa die Finger in Ians gestärktes Hemd und landete ziemlich unsanft auf seinen Knien. Instinktiv fing er sie in seinen Armen auf, und sie starrte verblüfft in die tiefblauen Augen.

Vergeblich versuchte Marissa auf die Beine zu kommen, diese Augen hielten sie mit magischer Gewalt fest, verwirrt atmete sie den herben Duft und fühlte Hitze aufsteigen, durch alle Glieder strömen. Sie konnte sich nicht mehr bewegen, nur zitternd in diese Augen schauen. Mit der Zungenspitze fuhr Marissa über die trockenen Lippen, wollte sprechen, sich aus dieser verhängnisvollen Umschlingung lösen.

Irgendwie begann Marissa zu ahnen, dass auch Ian vergeblich nach Worten rang, stattdessen einen leisen Fluch murmelte und sich über sie beugte. Er würde sie wieder küssen, und sie sollte sich wehren, aufzustehen versuchen. Stattdessen erfüllten Marissa die widersprüchlichsten Empfindungen, und sie verlangte nach der Berührung seines Mundes. Ian hatte sie schon einmal geküsst, und etwas in ihr schien auf einmal zu schmelzen, etwas Wonnevolles, das sie in Sehnsucht zerfließen ließ. Das konnte nicht nur die Wirkung des Champagners sein, eher die des Mannes mit den kobaltblauen Augen.

Und dann verschlossen Ian Tremaynes Lippen Marissas, verlangend und mit der Erfahrung vieler Jahre, feucht und heiß und verführend. Der Kuss weckte wilde Gefühle in Marissa, erhitzte das Blut, lockte und erregte. Sie wollte ihn berühren und tat es dann auch wirklich. Ihre Finger glitten über sein Hemd, öffneten die Knöpfe, streichelten die nackte Haut. Unwillkürlich presste sich die junge Frau eng an den Mann, seine Sinnlichkeit aufnehmend und ihr nachgebend.

Irgendeine leise Warnung wollte mahnen, dass Marissa sich Hals über Kopf in Gefahr stürzte, dass dieser Mann ein Fremder sei, vielleicht sogar ein Feind ... Doch die Vernunft wirkte nicht mehr. Alles war ausgelöscht außer der sanft kosenden Zunge, den feuchten Lippen, den Händen, die Marissa nach Ians Willen formten und beeinflussten.

„Nun, Ma'am, was hast du mir noch vorgelogen“, fragte er plötzlich und löste seinen Mund von dem ihren.

Sie richtete sich auf und murmelte: „Nichts, wirklich, ich bin nur so müde, bitte, quälen Sie mich doch nicht so, ich bin so müde ...“

„Du hast zu viel Champagner getrunken“, widersprach er gelassen.

Sie wurde zornig, schlug mit Fäusten gegen seine Brust. „Ich habe nicht zu viel getrunken, Sie haben Champagner hinuntergeschüttet wie Wasser."

„Ich habe es aber nicht aus Angst getan."

„Ich habe keine Angst."

„Doch, du fürchtest die Wahrheit, und deshalb, Marissa, hast du auch Angst vor mir, sogar sehr große Angst."

Er gab sie frei, sie taumelte auf die Füße, wies mit einer dramatischen Gebärde auf die Tür. „Gehen Sie jetzt, Ian Tremayne, wir reden ein anderes Mal darüber, das verspreche ich Ihnen."

Er sagte etwas, sie verstand es nicht und konnte auf einmal nicht mehr kämpfen. Sie war so todmüde, dass sie einfach in seine Arme fiel. Die Augen schlossen sich, Marissa schlang die Arme um Ians Schultern. Er hob sie auf und trug sie zu dem Sofa zurück, ließ sie sanft darauf nieder. Sie merkte, dass er sich zu ihr beugte. Vielleicht war dies sogar die beste Art, seinen bohrenden Fragen nach der Wahrheit auszuweichen? Ian sah forschend auf Marissa nieder, und sie konnte nicht anders, sie musste die Augen öffnen und seinen Blick erwidern. Seine Linke lag auf Marissas Hüfte, die Rechte auf der Schulter, das Gesicht war ihr so nahe, trug den Ausdruck der Spannung, der Entschlossenheit. Sie spürte den Atem ihres Mannes, der warm über ihr erhitztes Gesicht strich und schneller ging, stoßweise.

Marissas Herz begann wie rasend zu klopfen, eine wohltuende Schwäche rann durch die Glieder, Hitze strömte von der Berührung des Mannes durch den ganzen Körper.

„Lassen Sie mich los", murmelte sie und wusste doch, dass er nicht gehen würde. Und dann spürte sie seinen Mund, diesmal nicht sanft, überhaupt nicht sanft. Zwar tat er ihr nicht weh, doch ahnte sie den nur mühsam zurückgestauten Zorn, wenn auch keine Gewalt darin lag. Es gab einfach kein Entrinnen.

Irgendwo tief in ihr war etwas von leidenschaftlicher Verführung und Willfährigkeit, während seine Rechte auf der Hüfte ruhte und die Linke langsam und zärtlich zu streicheln begann. War es der Champagner, der ihr ins Blut ging, oder dieser Mann? Sie wusste es nicht. Sie fühlte sich eins mit ihm, mit seinem Zorn, mit seinem Verlangen, seiner Erregung. Statt sich ihm zu entziehen, öffnete sie ihm die Lippen, überließ sich der suchenden, tastenden Zunge. Dann antwortete Marissa mit der eigenen, sank ins Dunkel, hörte das Blut in den Ohren brausen, fühlte den hämmernden Schlag ihres Herzens. Sie sollte ihn von sich schieben und tat es nicht. Sie ließ die Hände über seine Brust gleiten und hatte den Eindruck, von einem Wirbelwind erfasst zu werden.

Endlich hob er den Kopf und sah sie an. Nicht Zärtlichkeit erfüllte ihn, sondern Zorn, fast Raserei.

Sie hatte auf einmal die Kraft aufzuspringen. „Gehen Sie endlich, Mr. Tremayne“, stammelte Marissa und fuhr mit der Hand über die brennenden Lippen, als wollte sie die Spur seines Kusses wegwischen, die Leidenschaft auslöschen, die zwischen ihnen flammte.

Er rührte sich nicht. „Ich habe immer noch keine Antwort auf meine Frage“, sagte er, „oder etwa doch?“

„Ich weiß nicht, wovon Sie reden, gehen Sie, gehen Sie endlich!“

„Du bist eine ganz ausgekochte kleine Lügnerin, das war nicht der Kuss eines Tugendlämmchens.“

„Ich habe Sie nicht geküsst.“

„Doch, du hast meinen Kuss erwidert.“

„Ich wollte nur höflich sein“, murmelte sie.

„Höflich?“ Unvermittelt begann er zu lachen. „Und wie oft warst du schon so höflich, mit wie vielen Männern?“

„Sie sind grässlich.“

„Nur ehrlich, meine Liebe. Und ich möchte die Wahrheit wissen."

Hinter dem unbefangenen Tonfall drohte etwas Gefährliches.

„Ich habe Sie nicht belogen, gerechter Gott, ich wollte doch nur ..." Sie stockte.

Er war aufgesprungen und wandte sich von ihr ab. Erleichtert atmete Marissa auf, doch er fuhr herum.

„Ich habe Sie nicht angelogen", rief sie und schwankte, geriet in Panik, als Ian ihr die Hände auf die Schultern legte, und hämmerte mit den Fäusten gegen seine Brust. „Warum können Sie es nicht einfach dabei bewenden lassen? Sie wollen Ihr Leben und ich doch nur meinen persönlichen Freiraum."

Trotz der trotzigen Worte brannten die Lippen, die er berührt hatte, und sie zitterte innerlich noch wegen der Nähe, die sie geteilt hatten. Sie hätte ihn schlagen können, und sie sehnte sich gleichzeitig danach, sein Gesicht zu streicheln. Der zornige Zug um seine Lippen sollte einem zärtlichen Lächeln weichen.

Ian donnerte sie an: „Das alles kannst du haben, sobald du mir die Wahrheit gesagt hast, Marissa, und nicht früher."

„Dann gehen Sie endlich", stieß sie hervor und fühlte sich gleichzeitig aus dem Schwindel in eine harte Umarmung gerissen. Umsonst versuchte Marissa sich zu befreien, doch ihre Abwehr löste sich plötzlich, aus weit geöffneten Augen sah sie zu ihm auf. „Ian, bitte, ich ..."

„Gewiss doch, mein unschuldiges Tugendlämmchen, der Champagner tut seine Wirkung, du willst nur allein sein, nicht deinem brutalen Vormund ausgeliefert, der noch dazu dein Ehemann ist, nicht wahr?"

Sie schlang die Arme um seinen Nacken und wehrte ab: „Ich hätte wirklich nicht soviel Champagner trinken sollen."

„Hör endlich auf, dem Champagner die Schuld zu geben. Er

kommt dir sehr gelegen, wenn es dir gerade in den Kram passt. Ich will endlich die Wahrheit wissen."

„Welche Wahrheit?" fragte sie und konnte den Blick nicht von dem Gesicht des Mannes nehmen, von den kühnen, düsteren Zügen. Er hielt sie an sich gepresst, starrte auf sie nieder. Wie unwahrscheinlich blau seine Augen doch waren. Sie fuhr mit der Zungenspitze über die ausgetrockneten Lippen und zitterte trotz der jäh aufsteigenden Hitze, die sie durchzuckte. Warum küsste er sie nicht wieder? Es war so seltsam, dass sie ihn einerseits ablehnte und sich dabei nach ihm sehnte.

„Ian", flüsterte Marissa, kein anderer Laut kam aus ihrer wie zugeschnürten Kehle.

Er lächelte auf einmal, der Zorn schien verraucht. „Vielleicht sollte ich am besten selbst versuchen, der Wahrheit auf die Spur zu kommen", überlegte er und wusste doch, dass es ja keine Möglichkeit gab, diese Wahrheit über Marissa herauszufinden. Ob sie einen oder mehrere Liebhaber gehabt hatte, schien für Ian Tremayne plötzlich so überaus wichtig zu erfahren, so notwendig für sein ganzes weiteres Leben, dass sein Blut in den Adern zu kochen schien und der Kopf dröhnte. Nie zuvor hatte er eine Frau so begehrt!

„Wenn ich heute Nacht nicht ein Wort der Wahrheit aus dir herausbringen kann, Marissa, so will ich wenigstens eine wirkliche Ehefrau haben. Nachdem du an meine ungehobelten Manieren bereits gewöhnt bist und deinerseits den Champagner ins Feld führen kannst, steht dem nichts im Wege ..."

Im Schlafzimmer war es dunkel. Trotzdem wusste Marissa, wohin er sie gebracht hatte, spürte seinen heißen Atem, der über ihr Gesicht strich. Sie musste Ian Tremayne Einhalt gebieten, doch die feurigen Schauer, die durch ihren ganzen Körper brannten, entflammten ihre Sinne. Marissa wollte Ians Lippen berühren, seine Arme, mehr, viel mehr.

Im tiefen Schatten ließ er sie auf das Bett gleiten, nur hin und wieder huschte ein Mondstrahl darüber hin, dann suchte sie seinen Blick und bemerkte, dass Ian wie gebannt auf ihr Haar starrte. Wie flüssiges Metall rannen die weichen Wellen über das Kissen, nachdem Ian die Nadeln herausgezogen hatte, mit denen es an den Schläfen hochgesteckt gewesen war.

Ian umfasste Marissas Gesicht mit beiden Händen, behutsam, sanft. Über sie gebeugt, flüsterte er ganz leise: „Erde und Feuer, Leidenschaft, Verlangen, Geist. Möge der Himmel mir vergeben, was ich mir selbst niemals werde verzeihen können."

Seine Worte verstörten Marissa im tiefsten Herzen, doch schon der Kuss löschte jeden Gedanken aus unter dem magischen Bann der Nacht.

Wieder nahm sich Ian Tremayne Marissas Mund, tauchte ein und erkundete ihn, flüsterte unverständliche Worte an ihrer Kehle, ihrem Ohr. Mit geübten Fingern öffnete er die Perlmuttknöpfe des eleganten Kleides. Mit leisem Rauschen glitt die feine Seide von der erhitzten Haut. Er küsste ihren Hals, liebkoste mit sinnlicher Langsamkeit die Stelle, an der ihr Puls heftig pochte.

So also war es, wenn eine Frau leidenschaftlich liebte. Vernunft und Anstand zählten nicht mehr vor der Begierde nach diesem Mann. Marissa konnte sich doch nicht in Ian Tremayne verliebt haben? Sie zitterte eher vor ihm wie ein kluges Lamm vor einem tückisch freundlichen Wolf. Nein, nein, sie liebte ihn nicht. Es war nur Faszination, Zorn und Faszination, Bangigkeit, Argwohn und wieder Faszination, Abwehr und Verlangen. Dieser Mann war so hinreißend erfahren, so erregend und verführerisch, so unwiderstehlich und faszinierend.

In seinem Blick war etwas von einem Zauber, der wie die Berührung willenlos machte. Seine Sinnlichkeit erhitzte ihr Blut, so dass sie nach mehr hungerte. Wie behutsam die Finger liebkosen konnten, wie stark die Hände waren und dabei so zärtlich. Im Halbdunkel sah Marissa die schwarze Haarsträhne, die Ian in die Stirn fiel. Sie begriff, wo sie waren, was geschehen würde, wohin diese intime Nähe sie bringen würde. Und es war nicht richtig, was sie taten, überhaupt nicht richtig.

Und doch war es von beinahe mystischer Notwendigkeit, was sich zwischen ihnen in diesen Augenblicken anbahnte. Etwas in ihr war aufgebrochen, etwas Geheimnisvolles, Wunderbares, das tief in Marissas Träumen verborgen gelegen hatte, jenen Träumen, an die sie sich so lange geklammert hatte. Im Dunkel dieser Nacht mit den seltenen Mondstrahlen, die sich ins Zimmer verirrten, wuchs etwas auf aus den Schatten, etwas Schönes, Erregendes, gegen das Marissa sich nicht wehren konnte. Sie wollte Ian ganz eng an sich drücken, wollte sich einreden, er liebte sie, wollte teilhaben an diesen Empfindungen, die so neu waren, so berauschend, so beglückend.

Aber dies war kein Traum, daran sollte sie sich erinnern, doch sie erlag, schlitterte in die Gefahr hinein, sah die Flammen, denen sie nicht widerstehen wollte. Sie musste den Mann in Schranken weisen, ihm sagen, dass sie keine Ehe wie jeder andere führten, dass Ian Tremayne sie niemals gewollt hatte und die ungeliebte Braut auch nicht begehrte. Marissa atmete hörbar ein, als Ian mit den Fingerspitzen die Schleifen ihres seidenen Hemdes aufzog und das Mieder öffnete. Ihre Brüste, befreit von jeder Einengung, hoben sich ihm entgegen, und er legte die Lippen in die sanfte Mulde dazwischen.

Marissa ahnte dunkel, dass sie es zu lang hatte geschehen lassen, dass er das Spiel zu weit getrieben und sie dazu gebracht hatte, ihn dazu zu ermutigen.

Ian spürte die halbherzige Abwehr, als er Marissa leidenschaftlich küsste, und nahm sie nicht ernst. Gewiss hielt sie ihn nur hin, wollte das Vorspiel hinauszögern. Dabei begriff er selbst nicht, was den Zorn in ihm so anstachelte, auch wenn sie ihn in diese Ehe hineinmanövriert hatte, ihn belegen, vermutlich viel mehr, als er geglaubt hatte.

Marissa musste einen Liebhaber haben. Vielleicht hatte sie Ian nur geheiratet, um jenen anderen Mann mit nach Amerika zu nehmen, hatte von vornherein geplant, ihren Mann zu betrügen. Das wäre freilich sehr begreiflich. Er konnte Marissa so wenig geben. Er konnte sie nicht lieben, hatte keine Zärtlichkeit für sie, im Grunde genommen wollte er nicht einmal in ihrer Nähe sein. Dabei war Marissa seine Frau, nicht irgendeine leichtfertige Tänzerin aus einem Vergnügungsetablissement.

Und doch gab es da etwas, vor allem in dieser Nacht, etwas, das in den grünen Augen flimmerte wie eine stumme Herausforderung, das Funken über das rotgoldene Haar streute wie Irrlichter. Und da war das boshafte Lachen hinter der hochmütigen Stimme, der stolze Geist, der unbeugsame Wille, der Trotz in der Haltung, der Zorn in manchem jähen Wort.

Und nun kam noch der Duft der nackten Haut dazu, der Geschmack von Champagner auf den feuchten Lippen, das dezente, erlesene Parfüm. Mit einem heiseren Aufstöhnen umfasste er mit der Hand die eine Brust, bedeckte die rosige Spitze mit dem Mund, ließ die Zunge damit spielen und koste dabei mit den Fingerspitzen die warme Rundung. Wieder fühlte Ian Marissas Zusammenzucken, den schwachen Protest auf ihren Lippen. Doch trotz all dem pulste eine heiße Welle der Begierde durch seine Lenden, stärker als Marissas zögernde Gegenwehr, viel stärker auch als Ians eigener Vorsatz, es nicht so weit kommen zu lassen, und riss ihn mit sich fort.

Von neuem nahm er sich ihre Lippen, gewaltsam, hart, und glättete zugleich mit der Zunge sanft jede Spur von Schmerz, den er seiner jungen Frau zufügen mochte. Er streifte mit den Fingern über die Seide der Strümpfe nach oben, fand die glatten nackten Schenkel darüber. Als er die Haut an der Innenseite berührte, bäumte sich Marissa gegen seinen Körper. Er achtete nicht auf die leisen Worte des Protestes, sondern streifte mit geübtem schnellen Griff die Wäsche von Marissas Leib.

Rasend vor Verlangen, kümmerte er sich um nichts mehr, das sie hätte trennen können, öffnete hastig seine Hose und überschüttete Marissa mit leidenschaftlichen, verzehrenden Küssen, als er sich über sie warf und seinen Platz zwischen ihren Schenkeln suchte. Marissas Abwehr war erlahmt, doch er spürte das heftige Zittern ihrer Glieder unter sich. Ihr Puls pochte wie wild, als er mit der Zunge lockend ihren Hals koste. Ian hielt inne und schaute ihr in die Augen. Sie waren grün wie geschliffene Smaragde. Mit halb geöffneten, feuchten Lippen, die von seinen Küssen brannten, lag Marissa, umgeben von den Wellen des reichen Haares wie in einem feurigen See, nackt und hell. Die rosigen Spitzen der Brüste hoben sich hart ab, die Seide des Hemdes raschelte leise, wenn Marissa sich bewegte.

„Ian“, rief sie plötzlich und bohrte ihren Blick wie mit jähem Erkennen in den seinen, „Ian, das habe ich nicht gewollt.“

Was auch immer sie nicht gewollt hatte, er wollte nicht, dass sie sprechen sollte, schön und verführerisch, wie sie auf dem Bett ruhte. Ihre Schönheit hatte etwas Mystisches im Halbschatten und ließ jeden Gedanken zerflattern, jede Erinnerung verblassen. Er vergrub beide Hände in dem schimmernden Haar und erstickte Marissas Worte mit seinen Lippen, seiner Zunge.

Gleichzeitig erkundete er die geheimsten Wölbungen ihres Leibes. Nur einmal zögerte er spielerisch, bevor er mit einem jähen Stoß der brennenden Erregung eindringen wollte und mitten in der Bewegung innehielt, zu spät, um ihren leisen Schrei zu verhindern. Seine Begierde pulste in den Lenden, und doch war Ian Tremayne mit einem Schlag hellwach. In Marissas Augen schmerzten Tränen, und sie biss sich hart auf die Lippen, um nicht noch einmal aufzuschreien.

Ian Tremayne war reglos und atmete kaum. Eine lähmende Stille breitete sich aus. Dahin war mit einem Male der magische Bann der schattendunklen Nacht, dahin die Wirbel der Erregung, die Schönheit der Versunkenheit in grüne Augen, dahin der Traum. Was blieb, war die Wirklichkeit, ein Mann aus Fleisch und Blut, eine Frau, die er verführt hatte, weil sie ihn dazu gebracht hatte, es zu tun. Er strich über ihre Wange, spürte die Tränen.

„Marissa", flüsterte er leise. Sie hörte die Wärme in diesem einen Wort und wusste, dass sie kein Mitleid ertragen würde, nicht von ihm, nicht jetzt. Als er weiter schweigend ihr Gesicht liebkoste, hätte sie schreien mögen, ihn wegstoßen. Doch er ließ sie nicht dazu kommen. Er küsste sie, immer und immer wieder, zärtlich, behutsam, küsste ihre Brauen, die Kehle, die Lippen, das Ohrläppchen. Dann fand er von Neuem ihren Mund. Langsam, unsagbar langsam begann er sich über ihr zu bewegen, und sie bemerkte kaum, dass er nun wirklich in sie eindrang.

Danach erwachte der Zauber der Nacht zum zweiten Male, spann sich die mystische Faszination erneut und ließ Schauer um Schauer der Erregung über Marissa hinrieseln. Sie spürte den kreisenden Wirbel, der von der Innenseite ihrer Schenkel aufbrannte und durch den Körper zuckte, heiß, glühend, wollüstig und süß. Von der Mitte des Leibes zuckten Blitze sinnlicher Empfindungen bis in die Fingerspitzen und strahlten Glut aus.

Auf einmal ließ Ian alle Behutsamkeit außer Acht, drang fordernd, fast gewaltsam ein, umklammerte Marissa ganz fest und steigerte seine Bewegung, bis sie kleine Laute ausstieß, die nichts mit Abwehr zu tun hatten. Es war ein leises, wollüstiges Stöhnen voll Entzücken und Erregung.

Ian drängte sie, seinen Stößen entgegenzukommen, und sie wölbte den Leib, wand sich und folgte dem Rhythmus des Mannes, bis sie glaubte, die Spannung nicht mehr ertragen zu können, und dabei doch nach mehr verlangte. Schließlich barsten feurige Sterne in blendenden Spiralen vor ihren Augen, zerrissen das Dämmerdunkel und ließen danach die Schatten umso tiefer werden. Sie spürte ihn tief in sich, und Schauer um Schauer lustvollster Wonnen durchrieselten sie. Heiße und eisige Wellen schüttelten sie, bis endlich die Sterne wieder aufstiegen, sich auflösten, Finsternis zu gleißender Lohe wurde und auch die erneut im Nichts versank. Als endlich alles abgeklungen war, zitterte Marissa am ganzen Körper.

Plötzlich wurde es kühl, denn Ian hatte sich auf dem Ellbogen aufgerichtet. Als Marissa langsam wieder etwas erkennen konnte, bemerkte sie, dass er sie schweigend anschaute. Zugleich bemerkte sie, dass sie selbst ganz nackt inmitten der Seide von Wäsche und Kleid lag, Ian dagegen noch angezogen war. Schamröte im Gesicht, tastete Marissa nach der Bettdecke, von einem Sturm widerstreitender Gefühle durchtobt. Sie wollte diesen Mann hassen und konnte es nicht. Das war ein schmerzlicher, bitterer Gedanke, wenn sie sich erinnerte, was sie getan hatte, was sie gemeinsam erlebt hatten, und das zerrte an ihrem Herzen.

Seine Stimme war rau, als er unvermittelt fragte: „Warum hast du mir das nicht vorher gesagt?“

War er denn immer noch zornig? Es klang so, dabei hätte sie viel eher einen Grund dazu gehabt, Ian Tremayne zu zürnen.

„Was hätte ich dir sagen sollen?“ gab sie heftig zurück.

„Ich hatte natürlich angenommen ...“

„Was hattest du angenommen?“

Er legte die Hand auf Marissas Schulter. Obwohl sie sich gern weggedreht hätte, wollte sie ihm ebenso dringend in die Augen sehen. Stattdessen lag sie steif und verkrampft in seinen Armen, mit gestrafften Schultern.

„Es tut mir Leid“, sagte Ian Tremayne schlicht.

„Sag das nicht.“

Er murmelte etwas, das sehr ungeduldig klang. „Marissa, ich habe dich nicht gezwungen.“

„Nein“, schrie sie auf und sprang aus dem Bett, verfing sich dabei in Wäsche, Kleid und Decke und wäre beinahe gefallen, „nein, du hast mich nicht gezwungen.“

Er war schneller auf den Beinen und brachte seine Kleidung in Ordnung. Sie atmete gepresst. Er wirkte so überaus korrekt. Wenn das pechschwarze Haar nicht wirr gewesen wäre, die widerspenstige Stirnlocke nicht in die Stirn gefallen wäre, hätte man nicht annehmen können, was zwischen ihnen eben noch vor sich gegangen war. Mit der Würde einer beleidigten Königin ergriff Marissa ein Bettlaken und warf es sich wie einen Mantel um die Schultern. Bei dem Versuch, sich Ian Tremayne zu entziehen, fand sie sich unvermutet wieder in seinen Armen.

„Was soll das?“

„Ich gehe.“

„Du bist doch in deiner eigenen Suite, kleine Närrin.“

Sie wollte sich losreißen, er gab sie gegen jedes Erwarten frei, und sie taumelte gegen die Wand.

„Es ist wegen des Champagners, nicht wahr?“ sagte er und zog sie wieder an sich. Seine tiefblauen Augen brannten.

„Dann geh du!“

„Das werde ich auch tun.“ Er legte Marissa auf das Bett,

machte aber selbst keine Anstalten, ihr dahin zu folgen, sondern bemerkte heiser: „Du solltest jetzt schlafen."

„Schlafen? Ich kann nicht schlafen."

„Du wolltest doch allein sein, darum gehe ich und überlasse dich der ersehnten Einsamkeit, Liebste, damit du schlafen kannst."

„Du solltest schon fort sein", murmelte sie zwischen den Zähnen.

„Sobald der Tag graut, bist du mich los, denn dann gehe ich an Bord und reise übers Meer."

Offensichtlich erwartete Ian keine Antwort, denn er machte auf dem Absatz kehrt und verließ das Zimmer. Wie gelähmt lag Marissa eine ganze Weile auf dem Bett, nur in ihrem Inneren zitterte etwas nach, ein Brennen, das sich nicht auslöschen lassen wollte. Sie schloss die Augen und fühlte die körperliche Nähe ihres Mannes sogleich wieder, seinen Kuss, seine Berührung. Die Haut schien zu glühen bei der Erinnerung an seine Hände, seinen Leib, an die Verzückung. Marissa hörte noch einmal die stöhnenden Laute der Wollust, die sie ausgestoßen hatte, und das Stöhnen, das sie verband, als sie sich ihm hingegeben hatte. Marissa schämte sich im nachhinein für das, was sie mit offenen Augen mit ihrem Mann getan hatte, ohne sich auch nur im Geringsten zur Wehr zu setzen. Es war alles ihre eigene Schuld, das war nicht zu leugnen. Vielleicht hätte sie zwar Ian Tremayne nicht dazu bringen können, sie allein zu lassen, ganz gewiss aber hätte sie ihn davon abhalten können, mit ihr zu schlafen. Genau das aber hatte Marissa nicht getan.

Ob der Champagner ...? Nein, sie hatte ihn, wie Ian so richtig erkannt hatte, nur als Ausflucht gebraucht, auch das stand fest. Marissa hätte am liebsten gellend geschrien, ihren Mann ins Gesicht geschlagen und ihn glühend gehasst. Dagegen sprachen freilich die Tränen, die ihr über die Wangen rannen. Hatte sie vorher auch schon geweint? Weinte sie, weil sie Ian Tremayne einfach nicht hassen konnte, schon gar nicht jetzt, nach dieser Nacht?

Marissa begriff, dass sie sich schmerzlich nach etwas sehnte, etwas, das ihr bis zu dieser Nacht unbedeutend erschienen war. Sie wünschte sich ein Heim, einen Ehemann, einen richtigen Ehemann, Glück und ... was denn noch? Sie wollte, dass Ian Tremayne sie liebte!

7. KAPITEL

Draußen im Salon goss sich Ian Tremayne einen Cognac ein. Er brannte in der Kehle und schüttelte ihn noch beim dritten Glas. Dennoch wich die Niedergeschlagenheit nicht, die Hilflosigkeit, die ihn erfüllte. Er ließ sich schwer auf das seidenbespannte Sofa fallen und fluchte unterdrückt vor sich hin. Was zum Teufel war ihm nur eingefallen, was hatte er getan?

Es hatte alles damit angefangen, dass er unbedingt die Wahrheit hatte wissen wollen, die Wahrheit über jenen Liebhaber, von dem der Squire befürchtet hatte, der junge Mann könnte Marissas Leben zerstören. Mochte sie ihn auch in manch anderen Belangen belogen haben, eines stand unerschütterlich fest. Marissa war nie zuvor mit einem Mann zusammen gewesen. Genau darüber hatte Ian sich Klarheit gewünscht. Nun hatte er sie, hatte so lange getändelt und verführt und die nackte Haut berührt, bis ihm Marissa jenes Paradies wieder erschlossen hatte, aus dem er sich ein für allemal selbst vertrieben hatte. Dafür wusste er ihr freilich keinen Dank, bestimmt nicht. Hol's der Teufel, das hatte er nicht gewollt, das nicht.

Ian Tremayne umkrampfte den geschliffenen Schwenker, dass es splitterte und er die Scherben in der Hand hielt. Beinahe mechanisch begann er die Teile aufzulesen und übersah dabei ganz, dass er sich geschnitten hatte. Blut rötete seine Handfläche. Gedankenlos starrte er darauf nieder und ließ den Rest des Glases auf den Tisch fallen. Wieder wurde ein unterdrückter Fluch hörbar. Es war nicht die leichte Verletzung, es war der jähe Schmerz, der wie ein Messerstich in Ians Brust aufzuckte. Er hatte Diana verraten, seine Liebe zu ihr, hatte sich selbst das Wort gebrochen. So weit hatte ihn dieses Mädchen mit den grünen Nixenaugen gebracht, hol sie der Teufel auch dafür!

Im Hinterkopf begann es nun zu dröhnen. Nein, es war nicht wirklich ihre Schuld, es war nicht ihre Schuld. Ian hatte den Duft ihres Parfüms eingeatmet, hatte die seidenweiche Haut berührt und war in den unergründlichen Tiefen dieser grünen Augen versunken. Wenn hier einer Schuld hatte an dem, was geschehen war, so einzig und allein er selbst. Er hatte Marissa begehrt. Immerhin war sie ja seine Ehefrau. Und sie hatte ihm geschenkt, was er nicht mehr gekannt, was er vollkommen vergessen hatte. Und nicht nur das, sie hatte etwas wie einen lindernden Balsam in sein Herz gegossen und das Feuer der höchsten Ekstase in seine Sinne. Marissa hatte es fertig gebracht, ihn zu sich selbst zu führen, ihn in einen Sturm der Erregung zu treiben, der zugleich wohlige Erleichterung brachte. Nach einem wollüstig glühenden Hochgefühl hatte einige Atemzüge lang Friede zwischen ihnen geherrscht und Harmonie. Bei diesem Gedanken sprang er heftig auf, zerwühlte das Haar. Nein, es konnte, es sollte keine Gemeinsamkeit geben zwischen ihm und Marissa, er wollte es nicht. Was in dieser Nacht geschehen war, bedeutete einen schweren Fehltritt und würde sich niemals mehr wiederholen. Ein leises Geräusch ließ ihn herumfahren. In der Tür zum Schlafzimmer stand

Marissa. Sie trug ein fast nonnenhaft schlichtes, hoch geschlossenes Nachthemd, das ihren Körper züchtig verhüllte. Sie machte einen äußerst gefassten Eindruck und, trug wie immer den Kopf hoch. Das Feuer in den grünen Augen schien ein Abglanz der metallischen Lichter, die über ihr Haar tanzten.

Jede Faser gespannt, die Hände zu Fäusten geballt, blieb Ian Tremayne mit hängenden Schultern stumm. Marissa war so schön, trotz aller Eigenwilligkeit stolz und bewundernswert beherrscht. Ein ungewohntes Gefühl der Zärtlichkeit hinderte den Zorn, wieder aufzusteigen. Den Zorn, der aus der Erkenntnis wuchs, dass diese Frau in seinen Lenden eine ungeheure pulsierende Erregung auslöste. Musste es nicht anderen Männern ebenso ergehen? Dennoch hatte sie ihn widerlegt. Er hatte Marissa falsch eingeschätzt und ihr damit Unrecht getan. Jetzt wusste Ian Tremayne das.

Auf Marissas Lippen schwebten Worte, blieben ungesprochen. Sie runzelte die Stirn und senkte die Lider über einen verräterischen Blick. Hatte sie vergessen, was sie sagen wollte?

„Deine Hand, du blutest ja", schrie sie plötzlich unvermutet auf.

Jetzt erst bemerkte er, dass winzige Blutstropfen auf den kostbaren Orientteppich fielen. Hastig schob Ian die Hand in die Tasche. Marissa kam auf ihn zu und zog seine Finger wieder heraus. Er entriss ihr die Hand, als hätte er einen elektrischen Schlag erhalten. Warum war sie ihm nicht böse, warum tobte sie nicht, machte ihm keine Szene? Warum warf Marissa ihn nicht endgültig hinaus? Sie war zornig gewesen, als sie eintrat, doch dann hatte sie das Blut gesehen, und die Fürsorge hatte alles andere verdrängt. Welch ein zwiespältiges Geschöpf sie doch eigentlich war! Sie konnte glühen und eisig werden, stahlhart, wenn es galt, ein Ziel zu erreichen, das sie sich gesetzt hatte, und dann sofort weich und behutsam, sie konnte weinen und lachen beinahe in ein und demselben Atemzug.

Mochte Ian Tremayne nun auch sicher sein in dem einen wesentlichen Punkt, so war doch immer noch etwas, das Marissa vor ihm verbarg. Hin und wieder erlosch der Funke in den smaragdgrünen Augen, dann hatten sie etwas Gehetztes, hinter dem Angst stand, Angst vor irgendeiner Entdeckung. Jetzt allerdings war es der Ausdruck reinster Unschuld, frei von Groll und Furcht und auch von jeder trotzigen Herausforderung. Als Marissa ihn anschaute, wirkte sie eher verwundert.

„Mein Gott, das ist eine tiefe Schnittwunde", murmelte sie, lief hastig ins Schlafzimmer zurück und kam mit Verbandszeug und Schere wieder.

„Es ist gar nichts", murrte er dumpf und starrte sie blicklos an.

„Vielleicht muss ich es ein wenig nähen", sagte sie und griff nach seiner Hand. „Wir wollen keine Infektion. Es wird nicht sehr weh tun, wenn du stillhältst."

Während sie sanft die Faust öffnete und die Verletzung untersuchte, spottete er matt: „Warum machst du dir Sorgen um mich? Du wünschst mich doch sicher auf den Grund des Meeres, wo es am tiefsten ist?"

„Das würde uns beiden wohl manches ersparen", versetzte sie kühl.

„Doch du wärest im Besitze deines Erbes und mich los."

„Wenn, wenn dir etwas zustieße, fiele mein Vermögen an mich?"

Er lehnte sich auf dem Sofa zurück, auf das sie ihn gewiesen hatte, und schaute sie mit einem sonderbaren Lächeln an.

„Möchtest du Witwe sein?"

„Warum nicht?" ging sie auf seinen spöttischen Tonfall ein.

Inzwischen hatte sie die Wunde versorgt und verband sie nun noch mit sanften, geschickten Fingern. Ian Tremayne war verdutzt, dass Marissa so gut Erste Hilfe leisten konnte. Wie hatte sie das auf Sir Thomas' Landsitz bloß gelernt? Sein forschender Blick trieb ihr unvermittelt heiße Röte in die Wangen. Er musste daran denken, dass kaum zehn Minuten vergangen waren, seitdem sie in intimster Umschlingung auf dem zerwühlten Bett gelegen hatten.

Ihre Verlegenheit weckte in seinen Lenden sofort wieder drängendes Verlangen, als hätte sie ihn zärtlich berührt. Sie hatte ihm solch wollüstige Wonnen bereitet, obwohl sie doch so unerfahren war, so weich und so hinreißend schön im Silberlicht der Mondstrahlen. Marissa hatte Ian eine wohltuende Spanne völligen Vergessens geschenkt, sie konnte die hingebungsvollste Geliebte sein, die sich ein Mann erträumen mochte, wenn das metallisch schimmernde Haar sich wie mit magischen Schlingen um ihn knüpfte ...

Nein. Ian Tremayne biss die Zähne zusammen, dass die Kiefer knirschten, um das Verlangen, die Erregung, den Hunger zu unterdrücken, der einen Knoten in der Brust formte. Diesmal war er Marissa dankbar, dass sie sofort vor ihm zurückwich, als er aufstand. Zu schnell entspann sich eine ungewollte Verbundenheit zwischen ihnen, eine liebevolle Vertraulichkeit. Während Marissa eben so behutsam seine Wunde versorgte, war ihm das besonders aufgefallen. Das wollte er nicht, er musste den Zauber zerreißen, den magischen Bann brechen.

„Marissa, ich bitte dich um Vergebung für das, was heute Nacht zwischen uns vorgefallen ist. Ich habe mich von meinen schlechten Gewohnheiten hinreißen lassen. Hab keine Sorge, es wird nie mehr vorkommen."

Ein eigenartiger Funke glomm in den grünen Augen, wenn

das Gesicht auch keinerlei Regung verriet. Marissa atmete kaum hörbar.

„Marissa? Hast du mich gehört? Es tut mir so Leid."

„Ich habe es gehört."

„Und?"

„Was tut es? Du kannst es nicht mehr ungeschehen machen."

Ian wusste, dass er endlich gehen musste. Er hatte sie allein lassen wollen, und sie war ihm gefolgt, vermutlich, um sich zu vergewissern, dass er wirklich fort wäre. Und dennoch wollte er alles, nur sie nicht verlassen. Wie konnte sie ihn derart in Aufruhr versetzen?

„Und ich denke nicht daran, jetzt noch für die kurze Zeit bis zum Tagesanbruch das Hotel zu verlassen."

„Du kannst nicht hier bleiben", widersprach sie matt. Herausfordernd hob er eine Braue. Sie wussten beide nur allzu gut, dass Marissa ihn nicht vor die Tür setzen würde.

Wieder floss eine sanfte Röte in Marissas Wangen, doch sie bezwang sich und warf den Kopf stolz in den Nacken.

„Es wird uns sehr gut tun, einige Zeit nichts voneinander zu sehen", fand sie den gewohnten kühlen Tonfall mühsam wieder und rauschte geschmeidig zur Verbindungstür, die ins Schlafzimmer führte.

Er ballte die Fäuste und spürte den stechenden Schmerz der Schnittwunde. Welches Spiel Marissa auch immer spielen mochte, sie tat es gekonnt und überzeugend. Dazu kam diese verdammte Überlegenheit. Tränen hatte Ian erwartet und die heftigsten Vorwürfe. Rau hatte er ihr ins Gesicht sagen wollen, dass sie mindestens so schuldig war wie er. Sie dagegen hatte bewundernswert die Haltung gewahrt und ihm keine Gelegenheit zu seinen Anschuldigungen gegeben.

„Und rede dir bloß nicht ein, es hätte sich etwas an unseren

Vereinbarungen geändert. Ich erwarte dich, wie wir es festgesetzt haben."

Ihre Verblüffung war ernst, als Marissa sich umdrehte.

„Ich hatte nicht die Absicht, mich nicht daran zu halten."

„Umso besser, du brauchst vermutlich das Geld. Welche Opfer du dafür bringen musst", flüchtete er sich in den Spott. Sie hob nur leicht die Schultern und schwieg. Gerade das aber reizte Ian, machte ihn wütend und entfachte erneut die Leidenschaft in seinen Adern.

„Schade", hörte er sie nun doch sagen, „ich hatte schon beinahe gedacht, du wärest nicht ganz so unausstehlich und rücksichtslos."

Ihre Augen brannten und reizten ihn ebenso wie das schimmernde Haar. Er war mit einem einzigen Schritt bei ihr und umfasste ihre Schultern, wollte Marissa schütteln und ertappte sich dabei, dass er sich beherrschen musste, sie nicht an sich zu reißen und so lange zu küssen, bis er das Geheimnis ihrer Seele durch das ihres Körpers ergründet hätte. Er hasste die Gewaltsamkeit, die Marissa bei ihm auslöste, und verachtete sich gleichzeitig dafür. So hielt er sie nur mit funkelnden Augen fest.

„Du betrügst dich selbst, Marissa."

Sie zuckte nicht zusammen, sah ihn nur mit hoch erhobenem Kopf wortlos an. Die grünen Augen waren feucht, als drängte Marissa Tränen zurück. Nein, er musste sich irren, sie würde nicht weinen. Er gab sie frei, widerstand dem Impuls, sie von sich zu schieben. Schon auf der Schwelle sagte er dunkel, ohne sich noch einmal umzudrehen: „Ich werde dich auf dem Bahnhof erwarten, meine Liebe, und möchte dich mit dem Zug ankommen sehen, den ich dir bestimmt habe."

Die Tür fiel unsanft hinter ihm ins Schloss, Ian Tremayne war gegangen. Er verließ das Hotel und wanderte zornig in die ziehenden Nebelschwaden hinaus. Einmal mehr fragte er sich, welchen Zauber diese Frau um ihn spann, dass sie einen solch widersprüchlichen Aufruhr der Gefühle in ihm entfachen konnte. Der Gang durch das nächtliche London brachte kein Vergessen, und als Ian Tremayne sich in seinem Zimmer im Gästehaus die Kleider vom Leib riss, um noch ein wenig zu schlafen, kam die quälende Erinnerung, die Erinnerung an Diana.

Ausgestreckt auf dem Bett, starrte er ins Dunkel. Das Bild der Toten verblasste schnell, wurde von einem blutvollen anderen abgelöst, Ian Tremayne sah wieder Marissa vor sich, gerade als er in den Traum hinüberglitt, hielt sie in den Armen und verlor sich in den grünen Nixenaugen, spürte das weiche, nackte Fleisch. Er hörte ihr leises wollüstiges Stöhnen und warf sich unruhig hin und her. Sie murmelte zärtliche Worte, Liebesworte, und er fuhr in die Höhe.

Nein, er würde nie mehr lieben können, und er würde Marissa auch nie mehr berühren. Und doch: Sie war seine Frau. Schweißüberströmt atmete er schwer, schlug sich mit der geballten Faust in die flache Hand. Der jähe Schmerz erleichterte beinahe die innere Qual. Draußen dämmerte der Tag herauf. Gottlob. Bald schon würde er an Bord des Schiffes und auf dem Weg in die Heimat sein. Der raue Seewind mochte die heißen Schläfen kühlen und das Feuer in seinen Lenden ersticken.

Ian würde Marissa vergessen, vergessen auch die Nacht, in der sie einander in den Armen gelegen hatten, bei Gott, alles würde er in der Heimat vergessen ...

„Du siehst wunderschön aus, Marissa“, brachte Onkel Theo endlich heraus, als er seine Nichte nach der langen Begrüßung endlich losließ und mit sichtlichem Stolz anschaute. „Ich kann es gar nicht fassen, wie großartig du aussiehst.“

Marissa lächelte. Die frische Morgenluft spielte in den rotblonden Locken und blies eine Strähne in die Stirn. Es war ein ungewöhnlich strahlender Tag. An dem klarblauen Himmel schwammen nur vereinzelte Schäfchenwolken. Sonntägliche Stille, nicht zerrissen von dem Lärm der Sprengungen in der Mine, lag über der kleinen Stadt, tauchte die blassgrauen und grünenden Flächen der Moorlandschaft in einen wohltuenden Schleier. Drüben auf den Weiden hinter den armseligen Hütten grasten friedvoll die Schafe und weideten Rinder. Die ersten Herbstblumen auf den schiefen Fensterbänken verrieten den Wunsch der verhärmten Bergmannsfrauen, die trostlose Äußerlichkeit ihrer Armut etwas zu beleben.

Onkel Theo fand sie also großartig. Vielleicht hatte er sogar Recht. Mary hatte Marissa überredet, sich eine gute Garderobe anzuschaffen. In San Francisco würden sie ihre Kleider nicht teilen können.

„Du hast so viel für mich aufgegeben“, hatte Mary gemahnt, „du musst dafür wenigstens äußerlich Vorteile haben.“

Mary würde niemals erfahren, wie viel Marissa wirklich verloren hatte, so nahe die Freundinnen einander auch standen. Beim Kauf der eleganten Kleider hatte Marissa das Geld jedoch sehr sorgfältig aufgewendet, auch wenn sie sich von Mary beraten ließ. So war es gelungen, einige ungewöhnlich elegante und kostbare Dinge zu mäßigen Preisen zu erstehen, und Marissa trug heute ein einfaches und doch sehr modisches Ensemble mit einem kecken Hütchen, das schief auf den rotblonden Locken saß.

Vielleicht wirkte sie aber auch nur deshalb so großartig, weil sie dumpfe Enge und schwärzlichen Kohlenstaub für immer hinter sich lassen würde? Trotzdem sind die armen Leute hier in dieser trostlosen Umgebung weit bessere Menschen als ich, musste sie plötzlich denken. Sie hätten sich wohl entsetzt abgewandt vor einem so abscheulichen Betrug, wie sie ihn um den Mann gesponnen hatte, dessen Namen sie nun trug.

Marissa schüttelte den quälenden Gedanken ab und zwang ein Lächeln in ihr Gesicht, als sie Onkel Theo unterhakte und mit dem ältlichen Mann auf das Häuschen zuging.

„Ich werde mit Mary nach Amerika gehen, Onkel."

„Nach Amerika?" Er blieb stehen und schaute seine Nichte entgeistert an. „Das ist gar arg weit, Kind, soll ich dich denn niemals mehr sehen?"

Marissa hätte am liebsten geweint. Der aufrichtige Mann mit den hageren Zügen, verhärmt und früh verbraucht, war ihr so vertraut. Sie liebte ihn wegen der lebenserfahrenen Weisheit und der überströmenden Güte seines Herzens.

„Sag das nicht", bat sie leise, „vielleicht wirst du eines Tages nachkommen und bei mir bleiben."

Das war eine Lüge, wenigstens, was die nächsten Jahre angehen mochte. Nur wenn Ian Tremayne etwas zustoßen sollte ... Marissa zuckte zusammen. Trotz allem, was geschehen war, konnte sie diesen Gedanken nicht ertragen. Die bloße Erinnerung an Ian ließ ihr brennende Röte in die Wangen steigen. Hastig murmelte sie: „Bis dahin werde ich gut für dich sorgen, Onkel Theo. Mary hat mir ein Traumgehalt ausgesetzt, ich werde dir jeden Monat eine hübsche Summe schicken können."

„Du sollst dein Geld nicht für mich ausgeben, Kind", verwies sie Onkel Theo und schloss die Tür zu seinem Haus auf. Wenig später saß sie dann mit ihm an dem roh behauenen Holztisch in der einzigen Stube. Über dem offenen Feuer hing an rostigem Haken ein rußgeschwärzter Kessel. Das Wasser musste man aus dem Brunnen auf dem Marktplatz holen, selbst die kleinste Annehmlichkeit fehlte hier. Kein schönes Möbelstück gab es, kein bisschen Bequemlichkeit Und doch brannten Marissa Tränen in den Augen. Was bedeutete das alles gegen die herzliche Liebe und Güte, mit der dieser Mann sie einst umgeben hatte, die er ihr heute entgegenbrachte?

Ein Blick in seine müden Augen, in das abgezehrte Gesicht, machte Marissa auf einmal Angst. Sie wollte Onkel Theo nicht verlieren. Er wirkte so hinfällig, der Husten quälte ihn beinahe ununterbrochen. Auch jetzt rang Theo Ayers hart nach Luft, und Marissa bat leise: „Onkel Theo, du darfst nicht weiter im Bergwerk arbeiten."

Er wehrte beinahe ungeduldig ab, stand auf und trank einige Schluck Wasser. Dabei schaute er Marissa forschend an. Sie berichtete schnell, dass sie und Mary bereits mit einem Pfarrer besprochen hätten, hier eine kleine Schule zu errichten, um der jungen Generation die Chance der Weiterbildung zu geben, und dass der Lehrer jemanden brauchen würde, der als Kontaktperson zwischen ihm und den Einheimischen wirken könnte. Diese Aufgabe sollte Theo Ayers übernehmen. Er ging nicht darauf ein, sondern sagte leise: „So, du wirst also nach Amerika gehen, Kind."

„Und du wirst hoffentlich bald nachkommen", versicherte sie drängend.

Er schwieg. Sie begriff jäh. Er würde nicht folgen wollen. Hier war seine Heimat, hier lebten seine Freunde, hier arbeiteten sie und würden sie eines Tages auch sterben. Und dieser schlichte, bescheidene Mann hatte sich nie etwas anderes erträumt oder gewünscht. Er durfte nicht sterben, und auch für die anderen Einwohner sollte es eines nahen Tages eine bessere Zukunft geben. Marissa straffte die Schultern und richtete sich entschlossen auf. Er nickte ihr nur zu. Es musste möglich werden, ihn später zu sich zu holen.

„Es wird viel geredet, Marissa“, fuhr Theo Ayers nach einer ganzen Weile fort, „von Streik und Protestaktionen gegen die Aktionäre. Die Leute wollen besseren Lohn und andere Lebensbedingungen.“

„Und damit haben sie durchaus Recht“, stimmte sie zu, „aber das überlass den jungen Männern, Onkel Theo, du hast mit dem nicht mehr lange zu tun.“

„Und wenn sie diese neue Schule schließen wollen?“

„Das wird schon der Pastor nicht zulassen“, beruhigte Marissa ihren Onkel und hoffte sehnlichst, der Pfarrer würde sich gegen Brutalität und Unrecht durchsetzen. Er hatte schon vor einigen Jahren Mut bewiesen, als er den Direktor, den grausamen Mr. Lacey, wegen eines Jungen anzeigte, der an den Folgen von Überarbeitung und Unterernährung gestorben war.

„Ich kann doch nicht einfach aufhören, unter Tag zu arbeiten, und von deiner Wohltat leben. Du musst dein Geld auch hart verdienen.“

„Unsinn“, verwies sie ihn, „was ich habe, gehört auch dir, und mit Mary zusammen zu sein, ist nun wahrhaftig keine schwere Aufgabe.“

Marissa faltete die Hände im Schoß und starrte darauf nieder. Die Kette von Lügen und Betrug und Täuschung begann an ihren Kräften zu zehren, ebenso wie die Erinnerung an jene eine Nacht, in der sie sich weggeworfen hatte an einen reichen und herrischen Mann. An einen Fremden hatte sie ihre Unberührtheit verschenkt, ihren Stolz, ihr gutes Gewissen, an einen Fremden, mit dem sie verheiratet war. Ihn hatte sie getäuscht, und er hasste sie, vor allem seit jenem Sturm der Leidenschaft und Zärtlichkeit.

„Marissa, fühlst du dich nicht wohl, du bist auf einmal todblass“, hörte sie Onkel Theo besorgt sagen und schüttelte verzagt den Kopf.

„Nein, es ist alles in Ordnung. Es geht mir gut“, sagte sie hastig, „und ich muss noch dem Kutscher Bescheid geben, dass er rasch den Korb hereinträgt, den ich wieder mitgebracht habe, Onkel Theo.“

Wenig später saßen sie beisammen, und Marissa goss ihm Tee ein. Er unterhielt sie mit kleinen Geschichten aus dem Städtchen. Endlich händigte sie ihm noch einige Pfundnoten aus. Er verdiente nicht einmal in einem ganzen Jahr so viel und starrte fast ehrfürchtig auf die Scheine. In diesem Moment sah Marissa, dass alles, was sie tat, nicht nur negativ sein konnte, und nahm sich vor, den kranken Mann tatkräftig zu unterstützen, so sehr sie nur konnte. Dazu würde manches Kind der düsteren Wolke aus Kohlenstaub und Elend ebenso entkommen, wie es dank Marys Hilfe Marissa vor Jahren gelungen war.

Sie trank in winzigen Schlucken den heißen Tee und dachte an Ian. Er befand sich jetzt an Bord des Schiffes irgendwo auf dem Ozean, und es sollten noch Wochen vergehen, bevor sie ihn wiedersehen würde. Mochte das Leben in naher Zukunft auch noch so demütigend und unerträglich für Marissa werden, so waren die Vorteile für Mary, Jimmy, Onkel Theo und die Bergmannskinder doch jedes Opfer letztlich wert.

Ian Tremayne, ihr ... Mann! Die Erinnerung an ihn quälte und beglückte zugleich, denn da gab es vieles, was Marissa nicht vergessen konnte. Selbst hier, in der erbärmlichen Hütte neben dem verbrauchten Mann, sah Marissa ein Paar kobaltblauer Augen, in denen leidenschaftliche Glut brannte, und spürte die rhythmische Bewegung des Mannes in ihr, die Kaskade der Lust in ihrem Körper.

Gewaltsam riss sie sich aus der Verzauberung, versuchte an Ians Zorn zu denken, an seine herrische Ungeduld, seine Warnung, sich nicht selbst zu belügen, zu täuschen. Sie war seine

Frau, sie hatte sich ihm hingegeben, um das Geld zu bekommen. War sie besser als eine käufliche Hure? Übelkeit stieg würgend in ihr auf, sie hätte sich übergeben mögen. Doch sie riss sich zusammen, lächelte ihrem Onkel zu. Nein, was sie auch getan hatte, es diente einem guten Zweck. Es gab keine andere Wahl. Als Theo Ayers Marissa nun herzlich in die Arme nahm, schloss sie die Augen und wünschte sich sehnlichst, niemals von ihm weg auf Sir Thomas' Landsitz, nie mit Mary nach London gegangen zu sein. Dann hätte sie auch nicht Ian Tremayne richtig kennen gelernt, hätte nicht mit ihm geschlafen.

Doch die Wirklichkeit ließ sich nicht auslöschen, die Erinnerung nicht verscheuchen. Die Würfel waren gefallen. Sie konnte Ian Tremayne nicht mehr entfliehen. Selbst wenn sie nicht nach Amerika reiste, er würde kommen und sie holen, zornig und herrisch und ungeduldig. Sie konnte die drei Menschen nicht enttäuschen, deren Schicksal in ihrer Hand lag, nicht Mary und Jimmy, nicht Onkel Theo.

Es dämmerte bereits, die Nacht begann einzufallen, als Marissa wieder in der Kutsche des Squire saß und Onkel Theo ein letztes Lebewohl zuwinkte. Er wurde kleiner und kleiner, schließlich verschwand er in der zunehmenden Dunkelheit.

Während der Fahrt rannen Marissa die Tränen über die Wangen bei der Erinnerung an Ian Tremayne und wie sie ihn kennen gelernt und wiedergesehen hatte und sich geschworen, es ihm eines Tages zu zeigen.

Und diesen Vorsatz würde sie als Dame der Gesellschaft halten. Ihr Mann sollte sie nie weinen sehen.

Als einige Zeit später die Küste Englands in der Ferne verschwamm, hielt Marissa diesen Schwur. Ihre Augen blieben trocken. Mary schluchzte an der Schulter ihres Jimmy. Marissa aber stand an der Reling und schaute nicht einmal zurück. Der Blick der grünen Nixenaugen war starr und unverwandt nach vorn gerichtet, in die Unendlichkeit, nach Westen ...

8. KAPITEL

San Francisco, im Januar 1905

Ein Pochen an der Tür zu dem Schlafwagenabteil ließ Marissa innehalten, als sie eben dabei war, den eleganten kleinen Hut schräg auf die rotblonden Locken zu setzen. Da sie nicht antwortete, rief der Schaffner munter von draußen: „San Francisco, der nächste Halt ist San Francisco, nur noch fünf Minuten, Mrs. Tremayne."

Noch fünf kurze Minuten, und eine Reise, die sich schier endlos gedehnt hatte, würde zu Ende sein. Vorüber die Seefahrt an Bord eines Luxusdampfers in einer Kabine erster Klasse über die Weite des Atlantiks, vorüber die wechselnden Bahnlinien, die Marissa quer durch den nordamerikanischen Kontinent geführt hatten.

Es hatte so viel zu sehen, aufzunehmen, zu verarbeiten gegeben. Marissa war Engländerin, und sie war stolz auf ihr schönes Vaterland. Aber dieses Amerika war einfach unvergleichlich. Es war ein Land der Gegensätze, der überbordenden Fülle und der überwältigenden Schönheit. Da gab es endlose Weideflächen, grüne Ebenen und dunkle Wälder im Kontrast zu Wüsten in Orange und Gold und Berge in dunklem Violett, ein faszinierendes Spiel der Formen und Farben.

Dazu kam dieser Schmelztiegel der Rassen, der Nationen, der Menschen. Selbst London mit seiner Buntheit des internationalen Hafens konnte da nicht mehr mithalten. Schwarze, weiße, gelbe und rote Gesichter verschwammen in einem Wirbel von Sprachen, als ob die Bewohner aus allen Gegenden der Erde stammten. Von Tag zu Tag hatte Marissa dieses Kaleidoskop mehr genossen.

Heute nun hatte sie der Zug in die Bucht gebracht, wo die Fähre ihn aufgenommen und hierher in die riesige Stadt getragen hatte. In den nächsten Minuten würden sie am Ziel sein. Für Mary und Jimmy O'Brian bedeutete San Francisco den Anfang eines gemeinsamen Lebens in Liebe und ehelicher Harmonie in einem eigenen Hausstand. Was aber würde dieser Tag Marissa Tremayne bringen? Sie hatte sich freiwillig in einen goldenen Käfig begeben und in die Gewalt eines Mannes, der ebenso herrisch wie zärtlich war, ebenso bedrohlich wie faszinierend.

Marissa schloss sekundenlang die Augen und rang nach Atem. Sie musste daran denken, wie sie Mary gegenüber behauptet hatte, nichts als ein Leben in Anstand und Sicherheit zu suchen, dass kein Gefühl dabei mit im Spiele wäre und sie alles bekäme, was sie sich immer erträumt hätte.

Bald schon würden sie die Schule in der kleinen Bergwerksstadt in Yorkshire eröffnen, und Marissa war in Seide und kostbaren Spitzen über den Ozean und quer durch Nordamerika gereist, ganz große Dame, verwöhnt, stilvoll und in jeder Hinsicht standesgemäß.

All das änderte freilich nichts an der Tatsache, dass Marissa mit jeder Stunde die unsichtbaren Stäbe ihres goldenen Käfigs mehr fühlte. Ihr war, als hörte sie das metallische Klirren, das in ihrem tiefsten Herzen ein angstvolles Beben auslöste.

Bald, sehr bald schon würde die Zeit gekommen sein, für all den äußerlichen Aufstieg bitter zu bezahlen.

Madame Lillis Etablissement war etwas Einzigartiges, selbst in der Menge der Vergnügungslokale im Hafengebiet von San Francisco, wo sich ein Tanzpalast an den anderen reihte. Das Haus stammte noch aus der Zeit vor dem Goldfieber und zeigte über den wunderlichen Elementen des Kolonialstils die verspielten Ornamente der viktorianischen Architektur. Lilli selbst hatte nach ihrer Vorliebe reichlich Farbe hinzufügen lassen, so dass sich das Gebäude nun rein äußerlich schon von den anderen Häusern der Straße unterschied.

Drinnen in ihrem Salon thronte Lilli auf einem vergoldeten Stilsofa und zupfte an ihrer Federboa. Dabei beobachtete die Lady, die keine war, Ian Tremayne aus ihren großen grauen Augen. Er starrte aus dem Fenster und zog jetzt schon zum dritten Mal die Taschenuhr.

„Mir scheint, dass du mir überhaupt nicht zugehört hast, Ian." Er drehte sich ruckartig zu ihr herum und lehnte sich gegen das Fensterbrett. Schärfer, als er es beabsichtigt hatte, sagte er: „Du hast mir selbst gesagt, du könntest auch ohne Konversation auskommen."

Als sie leicht zusammenzuckte, tat es Ian auch schon Leid, und er verwünschte zum x-ten Mal die Ehefrau, die an diesem Abend hier in der Stadt eintreffen sollte. Sie musste wie abgesprochen erscheinen, diese seine rechtmäßige Gattin, denn sonst würde er sie zu finden wissen. Und wenn er alle Kontinente nach ihr absuchen müsste, er würde Marissa aufspüren.

„Ich habe dich auch nicht übermäßig mit Geschwätz belästigt", sagte Madame Lilli etwas unmutig, „ich frage dich nicht nach der Geliebten, die du dir in deinem großen Haus hältst, aber ich erwarte, dass du wenigstens zur Kenntnis nimmst, dass du bei mir bist, Ian. Ich verlange ja nicht, dass du dich mit mir in der Öffentlichkeit zeigst."

Er atmete gepresst. „Verzeih mir, Lilli."

Sie nickte zwar und senkte die langen Wimpern über einen gekränkten Blick, doch Ian Tremayne spürte, dass er sie verletzt hatte. Es tat ihm wirklich Leid, denn Lilli war nicht einfach irgendeine Nachtlokalbesitzerin, auch wenn sie vom Amüsiermädchen zur Inhaberin eines hochfeudalen Etablissements aufgestiegen war. Sie wählte ihre Liebhaber sehr sorgfältig und war eine hinreißende und erfahrene Frau. Natürlich hatte sie ganz und gar nichts mit Diana gemeinsam, war in allem ihr ganzes Gegenteil mit den geradezu wollüstig üppigen Formen und dem rot gefärbten Haar. Was Ian in ihre Arme getrieben hatte, war eben dieser Unterschied gewesen und die unverbrüchliche Aufrichtigkeit dieser Frau, die nichts von ihm verlangt hatte, nicht einmal, dass er ihr etwas vortäuschte, was er nicht empfand.

„Warum schaust du heute bloß andauernd auf die Uhr?“ fragte sie endlich ruhig, „es geht mich zwar nichts an, und du musst es mir auch nicht anvertrauen ...“

Er trat vom Fenster weg, beugte sich zu ihr und küsste sie auf die Wange. „Meine Frau kommt heute noch in der Stadt an.“

„Deine Frau!“ rief sie überrascht und schob die Federboa zurecht. „Ehefrau?“ Mit einem hellen Lachen lehnte sie sich auf dem Sofa zurück. „Du erwartest deine Frau und besuchst mich noch vorher?“

„Sie ist nicht so meine Frau, wie es üblich ist“, wich er unsicher aus. „Eigentlich ist sie seit dem Tod ihres Vaters mein Mündel, ich bin sozusagen ihr Vormund.“

Ziemlich verblüfft schaute Lilli zu Ian Tremayne auf.

„Und deshalb hast du sie geheiratet? Das verstehe, wer will, ich bestimmt nicht. Immerhin kann Geld keine Rolle gespielt haben, denn davon hast gerade du mehr als genug.“

„Ich verstehe es eigentlich selber nicht“, murmelte er.

Sie lächelte verschwörerisch. „Mir geht es nicht um mich, aber ich könnte mir vorstellen, dass Mrs. Leroux, diese bezaubernde Witwe, ziemlich viel gegen deine Ehefrau einzuwenden haben könnte." Sie lachte leise und etwas boshaft. „Ich muss zugeben, dass ich mich darüber herzlich freue, dass sie sich entsetzlich aufregen wird. Hm, der Vormund heiratet sein Mündel. Sehr ... europäisch, finde ich. Sag mir, wie sieht sie aus, deine neue Frau? Mir schwant da etwas von Schulmädchen mit langen Zöpfen und vorstehenden Zähnen."

„Ich muss dich sehr enttäuschen. Sie ist ziemlich ... atemberaubend."

„Du erwartest also diese deine atemberaubende Ehefrau und bist noch hier bei mir", neckte sie ihn. Ihre Stimme klang sehr weich.

Ihm dämmerte es, dass er aus eben diesem Grund hier war. Er dachte nicht daran, sein Leben auch nur um eine Winzigkeit zu ändern.

„Es war ein Vertrag, Lilli, nicht mehr", sagte er hart. „Du kennst meine Einstellung zu einer zweiten Ehe."

Sie lächelte beinahe traurig.

„Natürlich, Ian, und ich habe mir auch nie eingeredet, du könntest mich heiraten. Bei Grace Leroux liegt das Problem dagegen in der simplen Tatsache, dass sie felsenfest überzeugt ist, du würdest sie eines schönen Tages heiraten. Und nun muss sie sehen, dass sie zwar richtig angenommen hatte, du würdest eine zweite Ehe eingehen, allerdings nicht mit ihr als Ehefrau."

„Das war ihr Fehler", murrte er und ertappte sich dabei, dass er schon wieder nach der Uhr schaute.

„Nun mach schon", sagte Lilli fast mütterlich, „sieh zu, dass du zu deiner Frischangetrauten kommst."

„Ich habe es durchaus nicht so eilig", widersprach er wie ein trotziger Knabe.

Sie lachte leise auf. „Dann wirst du zu spät kommen.“

„Und wenn schon“, versuchte er abzuwehren. Es klang nicht sehr überzeugend. Auf einmal wusste Ian Tremayne, dass er nicht zu spät kommen wollte, dass er bei Lilli heute auch nicht Vergessen gesucht hatte. Nein, er hatte durch Lillis erotische Körperlichkeit die Erinnerung an ein goldhaariges Mädchen verscheuchen wollen, das nackt und zärtlich in seinen Armen gelegen hatte mit groß aufgeschlagenen grünen Nixenaugen. Er wollte einfach dem sanften Zauber nicht wieder von Neuem verfallen, diesem magischen Bann. Es gab noch andere Frauen, die man sich ins Bett holen konnte, verführerische, wollüstige Frauen. Und Lilli gehörte zu ihnen. Er setzte sich an ihre Seite, und sie legte ihm die Arme um den Nacken.

„Sag mir nur eines, Ian: weiß die zweite Mrs. Tremayne um unsere ... Beziehung? Wird sie hier wie du ihrer eigenen Wege gehen und sich ihr Vergnügen nehmen, wo sie es findet?“

Er richtete sich steil auf und erstarrte. „Oh, nein.“ Auf einmal war er ungeduldig, sprang auf, küsste Lilli flüchtig auf die Wange.

Während er an seinen Manschetten zerrte, fragte sie ihn: „Ian, am Sonnabend eröffne ich mit einer neuen Show, wirst du kommen? Bitte, tu es, du weißt, es hilft mir sehr, wenn man dich hier sieht.“

Er war schon auf dem Weg zur Tür.

„Gern, wenn du überzeugt bist, dass es deinem Geschäft etwas bringt.“ Mit unerwartet heftigem Ton rief er dann: „Sie soll sich unterstehen! Ich drehe ihr den schönen Hals um!“

„Wie bitter.“

„Natürlich ahnt sie nichts von unserer Beziehung, und ich würde ihr nicht empfehlen, ein Ähnliches zu versuchen.“

Lilli fühlte etwas wie Wehmut. Nicht, dass sie sich jemals Hoffnungen auf Ian Tremayne gemacht hätte, obwohl sie ihn herzlich gern hatte, dazu war sie viel zu realistisch und kannte ihre Grenzen. So war sie nie in Versuchung gekommen, sich selbst etwas vorzumachen. Genau das aber tat Ian Tremayne in Bezug auf diese zweite Frau. Diese Ehe bedeutete ihm viel mehr, als er sich selbst eingestehen mochte, viel mehr. Eine Ehefrau war keine große Sache. Eine Frau, die einem aber viel wert war, stellte alles in ein ganz anderes Licht ...

Etwas in Lillis Herzen tat auf einmal ziemlich weh. Sie seufzte leise, als die Tür sich hinter Ian Tremayne geschlossen hatte, erhob sich und trat ans Fenster. Draußen strichen die ersten Schwaden des Abendnebels vom Wasser herein. Sie würde ihm auch weiterhin mit aufrichtiger Freundschaft zur Seite stehen. Und es würde sehr erheiternd sein, die schöne Mrs. Leroux zu sehen, wenn sie mit der neuen Mrs. Tremayne zusammentraf.

Lilli wurde plötzlich lebendig und klingelte nach der Zofe. Sie wusste, dass sie die Erste sein wollte, Ian Tremaynes zweite Frau zu begutachten, vielleicht sogar kennen zu lernen. Nein, besser nicht. Das Mädchen würde es nicht eben schätzen, mit einer Frau aus der Vergangenheit des eigenen Ehemannes bekannt zu werden. Trotzdem könnte das keiner von ihnen schaden, denn Lilli war keine wirkliche Rivalin. Im Gegenteil, sollte diese Mrs. Tremayne bereit sein, so würde ihr Lilli wertvollen Beistand leisten können, wenn der Drache, sprich Mrs. Leroux, aus seiner Höhle hervorkriechen sollte. Diese Witwe bedeutete viel eher eine unangenehme Erinnerung an Ian Tremaynes Vergangenheit.

Bremsen knirschten schrill, der Zug lief in den Bahnhof ein. Marissa verschlug es beinahe den Atem. Mit brennenden Wangen und leuchtenden Augen stürzte Mary O'Brian in das Abteil.

„Hier ist es, endlich sind wir da." Damit fiel sie der Freundin um den Hals und herzte und küsste sie. „Oh, Marissa, du hast so unendlich viel für uns getan."

Marissa schluckte trocken und wehrte dann heftig ab, um nicht in Tränen auszubrechen oder zu ersticken. „Unsinn, wir sind jetzt in Amerika, und du tust, als ob nicht du es wärst, der ich verdanke, dass ich erster Klasse reise und von Luxus umgeben bin. Gnade uns Gott, wenn unsere Täuschung jemals ans Licht kommen sollte."

Mary hielt ihr entgegen: „Nun kann gar nichts mehr schief gehen, hier ist eine andere Welt."

Zum ersten Mal war es Marissa, die davon nicht mehr so überzeugt war und nur wortlos nickte. Jimmy stand in der offenen Tür, Marys Reisetasche unter dem Arm, und bückte sich nach Marissas Handkoffer.

„Kommt, meine Damen, wir sind da."

Mary folgte ihrem Mann, der mit ganz neuer Sicherheit den Bahnsteig betrat und sich einen Weg durch die Menge suchte. Marissa hatte auf der Reise verwundert festgestellt, wie schnell die Jungverheirateten miteinander an Selbstbewusstsein gewonnen hatten. Sie dagegen war rastlos und grüblerisch geworden. Sie straffte die Schultern und zitterte doch vor dem Wiedersehen mit Ian Tremayne. Sonderbarerweise sehnte sie sich aber auch danach. Er hatte versprochen, sie abzuholen. Ob er sein Wort halten würde oder die Ehefrau schon vergessen hatte, die ihn in diese ungewollte Ehe hineingetäuscht hatte?

Marissa schloss sich Mary und Jimmy O'Brian an. Hier war wirklich eine neue Welt um sie herum, die sich als Kind einmal geschworen hatte, Ian Tremayne die Krallen zu zeigen. Am Ende des Bahnsteiges zögerte Marissa. Von der Stadt war kaum etwas zu sehen. Eben fiel die Abenddämmerung ein, und der Nebel begann in grauen Schwaden zu ziehen. Langsam nur gewöhnten sich die Augen an den milchigen Schein der Gaslaternen und erkannten den Mann auf den Stufen.

Licht und Schatten rahmten die hohe, düstere Silhouette, unterstrichen noch die Breite der Schultern, die schmalen Hüften, den perfekten Sitz der Maßkleidung. Marissa begriff, dass Ian Tremayne sie nicht vergessen hatte. Er war zur Bahn gekommen. Ihr Herzschlag dröhnte so sehr, dass sie sich selber zürnte, und sie konnte keinen Fuß vor den anderen setzen, stand da wie angewurzelt. Nun musste Ian sie gesehen haben, denn er trat ins Helle. Der cremefarbene Anzug und der helle Filzhut unterstrichen die tiefe Bräune des Gesichtes, das lackschwarze Haar, die dunkle Schleife am Kragen. Jetzt erst bemerkte Marissa, dass er nicht allein war.

Hinter ihm folgte ein junges Paar. Der Chinese war hübsch, die junge Chinesin atemberaubend schön. Sie hatte eine makellose Haut, große schwarze Augen von leicht exotischem Schnitt und glattes Haar, das ihr mit metallischem Blauglanz bis auf den Rücken hing. Sie besaß etwas ungewöhnlich Sinnliches und war wie der Mann an ihrer Seite in lange, weite Hosen und Chinesenjacke aus orangeroter Seide gekleidet.

Marissa suchte Ians Blick. Wie damals brannte die kobaltblaue Flamme darin, das heiße Feuer jener Nacht, bevor er sie verlassen hatte. Immer noch zwang sie sich, ihn zu hassen, weil er ihren festen Vorsatz, steil nach oben zu kommen, ins Wanken gebracht hatte, als er sie berührte. Trotzdem ließ ihr eine schwankende Empfindung die Knie weich werden, sie zitterte und riss sich gewaltsam zusammen, um ja keine Schwäche zu zeigen. Dieser herrische Mann hatte ein einfaches Hausmädchen einfach angerempelt, ungeduldig, stolz, und sie mit seinem überheblichen Verhalten gekränkt.

Damals schon hatte er ihr gesagt, sie sollte besser nach Amerika gehen, und sie eine junge Tigerin genannt. Und hier war sie, sie, Mrs. Ian Tremayne. In diesem Augenblick stand Ian vor ihr, und sie fühlte, wie ihr heiße Röte in die Wangen stieg. Er machte keine Anstalten zu einer zärtlichen oder wenigstens höflichen Begrüßung, sondern starrte sie an.

„Du bist also gekommen", stellte er fest.

Sie reckte das Kinn hoch und gab betont liebenswürdig zurück: „Du übrigens auch."

„Ich hatte es doch gesagt."

„Vielleicht hatte ich allen Grund, dir zu misstrauen."

„Gewiss nicht mehr als ich, dir nicht zu glauben."

Das klang nun doch schärfer, als es ihr lieb war. Sie standen ganz dicht voreinander, und Marissa spürte, wie es zwischen ihm und ihr vor Spannung knisterte, als gewitterten magische Blitze von einem zum anderen. Neben ihnen warteten Mary und Jimmy O'Brian wortlos, und die beiden Chinesen schienen verblüfft über den frostigen Empfang der Ehegatten. Offensichtlich hatte es inzwischen auch Ian gedämmert, denn er wandte sich mit jenem unwiderstehlichen Lächeln an Mary, das ihn so bezaubernd machen konnte, wenn er es wollte.

„Herzlich willkommen in San Francisco. Ich hoffe, die Reise war nicht allzu anstrengend."

„Oh, sie war wunderbar", versicherte die junge Frau.

Tremayne winkte seine Begleiter herzu. „Marissa, liebe Mary, James, hier sind John und Lee Kwan, die meinen Haushalt besorgen – John, Lee, das ist meine Frau, und dies sind unsere Freunde, Mrs. und Mr. O'Brian. Mr. O'Brian wird sich mit den Warenhausgeschäften vertraut machen."

Die melodische Stimme des jungen Mannes überraschte Marissa, als John Kwan sich tief verbeugte. Er hatte überhaupt keinen Akzent.

„Darf auch ich Sie recht herzlich in dieser Stadt willkommen heißen, die mit ihrem Zauber wohl eine der schönsten auf der ganzen Welt ist?"

Das Mädchen setzte hinzu: „Was auch immer Sie wünschen, Sie brauchen nur zu befehlen."

„Danke", gab Marissa zurück. Die Augen des schönen Geschöpfes entbehrten die Wärme, die in diesen Worten mitklang. Der Blick der Chinesin war eisig, feindselig, beinahe so wie der Ians.

„Ich werde mich um das Gepäck kümmern", sagte John Kwan, und Jimmy stieg mit dem Chinesen in den Waggon, scherzte mit einem Grinsen, das Ian Tremayne galt: „Wir haben ziemlich viel davon, wie Sie sich vorstellen können. Frauen auf Reisen!"

Tremayne schenkte Jimmy ein strahlendes, verschwörerisches Lächeln.

„Da schließe ich mich besser auch gleich an." Marissa stellte leicht gereizt fest, dass nicht nur Mary ihn bewundernd anschaute, sondern auch die schöne Lee Kwan den Blick nicht von ihrem Herrn abwenden wollte. Natürlich war Ian Tremayne unwiderstehlich, das hatte Marissa am eigenen Leib erfahren, unwiderstehlich, wenn er lachte, wenn er grollte. Sie selbst war ihm eine allzu leichte Beute geworden. Aber das sollte sich hier nicht wiederholen, das hatte Marissa sich fest vorgenommen und unterdrückte ihren Zorn. Und dieses bildschöne Geschöpf lebte auch noch im Haus! Wieder ärgerte sich Marissa über sich selbst. Was wollte sie eigentlich? Hatte sie nicht alles, was sie wollte? So biss sie die Zähne zusammen und verschloss sich gegen den jähen und stechenden Schmerz in der Brust.

„Wollen Sie mir bitte zum Wagen folgen?" sagte jetzt Lee höflich. „Ich darf vorangehen?"

Draußen in der frischen Luft hielt Marissa einen Augenblick inne, genoss die Kühle des Abends an ihren brennendheißen Wangen. Die Dämmerung hatte ein schwebendes Zwielicht im Ziehen der Nebelschwaden, etwas Unwirkliches, Märchenhaftes.

Hügel erhoben sich über der Bucht, gekrönt von herrlichen Häusern, deren Silhouetten mit den vielen Erkern und Türmchen sich gegen den Abendhimmel abzeichneten. In sanften, weichen Farbschattierungen schien die ganze Stadt reich und extravagant. Einige Straßenzüge waren von Villen im viktorianischen Stil gesäumt, die von hohen Bäumen flankiert wurden. Der milchige Schein der Gaslaternen schimmerte durch die zunehmende Dunkelheit. Alles schien wie aus einem riesigen Bilderbuch herausgetreten. Wie ein magischer Schleier spann sich der Nebel über die Stadt. Man konnte sich vorkommen, als wäre man im Reich der Märchen.

Marissa atmete tief und achtete keineswegs auf die Menschen um sie herum. Es war einfach unwahrscheinlich schön hier. Schon die Geschäftigkeit New Yorks hatte sie überwältigt, das bunte Treiben. Auch Chicago hatte großen Eindruck auf sie gemacht. Hier war alles ganz, ganz anders. Ein leises Beben rann durch ihre Glieder bis ins Herz. Hier fühlte Marissa sich daheim, in dieser Schönheit, die weich und magisch bezauberte, die im milden Licht der Gaslaternen lockte und verführte. Sie liebte die Berührung der feuchten Luft, die satten Schattierungen der Nacht, den Nebel, der sich an ihre Haut schmiegte.

Marissa spürte, dass jemand hinter ihr stand, ohne es zu beachten, bis die dunkle Stimme fast schwärmerisch sagte: „Ist es nicht wunderbar, ist es nicht eine unvergleichliche Stadt?“

„Wunderbar“, wiederholte Marissa hingerissen, doch dann fuhr sie herum. Die Stimme! Hinter ihr war Ian Tremayne, bepackt mit Koffern und Taschen. Der Zorn war aus seinem Blick verschwunden, er schaute Marissa nur prüfend an. Sie fand keine Worte mehr.

„Komm jetzt, du hast eine überaus lange Reise hinter dir, und ich möchte, dass du heute Nacht endlich zur Ruhe kommst. Morgen ist auch noch ein Tag, um ein wenig durch die Stadt zu fahren." Damit bedeutete Ian seiner Frau, ihm zu folgen, und schritt rasch zum Wagen hinaus.

Die Kutsche, vor der zwei feurige Rappen ungeduldig auf der Stelle traten, war groß und bequem. Die schwarzen Mähnen glänzten im Laternenlicht wie Seide. Mit lautem Hupenton fuhr ein Automobil auf der Straße vorbei. Ein Pferd vor einem beladenen Karren scheute, der Lenker des Autos musste ausweichen und stieß beinahe mit einem anderen Gefährt zusammen.

„Das nennt man Fortschritt", scherzte Ian Tremayne.

„Ich glaube an den Fortschritt und könnte mich für Automobile begeistern", gestand Marissa.

Er schaute sie flüchtig an. „Gut, könnten wir jetzt fahren? Ich möchte nach Hause."

Marissa beeilte sich, zu der Kutsche zu kommen, bevor er ihr beim Einsteigen helfen würde, doch Ian war schneller. Er stellte das Gepäck nieder, fasste sie um die Mitte und hob Marissa hinein. Er überließ es John, die Koffer zu verstauen, und setzte sich an Marissas Seite. Der herbe Duft nach Leder und feiner Seife ließ in der jungen Frau unerhört heftige Erinnerungen aufwachen, die sie bestürzten in ihrer Vertrautheit. Marissa hielt den Atem an und sah starr geradeaus, spürte Ians Schenkel an dem ihren und erschrak fast, als Mary nun begeistert sagte: „Ian, diese Stadt ist wirklich wunderbar. Welche Richtung nehmen wir denn?"

Er zeigte in das Dunkel hinein und lächelte ihr zu. „Nob Hill. Und Sie haben Recht, San Francisco ist herrlich. Sie werden eine Menge zu sehen und kennen zu lernen haben."

„Warum heißt es Nob Hill?“ erkundigte sich Mary. Ian lachte.

„Viele meinen, es käme von dem Wort ‚Snob‘, aber das stimmt natürlich nicht, es kommt von dem indischen Begriff ‚nabob‘.“

Marissa sah ihn von der Seite her an. Er schien gelöst und heiter. Amüsierte er sich darüber, dass sie nun auf „Snob Hill“ leben würde? Fand er etwa, dass sie dahin passen würde? Gleichzeitig hatte sie das sichere Gefühl, dass jemand aus der Menge sie beobachtete. Sie runzelte die Stirn und spähte in den ziehenden Nebel. Sie fand ihren Argwohn bestätigt, eine Frau sah sie an, groß und mit leuchtend rotem Haar stand sie dort in einem hochmodischen blauen Samtkostüm, das die üppigen Formen wie eine zweite Haut umspannte. Als die Fremde bemerkte, dass Marissa sie anschaute, lächelte sie. Es war ein unerwartet freundliches, warmes Lächeln, Ian war dem Blick seiner Gattin gefolgt und zog unwillig die Brauen zusammen.

„Was zum Teufel macht denn Lilli hier?“ murmelte er.

Mit betont sanfter Stimme erkundigte sich Marissa, ob es eine Freundin sei. Bei sich wunderte sie sich, warum der bloße Gedanke sie so wütend machte. War etwa eine der Geliebten Ians zur Bahn gekommen, um seine frisch angetraute Frau in Augenschein zu nehmen? Zu gern hätte sie die aufsteigende Bitterkeit geschluckt, doch schon trat sachte Röte in Marissas Wangen. Was hatte sie bloß? Sie wollte schließlich nichts von Ian Tremayne als die Chance, ein neues Leben zu beginnen, zusammen mit Mary und Jimmy, und Onkel Theo zu unterstützen.

Stattdessen hatte er mit ihr geschlafen, ihre Träume zerbrochen und jede wache Stunde zu einer Hölle der Angst vor Entdeckung gemacht. Ihn freilich kümmerte das alles herzlich wenig. Sie hätte ihn schlagen mögen, fragte jedoch honigsüß noch einmal: „Eine Freundin, Ian?“

„Ja“, murmelte er und starrte seine Frau sonderbar düster an, „man könnte Lilli so nennen.“

Marissa wandte sich halb zur Seite und winkte der Frau zu, die immer noch am gleichen Fleck stand und herüberschaute.

„Hallo, Lilli“, rief Marissa liebenswürdig.

Ian fuhr herum. „Was fällt dir ein, was soll das?“

Sie lächelte unschuldig. „Ich lade deine Freundin nach Hause ein, du wirst sie doch behalten wollen, nehme ich an.“

Ohne sich um die Gegenwart der beiden anderen Paare zu kümmern, stieß Ian einen leisen Fluch aus. „Das wirst du hübsch bleiben lassen, meine Liebe. Wer in meinem Haus ein und aus geht, bestimme immer noch ich. Du hast ja keine Ahnung, wer Lilli ist.“

„Eine Schönheitstänzerin, will mir scheinen. Aber schließlich sind wir hier in Amerika, dem Land der Gleichberechtigung, oder?“

Er ballte die Fäuste. Vermutlich hätte er seiner Frau am liebsten den Hals umgedreht, beherrschte sich aber gewaltsam.

„Ich wiederhole es noch einmal, wer bei mir eingeladen wird, ist einzig und allein meine Sache, Madam.“

Die Stimme klang zwar ruhig, verriet aber Marissa die heimliche Drohung, den schwelenden Zorn. Statt sich abzuwenden und zu schweigen, ließ sie der eigenen Wut die Zügel schießen.

„Entschuldige bitte“, murmelte sie, „ich wollte ihr nur zeigen, dass ich nichts gegen sie einzuwenden habe. Nicht immer ist eine Geliebte willkommen in Gegenwart der ...“

„... der Ehefrau“, führte er den Satz zu Ende. „Darf ich dich daran erinnern, dass du keine Ehefrau im landläufigen Sinne bist, meine Liebe, ganz und gar nicht, Lady.“

Lady? Kaum, dachte Marissa, nur ein dreckiges Kind in einem rußgeschwärzten Nest in Yorkshire, ein Hausmädchen in adrettem Häubchen und gestärkter Schürze im Schatten der großen Halle, eine Frau, die keinen Pfennig besaß und nicht besser war als die Rothaarige, die immer noch dort drüben stand und herüberschaute.

Mary holte die Freundin behutsam aus der Erstarrung. „Bestimmt nicht im landläufigen Sinne“, sagte die junge Mrs. O'Brian lächelnd, und es klang wie ein großes Kompliment.

Ian straffte die Schultern und gab John kurz den Befehl zu fahren. „Direkt nach Hause, John. Und vermeide das dichte Gewühl dort vorne.“

Nach Hause? Es war sein Haus, jetzt freilich auch das ihre. Es würde immer sein Haus bleiben, das hatte er eben sehr deutlich zum Ausdruck gebracht, und keine Heimat für Marissa. Sie empfand ein Flattern in der Herzgegend, als stieße sie an die Gitterstäbe ihres goldenen Käfigs. Wenigstens die Stadt war wunderschön, hier konnte man sich zu Hause fühlen. Dennoch ...

Auch ein goldener Käfig blieb immer noch ein Gefängnis, in das sie sich selbst eingeschlossen hatte, gefesselt durch diese erzwungene, von ihr selbst erzwungene Ehe mit einem Mann, den sie gleichzeitig abstoßend fand und faszinierend. Und auf den sie eifersüchtig war. Nein! Heftig riss sie die Augen auf, spürte Ians Blick auf sich. Ein Schauer überlief sie. Ihr Wärter, der auch ihr Ehemann war, ein Ehemann, der sie nicht hier haben wollte.

Bevor der Wagen um die Ecke bog, schaute Marissa noch einmal zum Bahnhof zurück. Immer noch stand die rothaarige Frau dort auf den Stufen. Jetzt hob sie die Hand und winkte ihnen nach. Marissa stockte der Atem. Natürlich gab es Frauen in seinem Leben, das hatte er nicht verschwiegen. Aber sie hatte gemeint, das wäre vorbei, nachdem sie in seinen Armen gelegen hatte und seine Frau geworden war. Kaum hatten sie einander wiedergesehen, so schien schon die Nacht, schien Marissas Leben von stürmischer Spannung und nagendem Schmerz erfüllt. Eine Lüge, alles war eine einzige große Lüge, und Marissa war es, die dieses Lügengebäude errichtet hatte und nun vor der Entdeckung bangte. Dabei gab es nichts, was sie hätte tun können.

Die Zeit war gekommen, mit dieser Lebenslüge durch die Welt zu gehen, Tag für Tag, Nacht für Nacht.

9. KAPITEL

Das Haus war überaus beeindruckend und wunderschön. Mary und James O'Brian waren gleich hinter dem riesigen Parktor ausgestiegen, wo ein hübsches Pförtnerhaus ihnen zur Wohnung dienen sollte, bis sie etwas Passendes gefunden hätten. Die beiden Chinesen waren auf der Rampe schon verschwunden, so dass Marissa mit Ian Tremayne allein die Stufen zu dem Säulenvorbau hinaufstieg, der mit den Ätzglasfenstern dem viktorianischen Gebäude etwas Vornehmes und Kostbares verlieh. Wortlos öffnete Ian das Portal und ließ Marissa eintreten. Sie zog beim Hineingehen die Handschuhe aus und sah sich kurz in der geräumigen Eingangshalle um.

Ein riesiger Kronleuchter hing von der hohen Decke, eine breite Holztreppe mit geschnitztem Geländer führte in elegantem Bogen in die oberen Stockwerke hinauf. Der Fußboden war aus hellem Marmor und hob jedes Gefühl des Wuchtigen wieder auf, das etwa die ebenfalls reich geschnitzten Türen einflößen konnten, die in verschiedene Räume führten.

Ian stand hinter seiner Frau und beobachtete sie. „Entspricht es deinen Ansprüchen?" fragte er, und sie fuhr herum. Was erwartete er bloß von ihr? Etwa atemlose Bewunderung oder kniefällige Dankbarkeit? Gewiss nicht, solange die Erinnerung an die

Frau am Bahnhof noch so lebendig war. Ian Tremayne war stolz auf sein Anwesen, das war deutlich geworden, und er hatte auch ein Recht dazu. Das Haus war großzügig, hatte Stil und strahlte Wärme aus. Schon von der ursprünglichen Anlage her, denn es war kein Neubau, hatte es die Schönheit der viktorianischen Architektur, doch gewiss hatte Ian Tremayne noch das eine oder andere Detail hinzufügen lassen.

Ohne die Begegnung mit der Rothaarigen bei der Ankunft hätte Marissa vermutlich jetzt mit echter Begeisterung das Lob dieses Heimes gesungen, in dem man sich wirklich wohl fühlen konnte. So unterließ sie es allerdings, hielt sich vor Augen, dass er sie ja gewarnt hatte. Sie machte einen Schritt in die Halle hinein, einfach nur, um Zeit zu gewinnen. Einmal war sie Ian Tremayne beinahe widerstandslos in die Arme gefallen, es sollte nicht noch einmal geschehen. Marissa konnte sich nicht recht vorstellen, was sie eigentlich von ihm erwartet hatte, jedenfalls nicht diese kalte Distanziertheit.

Sonderbar, wie weh ihr das tat nach jener letzten Nacht in England, in der sie in Ians Armen gelegen hatte. Hätte er sie doch niemals berührt!

„Gewiss“, sagte sie nach einer Weile ruhig, „es wird genügen.“

„Das freut mich zu hören“, gab er zurück. Der Tonfall verriet, dass sie tief in seinem Inneren eine Saite getroffen hatte, die mitschwang.

Jetzt erst drehte Marissa den Kopf und sah in die rätselhaften kobaltblauen Augen. „Die Reise war ungewöhnlich lang und ermüdend, ich wäre dir sehr verbunden, wenn ich mich in meine Räume zurückziehen könnte.“

Er hob die dunklen Brauen und lächelte frostig. „Deine Privatgemächer, meinst du?“

„Darf ich dich gütigst daran erinnern, dass du es warst, der darauf bestand, in seinem Privatleben nicht behindert oder eingeschränkt zu werden?“

„Sehr richtig. Doch vergiss bitte auch nicht, meine Liebe, dass du es warst, die auf dieser Ehe bestanden hat.“

„Auch das ist so. Und da wir zu diesem Abkommen gelangt sind, muss ich erst recht darauf bestehen, dich nicht in deiner Bewegungsfreiheit einzuschränken. Der heutige Abend am Bahnhof hat mir das sehr deutlich gezeigt. Du lebst dein Leben, ich werde dir dabei nicht im Wege stehen.“

„Zu gütig“, murmelte er trocken und wies auf die Treppe. Marissa stieg die ersten Stufen hinauf. Draußen war es inzwischen ganz finster geworden. Im gedämpften Gaslicht des Kronleuchters und der Wandarme glühten die farbigen Scheiben des Rosettenfensters über der Tür in tiefen Nuancen von Blau und Rot Die weiße Gestalt eines Einhorns trat plastisch hervor und schien auf die Treppe herunterzuschauen, Ian war Marissa dicht auf den Fersen und schob sie nun nach rechts, wo der Aufgang sich teilte. Vor einer der geschnitzten hohen Türen machte er Halt und drehte den Messingknauf herum.

Eine Wandleuchte verbreitete milde Helle. Der Raum war riesig. Ein überaus breites Bett war mit einem weiß-goldenen Überwurf bedeckt und hatte einen kunstvoll bemalten Rahmen. Bis zur Stuckdecke reichten Wandbespannungen in zartem Gelb und Mauve, zu denen der kostbare Orientteppich auf dem spiegelblanken Parkettbogen passte. An der Stirnseite des Zimmers gab es einen sechseckigen Erker mit geschliffenen Fensterscheiben. Dort standen einige Sessel um einen Glastisch. Der Bezug bestand aus glänzendem Goldbrokat. Zwei reich verzierte Tische flankierten den Kamin mit dem Marmorsims. Vor einem Jugendstiltoilettentisch war ein zierlicher Hocker mit dem gleichen Material bespannt. Zu beiden Seiten führten hohe Türen in die angrenzenden Räume.

Marissa brannten plötzlich Tränen in den Augen. Ihr Schlafzimmer hier auf Nob Hill war wesentlich größer als das gesamte Häuschen, das sie mit Onkel Theo bewohnt hatte. Allein der Bettüberwurf mochte mehr gekostet haben, als der Bergmann in einem ganzen Jahr verdienen konnte.

Ian Tremayne wies auf die Türen. „Hier ist dein Ankleidezimmer, dahinter das Bad, dort eine Bibliothek, du kannst es auch einen Salon oder eine Studierstube nennen, ganz wie du willst. Dies sind deine persönlichen Wohnräume." Nach einer winzigen Pause fragte er: „Und was hat dir der heutige Abend am Bahnhof so deutlich gezeigt?"

Marissa war bestürzt. Unten schien er ihre Worte gar nicht gehört zu haben, und hier oben wusste sie einen Augenblick lang nicht, was sie sagen sollte.

„Es war eine lange Reise", begann Marissa unsicher.

„Darum würde ich vorschlagen, dass du schnell antwortest." Seine Stimme klang höflich, und doch schwang eine unausgesprochene Warnung unüberhörbar mit.

Marissa trat an den Jugendstiltoilettentisch, warf einen Blick in den Kristallspiegel und nahm den Hut ab. In knisternden Wellen fiel das rotblonde Haar über die Schultern. Im geschliffenen Glas sah sie die Augen ihres Mannes auf sich gerichtet, wach und forschend, gebieterisch. Auch er warf den Hut nun achtlos auf das Bett, eine Strähne fiel lackschwarz in seine Stirn.

„Ich habe Zeit", stellte er dunkel fest, „wenn es sein muss, den ganzen Abend."

Ohne sich umzudrehen, bat sie: „Ich bin müde und abgespannt, vielleicht bist du so freundlich ..."

„Ich denke nicht daran", unterbrach er sie ungeduldig, „wie

du weißt, bin ich Amerikaner und kein englischer Gentleman, und du hast dieses Spiel schon zu oft getrieben, meine Liebe. Also lass es uns diesmal schnell hinter uns bringen."

Pfeilschnell fuhr Marissa herum und zischte: „Gut, du armer trauernder Witwer, lass es uns schnell hinter uns bringen. Du weinst um deine Frau, deine einzige Liebe, aber das hält dich nicht ab, dich mit deinen Huren zu vergnügen. Dafür brauchst du auch deine uneingeschränkte Freiheit. Darauf haben wir uns doch geeinigt. Trotzdem hätte ich dir nicht zugetraut, dass du so geschmacklos wärest, eines der Liebchen zum Bahnhof mitzubringen, als du mich heute Abend abholtest."

Marissa hätte nie gedacht, dass ein Mann mit solch tief gebräunter Haut wie Ian Tremayne so totenblass werden könnte. Dazu zuckte ein Muskel in seinem Gesicht. Er trat einen großen Schritt auf sie zu und hob die Hand, als wolle er sie schlagen. Mit einem leisen Aufschrei wich sie zurück und begriff zu spät, dass sie nun zu weit gegangen war. Sie hatte ihn verletzen wollen, und das war gelungen, sie hatte Ian Tremayne geradewegs ins Herz getroffen.

„Nicht", brachte sie atemlos hervor und wollte an ihm vorbei zur Tür. Auch aus Marissas Wangen war alles Blut gewichen. Er ballte die Fäuste und ließ sie sinken. Mitten in dieser Bewegung griff er nach Marissa und hielt sie fest. Dabei packte er ihr Haar und zog sie ungestüm zu sich. Noch einmal schrie Marissa auf, diesmal vor Schmerz. Ihre Kehle brannte von ungeweinten Tränen. An Ian gepresst, stammelte sie beim Blick in die Augen, die jetzt dunkel waren wie geschliffener Obsidian, obwohl er keinen Ton gesagt hatte: „Verzeih, verzeih, ich habe es nicht so gemeint ..."

„Erwähne niemals wieder meine Vergangenheit, niemals,

hörst du?“ Seine Finger verkrampften sich in ihrem Haar, an dem Oberarm.

„Ich habe es dir von Anfang an gesagt …“

„Lass mich los!“ wehrte sie sich und trommelte gegen seine Brust, spürte den rasenden Schlag seines Herzens, die Hitze, die von ihm ausstrahlte. Wieder war die Erinnerung blitzartig da an eine Lage, in der sie einander auch so nahe gewesen waren. Marissa wollte sich von ihm, lösen. Dieser Mann erweckte zu viel Abwehr und Angst und … Verlangen in ihr.

„Ich habe es dir gesagt, du kleine Hexe …“

Ihr Blick bohrte sich wie eine Flamme in den seinen, als Marissa den Kopf in den Nacken warf.

„Was stellst du dir eigentlich vor? Denkst du denn wirklich, vor dir hätte noch niemand gelitten, wäre keiner verletzt worden? Die Sache mit deiner ersten Frau tut mir Leid, wirklich, sehr Leid. Aber ich bezweifle, dass ein Mann wie du mit diesem herrlichen Haus und der Warenhauskette im Hintergrund, mit deiner geliebten Architektur als Beruf, erfolgreich, vermögend, stark und selbstbewusst, tatsächlich weiß, was es bedeutet, zutiefst verletzt zu werden, zu leiden.“

Er schüttelte sie heftig an den Schultern, und Marissa verstummte. Entsetzt begriff sie, was sie da eben gesagt hatte.

„Wie zum Teufel redest du denn?“ fragte er wütend. „Was weißt denn du vom Leben und seiner Härte? Nur weil du dir ein Leben ohne den gewohnten Luxus nicht denken konntest, hast du mich geheiratet, um an dein Erbe zu kommen. Und du willst …“

„Ich will mein Leben nicht ständig auf Zehenspitzen leben müssen.“

„Was meinst du damit?“ donnerte er los, und sie zischte: „Ich habe erst kürzlich meinen Vater verloren, und ich weiß …“ Rechtzeitig unterbrach sie sich, diesmal nicht, weil er ihr weh tat oder sie sich verraten würde, wenn sie weitersprach. Es war der Blick, mit dem er sie so verlangend anschaute, so drängend, dass der große Raum auf einmal erstickend eng und unerträglich heiß wurde. Dicht an Ian Tremayne gepresst, nahm Marissa jeden Herzschlag an ihrer Brust wahr, hart und heftig, und wollte sich unter allen Umständen von ihm lösen. Er schien ihr mit seinen kobaltblauen Augen in die innerste Seele zu sehen. Hatte sie sich verraten?

„Sag mir", donnerte er weiter, „was du an Schwierigkeiten kennst, was du an Leid erfahren hast, sag es mir, bevor du mich verurteilst."

Nun fragte er sich nicht mehr, ob sie vor ihm einen Liebhaber erhört hätte. Diese Wahrheit wusste er nun seit jener Nacht in London. Aber hatte sie nicht eben noch viel mehr preisgegeben als damals? Hatte sie ihm ihr Geheimnis enthüllt in ihrem Zorn?

„Ich habe Marys Leben gesehen, ich habe dort, wo sie ihre Kindheit verbringen musste nach dem Tod ihres Vaters, gesehen, wie die Bergleute sich schon in jungen Jahren die Seele aus dem Leib husteten, habe ihre Kinder in Lumpen gehen und verhungern sehen, nichts als Haut und Knochen und weit aufgerissene Augen voller Anklage. Kinder, die so schmutzig und abgerissen waren, dass man sie gar nicht erkennen konnte ..."

Großer Gott, was hatte sie da gerade gesagt? Sie musste ja beten, dass er sie nicht wieder erkannt hatte, dass er den Vorfall auf der Straße im Schlamm vergessen hatte. Es war unmöglich, niemals konnte er seine elegante Frau mit jener armseligen Kreatur in Verbindung bringen, niemals. Oder etwa doch? Marissa zitterte, ihre Zähne schlugen aufeinander, sie mied Ian Tremaynes Blick.

„Sie sind wahrhaftig nicht der einzige Mensch, der gelitten

hat", wiederholte sie mühsam und suchte sich zu beherrschen. Er bewegte sich nicht, starrte sie bloß an. Der Druck seiner Hände schmerzte.

Schließlich ließ er sie wortlos frei und wandte sich zum Gehen. Sie schrie unterdrückt auf, denn eine Haarsträhne hatte sich an seinem Manschettenknopf verfangen. Statt sich, wie erwartet, heftig loszureißen, entwirrte Ian behutsam Haar um Haar. Dann erst schritt er zur Tür.

„John wird dein Gepäck heraufbringen", sagte er mit sonderbar gepresster Stimme, „und Lee wird mit etwas zum Essen kommen. Im Badezimmer fließt heißes und kaltes Wasser. Falls du sonst noch etwas brauchst, wende dich bitte an Lee oder John. Tagsüber kommt noch eine Hilfe von draußen, doch nur die beiden Kwans leben hier im Haus. Ihre Wohnung ist im dritten Stock, falls du sie einmal in der Nacht benötigst."

„Danke, ich komme meistens gut allein zurecht", wehrte Marissa ab. Er nickte und öffnete die Tür zu einem anderen Zimmer, das an dieses grenzte. Er hatte es vorher nicht erwähnt. Marissa warf einen Blick hinein.

Es war völlig anders eingerichtet. Das breite Bett hatte einen schwarzen Überwurf mit zinnoberroten Mustern, auf dem blankpolierten Boden lag ein teurer Perserteppich. Seine etwas helleren Farbtöne milderten die Düsternis der Bettvorhänge und der Portieren an den Fenstern. Es gab noch einen schweren Eichentisch, alle Halterungen waren aus blank poliertem Messing.

„Das ist ja dein Schlafzimmer", flüsterte Marissa atemlos.

Er wandte sich auf der Schwelle halb um. „Natürlich."

„Ich nehme an, man kann die Verbindungstür abschließen."

Spott kräuselte Ian Tremaynes Mundwinkel. „Meine verehrte Gattin, da du dich so über meine ehemaligen Freundinnen aufregst, fand ich es angebracht, dich vor ungebetenen Besuchern zu bewahren. Wenn ich mich recht erinnere, hast du bereits heute eine solche Dame eingeladen, hierher zu kommen."

„Deine Freundinnen stören mich nicht", gab sie mühsam gefasst zurück.

„Was denn?"

„Es hat mich allerdings gestört", begann sie und atmete erst einmal tief durch, „dass du jene ... Dame bis zur Bahn gebracht hast."

„Erstens habe nicht ich sie hingebracht, und außerdem leben wir in einer freien Welt, wo jeder hingehen kann, wohin es ihm gefällt."

„Würdest du jetzt bitte gehen, dass ich abschließen kann?"

„Vergiss nur ja nicht, abzusperren", er lächelte gewinnend, „aber denk auch immer daran, dass dies mein Haus ist, also auch meine Tür, auch mein Schloss. Sollte es mir daher einmal einfallen, irgendein Zimmer betreten zu wollen, würden mich weder Tür noch Schloss abhalten."

„So ist es aber nicht vereinbart ..."

„Nein", murmelte er unwillig, „ich habe nichts vereinbart und auch keine Versprechungen gemacht. Und da dir so viel an deinen Privaträumen gelegen ist, bleib mir aus dem Weg und misch dich nie mehr in meine Angelegenheiten oder meine Vergangenheit. Behalte bitte auch deine Meinung über meine Art zu leben für dich."

Er schenkte ihr noch einen langen, glühenden Blick, dann ging er und schlug die Tür so unsanft zu, dass das Holz knirschte.

Marissa spürte, wie ihr schon wieder die Tränen kamen, und setzte sich mit hängenden Schultern auf das Fußende des Bettes.

Das also war die Neue Welt, Marissa Tremaynes neue Heimat. Die Stadt war so schön, man musste sie lieben, und als Gattin eines reichen und angesehenen Mannes würde sie hier auch ein anständiges Leben ohne materielle Entbehrungen führen. Und sie dachte nicht daran, sich das alles von dem Mann trüben zu lassen, dessen Namen sie trug. Sie stand entschlossen auf und ging durch das Ankleidezimmer hinüber ins Bad. Auch hier entsprach die Einrichtung der Eleganz des Schlafzimmers. Wertvolle Fliesen schmückten die Wände, über der riesigen Wanne auf vergoldeten Löwenklauen hingen an einem Messingständer blütenweiße Handtücher. Ein Schränkchen enthielt Tinkturen, Badeöle und französische Seifen zur Auswahl.

Marissa konnte es kaum mehr erwarten, nach dem Erhalt ihres Gepäcks endlich allein zu sein und ein langes heißes Bad zu genießen. Die Bibliothek, die ihr als Salon dienen konnte, war so groß, dass Marissa sekundenlang die Augen schloss. Großer Gott, allein in ihren Privatgemächern hier auf dem Nob Hill hätte man eine ganze Menge Bergmannsfamilien mit Kindern und Anhang leicht unterbringen können. Wenn doch wenigstens Mary hier bei ihr gewesen wäre. Aber Mary würde vermutlich nicht allzu lange in der Nähe bleiben, denn bald schon würden die O'Brians das Pförtnerhaus mit einem eigenen vertauschen. Marissa war allein, allein mit Ian Tremayne, der ihr zugleich viel zu nahe und unerreichbar fern schien, mit John und Lee, die aus ihrer Abneigung gegen die neue Herrin keinerlei Hehl machten.

Ob die junge schöne Chinesin mehr Verpflichtungen ihrem Herrn gegenüber erfüllte als die einer Haushälterin? Marissa presste die Hände gegen die schmerzenden Schläfen und fühlte, wie die Wangen glühten bei diesem Gedanken, der ihr weh tat. Um sich abzulenken, sah sie sich in diesem Zimmer um. Es war nicht unbedingt als Bibliothek angelegt und äußerst hübsch eingerichtet. Mit blauem Damast bezogene Fauteuils, ein breiter Schreibtisch mit zwei Ledersesseln, zahlreiche aufwändig geschnitzte Wandschränke mit Büchern hinter spiegelnden Ätzglasscheiben. Auch hier gab es einen Kamin und einen Erker mit einer zierlichen Sitzgarnitur, dazu eine Chaiselongue mit einem bequemen Fußtamburett in Petit-Point-Stickerei.

Es würde wunderbar sein, sich hier an einem verhangenen Regentag mit einem Buch in einen der tiefen Sessel zu kuscheln und in die Flammen zu schauen. Ein leises Geräusch hinter ihr ließ Marissa jäh erschrocken herumfahren. Es war die junge Chinesin, die meldete, dass John das Gepäck gebracht habe. Die Tür hatte offen gestanden, und Marissa hatte Lee nicht eintreten hören.

„Ich habe Ihnen ein Tablett mit etwas Leichtem drüben hingestellt, Madam. Soll ich Ihnen ein Bad bereiten und auspacken?"

Marissa schüttelte den Kopf. Immerhin wollte sie aber Lee Kwan nicht zur Feindin haben, denn dieses schöne Mädchen hatte bisher die Zügel des Herrschaftshauses wohl in Händen gehabt.

„Ich danke dir, aber ich mache das heute lieber selbst."

Mit einer anmutigen Verneigung verschwand Lee Kwan, die Lider niedergeschlagen. Einer plötzlichen Eingebung folgend, rief Marissa die junge Frau noch einmal zurück. Der Blick der dunklen Augen verriet nichts.

„Leben dein Mann und du schon lange hier im Haus?"

„Mein Mann?"

„Ich meine John."

„John ist mein Bruder, Madam. Kann ich noch etwas für Sie tun?"

„Nein, danke, nach dieser langen Reise bin ich nur noch müde."

„Gute Nacht, Madam." Lautlos huschte Lee hinaus.

Marissa wartete, bis sie allein war, und versperrte dann hastig die Doppeltür zum Treppenkorridor. Obwohl sie todmüde und wie ausgepumpt war, würde es wohl eine lange und schlaflose Nacht werden. Wie sollte sie in Ian Tremaynes Haus auch Ruhe finden? Sie streckte sich auf dem Bett aus, strich behutsam über die kostbare Decke. Es war schön hier, man hätte sich wohl fühlen und dieses Haus zum Leben erwecken können. Wie wohl Ian Tremaynes erste Frau ausgesehen haben mochte? Vielleicht war sie eine sanfte Blondine mit strahlenden Augen gewesen, deren Lachen die Räume erfüllt und Ian Tremayne so glücklich gemacht hatte?

Marissa seufzte. Mary und Jimmy würden ganz gewiss auch hier miteinander ein Leben voll Harmonie und häuslichem Glück aufbauen, denn Jimmy würde sich in dem Warenhaus bald eine gute Position schaffen und seine geliebte Mary auf Händen tragen. Nur Marissa würde einsam sein, ihr Leben leer und ohne tieferen Sinn. Da half auch der Gedanke an Onkel Theo nichts, an sein besseres Dasein, an die Schule für Bergmannskinder. Denn Yorkshire war jenseits des Ozeans, und die Vergangenheit war dort zurückgeblieben. Wie sollte sich hier die Zukunft gestalten?

Gewiss war sie nur so mutlos, weil sie erschöpft war von der langen Reise, deshalb saßen wohl auch die Tränen so ungewohnt locker. Ein langes heißes Bad würde dagegen helfen, und danach wollte sie ihre eleganten neuen Sachen auspacken und einordnen ... Dazu kam es freilich in dieser Nacht nicht mehr. Marissa rührte keinen Bissen an und zog nicht einmal die Schuhe aus. Wie sie war, im Reisekostüm, rollte sie sich auf die Seite auf der seidenen Decke und merkte nicht, wie die Lider über die schmerzenden Augen fielen.

Es gab nichts, was sie hätte abhalten können, in Ian Tremaynes Haus eine traumlose Nacht in tiefem Schlaf zu verbringen. So hörte Marissa auch nicht, dass die Verbindungstür leise geöffnet wurde, die abzuschließen sie auch nicht mehr imstande gewesen war.

Behutsam trat Ian Tremayne in das Schlafzimmer seiner Frau. Eine Weile blickte er schweigend auf die Schlummernde nieder. Dann bückte er sich und zog ihr vorsichtig die Schuhe aus. Mit einem unterdrückten Seufzer schlug er die Bettdecke zurück und legte Marissa auf die Kissen. Als er ihre Bluse aufknöpfte, stand mit einem Male die Erinnerung an eine andere Nacht vor seinem inneren Auge, in der er ihr Kleid geöffnet hatte. Der Puls an seinem Halse pochte sichtbar. Er strich sehr sacht über Marissas Wange. Sie sah so unschuldig aus, beinahe wie ein Kind, wenn sie schlief. Und sie war so schön mit der blassen Haut, den regelmäßigen Zügen und halbgeöffneten Lippen. Alles Leidenschaftliche, Trotzige, schien ausgelöscht und verwischte den Groll, den ihre Worte in ihm erregt hatte.

Er wandte sich ab und zog sich leise in sein eigenes Schlafzimmer zurück. Am Fenster stehend, schaute er lange hinunter auf die nächtliche Stadt. Die Straßenlaternen warfen gelbliche Strahlen in die Dunkelheit, unruhige Schatten zuckten hier und dort, und der Nebel zog in dichten Schwaden von der Bucht herein, gleich einem Zauberdrachen.

Marissas Vorwurf ließ Ian Tremayne nicht los. Hatte er wirklich keine Schwierigkeiten gekannt? Er hatte immer gekämpft, immer, war stets seinen eigenen Weg gegangen und hatte sich nie das Vorrecht des Reichen genommen. Er erzwang sich als Architekt die Möglichkeit, nicht nur schöne, sondern vor allem auch sichere Häuser in dieser erdbebengefährdeten Stadt zu bauen, und war gegen den Willen seines Vaters in die Marine eingetreten. Auch um Diana hatte Ian Tremayne gekämpft. Und doch hatte Marissa nicht Unrecht gehabt. Er hatte nie wirkliche Entbehrung gekannt, das Leben hatte ihm niemals die Schattenseite zugekehrt. Aber war nicht auch Marissa ein Kind der privilegierten Klasse? Wie hatte sie es nur fertig gebracht, ihm so kurz und deutlich das große Elend der Bergleute im englischen Norden vor Augen zu stellen? Und woher kam der Zauber, den sie um ihn spann, unentrinnbar und magisch?

Die Vergnügungsetablissements am Hafen waren alle noch lange geöffnet, er brauchte bloß hinunterzufahren, so würde er seinem Haus in dieser Nacht entgehen. Doch Ian Tremayne tat das nicht. Er stand noch lange am Fenster und starrte blicklos hinunter in die Stadt, die er so sehr liebte, auf die ziehenden Nebelschwaden. Als er sich endlich abwandte, zog er sich hastig aus, drehte die Gasleuchte herunter und ging zu Bett.

Die Hände hinter dem Kopf verschränkt, starrte er dann schlaflos in die Dämmerung. Er hatte heute Nacht bei seiner jungen Frau liegen wollen, nicht mit jener wilden Begierde, die ihn damals in London hingerissen hatte, sondern ganz anders. Es war nicht nur das sinnliche Verlangen, das ihre Schönheit in ihm auslöste, sondern etwas viel Tieferes, etwas, das ihn ruhig werden ließ. Er hatte Marissa nur in den Armen halten wollen und alles wegstreifen, was sie belastete und verletzte. Marissa hatte ihn zum ersten Mal aus seiner tiefen Einsamkeit gerissen. Er war ja wirklich nicht der Einzige, der gelitten hatte. Immerhin hatte auch sie erst vor kurzem ihren Vater verloren.

Der Schmerz in Marissas Stimme war nicht weniger tief und hart gewesen als sein eigener, eher, als hätte sie selbst Einschneidenderes erfahren, wirkliches Elend gekannt, wirkliche Verzweiflung gespürt.

Er kannte ein wenig auch diese andere Welt, von der Marissa gesprochen hatte, jene Welt der Minenarbeiter, unter einer erstickenden Wolke von Kohlenstaub und Ruß. Einmal hatte sein Vater sich von Freunden einreden lassen, er sollte Aktionär eines Kohlebergwerks in Yorkshire werden. Sir Thomas hatte lebhaft abgeraten. James Tremayne war hinübergereist und hatte das Elend der Bergleute, die unmenschlichen Arbeitsbedingungen selbst gesehen. Er hatte keine Aktien erworben. Und der Knabe Ian, der den Vater begleitet hatte, musste damals auch eine Lektion gelernt haben, dass das Leben der arbeitenden Bevölkerung hart und entbehrungsreich war. Und doch gab es auch dort unter Schmutz und Armut etwas wie Stolz und sogar Schönheit.

Ian Tremayne erinnerte sich an ein Kind, ein kleines Mädchen, dem er dort begegnet war. Sie war so sauber gewesen in ihrer frisch gewaschenen Schürze, so trotzig und ganz anders als alle anderen Bewohner des rußigen Städtchens. Sie war stolz gewesen und hatte kein Almosen gewollt, um das sich andere Kinder wohl geschlagen hätten. Er musste auf einmal lächeln. Sonderbar. Jenes kleine Mädchen hatte Augen gehabt wie Marissa, wilde, furchtlose grüne Nixenaugen. Oder kam ihm das jetzt in der Erinnerung so vor, weil beide ihm die Stirn geboten hatten, das Bergmannskind und seine schöne Frau?

Marissa musste wohl die dumpfe Enge, die trostlose Ausweglosigkeit jenes Ortes ebenso schmerzlich empfunden haben, wie er damals. Gewiss hatte sie an Marys Schicksal regen Anteil genommen.

Und in dieser Nacht hatte Ian Tremayne Marissa in die Arme nehmen wollen, um ihr die quälenden Erinnerungen fortzustreicheln, ihr Sicherheit und Geborgenheit zu geben. Warum? Er wusste es nicht.

So war es schließlich Ian Tremayne, der die erste Nacht nach Marissas Ankunft in seinem Haus auf Nob Hill schlaflos verbrachte. Immer wieder ballte er die Fäuste und warf sich von einer Seite auf die andere, grub den Kopf in die Kissen. Er war hundemüde, er wollte schlafen, schlafen und nicht mehr denken. Morgen früh würde eine Sitzung mit dem Verantwortlichen zu dem Neubau am Hafen Kraft und klaren Geist fordern. Außerdem wollte Ian seiner jungen Frau und ihren Freunden doch auch die Stadt zeigen und den jungen O'Brian in seine neue Aufgabe einführen. Also war es dringend nötig zu schlafen.

Genau das aber konnte Ian Tremayne in dieser Nacht nicht. Der Gedanke an Marissa, die im Nebenzimmer schlummerte, ließ ihn nicht los, dass sie vergessen hatte, ihre Tür abzuschließen, obwohl sie so fest dazu entschlossen gewesen war, ihm den Zugang zu verwehren.

In jener letzten Nacht in London war etwas um Marissa gewesen, das auch jetzt wieder seine Sinne taumeln machte und ihn quälte, etwas, das die Gegenwart auf einmal viel wichtiger erscheinen ließ als die Vergangenheit. In den grünen Augen lag etwas, das ihn herausforderte, in ihrem Herzen etwas, das ihn aufrüttelte, in ihrer Unschuld etwas, das ihn ihr unterwarf. Und nun hatte sie nicht einmal die Tür versperrt, die Tür in seinem Haus, seine Tür, wie er gedroht hatte. Und er hatte ihr nichts versprochen, ihr keine Zugeständnisse gemacht. Marissa war ihm so nahe, er hätte bloß hinüberzugehen brauchen.

Er warf sich herum, presste die Fäuste gegen die Augen. Marissa durfte nicht Dianas Platz einnehmen, er wollte das nicht zulassen. Sie sollte nicht seine richtige Frau werden. Mochte sie noch so sehr seine Sinne aufwühlen, seine Träume mit ihrem Bild verzaubern, er würde mit der Zeit darüber hinwegkommen. Deshalb war er heute auch bei Lilli gewesen.

Aber Lilli mit ihrem hübschen Lärvchen und den üppigen Formen konnte man nicht mit Marissa vergleichen, nicht mit dem trotzigen Kinn, nicht mit den smaragdgrünen Nixenaugen, den

Wellen des goldroten Haares. Und schon gar nicht konnte Lilli es mit Marissas Leidenschaft aufnehmen, die gerade dann so deutlich wurde, wenn Marissa zornig war. Wie zärtlich und hingebungsvoll sie in seinen Armen gelegen hatte! Er fühlte den Duft ihrer Haut, hörte das Knistern des metallisch schimmernden Haares, in dem er sich verfing ...

Sehnsucht? Natürlich sehnte sich Ian Tremayne nach seiner Frau, denn sie war so schön, so jung. Die Funken, die zwischen ihnen aufblitzten, konnten nur allzu leicht zu einem lodernden Brand werden.

Und heute Abend? Heute Abend hatte sie ihm ihre Meinung ins Gesicht geschrien und sich gegen ihn aufgebäumt. Aber ihre Worte waren so wahr gewesen und hatten viel mehr in ihm aufgewühlt als bloß sinnliches Verlangen und nackte Begierde. Ian Tremayne hatte nie ein Schwächling werden wollen, der in Selbstmitleid zerfloss, er hatte nur Diana so schmerzlich vermisst, sein Herz war auf einmal so unerträglich leer gewesen.

Als er Marissa geheiratet hatte, hatte er ihr kein Versprechen gegeben, keine Zugeständnisse gemacht. Er brauchte also nur hinüberzugehen, die Tür war ohnehin offen, Marissa auf die Arme zu heben und hierher zu tragen auf sein Bett. Er würde nicht gewaltsam sein, sie nicht zwingen, sondern sie ganz zärtlich nehmen, bis ihr Widerstand mit einem leisen Stöhnen der Wollust erlahmte wie damals. Und dann könnte er den Brand in seinem Inneren, den pulsierenden Aufruhr in seinen Lenden stillen.

Ian stieg aus dem Bett, nackt und schweißgebadet, schlank und dunkel in der Nacht. Nach zwei Schritten hielt er inne. Den Sturm der Empfindung, das Feuer des Verlangens konnte er löschen, doch er würde nur einen neuen Zwiespalt in seinem Herzen erwecken, das wusste er. Denn er konnte Marissa nicht auf diesem Bett lieben, in dem er auch Diana geliebt hatte, konnte

Marissa nicht in jenes Leben hinübertragen, das er mit Diana geteilt hatte. Geheiratet hatte er Marissa und ihr seinen Namen gegeben, sein Herz durfte sie nicht besitzen, niemals seine richtige Frau sein, wie Diana es gewesen war.

Draußen stieg der Mond über dem Nebel auf und tauchte die schlafende Stadt in sein mildes, kaltes Licht. In diesem Halbschatten stand Ian Tremayne, den Kopf in den Nacken gelegt, die Muskeln bis zum Zerreißen gespannt, und hätte laut herausschreien mögen vor Sehnsucht und Schmerz, die in seiner Seele miteinander um die Oberhand rangen.

Minuten dehnten sich schier endlos, Minuten, die brannten und marterten. Auf nackten Sohlen schritt er zum Fenster, starrte hinaus, hinunter auf San Francisco, atmete langsam und in tiefen Zügen. Ihm war, als hätte er eine Ewigkeit hier gestanden, tief unter sich die geliebte Stadt.

Irgendwo draußen heulte ein Nebelhorn, lang gezogen, gespenstisch, Ian Tremayne lächelte plötzlich, aus seinem dumpfen Brüten erwacht. Etwas wie Zärtlichkeit spiegelte sich in dem Lächeln. Marissa war gekommen, sie war hier, hier in seinem Haus, und schlief hinter dieser unverschlossenen Tür. Und er hatte es nicht anders gewollt.

Solange der Ozean sich zwischen ihnen gedehnt hatte, war ihm gewesen, als würde er ihre Nähe nicht ertragen können, nicht den wilden Aufruhr, den sie in seinem Körper und seinem Denken entfachte.

Und nun lag sie da drüben ganz unschuldig in dem tiefen Schlaf der Erschöpfung. Nein, er hatte sich geirrt, sein Impuls von vorhin war ganz und gar falsch gewesen. Er würde sie nicht wecken, ihren Schlaf nicht stören, welche Entscheidung er auch immer in seinem Herzen getroffen haben mochte. Er würde sie in dieser Nacht nicht anrühren.

Jetzt erst bemerkte Ian Tremayne auf einmal, dass eine schwache Helle hinter dem Nebel aufblühte und den Silberglanz des Mondes erlöschen ließ. Stundenlang hatte er hier gestanden und aus dem Fenster gestarrt. Er lächelte traurig. Er hatte Marissa nicht geweckt, und er würde es auch nicht tun. Vielleicht ... Andererseits ...

Sollte er sie nicht auch einige Zeit in einem ähnlichen Zwiespalt widerstreitender Empfindungen leben lassen, wie sie ihn beinahe in den Wahnsinn treiben würden?

10. KAPITEL

Als Marissa erwachte, wusste sie erst einmal nicht, wo sie sich überhaupt befand. Sie öffnete die Augen und sah, dass sie auf seidenen Laken ruhte. Dort drüben stand die Tür zum Ankleidezimmer und Bad etwas offen. Das helle Tageslicht strömte durch die hohen, mit Ätzmotiven verzierten Fensterscheiben und tauchte den Raum in ein goldenes Licht.

Der tiefe Schlaf der vergangenen Nacht hatte Marissa erfrischt und neu belebt. Sie lächelte. Sie war hier im eigenen Haus, in ihren privaten Gemächern. Hier würde sie von nun an leben, umgeben von Schönheit und elegantem Luxus. Beim Aufstehen zog sie die Stirn kraus. Sie konnte sich nicht entsinnen, die Schuhe abgestreift zu haben. Aber sie hatte auch keine Ahnung, wann sie eingeschlafen war.

Das Gepäck stand immer noch ungeöffnet zu Füßen des Bettes. Marissa bückte sich und holte die notwendigsten Toilettengegenstände aus dem Necessaire, lief ins Bad. Plötzlich, Zähne putzend, schaute sie sich im Spiegel an und fand, dass der goldene Käfig bei Sonnenschein eigentlich gar nicht so eng und vergittert war. Sie würde es schon mit Ian aufnehmen, es ihm gewiss noch einmal zeigen. Als Marissa die vergoldeten Wasserhähne aufdrehte, um das Bad einzulassen, dachte sie an Onkel Theo. Wie gut sie es doch hier eigentlich hatte. In dem winzigen Haus in Yorkshire hatte man jeden Eimer Wasser erst vom Brunnen holen und auf dem Herd erhitzen müssen, und der hölzerne Waschzuber hatte kaum etwas mit der Porzellanwanne auf Löwenklauen gemein. Selbst auf Sir Thomas' Landsitz hatte es kein fließendes warmes Wasser gegeben.

Badeschaum bildete weiße Blasen an der Oberfläche. Schnell schlüpfte Marissa aus den Kleidern und ließ sich in das dampfende Wasser gleiten, empfand wohlig die Hitze auf der kühlen Haut. Es war so wohltuend, in dem duftenden Schaum unterzutauchen, mit dem sie ziemlich verschwenderisch umgegangen war. Wie ein Kind planschte Marissa in der Wanne und streckte sich erst nach einer Weile im Wasser aus, legte den Kopf gegen den Rand und ließ die Arme gelöst darüber baumeln.

„Mr. Ian Tremayne", sagte sie und imitierte den spitzen Tonfall einer Sonntagsschullehrerin, während sie den Zeigefinger mahnend hob, „du wirst auch noch lernen, dass man im Leben nicht immer alles so haben kann, wie man möchte, ganz gewiss!"

„Wirklich?"

Ruhig klang die dunkle Stimme, zwar etwas herausfordernd, aber eher belustigt. Und Marissa erlebte die größte Überraschung, seitdem sie amerikanischen Boden betreten hatte. Im Türrahmen lehnte, die Arme über der Brust verschränkt, Ian Tremayne und schaute auf seine Frau nieder. Marissa wäre beinahe aus der Wanne geschnellt, tauchte aber gerade noch rechtzeitig tiefer in den weichen Schaum, der auf dem Wasser schwamm. Ian hatte die Brauen hochgezogen und war für die Sitzung gekleidet in einen Nadelstreifenanzug mit silbergrauer Weste, gleichfarbiger Krawatte und gestärktem Hemd. Die schwarze Strähne fiel wie immer in die Stirn. Ian Tremayne sah hinreißend gut aus.

Marissa musste sich, reichlich verwirrt, eingestehen, dass er mit Abstand der hübscheste Mann war, dem sie jemals begegnet war. Dabei war es nicht nur sein überaus attraktives Äußeres allein, viel eher die Haltung, die Selbstsicherheit, die Spannung, die Kraft, die von ihm ausströmte. In den blauen Augen brannte das seltsame Feuer und verhieß Gefahr. Und bei allem Stolz war es allzu verlockend, sich einfach fallen zu lassen, nicht an Abwehr zu denken.

Trotzdem riss sich Marissa zusammen und fragte nicht sehr originell: „Was willst du hier?'

„Oh, ich wollte nur hören, was ich so im Leben noch zu lernen hätte", sagte er beiläufig und lächelte unbefangen. Jähes Rot färbte Marissas Wangen, doch sie besann sich, dass sie ein Recht hatte, entrüstet zu sein, und rang um einen strafenden Ton.

„Dies hier sind meine privaten Räume."

„Ich habe geklopft, doch du gabst keine Antwort."

„Ein Grund mehr, eben nicht einzutreten."

„Du hättest ja auch ohnmächtig werden und ertrinken können, Liebste, es war meine Pflicht nachzusehen, ob alles in Ordnung wäre. Ich bin übrigens wirklich erschrocken, denn dein Kopf war bei all dem Schaum kaum zu erkennen."

„Du findest mich aber wohlauf, ich bin nicht ertrunken, und somit ist alles in schönster Ordnung, du kannst also ganz beruhigt wieder gehen."

„Du vergisst, dass dies mein Haus ist."

„Aber mein Bad", hielt sie dagegen.

„Dein Bad? Sagen wir, ich habe es dir zur Verfügung gestellt", scherzte er und war mit zwei Schritten neben der Wanne, kniete nieder. Vergebens versuchte Marissa, Haltung zu bewahren und die Schaumperlen als Deckung zu benutzen. Beider Atem ging in kurzen, harten Stößen.

Marissa funkelte ihn an. „Hinaus!"

„Ich verstehe dich wirklich nicht", sagte er mit einem jungenhaften Grinsen, „schließlich sind wir erwachsene Menschen und noch dazu miteinander verheiratet. Und außerdem habe ich doch bereits alles gesehen, was du so verschämt unter dem Badeschaum verbergen willst, oder warst du damals nicht nackt?"

„In London war es dunkel, und außerdem ist das schon lange her, und du hast selbst gesagt, es wäre ein Fehler gewesen, und dich dafür entschuldigt", versuchte sie abzuwehren und wich seinem spöttischen Blick aus. Wenn dieser Mann ihr bloß nicht so drängend nahe wäre! Der Ausdruck seiner Augen, Heiterkeit und sanfter Spott, und das unwiderstehliche Lächeln, das seine Lippen kräuselte, hatten beinahe etwas von Zärtlichkeit an sich.

Er streckte die Hand aus und zeichnete sanft die Linie des Halses nach, die der Schulter.

„Gar so dunkel war es auch nicht, und was hat es mit einer bestimmten Stadt zu tun? Außerdem ist es noch nicht sehr lange her. Dass ich mich bei dir entschuldigt habe, hat auch nichts damit zu tun, dass ich mich ganz deutlich an jede Einzelheit deines nackten ... jede Einzelheit an dir erinnern kann. Und dieser Badeschaum verliert auch sehr bald seine Wirkung, nicht wahr?" neckte er sie.

Das stimmte. Wenn also die weißen Flocken sie schon nicht mehr abschirmten, sollten sie ihr wenigstens einen anderen Gefallen tun. Wie ein launisches Kind schlug Marissa mit der flachen Hand ins Wasser, dass es Ians Gesicht und tadellose Hemdbrust mit silbrig glitzernden Tropfen übersprühte. Höchst vergnügt hörte sie die leise Verwünschung, die er ausstieß, während er spuckte und prustete.

„Marissa, du grünäugige Hexe!“

Mit einem Sprung war sie aus der Wanne, besann sich zu spät, dass sie splitternackt war, und versuchte trotzdem davonzulaufen.

Gerade auf der Schwelle zum Schlafzimmer holte Ian Tremayne seine mutwillige Nixe ein. Während er die Hände über ihren Körper gleiten ließ, entwand sie sich ihm, denn die Seife und der Schaum hatten Marissa glatt und schlüpfrig gemacht, und schrie leise: „Nicht“, hin- und hergerissen zwischen Panik und unterdrücktem Gelächter.

„Du hast mir den Anzug verdorben“, drohte er betont grimmig.

„Du hast mich im Bad gestört und meine Privatgemächer unerlaubt betreten“, konterte sie. Hinter ihr war das Bett, und sie wollte noch gerade nach einem Laken greifen, als er mit zwei schnellen Schritten wieder neben ihr war und ihre Taille umfasste. Dabei verlor er das Gleichgewicht und landete mit Marissa auf dem Bett. Von ihrer Haut stieg der süße Duft des Schaumbades auf, ihr Körper war nass und glatt und glühte.

„Ian, nicht doch!“ rief sie erstickt und wollte sich losreißen. „Wirst du wohl gehen!“

„Ich habe dich gewarnt, mir aus dem Weg zu bleiben.“

„Ich war in meinem eigenen Badezimmer, in dem du nichts zu suchen hast“, protestierte Marissa.

„Du warst kampflustig wie eh und je, meine Liebe.“

„Kampflustig? Ich habe mich nur verteidigt.“

Marissa hatte geglaubt zu wissen, worauf sie sich einließ, als sie Ian Tremayne in diese Ehe hineingeredet hatte. Aber dies hier ging entschieden zu weit. Die Berührung seiner Zunge, rau und erregend auf der nackten, heißen Haut, war etwas, das in Marissas

Leib die gleichen Flammen auf züngeln ließ, die in den kobaltblauen Augen loderten. Nein, so konnte es nicht weitergehen. Zu groß war die Gefahr, sich in diesen Mann zu verlieben, in das Lachen, das um seine Augen huschte, den sinnlichen Mund, der in den Winkeln zuckte vor unterdrückter Heiterkeit. Wenn Marissa diesen Ian Tremayne hassen wollte, dann wegen der anderen Frauen, die es in seinem Leben gab, und nicht wegen der bedrohlichen Leichtigkeit, mit der er ihren Widerstand schon im Ansatz erstickte.

Sein Mund glitt tiefer, mit der Zunge leckte er eine Schaumblase von ihrer Brust. Seine Finger umschlangen die ihren und waren sehr zärtlich. Tiefer und tiefer küsste Ian Tremayne, sinnlich, erregend und aufreizend langsam ließ er die Zunge über ihre Brüste spielen.

„Du willst mich gar nicht", erinnerte Marissa ihn. Sein Gesicht lag jetzt in der sanften Mulde zwischen den Brüsten, auch hier koste er nacktes Fleisch mit der Zunge, und Marissa lechzte nach mehr, nach seinem Mund auf den pulsierenden Spitzen. Mit beiden Händen wollte sie ihm durch das lackschwarze Haar fahren, seine Lippen küssen, wollte ihn nackt, erregt und ganz nahe spüren, heiß und verlangend wie sie selbst.

„Du willst mich gar nicht", wiederholte sie dennoch, „du willst mich nicht, Ian. Ian ..."

Vergeblich versuchte sie, sich seinem Griff zu entwinden. Schwer lag er über ihr und gab sie nicht frei. Je mehr sie aus seiner Umarmung strebte, desto fester presste er sich an sie und den Mund auf ihre Brust. Tief in ihr tobte ein Brand, und sie konnte nur mehr atemlos flüstern: „Ian, oh, Ian ..."

Erst nach einer Weile hörte sie seine Antwort, dunkel, heiser, tief aus der Kehle: „Aber ich will dich."

„Lass mich los, Ian."

„Ist das wirklich dein Ernst?'

Seine Augen waren jetzt dunkel, das Lachen verschwunden, er hob den Kopf und sah Marissa an.

„Ian."

„Was willst du, Marissa, sei ehrlich. Ich begehre dich, und wie ist das mit dir? Willst du es nicht auch?"

Sie konnte nicht sprechen, der Atem stockte ihr. Seine Augen waren ernst, dies war weder ein Kampf noch ein Scherz, die Frage bedeutete viel mehr. Und doch hatte Marissa Angst, es auszusprechen, was sie empfand. Sie konnte nicht sagen, was sie auf einmal ganz klar erkannte.

Liebe mich, hätte sie rufen mögen, liebe mich, so wie mein Herz dir gehört. Aber du hast dein Herz an einen Schatten verloren, an eine Erinnerung, darum bist du so zornig, so hochmütig und herausfordernd. Ich bin dir zwar nicht gleichgültig, du machst dir Sorgen um mich, und du kannst so zärtlich sein, Ian.

Hatte Marissa denn ahnen können, wie wunderbar, wie beglückend es sein konnte zwischen zwei Menschen, so hätte sie sich von allem Anfang an nach dieser Liebe gesehnt und nach nichts anderem. Und nun war da dieser Mann, und er konnte sie nicht lieben, denn er liebte ein Phantom, und wenn er eine Frau in die Arme nahm, so war sie nur ein Körper und hatte kein Gesicht für ihn. Und keine zählte für Ian Tremayne, keine. Und sie konnte ihm nicht gestehen, dass sie ihn liebte, denn ihre ganze Beziehung war auf einer Lüge aufgebaut, sie lebte eine Lüge, sie war nicht die Frau, die Ian Tremayne geheiratet zu haben glaubte.

Und doch sehnte sie sich danach, seinen Kopf zu sich herunterzuziehen, seine Lippen zu küssen. Wie von selbst hoben sich die Hände, streichelten über sein Gesicht, die Wangen, das Kinn.

Dann aber schrie Marissa leise auf, entsetzt, dass sie sich so hinreißen ließ. Wo blieb bloß ihr Stolz? Hatte sie keinen eigenen Willen mehr?

„Nein, nicht ..."

Sie riss sich los, und er gab sie sofort frei. Schnell setzte sie sich auf und ließ den Kopf hängen, wiederholte leise und bestimmt: „Nein ..."

Nicht, solange er sich nach seiner verstorbenen Frau sehnte und Marissa ihm nicht mehr bedeuten konnte als jede beliebige Tänzerin in einem Nachtclub. So lange würde sie kein Wort davon über die Lippen bringen.

„Und ich hatte doch gemeint ...", murmelte er und lächelte traurig.

„Wie bitte?"

Er schüttelte den Kopf und schloss die Augen. Ein Schauer rann durch seinen Körper, und Ian sagte tonlos: „Nichts." Dann stand er auf und hob die Bettdecke auf. Zu Marissas größter Überraschung legte er sie ihr sanft um die Schultern.

„Wir haben unten ein Frühstücksbüfett. Das Speisezimmer benützen wir gemeinsam, denn es gibt kein zweites im Haus. Wir müssen uns beeilen, unser Programm für diesen Morgen ist ziemlich umfangreich. Komm bitte hinunter, sobald du fertig bist."

Unsicher schaute sie zu ihm auf. Er, völlig verwandelt, versetzte ihr einen leichten Klaps und meinte: „Mach schon, kleine Lady. Ich bin Amerikaner, du weißt es, kein englischer Aristokrat, und meine Manieren lassen zu wünschen übrig. Außerdem arbeite ich für meinen Lebensunterhalt, völlig unstandesgemäß, nicht wahr? Dafür habe ich aber ein durchaus ansehnliches Bankkonto."

Ohne ihr Zeit zu einer Antwort zu geben, war er gegangen und zog die Verbindungstür zu seinem Schlafzimmer hinter sich ins Schloss.

Marissa machte einen Schritt dahin, wollte den Schlüssel umdrehen, zögerte. Dann unterließ sie es, wandte sich sehr nachdenklich ab und ging rasch ins Badezimmer zurück, um sich anzuziehen.

Zehn Minuten später erschien Marissa bei ihrem Mann im Esszimmer. Sie hatte erst kurz überlegt, als sie die breite Treppe heruntergekommen war, wo die einzelnen Räume wohl wären, und hatte einen großen Salon mit stilvollen Möbeln und hohen Bogenfenstern durchquert. Von dort sah man in den Park hinunter, der sich mit gepflegten Rasenflächen zwischen dem Haus und der Straße dehnte.

Ian Tremayne saß am Kopfende des langen Tisches mit Kaffee und der Zeitung. Als Marissa eintrat, hob er den Kopf.

Er wollte Marissa Kaffee eingießen und zögerte plötzlich.

„Hättest du vielleicht lieber Tee gehabt?"

Marissa schüttelte den Kopf. „Nein, danke, Kaffee ist gut", antwortete sie.

Während Ian seine Frau bediente, trat Lee lautlos aus einer Ecke und wartete auf Marissas Befehle. Das war nun nicht nach ihrem Geschmack, und sie lehnte höflich ab. Mit niedergeschlagenen Lidern zog sich die Chinesin zurück, ohne den Raum zu verlassen. Marissa holte sich etwas vom Frühstücksbüfett. Nun war sie gekommen, entschlossen, mit ihrem Mann höfliche Konversation zu machen und sich so vernünftig wie möglich zu bemühen, eine erträgliche Beziehung herzustellen. Mit Lee und ihren feindseligen Blicken im Hintergrund jedoch konnte Marissa das einfach nicht.

Ian Tremayne hob den Blick von seiner Zeitung.

„Heute Morgen möchte ich dir und den O'Brians etwas von der Stadt zeigen, aber nach dem Essen muss ich mit Jimmy ins

Warenhaus, und danach habe ich eine Sitzung. John wird euch dann zur Verfügung stehen und euch herumfahren."

Lee räusperte sich leise, als wollte sie um Erlaubnis bitten, etwas sagen zu dürfen, und Ian schien verblüfft.

„Vielleicht würden Mrs. Tremayne und die andere Dame lieber auf eigene Faust etwas unternehmen. Eine Fahrt mit der Seilbahn zum Beispiel."

„Das ist richtig, Lee, trotzdem sollten die Ladies etwas vertrauter mit diesen Dingen sein, bevor sie das tun. So schön diese Stadt ist, sie ist doch ebenso gefährlich."

„Gibt es nicht im Hafenviertel alle möglichen Etablissements, Theater und dergleichen?" erkundigte sich Marissa ganz unschuldig.

„Das war einmal, heute ist die Gegend nicht mehr so interessant", wehrte er ab und beugte sich mit einem unbefangenen Lächeln zu ihr. „Ich möchte dir die angenehmeren Seiten meiner Stadt zeigen, Liebste."

Sie war zwar noch nicht fertig, doch er stand auf und gab damit zu verstehen, dass er aufbrechen wollte. Höflich rückte er den Stuhl seiner Frau, gab Lee die Anordnung, dass John die beiden Damen gegen zwei beim Warenhaus abholen sollte und man im Hause zu Abend essen würde. Damit ergriff er ihre Hand und zog Marissa mit sich. In der Halle zögerte er noch einmal und runzelte die Stirn.

„Du solltest besser einen Mantel mitnehmen, das Wetter schlägt hier gern unvermittelt um. Beeil dich!"

Marissa lief hinauf, kramte ein leichtes Cape aus einem Koffer und nahm ihre Tasche. Sie hätte wirklich nicht schneller sein können, dennoch schritt Ian Tremayne schon ungeduldig in der Halle auf und ab. Als sie die wenigen Stufen hinuntergingen, sagte er: „Warte bitte hier, bis ich den Wagen geholt habe."

„Du kutschierst uns selber?“ fragte sie erstaunt.

Er lächelte. „Ich meine das Automobil. Du hast doch nicht etwa Angst, in eines zu steigen?“

Sie waren in einer Kutsche hierher gefahren, und Marissa hatte noch nie in einem Auto gesessen. Hastig verneinte sie und stieß beinahe mit ihrem Mann zusammen, als er unvermutet stehen blieb.

„Willst du nicht hier warten, wie ich gesagt habe?“ fragte er belustigt.

„Ich bin so neugierig, das Automobil zu sehen.“

Sein Lächeln vertiefte sich. „Es, Liebste? Sie, und ich werde sie dir ein wenig erklären.“ Sie bogen um die Ecke und erreichten die Remise und die Stallungen hinter der Villa. Hier standen noch andere Pferde, außer den Rappen von gestern, in ihren Boxen. In der Remise sah Marissa einige Kutschen, offene und geschlossene, und drei Autos in einer Reihe. Der Lack blitzte trotz der kargen Beleuchtung, Ian Tremayne zog seine Frau in den Hintergrund, wo ein einzelner Wagen stand, dunkelgrün und lang, völlig neuartig und sehr elegant.

„Es ist ein französisches Auto“, sagte Tremayne, „und hat einen Motor von Daimler.“ Marissa staunte den großen Wagen an, doch Ian führte sie schon zu dem nächsten, nannte den Namen Renault, schließlich öffnete er ihr die Beifahrertür an einem Oldsmobile, Baujahr 1901. Auf die Hand ihres Mannes gestützt, stieg Marissa ein. Auch sie lächelte, die strahlenden Augen verrieten, wie aufgeregt sie war.

Er musste lachen. „Hätte ich gewusst, dass Automobile dich faszinieren können, hätte ich mir vielleicht deinen Widerstand, hierher zu kommen, erspart.“

Er warf den Motor an, und Marissa erschrak, als der Wagen gleichsam zu leben begann. Geschickt lenkte Tremayne den Olds aus der Remise die Rampe entlang. Die Luft strich an ihren Wangen vorbei, Marissa atmete tief und wandte ihm den Kopf zu.

„Das ist großartig. Sonderbar, ich hatte dich immer für einen leidenschaftlichen Reiter gehalten. Immerhin saßest du zu Pferd, als ich ...“

Hastig unterbrach sie sich und hoffte dringend, er würde sich nicht daran erinnern, dass er damals, ein Jahr vor dem Tod des Squire, auf den Landsitz geritten war. Vergeblich versuchte sie sich zu erinnern, wie er in London zum Hotel gekommen war. Es gelang ihr nicht Sie fühlte, wie ihr die Glut brennend in die Wangen stieg.

„War das so?“ fragte er beiläufig. Sie versicherte allzu schnell, dass sie sich nicht mehr gut erinnern könne, und hielt den Blick starr auf die Straße gerichtet

„Ich liebe Pferde“, setzte er hinzu, „und habe einige herrliche Tiere hier im Stall.“

„Ich weiß, die Rappen sind wunderbar.“

„Ich meine auch die Reitpferde. Ich reite überaus gern, aber die Zukunft im Verkehr gehört dem Automobil, und vermutlich werden Motorfahrzeuge die Kutschen bald schon ablösen.“

Inzwischen waren sie zu dem Pförtnerhaus gekommen, und die beiden O'Brians waren ebenso hingerissen von dem Fahrzeug wie Marissa. Die Damen bestaunten die elegante Karosserie, die Herren unterhielten sich über die technischen Details. Dann mahnte Ian, dass ihre Zeit eher begrenzt wäre, und die Damen stiegen in den Fond, gespannt, möglichst viel von San Francisco zu sehen.

Von Nob Hill aus fuhren sie zur Union Street und den Pacific Heights, danach vorüber an Russian Hill und Telegraph Hill. Nach einem Umweg über China Town erreichten sie schließlich das Hafenviertel, die berüchtigte Waterfront. Später, auf einem Hügel, hielt Ian. Sie hatten einen weiten Blick über die Stadt. Hier oben am Rand der Klippen fühlte Marissa plötzlich Ians Hand auf der Schulter, während er ihnen einige Gebäude erklärte. Noch schwebte ein dünner Nebelschleier über der Stadt, und Marissa spürte, wie Wärme in ihr hochstieg. Der Morgen war recht erfreulich. Ihre Begeisterung über den Wagen schien Ian angenehm berührt zu haben, und etwas wie Freundschaft verband sie auf einmal. Das freilich war ganz unmöglich, seine Vergangenheit stand trennend zwischen ihnen, vor allem aber störten viele Dinge, die sie von ihm nicht wusste, und noch mehr jene, die sie ihm verschweigen musste.

„Es ist so schön hier", sagte Mary leise und schlang den Arm um Jimmy.

Ian trat von Marissa weg und zurück zum Wagen. „Glauben Sie, dass Sie sich schnell eingewöhnen werden?" fragte er den jungen Iren jovial, und der nickte eifrig.

„Ganz gewiss, Mr. Tremayne, es ist eine hinreißende Stadt, und Sie müssen mit Recht stolz sein auf sie."

„Das bin ich auch, Jimmy, das bin ich", versicherte er lächelnd. „Sogar das Klima ist so angenehm, nie zu heiß, nie zu kalt."

„Ein wahres Paradies", murmelte Marissa.

„Ja, außer dass ..." Er unterbrach sich und runzelte die Stirn. ... außer dass die Erde manchmal zu beben beginnt, hatte er sagen wollen. Laut vollendete er den Satz nicht, ohne freilich zu wissen, warum er das Erdbeben von 1855 nicht erwähnen wollte. Vielleicht lag es daran, dass er heute auf der nachmittäglichen Sitzung seine Argumente wegen der geplanten Neubauten vorbringen würde. Das Hafenviertel war besonders gefährdet, was die Geschäftsleute nicht einsehen wollten.

Marissas folgerichtige Frage riss ihn aus seiner Nachdenklichkeit. „Außer ... was?“ wollte sie wissen.

Seine Antwort klang unerwartet schroff und ungeduldig. „Nichts von Bedeutung. Es wird Zeit, wir müssen uns beeilen, wenn wir vor dem Besuch im Warenhaus noch eine Kleinigkeit essen wollen.“

Auf dem Weg hinunter ordnete er den Olds dann in den dichter werdenden Stadtverkehr ein. Pferdewagen, Kutschen und Handkarren rollten vorbei, und Marissa sah zum ersten Mal eine Straßenbahn. Als sie schließlich das Warenhaus erreichten und ausstiegen, brauchte es ihnen keiner zu sagen. Quer über die Fassade des dreistöckigen riesigen Gebäudes aus Backstein stand in schwarzen Buchstaben „Tremayne's“.

Ian ergriff den Arm seiner Frau und führte sie weiter. „Wir wollen erst den Lunch nehmen.“

In dem großen Haus nebenan befanden sich eine Bank und der Sitz der Telegrafengesellschaft. Zwischen beiden führte eine Treppe zu „Antoine's“, einem eleganten Restaurant im Hochparterre. Dorthin geleitete sie Ian Tremayne.

Auf den weiß gedeckten Tischen standen Kerzen in gläsernen oder Messingleuchtern, der Boden war mit teuren Teppichen bedeckt, und der Speisenduft war verlockend. Das Publikum war überaus gut gekleidet. Geschäftsleute im korrekten Anzug saßen Damen gegenüber, die in Seide oder Taft gekleidet waren und kleine Hüte mit Federn oder kurzen Gesichtsschleiern trugen. Ein Pianist spielte leise Hintergrundmusik, und das Personal schien ebenso vornehm wie die Gäste.

Man kannte natürlich Mr. Tremayne, und die kleine Gesellschaft wurde vom Geschäftsführer zu dem reservierten Tisch gebracht. Von hier aus hatten sie freien Blick auf den Pianisten. Es war offensichtlich, dass Marissa Bewunderung erregte.

„Madame Tremayne", ließ sich der gewandte kleine Franzose dann auch vernehmen, „elle est tres belle."

„Ja, Jacques, ich habe mir eine wunderschöne Frau aus Europa mitgebracht." Ian lächelte. „Wenn ihr jemals auch im dichtesten Gedränge irgendwo gut essen wollt, geht hierher, Jacques wird euch immer sehr gut bedienen."

„Mais oui, monsieur", versicherte der Angesprochene und konnte den Blick nicht von Marissa abwenden, wiederholte leise: „Tres belle, vraiment."

„Und noch sehr jung", setzte Ian Tremayne mit einem ungewissen Lächeln hinzu.

Marissa fühlte, dass ihr bei diesen Worten das Blut in die Wangen schoss, so sehr sie sich vorher über die ehrliche Begeisterung des Franzosen gefreut hatte.

Ian wurde ungeduldig. „Was ist denn heute bloß mit Ihnen los, Jacques? Sie träumen wohl. Wo bleibt die Weinkarte?"

Der Geschäftsführer riss sich von Marissas Anblick los und kümmerte sich um alles Weitere. Die Kellner, die darauf an den Tisch geeilt kamen, schienen ähnlich von der Schönheit der jungen Mrs. Tremayne hingerissen, und auch die Herren im Lokal konnten nicht ganz verbergen, wie sehr Marissa auffiel. Sie wurde beinahe ungehalten, dass sie so plötzlich im Mittelpunkt des Interesses stand. Ians Hast schob sie dem Umstand zu, dass er seinen Vormittag geopfert hatte, ihnen die Stadt zu zeigen, und nun darauf brannte, Jimmy im Warenhaus einzuführen und danach zu seiner eigenen Arbeit zurückzukehren.

Inzwischen versuchte Jimmy sehr geschickt, sich dem Verhalten Ian Tremaynes anzupassen, und Mary war ganz stolz darauf, wie sicher und gewandt ihr geliebter Ehemann sich bereits bewegte. Das Essen war ausgezeichnet, der Burgunder funkelte in den Kristallgläsern und war genau richtig temperiert. Eben erzählte Ian von dem Golden Gate Park, wo es seit der Großen Weltausstellung im Jahre 1894 einen japanischen Teegarten gab. Plötzlich unterbrach sich Tremayne mitten im Satz, und Marissa drehte leicht den Kopf, um den Grund dafür zu finden.

Eine Frau kam auf den Tisch zu. Sie war ziemlich hoch gewachsen und sehr schlank, hatte fein geschnittene Züge und große Augen mit langen, seidigen Wimpern. Das Haar war von einem leuchtenden Braun. Die Frau lächelte und trug den Kopf hoch. Ein modisches Federhütchen verlieh dem eleganten mauvefarbenen Ensemble besonderen Schick.

Diese Frau von unverkennbar sinnlicher Ausstrahlung muss Ian Tremayne sehr gut kennen, durchfuhr es Marissa.

Er war aufgestanden, als die Fremde sich näherte, und zeigte keinerlei Anzeichen von Verlegenheit oder Unwillen. Marissa dagegen fühlte zornig, dass ihr trotz aller Beherrschung schon wieder eine leichte Röte in die Wangen stieg.

„Hallo, Grace“, sagte Tremayne.

Die Frau hob sich graziös auf die Zehenspitzen und küsste ihn auf beide Wangen. „Ian, mein Lieber“, flötete sie. Ihre Augen strahlten, sie erschien zerbrechlich, sanft und warmherzig wie ein Engel. Erst als sie sich Marissa zuwandte, wurde der Blick so kalt wie der einer Viper.

„Und das muss wohl die junge Mrs. Tremayne sein, nicht wahr, mein Kind? Gott, welch entzückendes Mädchen, Ian, meinen Glückwunsch. Verzeihen Sie, aber unser Ian hat manchmal geradezu schauderhafte Manieren. Na, vielleicht wissen Sie das noch nicht, ich kenne ihn ja schon so lange. Ich bin Grace Leroux, und Ian und ich sind ganz alte Freunde.“

Die Frau am Bahnhof war eine Sache gewesen, diese hier freilich eine ganz andere, stellte Marissa fest. Sie dachte nicht mehr daran, dass ihr vor gar nicht allzu langer Zeit Ian Tremaynes Privatleben vollkommen gleichgültig gewesen war. Sie ärgerte sich schon über die herablassende Anrede „Kind“ und war nicht im Geringsten gesonnen, dieser honigsüßen Schönheit auch nur einen Fußbreit Boden zu überlassen. So streckte sie Grace Leroux die Hand entgegen und schenkte ihr ein heiteres Lächeln.

„Sehr alte Freunde, ich verstehe“, sagte sie betont, „man sieht das sofort, und mein Mann hat wirklich gelegentlich ein überaus ungewöhnliches Betragen.“

Damit warf sie Ian Tremayne einen, wie sie hoffte, anbetungsvollen und vertrauten Blick zu und wünschte sich dabei, er möge nicht ins Fettnäpfchen treten und sie bloßstellen. Er tat es auch nicht. Im Gegenteil, Belustigung spiegelte sich in den blauen Augen, als Marissa nun hinzusetzte: „Meine liebe Mrs. Leroux, oder ist es etwa Miss?“

„Mrs., natürlich“, stellte die Dame richtig, und es klang sehr scharf, beinahe wie ein Zischen, wobei Grace Leroux die dunklen Augen sichtlich unangenehm berührt verengte.

„Mrs. Leroux, darf ich Sie mit meinen besten Freunden bekannt machen, mit Mrs. und Mr. James O’Brian? Liebste Mary, lieber Jimmy, ihr seht, Mrs. Leroux ist eine ziemlich alte Freundin unseres Ian.“

Jimmy hatte sich erhoben, Mary lächelte freundlich, nur Ian schien auf einmal die Situation nicht mehr ganz so erheiternd zu finden. Trotzdem winkte er, ließ einen Stuhl für Grace Leroux bringen, die für das junge Ehepaar kaum Interesse an den Tag legte, sondern sich wieder an Marissa wandte.

„Nächste Woche findet das Picknick für die Stiftung der Waisenkinder statt, und ich hoffe sehr, dass Ian das nicht vergisst. Da viele unserer bedeutendsten Finanzleute kommen, ist seine Gegenwart von größter Wichtigkeit.“

„Ich werde da sein“, murmelte er unmutig.

Grace lächelte. „Leider ist es nicht gerade ein Anlass für Ehefrauen.“

„Und warum nicht?“ erkundigte sich Marissa mit betonter Naivität, während ihr Mann leise murmelte, er wolle das selber auch gern wissen.

Grace rettete sich in eine fadenscheinige Ausflucht „Es ist viel zu langweilig, wenn man selbst nichts damit zu tun hat. Ian hat sich immer sehr engagiert und mich zu diesen Anlässen begleitet Das ist eine richtige Tradition. Sie verzeihen mir doch, dass ich Ihnen Ihren Gatten dazu entführe?“

„Wenn ich Ihnen gestattete, das zu tun, müsste ich es wohl auch entschuldigen“, versicherte Marissa überaus liebenswürdig und lächelte Mary O'Brian zu. „Außerdem haben meine Freundin und ich uns vorgenommen, den Park zu besichtigen, so kann ich Ian entbehren. Sie haben Ihren Begleiter, und wir langweilen uns nicht.“

Das Lächeln der schönen Witwe Leroux wurde zusehends angestrengter. Rasch stand sie auf und murmelte: „Wir sehen einander noch, Ian, dann können wir das besprechen, und es war so nett, eine richtige Überraschung, Ihnen zu begegnen, liebes Kind“, versicherte sie Marissa. Dann noch ein elegantes Winken, ein eiskalter Blick auf die junge Frau, den Ian nicht bemerkte, und Grace Leroux rauschte davon.

Als wenig später die Rede durch eine Frage Marys noch einmal zurück auf das Picknick kam, hob Ian Tremayne den Kopf und schaute Marissa lange an. Dabei murmelte er: „Ich weiß wirklich nicht, warum Grace das so spannend macht Es besteht überhaupt kein Grund, dass ihr beiden Frauen nicht mitkommt. Jimmy wird dann freilich schon zu beschäftigt sein, sich uns ebenfalls anzuschließen.“

Hastig senkte Marissa die Lider, um einen durchaus zufriedenen Blick zu verbergen.

Als sie kurz darauf das Lokal verließen, fragte sie herausfordernd: „Der Geschäftsführer wusste offensichtlich, dass du wieder geheiratet hast. Doch schien mir diese Mrs. Leroux ziemlich überrascht."

Er zuckte nur lässig die Schultern. „Warum hätte ich sie informieren sollen? Außerdem hast du ihr eine hübsche kleine Bosheit an den Kopf geworfen, dieser ... alten ... Freundin. Ich habe mir da ja ein liebes Kätzchen mit hübschen Krallen aus England geholt. Nun muss ich bald weg, zuerst ins Warenhaus, dann habe ich eine Sitzung."

„Sie ist ebenfalls deine Geliebte, nicht wahr, diese Grace Leroux?"

„Marissa, ich habe dir schon einmal gesagt ..."

„Du hast es nicht einmal für nötig gehalten, deiner Freundin mitzuteilen, dass du jetzt eine Frau hast?"

Er sah sie mit einem ausdruckslosen Blick an, während er teilnahmslos sagte: „Das geht sie kaum etwas an, findest du nicht auch?"

„Aber zum Lunch hast du sie eingeladen?"

„Überhaupt nicht. Die gute alte Freundin, wie du sie ja so reizend genannt hast, war nicht geplant. Und nun komm." Er nahm ihren Arm und zog sie mit sich weiter, murmelte leise: „Du hast dir das selbst zuzuschreiben, schließlich hast du darauf bestanden, mich aus deinem Schlafzimmer zu verbannen."

„Als ob du dich daran hieltest!"

„Ich habe dich gewarnt. Du weißt, dass ich dich begehre. Es war eine sehr ungewollte Entdeckung, aber so ist es nun einmal. Wie sich also mein Privatleben in Zukunft gestaltet, wird einzig und allein von dir abhängen, Liebste."

„Es ist nicht genug, dass du mich haben willst.“ Sie versuchte sich loszureißen. „Ich will ... ach was, ich will mehr als das.“

Endlich gelang es Marissa, sich zu befreien, sie ließ ihren Mann mitten auf dem Gehsteig stehen und hastete Mary und Jimmy nach. Erst schaute Ian ihr zweifelnd, nachdenklich, ja zornig nach. Dann löste ein seltsames Lächeln die starren Züge. Schließlich lachte Ian Tremayne laut und aus vollem Herzen.

11. KAPITEL

An diesem Tag saß Marissa dann allein beim Dinner, stocherte in einer meisterhaft zubereiteten Ente à l'orange und fragte sich immer wieder, ob es wirklich Geschäfte waren, die Ian fernhielten.

Er hatte sich ziemlich hastig von ihnen verabschiedet und die beiden Damen einer jungen Angestellten überlassen, Sandy O'-Halloran, die sie mit echter Herzlichkeit und offensichtlicher Begeisterung empfangen hatte. Sie war bisher die erste Frau in dieser Stadt, die sich über Marissas Auftauchen wirklich freute. Dann war Ian mit James verschwunden. Die folgenden Stunden waren mit einer gründlichen Besichtigung des Warenhauses wie im Fluge vergangen. Mit deutlichem Stolz führte die sommersprossige Sandy die englischen Damen von Abteilung zu Abteilung und erklärte ihnen alle Einzelheiten. Es gab wohl kaum etwas, das man hier nicht hätte kaufen können.

Im Hochparterre landeten sie schließlich in einem Café, wo die Angestellten auch ihre Mahlzeiten einnahmen. Die Damen tranken Tee und stellten verwundert fest, dass eine beinahe familiäre Atmosphäre herrschte, alles zügig und wie am Schnürchen verlief und der Ton ungezwungen und heiter war. Manch bewundernder Blick streifte Marissa, doch es lag weder Häme noch Unverschämtheit darin, sondern herzliche Verbundenheit, und Marissa dankte es mit einem offenen Lächeln.

„Hier gibt es wohl immer viel zu tun“, meinte sie, und Sandy lachte melodisch.

„Da sollten Sie einmal am Sonntagmorgen hier sein, wenn die Waisenkinder von St. Kevin zum Frühstück kommen.“

„St. Kevin? Und Sie arbeiten hier auch sonntags?“ fragte Marissa.

„St. Kevin ist eine katholische Kirche, und ein Waisenhaus gehört dazu. Nur Freiwillige erscheinen am Sonntag zur Arbeit. Ich tue es fast immer, denn ich liebe Kinder, und wir bewirten hier an die fünfzig. Ich komme selbst aus einer großen Familie und bin die älteste von zwölfen. Die kleinen Rangen hier ersetzen mir ein bisschen die Geschwister, die alle in Irland leben“, plauderte Sandy munter. „Mr. Tremayne stellt die Lebensmittel zur Verfügung, und Sie sollten erst einmal erleben, wie schnell jedes Mal alles verschlungen ist, was da aufgetischt wird: Schinken und Wurst und Kuchen, Marmeladen und Sirup und Obstsaft; es ist immer ein Fest für alle.“

„Hat das auch mit der Stiftung für Waisenkinder zu tun, bei der sich Mrs. Leroux so sehr engagiert?“ erkundigte Marissa sich argwöhnisch.

Sandy stieß einen verächtlichen leisen Laut aus. „Mrs. Leroux? Ihre Gnaden Überheblichkeit hat erst ihr Herz für die Notleidenden entdeckt, als sie merkte, dass es Mr. Tremayne damit so ernst ...“

Sie brach ab, biss sich auf die Lippe. Wie konnte sie nur den Klatsch über die Geliebte des Brotgebers vor dessen Ehefrau ausbreiten?

„Lassen Sie es nur gut sein, Sandy.“ Marissa lächelte freundlich. „Ich werde sehr gern am Sonntag vorbeikommen, das verspreche ich Ihnen.“

Als gleich darauf John erschien und berichtete, dass Mr. O’Brian beschäftigt und Mr. Tremayne zu seiner Sitzung gegangen sei, bemerkte Marissa, dass Mary einen ziemlich erschöpften Eindruck machte. Deshalb trug sie dem Chinesen auf, Mrs. O’-Brian nach Hause zu bringen, während sie selbst die Stadt auf eigene Faust erkunden wollte.

John war ganz offensichtlich nicht sehr begeistert davon. „Es wird recht bald dunkel, Mrs. Tremayne“, wandte er höflich ein.

„Und mein Mann hat Ihnen befohlen, mich nicht aus den Augen zu lassen“, warf Marissa dazwischen. Da sie John Kwan nicht in Schwierigkeiten bringen wollte, bestand sie aber nicht weiter auf ihrer Absicht und ließ sich von John, nachdem sie Mary abgesetzt hatten, Nob Hill etwas besser zeigen.

Daheim erwartete sie dann eine Nachricht Ians, dass er auswärts zu Abend essen würde und Marissa nicht auf ihn warten solle. Nach einem von Lee perfekt servierten Dinner zog Marissa sich bald zurück, um den feindseligen Blicken der schönen Chinesin zu entgehen, und wartete unten im Salon, bis die Uhr elf schlug. Ian war noch nicht zurückgekehrt, und so ging Marissa schließlich zu Bett.

Als sie am nächsten Morgen zum Frühstück kam, hatte ihr Mann das Haus bereits längst wieder verlassen. Das wiederholte sich dann bis zum Samstagmorgen. Inzwischen war Marissa so wütend, dass sie allein die Villa auf Nob Hill verließ, ohne Lee oder John etwas davon zu sagen. Sie wandte sich hügelab der Stadt zu. Wie sehr Ians Art, seiner Frau aus dem Weg zu gehen, sie kränkte, mochte sie sich freilich selbst nicht eingestehen.

Marissa war beinahe bis zu dem neulich erst errichteten Fairmont Hotel gegangen, als jagender Hufschlag von hinten sie aufschreckte. Zu ihrer Verblüffung war es Ian Tremayne, der einen Rapphengst dicht hinter ihr zum Stehen brachte.

„Wo zum Teufel willst du denn bloß hin?" fragte er ungehalten.

Obwohl ihr das Herz bis zum Halse klopfte, trat Marissa einen Schritt zurück und antwortete ziemlich frostig: „Ich mache einen Spaziergang. Und ich verbitte mir diesen Ton."

Er furchte die Stirn und lehnte sich über den Hals des Pferdes. „Ich rede, wie es mir passt, Lady. Und du hast mich vor Angst und Sorge beinahe um den Verstand gebracht."

„Angst? Sorge? Ich höre wohl nicht richtig. Ich kam ja schließlich nicht wie die wilde Jagd den Hügel heruntergedonnert."

„Gedonnert? Jim trabte ganz ordentlich."

„Dann soll er zurücktraben", sagte sie betont unbefangen und wandte sich wieder zum Gehen. Der Hengst schien das nicht zu tun. Dagegen beugte sich der Reiter vor, fasste die überraschte Marissa um die Mitte und hob sie vor sich in den Sattel. Ians Stimme klang scharf. „Keiner wusste, wohin du verschwunden warst."

„Ich sah mich nicht verpflichtet, mich abzumelden, da du es ja auch nicht für nötig hältst, es zu tun."

„Mich wird auch so schnell keiner entführen oder ausrauben."

Wenn ihr Herz bloß nicht so fühlbar gehämmert hätte in seiner allzu überwältigenden Nähe. „Nachdem du mich nun gewarnt hast, lass mich bitte wieder hinunter, damit ich meinen Spaziergang fortsetzen kann", brachte sie endlich heraus.

„Ich denke nicht daran. Du kennst diese Stadt noch lange nicht, und ich dulde nicht, dass du dich unbesonnen in Gefahr begibst."

„Was willst du eigentlich? Tagelang hast du mich keines Wortes gewürdigt, und nun kommst du wie der Teufel angeritten und glaubst, mir Befehle erteilen zu können. Das dulde ich nicht."

Sie schrie leise auf, so heftig hatte er sie an sich gedrückt und den feurigen Rappen gewendet. Da Marissas Rock durchaus ungeeignet zum Reiten war, hielt Ian sie zwischen den Schenkeln, damit sie nicht die Balance verlieren konnte. Die eine Schulter war gegen seine Brust gepresst, und Marissa umschlang ihn mit beiden Armen aus Angst zu fallen. Er nahm eine Seitenstraße, und Marissa stockte der Atem.

„Wohin bringst du mich?"

„Wolltest du nicht spazieren gehen, um frische Luft zu schöpfend. Sein Mund war ganz dicht an ihrem Ohr, sein Flüstern wurde fast vom Wind übertönt. Und frische Luft bekam die junge Frau nun wahrhaftig. Nicht, dass Tremayne etwas riskiert hätte, dazu war er ein viel zu guter Reiter, aber er ließ den Hengst vorwärts preschen, wild, ungestüm, dass es zugleich beängstigend und berauschend war. Mann und Pferd strömten eine ungezügelte Glut aus, während sie die Straße entlangdonnerten. Der Wind griff in Marissas Haar und blähte den Rock, liebkoste die heißen Wangen. Dort, wo Ians Arm sie festhielt, sprang es wie ein Funke auf Marissa über und ließ ihr einen Schauer über den Rücken rinnen. Ein jähes Feuer brannte ihr plötzlich im Leib und zwang das Blut, schneller und schneller durch die Adern zu fließen.

Marissa hatte keine Ahnung, wohin sie ritten, und überließ sich mit geschlossenen Augen dem temperamentvollen Hengst und seinem leidenschaftlichen Reiter. Der Rhythmus des Hufschlages teilte sich ihrem Puls mit, verlangsamte sich schließlich und ging in einen wiegenden Trab über. Als Marissa die Augen wieder aufschlug, sah sie den Blick ihres Mannes forschend auf sich gerichtet.

„Wohin bringst du mich?“ fragte sie leise und hob weder das Kinn von seiner Schulter noch die Hand von seiner Hüfte.

„In die frische Luft.“ Er ließ das Pferd in Schritt fallen.

Mit einem Gefühl des Bedauerns richtete Marissa sich auf. Sie hatten eine überaus belebte Straße erreicht, Automobile fuhren hupend vorbei, die Straßenbahn klingelte, Pferdewagen und Kutschen rollten dazwischen. Ian zeigte seiner Frau das Palace Hotel, in dem schon Männer wie General Sherman und Präsident Grant übernachtet hatten und wo am nächsten Wochenende Enrico Caruso anlässlich seiner Amerikatournee absteigen würde, um in San Francisco zwei Abende lang zu gastieren.

Zum ersten Mal sprach Ian Tremayne dann zu seiner Frau über seine Arbeit, erklärte, dass dieses Hotel über eine ungewöhnlich gute Feuerschutzanlage mit ungeheuren Wassertanks verfüge und in einem sehr tiefen Fundament auf Pfählen jeder Erdschwankung standhalten könnte. Staunend horchte Marissa, hatte unwillkürlich ihre Hand mit der seinen verschränkt und fühlte plötzlich wachsendes Interesse an allem, was mit Häuserbau zu tun hatte, weil Ian davon so begeistert schien.

Bewundernd murmelte sie: „Was du alles weißt. Großartig.“

Er war abgestiegen, hob sie schwungvoll aus dem Sattel und ging Hand in Hand mit Marissa die Straße entlang. Vor dem Hotel hatte ein livrierter Hotelboy die Zügel des Rappen geflissentlich übernommen.

„Es ist schließlich mein Beruf, sagte er ruhig, „aber es macht mich ganz verrückt, wenn ich sehe, wie nachlässig unsere Stadtväter planen wollen. So wie hier muss man überall in San Francisco bauen, und das begreifen diese Dummköpfe nicht. Sie werfen Riesensummen für einen namhaften Baumeister aus und werden knauserig, sobald es um Wasserleitungen, Grundmauern und Feuerschutz geht.“ Schweigend waren sie weitergewandert.

Endlich hob Marissa den Kopf und fragte scheu: „Sie können dich doch nicht zwingen, Kompromisse zu machen, oder?“

Er schenkte ihr jenes wissende und doch so gelassene Lächeln, mit dem er von allem Anfang an den Weg zu ihrem Herzen gefunden hatte, und strich ihr mit der freien Hand behutsam eine wirre Strähne des rotblonden Haares aus der Stirn.

„Nein, Liebste, das können sie wirklich nicht“, sagte er, und irgendwie schwang Zärtlichkeit hinter seinen Worten mit, „denn ich werde nur dann an der Waterfront bauen, wenn sie meine Bedingungen annehmen.“

Und schon hatte er es wieder sehr eilig, war energiegeladen und rannte fast mit Marissa zum Palace Hotel zurück. Dort sprang er in den Sattel und hob Marissa mit einer raschen Bewegung wieder vor sich hoch und ließ den Rappen galoppieren. Mit geschlossenen Augen genoss Marissa den jagenden Ritt, sicher und geborgen im Arm ihres Mannes. Unterwegs zeigte er ihr noch eine Villa ganz in der Nähe der eigenen, groß und wunderschön, und bemerkte nebenbei, dass er dieses Haus gebaut habe.

„Gefällt es dir?“ fragte er danach.

„Es ist wunderbar“, gestand sie leise, und er lächelte.

„Danke.“

Dann ritten sie schweigend nach Hause. Marissa hatte bisher nicht gewusst, dass sie so erregt und zugleich so zufrieden sein könnte. Immer noch brauste ihr das Blut in den Ohren, wenn Ian sie berührte, und dabei lag es sich so herrlich sicher und bequem in seinem Arm. Schon auf der Schwelle sollte sich das ändern. Dort wurden sie von John Kwan erwartet, der einen bekümmerten Eindruck machte. Ohne abzusteigen, hielt Ian Tremayne seine Frau an sich gedrückt und fragte: „Was gibt es, John?“

„Anscheinend Beschaffungsprobleme, Mr. Tremayne. Mrs. Leroux", der Chinese warf Marissa einen bedauernden Blick zu, „kommt mit den Finanzleuten der Stiftung nicht zurecht. Sie sollen unbedingt sofort zu ihr kommen."

Marissa erstarrte. Dann löste sie sich unwillig von Ian und glitt vom Rücken des Rapphengstes.

„Marissa", hörte sie ihn rufen, als sie die Stufen hinauflief, und gab keine Antwort. Es besserte ihre Laune nicht gerade, dass ihr das dunkle, volltönende Lachen ihres Mannes nachklang.

Am gleichen Nachmittag lag Marissa dann völlig entspannt in einem duftenden Schaumbad und hatte die Augen geschlossen. Dabei verwünschte sie im stillen diese grässliche Grace Leroux, die schöne Chinesin Lee und sich selbst. Sie fand kein Ventil mehr für ihre Wut, wenigstens nicht in Ian Tremayne. Zwar wollte sie ihn immer noch schütteln, dass er endlich erwachen sollte, doch gleichzeitig sehnte sie sich nach seiner Aufmerksamkeit, seiner Zärtlichkeit. Sie wollte Stunden mit ihm verbringen, seine Träume teilen wie an diesem Tag. Wahrscheinlich hatte er seine Fähigkeit zu lieben mit dem Sarg seiner toten Frau begraben und seine Liebe auf die Arbeit übertragen, auf das Bauen.

Marissa zuckte zusammen, als sie eine Tür gehen hörte. Zum Treppenkorridor hin hatte sie abgeschlossen, um nicht von Lee Kwan gestört zu werden, nicht aber die Verbindung zwischen den Schlafzimmern. Und da war Ian Tremayne auch schon, noch im Reitanzug. Die jähe Röte, die Marissa ins Gesicht flutete, hatte nichts mit der Hitze des Badewassers zu tun, das sie nun mit beiden Händen zum Aufschäumen bringen wollte.

Ja, Marissa begehrte ihren Mann und war dabei, sich Hals über Kopf in ihn zu verlieben. Doch das würde sie ihm nicht sagen. Jedenfalls nicht, bevor nicht auch er sie lieben und ihretwegen die Graces und Lees und Tänzerinnen aufgeben würde. Wieder stiegen ihr Tränen in die Augen. Sie schaute auf und bemerkte, dass er ein Silbertablett mit einem herrlichen Samowar und zwei hauchdünnen Teetassen trug. Beinahe zornig fragte sie: „Was tust du?"

„Ich bringe meiner schönen Frau Tee", versetzte er liebenswürdig, doch in seinem Blick flimmerte unverhüllte Begierde. Damit stellte er das Geschirr ab, füllte die Tassen und reichte Marissa die eine. Sie versuchte krampfhaft, ihre Blöße mit dem Schaum zu verdecken, Ian Tremayne lehnte sich an die Wand und schlürfte das heiße Getränk. „Kein Dankeschön für meine Geste guten Willens?"

Sie lehnte sich zurück und fragte gepresst: „Hat Grace dich schon gehen lassen?"

„Ach, daher weht also der Wind. Du bist eifersüchtig, Liebste."

Wenn er nur nicht gar so unwiderstehlich jungenhaft gewirkt hätte mit der schwarzen Haarsträhne, die widerspenstig in die Stirn hing, dem lachenden Mund, trotz des eindeutigen Blickes. Und so überaus selbstsicher. Ob sie nicht einmal versuchen sollte, ihre Macht über ihn zu erproben? Der Badeschaum zerfloss nur allzu schnell.

„Eifersüchtig, ich? Keineswegs." Aufreizend streckte Marissa ein Bein hoch, um es mit einem Schwamm einzuseifen. „Warum sollte ich auch? Wir führen schließlich nur eine Namens-Ehe."

„Zum Mindesten hast du behauptet, es so zu wollen."

Graziös tauchte sie in die Wanne zurück und schaute ihren Mann an. „Du wolltest doch keine richtige Frau", mahnte sie leise.

Er stellte die Tasse auf das Tablett zurück und trat näher, den Blick unverwandt auf Marissa gerichtet. „Vielleicht habe ich meine Meinung geändert?"

Sie dehnte wohlig die Arme und schüttelte den Kopf. „Das glaube ich nicht."

„Und warum nicht?"

Er kauerte sich an den Rand und ließ die Finger spielerisch über die letzten Schaumblasen wandern, die sogleich zerplatzten. Marissa hielt den Atem an, als seine Hand ihrem nackten Körper immer näher kam. Darum gehorchte ihr die Stimme kaum, als sie sagte: „Weil du nur allzu eilfertig dem Wink dieser, dieser ... alten Hexe gefolgt bist, darum, mein Lieber."

Er brach in ein dunkeltönendes Lachen aus, ohne die Augen von ihr zu wenden oder die Hand zurückzuziehen. „Aber du bist keineswegs eifersüchtig?"

„Ich nenne die Dinge bloß beim Namen", gab sie scherzhaft zurück.

Er hörte zu lachen auf, die dichten Wimpern verschleierten den Blick. „Ich habe ja meine schöne Frau nicht verlassen, um zu der ... alten Hexe zu laufen, sondern meine sittenstrenge Gattin hat mir den Rücken gedreht, ohne mir auch nur eine kleine Chance zum Erklären zu geben."

Mit sanfter Bestimmtheit dirigierte sie seine Hand gegen den Wannenrand und lächelte boshaft. „Und so musste der arme Ehemann bei der alten Hexe Trost suchen."

„Nicht ganz, ich habe zwar die, hm, alte Hexe aufgesucht, doch nur, um einem guten Freund einzureden, dass die Stiftung für Waisenkinder Geld brauchte, um eine Krippe einzurichten, und jeder Stifter für seine wohltätige Haltung in der Gesellschaft gelobt würde."

„Ich glaube dir kein Wort." Marissa lächelte betont liebenswürdig.

„Ich schwöre dir, es ist die Wahrheit."

„Und die schöne Frau ist bloß eine ... alte ... Freundin?"

Der Anflug eines Lächelns bog seine Mundwinkel nach oben. Er legte den Finger unter ihr Kinn und zwang sie, ihn anzuschauen.

„Ich würde lügen, wollte ich behaupten, dass nie etwas zwischen Grace und mir gewesen wäre. Ich habe dir in London die Karten offen auf den Tisch gelegt. Aber ich muss auch gestehen, dass inzwischen das Bild der ... alten Hexe vor dem der jungen Nixe unwahrscheinlich verblasst ist."

Marissa konnte den Blick nicht mehr abwenden und musste bei seinen letzten Worten lächeln. Trotzdem hatte sie nicht erwartet, dass Ian Tremayne unvermittelt aufstehen und sie mit sich in die Höhe ziehen würde. Noch in der Wanne und nass, schaumbedeckt, fand sie sich plötzlich in seinen Armen wieder, spürte seine Lippen auf den ihren, heiß und leidenschaftlich, seine Zunge, deren sinnliches Spiel Verlangen in ihr auslöste. Er presste sie noch fester an sich und streichelte den Rücken entlang, ließ den Mund an dem Bogen der Kehle niedergleiten und fand den klopfenden Puls. Ein wenig verweilte er dort, bevor er die Wanderung über die glatte Haut wieder aufnahm.

Marissa umschloss sein Gesicht mit beiden Händen, schaute in die funkelnden Augen, aus denen die sinnliche Erregung auf sie überzuspringen schien, und hob sich auf die Zehenspitzen, um Ian zu küssen. Dabei wiederholte sie das Spiel, das er sie gelehrt, erst scheu, doch bald schon fordernder, wilder, begieriger. Der herbe Duft, diese Mischung aus Leder, Cognac und Mann, berauschte sie, so dass sie ihn nicht länger abhalten konnte, mit den Lippen tiefer zu streifen, bis sie sich um die eine rosige, aufgerichtete Spitze schlossen. Heiße Wellen der Lust durchströmten Marissa, als Ian ihre Brüste mit exquisiten Liebkosungen verwöhnte. Plötzlich sank er auf die Knie, erkundete mit der Zunge die sanfte

Mulde des Nabels. Eine Flamme schien Marissa an dieser Stelle zu versengen, sie griff ins Leere und glaubte zu fallen.

Nun erst küsste Ian ihre weiblichste Stelle, intim, erregend, langsam. Ein Schock aus Feuer und Eis packte sie, ließ sie nach seinen Schultern fassen. Die neuen Empfindungen, die erregend durch ihren ganzen Körper zuckten, waren kaum zu ertragen, so sehr beglückten sie, wollüstig, betäubend, nahmen ihr den Atem, dass sie zu sterben glaubte. Sie schrie auf, wollte sich ihm entziehen, und begann doch leise und zitternd zu stöhnen vor Verlangen und Bereitschaft.

Wie ein Schleier zerriss es vor ihren Augen, eine klare Erkenntnis durchzuckte Marissa, strömte wie glühende Lava durch ihren Körper. Noch einmal schrie sie auf, rang nach Atem, schwankte, konnte nicht fallen, weil er sie in den Armen festhielt und ins Schlafzimmer trug, ohne dass sie es überhaupt richtig wahrnahm. Auf dem Bett streckte sie sich aus, bog sich Ian Tremayne entgegen, verlangend, erwartend, bereit.

Dann war er auch schon über ihr, diesmal selbst nackt, und suchte ihren Mund. Sie klammerte sich an ihn, zuckend, stöhnend, umschlang ihn mit beiden Armen und schloss unter dem leidenschaftlichen Blick die Augen. Ian Tremayne lächelte, als er die bebenden Lider küsste, die halb geöffneten Lippen. Gleichzeitig begann sie seinen Körper zu erkunden, die breiten Schultern, den Rücken, und hörte, wie der Mann heftiger und stoßweise atmete. Sie berührte ihn endlich, wie er es zuvor bei ihr getan hatte. Dabei empfand sie eine ganz andere Art des Verlangens, der Wollust, wollte aufschreien und konnte es nicht, so heftig pulste seine Erregung unter ihren Händen. Ian Tremayne zwang ihre Schenkel auseinander und drang mit aufreizender Langsamkeit in sie ein, kostete die ganze Sinnlichkeit dieser Vereinigung aus. Es gab keine Welt mehr, nur die rhythmische Bewegung war da, die straffen Schenkel, die zärtlichen Hände, das Wunder der Vereinigung. Sie schwebte mit ihm irgendwo in paradiesischen Sphären. Es war überwältigend, unfasslich, beseligend, ein magischer Zauber.

Wie von weither hörte Marissa, wie Ian ihren Namen flüsterte, öffnete die Augen und lächelte. Er hatte sich immer noch nicht aus ihr zurückgezogen, verweilte, während die Nachwehen der Lust langsam nachließen.

Endlich sprach Ian Tremayne. „Ich habe etwas begriffen, Marissa", sagte er, und die Stimme klang dunkel vor Zärtlichkeit. „Ich möchte trotz allem, was gewesen ist, eine Frau haben. Ich sehne mich so nach ihr."

Als er sich jetzt niederbeugte und Marissa küsste, ergab sie sich ihm ganz.

12. KAPITEL

Als die Ekstase abgeebbt war, lagen sie in friedlicher Stille nebeneinander, und Ian Tremayne begann zu seiner Frau zu sprechen. Freilich sagte er nicht, dass er Marissa liebte, doch das hatte sie auch nicht erwartet. Es war nicht nötig, sie hatte viel mehr, als sie sich jemals erträumt hatte, denn er entwarf eine gemeinsame Zukunftsvision. Oper, Ballett, die Neubauten an der Waterfront, Sonnenaufgänge und Abenddämmerungen, Ausflüge nach Sausalito und Carmel, Ritte die Küste entlang zu den majestätischen Panoramen.

Und wieder versanken Stille und Friede im Aufflammen der Leidenschaft, und Marissa wurde unbefangener und freier mit jeder neuen Welle der Empfindung. Sie erfand tausend bisher ungekannte Zärtlichkeiten, den geliebten Mann zu erkunden, zu erregen, zu beglücken. Sie gewöhnte sich mehr und mehr daran, Ian zu berühren, zu locken, zu verführen.

Sie staunte über die Heiterkeit, das Lachen, das sie verband, die atemlose Nähe, die sie einhüllte, sobald Marissas Hemmungen überwunden waren.

Die Abenddämmerung brach herein, und in mildem Grau waberte der Nebel über der großen Stadt. Kühl drang er durch die Fenster, bedeckte alles mit einem magischen Zauberschleier. Marissa empfand die Kühle angenehm auf der heißen nackten Haut. Mitten heraus aus der Umarmung lehnte sie sich über ihren Mann und ließ die gelösten Haare in sinnlicher Fülle über seine Brust wehen, lächelte hinein in das Feuer der blauen Augen. Dort, wo die rotblonden Wellen ihn berührten, folgte sie mit langen, zärtlichen Küssen. Tiefer und tiefer ließ sie die Lippen wandern, entzückt von dem Zittern, das dabei durch seine Glieder lief. Endlich hielt Ian den Atem an bei der wollüstigen Liebkosung. Mit einem heiseren Stöhnen hob er sie über sich und nahm sie schnell und doch behutsam, bis Marissa endlich satt und atemlos neben ihrem Mann lag und in einen wohligen Schlummer hineindämmerte, an Ian geschmiegt, die Finger sacht auf seine nackte Brust gebreitet. Ihr Haar fiel wie ein metallisches Gespinst darüber. Das leise Klopfen hörte sie wie von weither und fuhr erst hoch, als sich Ian unter ihr bewegte.

„Was gibt es?“ murmelte sie schlaftrunken.

„Lee sucht mich“, gab er zurück, schwang die Beine aus dem Bett und stand da, nackt und schlank im Zwielicht, das seine Schatten in den Raum hereingesponnen hatte. Rasch schlüpfte er in die Hosen und schritt durch die Verbindungstür. Dann hörte Marissa ihn reden, ohne jedoch ein Wort zu verstehen. Als er wieder zurückkam, dehnte Marissa sich in sinnlicher Trägheit auf den Laken.

„Nicht doch, Liebste“, sagte er tief in der Kehle, „steh auf, wir haben Gäste.“

„Gäste?“

Sie setzte sich kerzengerade auf, das Haar zerzaust und wirr, und sah ihn erschrocken an.

Er lachte leise. „Lass dir Zeit, du hast mindestens fünf Minuten. Ich hatte es ganz vergessen, dass Sullivan und Funston heute zum Essen kommen.“

„Wer?“ stieß Marissa entgeistert hervor. Dennis Sullivan war der Vorsitzende der Feuerbekämpfungsbehörde, Brigadegeneral Frederick Funston der Oberkommandierende des Presidio. Er lebte mit seiner Frau Eda in einer prachtvollen Villa auf Nob Hill.

„Tut mir Leid“, Ian zuckte die Schultern, „aber du hast jeden Gedanken in meinem Hirn einfach ausgelöscht. Sie sind jetzt unten, und Lee reicht Aperitifs.“

Er schlenderte in sein Schlafzimmer und murmelte noch: „In fünf Minuten bin ich fertig.“

Fünf Minuten? Marissa stürzte ins Bad, ließ einen eiskalten Wasserstrahl über den Körper rieseln, zerrte seidene Wäsche aus einer Schublade und streifte hastig die Abendrobe über. Als sie das feuchte Haar aufsteckte, stand Ian schon auf der Schwelle, tadellos in tiefem Schwarz, und ließ den Blick bewundernd über die Erscheinung seiner Frau gleiten. Sie trug weiße Seide, eine Bluse mit hohem Stehkragen und einen schmalen Rock, der hinten in eine kleine Schleppe ausbauschte. Den farblichen Kontrast fand das Kleid in einem schwarzen Samtjäckchen und den schwarzen Perlen. Tropfenförmige Jettohrringe rundeten das stilvolle Bild ab.

„Hinreißend“, murmelte er. „Leider sind es nur Dennis, Freddie und Eda und nicht die edlen Häupter des britischen Hochadels.“

Sie streifte ihn mit einem raschen Seitenblick. Hatte es ihr vorhin auch den Eindruck gegeben, diese Liebesstunde mit Ian Tremayne hätte sie selbst und die Welt völlig verwandelt, so konnte Marissa doch nicht darüber hinwegsehen, dass sie mit einer Lüge lebte. Er dagegen nahm an, dass sie in den besten Kreisen der Londoner Gesellschaft heimisch wäre. Sie lehnte sich gegen den Toilettentisch. Was tat es schon? Sie war eine gute Schauspielerin und hatte sich auf diese Rolle und jeden einzelnen Auftritt vorbereitet.

„Deine Freunde bedeuten mir sehr viel. Ich möchte viele von ihnen kennen lernen", sagte sie leise.

Er war mit wenigen Schritten bei ihr und hob ihr Kinn zu sich auf, um ihr in die Augen zu schauen. „Du bist so rätselhaft, Liebste, einmal stolz und entschlossen, immer bereit zu kämpfen, und auf einmal ganz weich und zärtlich und ganz Herz, ein wunderbares Herz."

„Gar nicht so wunderbar ist es, dieses Herz", murmelte sie unsicher. „Ich habe zuerst alles falsch gemacht, habe dich in diese Ehe hineingehetzt. Aber jetzt möchte ich das alles in Ordnung bringen, ich ..."

„Pst", unterbrach er sie und küsste sie zärtlich. „Ich war auch so sehr dagegen, noch einmal zu heiraten, und doch hast nicht du mich dazu gebracht, sondern ich habe es gewollt, weil ich in dir so vieles gefunden habe, was ich haben will."

Sie errötete und schlug die Augen nieder.

„Du hast mein Herz bezaubert, Marissa, als du mich erkennen ließest, dass ich mir meine vermeintliche Hölle selbst geschaffen hatte."

Einen Atemzug lang hielt er sie eng an sich gedrückt, dann nahm er sie bei der Hand und führte sie die breite Treppe hinunter in das Esszimmer, wo die Gäste warteten.

Ein kleiner rothaariger Mann stand neben einer lebhaften Frau mit lachenden Augen, am Büfett lehnte ein anderer, hoch gewachsen, mit einem schmalen Gesicht und unstetem Blick.

„Herzlich willkommen, Eda, Dennis, Frederick“, sagte Ian Tremayne und zog Marissa etwas an sich, „dies ist Marissa, meine Frau. Und diese drei Menschen, meine Liebe, sind sozusagen das Herz von San Francisco und besonders Nob Hill, Mrs. Eda Funston und ihr Mann Freddie und dort drüben Dennis Sullivan.“

Die Herren bewunderten die schöne junge Frau rückhaltlos.

Mrs. Funston zog Marissa herzlich in die Arme. „Willkommen in San Francisco, Sie sind also die neue Mrs. Tremayne, die diese Stadt in Aufruhr versetzt hat? Welch eine bezaubernde Herrin für dieses Haus.“

Marissa dankte der ungezwungenen Frau und fühlte sich überaus zu Hause und geliebt. Da erschien Lee und verkündete auf ein Zeichen des Hausherrn, dass serviert sei. Sie gingen zu Tisch, und das Gespräch verlief zwanglos und locker, bis auf einmal Dennis Sullivan den Gastgeber rundheraus fragte: „Haben Ihre Kunden die Baugenehmigung von der Behörde für die Anlagen im Hafenviertel bekommen?“

Ian Tremayne starrte den Sprecher an, dann in sein Glas und wieder auf Sullivan. „Leider ja“, gab er düster zurück.

Sullivan ließ die geballte Faust auf den Tisch krachen, dass das Geschirr klirrte. Trotz der hastig gemurmelten Entschuldigung konnte er seine Wut nicht verbergen, als er sich wieder an Tremayne wandte.

„Korruption, nichts als blanke Korruption. Die Stadtväter verschachern Bewilligungen an den Höchstbietenden, an der Waterfront wie an der Barbary Coast, kaum einen längeren Steinwurf von unseren Schwellen entfernt, wo man die Lizenzen verkauft für, hm, französische Lokale.“

Marissa hatte keine Ahnung, wovon die Rede war, und Eda Funston mahnte: „Meine Herren, wir sind bei Tisch."

„Übrigens", sagte Ian Tremayne ruhig, „habe ich das Projekt unmissverständlich abgelehnt. Wenn die Stadtväter so und nicht anders bauen wollen, müssen sie sich eben einen anderen Architekten suchen."

Danach zogen sich die Herren mit einer Zigarre zu ihren Geschäften zurück, während Eda mit Marissa über den bevorstehenden Caruso-Rummel plauderte. Im Salon fragte Marissa dann nach der Sache, von der die Herren gesprochen hätten.

Eda seufzte bekümmert. „Korruption, meine Liebe, an allen Ecken und Enden. Nicht, dass man handfeste Beweise hätte, aber man ist ganz sicher, dass mit Lizenzen und Bewilligungen ein schwungvoller Handel getrieben wird. Wir haben Berichte der Versicherungsexperten, die das andeuten. Mein Mann ist überzeugt, dass es nur der Wachsamkeit der Feuerschutzbehörde zuzuschreiben ist, dass die Stadt nicht längst vollkommen niedergebrannt ist."

Marissa hörte mit wachsendem Interesse zu, und Eda Funston fuhr mit gerunzelter Stirn fort: „Als es darum ging, die für die Brandverhütung nötigen Wasserreservoirs und ein weit reichendes Leitungsnetz anzulegen, hatte zwar Washington seinen Segen gegeben, doch einige unserer Stadtväter verstanden die Angelegenheit hinterhältig zu blockieren."

„Und was war mit den französischen Lokalen gemeint?"

Eda zog die Brauen hoch. „Großer Gott, ja, im Erdgeschoss befindet sich meistens wirklich eines, aber in Wahrheit bildet es nur die Fassade für, na, sagen wir es doch, wie es ist, für Freudenhäuser, Bordelle."

Etwas Ähnliches hatte Marissa sich bereits gedacht, nach den Andeutungen ihres Mannes mussten sich hinter den meisten Vergnügungsetablissements und Tanzpalästen ähnliche öffentliche Häuser verbergen, die meisten Schönheitstänzerinnen wohl käufliche Dirnen sein.

„Natürlich können sie Ian nichts vormachen, der ist viel zu intelligent und durchschaut die Herren nur allzu schnell", fuhr Eda eifrig fort und lächelte Marissa mit sichtlichem Stolz zu. „Ihn werden sie nie dazu bringen, nach ihren schmutzigen Plänen zu arbeiten. Leider gibt es andere Architekten, die nicht so denken wie er. Wenn das Bauvorhaben Waterfront wirklich durchgehen sollte, gnade uns Gott, wenn es einmal zu brennen beginnt."

Ein eigenartiges Gefühl der Bangigkeit beschlich Marissa. Doch sie verdrängte es. Was auch immer geschehen mochte, Ian würde niemals seine Hände zu etwas Unehrenhaftem bieten, und das allein zählte.

„Erzählen Sie mir von England", wechselte jetzt Eda das Thema. „Sie haben einen so weichen, bezaubernden Akzent. Ihr Vater, heißt es, war von Adel, muss man Sie da nicht mit Lady Marissa anreden?"

Marissa senkte den Kopf, durchtobt von einem heftigen Schuldgefühl, und sagte: „Natürlich nicht, ich bin Mrs. Tremayne, Ians Frau."

Das wenigstens war keine Lüge. Mit einer genauen Beschreibung des Landsitzes von Sir Thomas zog sie sich dann auch geschickt aus der Affäre und entging allen weiteren Fragen Edas. Eda war entzückend und wirklich herzlich, und die beiden Herren waren ganz reizend, als sie in den Salon kamen. Und doch wurde es Marissa klar, dass von nun an jedes Gespräch, jede Gesellschaft, jeder Abend mit Freunden, ein Tanz auf dem Hochseil ohne Netz und doppelten Boden werden mochte.

Heute hatte sie sich bewährt und ihre Rolle gut gespielt, und die Stunden mit ihren ersten Gästen waren ein voller Erfolg.

Morgen schon würde Marissa von Neuem lügen und sich hüten müssen, und dieser Gedanke vergällte ihr die fröhliche Runde. Als sie den Kopf hob, bemerkte sie, dass Ian, der am Kamin lehnte, sie beobachtet hatte. Er schien in ihrer Seele zu lesen. Hatte Marissa sich verraten? Wusste er, dass sie mit Schuldgefühlen kämpfte?

Schnell drehte sie sich weg, ihr Herz hämmerte wie wild. So gut kannte sie Ian Tremayne schon, zu wissen, dass er den seltsamen Ausdruck nicht vergessen würde, den er auf ihren Zügen gelesen hatte. Und irgendwann einmal, vielleicht erst viel später, würde er darauf zurückkommen. Dessen war sie sicher. Freilich konnte Marissa nicht ahnen, wie schnell dieser Augenblick kommen sollte.

Marissa war die Letzte an der Tür, nachdem die Gäste sich verabschiedet hatten. Als sie in den Salon zurückkehrte, war ihr trotz der kalten Nachtluft warm ums Herz. Das lag an diesem unwahrscheinlich schönen Nachmittag, der ihr zum ersten Mal das Gefühl vermittelt hatte, geliebt zu werden. Und die kleine Gesellschaft danach hatte Marissa gezeigt, dass sie im Leben ihres Mannes auch in der Gesellschaft akzeptiert und mit offenen Armen aufgenommen werden konnte. Marissa bedeutete ihrem Mann etwas, und das war so schön.

Beim Eintritt jedoch las sie in der Art, mit der er sie ansah, dass sie in einer Welt der Täuschung lebte, der Lüge. Obwohl der erste Impuls war, die Flucht zu ergreifen, in ihr Zimmer zu laufen und sich dort einzuschließen, widerstand sie und zwang sich, trotz des wild hämmernden Herzens, allen Mut zusammenzunehmen. Vielleicht wäre Feigheit angebracht gewesen, doch Marissa sehnte sich nach der Nähe Ian Tremaynes, die sie beide die Geheimnisse würde vergessen lassen, die in Marissas Augen lagen. Sie konnte gar nicht begreifen, dass sie ihm einmal aus dem Wege gegangen war.

Düster und brütend starrte er sie an. Sie öffnete den Mund, wollte etwas sagen, fand keine Worte. Marissa nahm ein Kissen auf, glättete es, bemerkte endlich scheinbar beiläufig: „Deine Freunde sind sehr nett, ich habe den Abend sehr genossen.“

Ian Tremayne gab keine Antwort.

Marissa wurde zusehends nervöser. Sie legte das Kissen an seinen Platz zurück. „Es scheint mir wirklich jammerschade, dass ihr in dieser wunderbaren Stadt solche Probleme mit dem Magistrat habt.“

Immer noch schwieg er.

„Es ist spät geworden, ich werde nun besser nach oben gehen.“

„Das denke ich nicht“, unterbrach er sie gefährlich leise. Sein Blick war hart.

Marissa straffte die Schultern und richtete sich hoch auf. Etwas Unwille und vielleicht sogar eine Spur Pathos würden ihr vielleicht aus der gespannten Situation helfen. „Ich muss schon sagen, Ian“, begann sie und senkte die Lider, „nach allem, was heute gewesen ist, kannst du mich doch nicht immer noch beschuldigen ...“

„Ich beschuldige dich nicht“, widersprach er, „aber es wundert mich doch sehr, dass du so schnell auf dieses Thema kommst. Ich weiß, dass mein Verdacht falsch war. Was also verbirgst du immer noch vor mir?“

„Ich verstehe nicht, was du meinst.“

Ein trauriges und zugleich argwöhnisches Lächeln verzog seinen Mund, als Ian einen Schritt auf sie zu machte.

Hochmütig drehte sie sich um und wollte an ihm vorbei. „Ich gehe jetzt zu Bett“, sagte sie scharf.

Er ließ sie nicht vorbei, sondern packte sie an den Schultern und zwang sie, ihm in die Augen zu schauen.

„Ian, wirklich“, begehrte sie auf.

„Ja, wirklich“, fiel er ihr sofort unwirsch ins Wort. Die Stimme klang leise, noch leidenschaftlich bewegt. „Was verbirgst du immer noch vor mir? Warum hat dein Blick immer etwas so Gehetztes? Du kannst doch jetzt keine Angst mehr vor mir haben, das steht fest.“

„Ich habe dich nie gefürchtet.“

„Was ist es dann?“

„Nichts, ich sage dir, es ist nichts, gar nichts.“

Marissa biss sich auf die Lippe und hielt Ians feindlichem Blick stand. Er konnte nicht so schnell vergessen haben, wie sehr er sie begehrte. Sie jedenfalls drängte es hin zu ihm. Warum konnte er sie nicht einfach in die Arme nehmen, heiß küssen und alles andere sein lassen? Wie gern hätte Marissa Ian Tremayne in diesem Augenblick die Wahrheit gesagt, das Lügengewebe zerrissen, das sie zu ersticken drohte. Aber das durfte sie nicht, das konnte sie nicht, nicht jetzt. Vielleicht würde einmal die Stunde kommen, in der sie seine Zuneigung, sein Vertrauen, vielleicht sogar seine Liebe gewinnen konnte?

„Marissa?“

„Es ist nichts“, wiederholte sie und zitterte heftig. Endlich riss sie sich los und hoffte, er würde ihr folgen, damit sie ihn umschlingen und seine Fragen vergessen machen könnte. Er tat es nicht, sondern schritt zur Eingangstür, hob seinen Radmantel und den Zylinder auf und sagte kurz angebunden: „Wir werden uns weiter darüber unterhalten, wenn ich zurückkomme. Sieh zu, dass du dann eine Antwort für mich bereit hast“

Entgeistert starrte sie ihm nach, fragte fassungslos: „Wohin gehst du?“

„Aus", gab er sachlich zurück, lüftete den Hut und verließ das Haus.

Mit brennenden Wangen stand Marissa da, zerrissen von Schmerz und Eifersucht. Nach den gemeinsamen Stunden des Nachmittags, nach ihrer hemmungslosen Hingabe konnte er sie verlassen, um an die Barbary Coast zu gehen, zu einem dieser so genannten französischen Restaurants? Marissa stürzte ihrem Mann nach, noch bevor die Außentür ins Schloss fallen konnte, blind vor Zorn und Empörung.

„Ian", rief sie ihm nach, „Ian Tremayne!"

Er blieb stehen, wandte sich zu ihr herum.

„Wage es ja nicht, mich noch einmal so zu fragen", warnte sie mit loderndem Blick, „wage es nicht, mich beim Nachhausekommen zu fragen, sonst brauchst du überhaupt nicht zurückzukehren!"

Hatte sie völlig vergessen, dass sie die Angeklagte war, dass das Haus ihm gehörte? Ohne Ian Zeit zu geben, etwas zu sagen, lief Marissa hinein und schlug krachend die schwere Tür hinter sich zu. Drinnen lehnte sie sich an den Rahmen und begann bei nahe hysterisch zu schluchzen.

Sie konnte es einfach nicht glauben, dass er heute Abend so einfach wegging. Sie liebte ihn und hatte sich ihm rückhaltlos geschenkt, und es hatte alles für Marissa bedeutet, für ihn dagegen gar nichts.

Das Geklapper von Pferdehufen war zu hören, und sie wusste, dass Ian Tremayne gegangen war. Gleichzeitig bemerkte sie Lee Kwan, die ins Speisezimmer schlüpfte. Wie viel mochte die junge Chinesin gesehen haben, wie viel gehört? Marissa empfand Scham trotz des verletzten Stolzes, und sie war stärker als zuerst der Schmerz im Herzen.

Entschlossen öffnete sie die Haustür und verließ die Villa. Sie würde zum Pförtnerhaus gehen und bei Mary und Jimmy Trost finden. Nein, eigentlich wollte sie die beiden glücklichen Menschen gar nicht sehen, und natürlich würde sie kein Wort über ihren inneren Kampf verlieren. Sie wollte überhaupt niemanden sehen, wollte nur in die Nacht hinauslaufen. Da hörte sie, wie die Tür geöffnet und wieder geschlossen wurde, und fuhr herum.

Lee Kwan war ihr gefolgt.

Der Anblick des schönen Mädchens mit dem exotisch geschnittenen Gesicht verstörte Marissa noch mehr und traf sie wie ein Faustschlag.

„Mrs. Tremayne, bitte ..."

„Was ... bitte, Lee?" fragte Marissa argwöhnisch und musterte die zurückhaltende Chinesin mit einem halb traurigen, halb zornigen Blick.

„Bitte, kommen Sie herein. Es ist zu gefährlich für eine Frau, nachts allein draußen herumzulaufen. Bitte, Mrs. Tremayne, bleiben Sie hier."

Marissa musste lächeln und wandte sich herum.

„Lee, wohin ist er gegangen?"

„Er reitet nur so herum."

„Lüg mich nicht an! Warum verteidigst du ihn mir gegenüber? Ich hätte schwören mögen, dass du mich hasstest."

„Ich habe Sie gehasst, Mrs. Tremayne", gab das Mädchen zu und schaute Marissa fest in die Augen, „aber ich hasse Sie nicht mehr."

„Ich muss gestehen, dass ich nicht weiß, was ich davon halten soll, Lee. Aber immerhin weißt du, wohin er geritten ist, und ich weiß es immer noch nicht."

Natürlich war es unmöglich, sich so mit der Chinesin zu unterhalten. Doch das Gespräch hatte eine Wendung genommen, die Marissa im tiefsten Herzen anrührte.

„Es ist wahr, ich weiß, wohin er gegangen ist“, räumte Lee ein. „Er tut nichts, was Sie verletzen könnte, Mrs. Tremayne.“

Marissa wusste nicht, sollte sie lachen oder weinen oder beides. „Wie kannst du wissen, was mich verletzen würde? Ist er bei der Frau, die ich am ersten Abend am Bahnhof gesehen habe?“

Lee schüttelte den Kopf. „Glauben Sie mir, ich kenne ihn besser als Sie.“

„Zum Mindesten kennst du ihn länger.“

Wieder schüttelte Lee Kwan den Kopf, diesmal heftig, beinahe wild. „Sie irren sich, Mrs. Tremayne, Ihr Mann hat mich nie zu seiner Konkubine gemacht. Ich gebe ehrlich zu, dass ich mich dem nicht widersetzt hätte, wenn er es nur gewollt hätte. Doch er wollte es nicht, er war ein richtiger Freund für John und mich. Er behandelt uns wie Menschen und gibt uns nicht gleich die Schuld an allem, was es Böses hier gibt.“ Ihre melodische Stimme war sehr leise geworden. „Wir hatten nichts, wir waren am Verhungern und arbeiteten Tag für Tag schwer, um wenigstens ein paar Cents zu verdienen. Damals wurde mein Bruder krank. Und genau dann fand uns Mr. Tremayne in Chinatown und nahm uns auf, gab uns gute Arbeit in seinem Haus.“

Die junge Chinesin atmete mühsam. „Ja, ich liebe ihn, aber nicht so, wie Sie vielleicht gedacht haben. Und Sie habe ich gehasst, weil ich glaubte, Sie wollten ihn nur verletzen und demütigen. Da habe ich mich geirrt, denn Sie lieben ihn ja und würden ihm nie etwas Böses tun. So habe ich Ihnen nichts nachzutragen, Mrs. Tremayne.“

Eine ganze Weile starrte Marissa das Mädchen stumm an. So redete kein Hausmädchen zur Herrin. Doch Marissa hatte nie vergessen, dass auch sie in der Zeit, da sie gedient hatte, ihren Stolz gehabt hatte. Wie die schöne Chinesin so da stand und an der türkisfarbenen Seidenbluse zerrte, erinnerte Lee Kwan Marissa an jene Jahre. Wie das Gefieder eines Raben glänzte das lackschwarze Haar, in dem der Nachtwind spielte. Die gerade Haltung verriet, dass Lee auf alles gefasst war.

„Sie können mich jetzt entlassen“, sagte sie ruhig.

Marissa schüttelte den Kopf und lachte leise auf. „Ich habe keinen Grund und auch nicht die Absicht, das zu tun, Lee“, stellte sie fest, „und außerdem würde mein Mann es gar nicht zulassen.“

Sie machte einen Schritt auf das Mädchen zu, streckte ihr die Hand hin. Erst zögerte Lee Kwan, dann nahm sie die dargebotene Rechte.

„Ich danke dir“, bemerkte Marissa gefasst. „Und nun sage mir, wohin mein Mann gegangen ist. Er besucht diese Frau, die ich am Bahnhof gesehen habe, nicht wahr?“

„Heute Abend ist die Eröffnungsvorstellung einer neuen Show, und er wird dabei sein, damit es ein Erfolg wird. Das ist alles.“

„Wie kannst du das wissen?“

„Es ist eben so. Sie bedeuten ihm so viel, deshalb ist er nur wegen der Show dort, aus keinem anderen Grund.“

„Warum hat er es mir dann nicht gesagt?“

Lee lächelte und hob die Schultern. „Er braucht noch Zeit, vergessen Sie nicht, er hat nie einen anderen Herrn gekannt als sich selbst, bis jetzt wenigstens.“

Impulsiv umarmte Marissa das junge Mädchen und lief dann leichtfüßig ins Haus zurück.

Inzwischen war es schon sehr spät geworden. In ihrer Suite entkleidete sich Marissa und schlüpfte in ein Nachthemd. Dann ging sie in ihrem Schlafzimmer auf und ab. In einer jähen Aufwallung von Zorn versperrte sie die Verbindungstür. Danach nahm sie ihre ruhelose Wanderung wieder auf. Endlich setzte sie sich auf das Bett, zog die Knie ans Kinn und umschlang sie mit den Armen. So saß sie lange reglos da.

Ein Geräusch an der Verbindungstür störte Marissa auf einmal auf, dann splitterte Holz. Ian war zurückgekommen und stand auf der Schwelle. Marissa starrte ihn an, war aufgesprungen und konnte es nicht glauben. Lee hatte doch gesagt, dass Marissa ihrem Mann etwas bedeutete? In seinem Lächeln stritten Trauer und Herausforderung.

„Hast du vergessen, dass es mein Haus ist, also auch meine Tür?"

„Dein Haus, deine Tür, und was ist mit meiner Privatsphäre?" Das Temperament ging ihr durch. Er warf den Mantel achtlos ab und ließ den Hut auf den Toilettentisch fallen. Mit zwei Schritten war er bei Marissa. Sie schrie leise auf und wollte ins Ankleidezimmer flüchten. Er war schneller, umfasste ihre Schultern. Sie versuchte sich loszureißen, zornig und doch sehr froh, dass er wieder bei ihr war. Sie hätte ihn schlagen mögen und sehnte sich danach, sich an ihn zu schmiegen.

„Wie kannst du es wagen?" flüsterte sie leidenschaftlich. „Wie kannst du es nur wagen, nach dem Bordellbesuch zu mir zu kommen?"

Er riss sie hart an sich.

„Ich war in keinem Bordell", murmelte er und warf Marissa auf das Bett. Sie wollte sich aufrichten, da war er über ihr, Feuer und Eis in den blauen Augen. Sie spürte die Kraft seiner Arme, den Druck seiner Schenkel, die Hitze des Körpers und die Erregung. Durch das dünne Gewebe ihres Nachtgewandes fühlte Marissa, wie sehr Ian Tremayne sie begehrte, atmete gepresst, hastig, erwartungsvoll.

„Gib dich mir", flüsterte er.

„Ich war nicht bei einem anderen."

„Auch ich war bei keiner anderen Frau."

Sein Kuss war leidenschaftlich, fordernd. Sie wollte sich widersetzen, ihm begreiflich machen, dass er nicht von seinen Dirnen kommen und mit seiner Frau schlafen könnte. Je mehr sie sich wand und kämpfte, umso stärker spürte sie die sinnliche Erregung, die von ihm auf sie übersprang, und drehte den Kopf zur Seite.

„Ian, ich will nicht ..."

„Musst du dich immer noch wehren, Marissa?"

In seinen Augen brannte Begehren wie eine Flamme, ließ Marissa schwindeln und ihr Herz wie toll hämmern. An seiner Schläfe pochte die Ader, jeder Muskel seines Körpers war gespannt.

Endlich stöhnte Marissa: „Ich wehre mich nicht gegen dich, Ian, sondern gegen sie."

„Sie?"

„Diese Frau."

„Es gibt keine andere Frau."

Marissa wollte ihm glauben, glaubte ihm, flüsterte heiser: „Und deine ... Fragen?"

Die Antwort klang gequält, als er ihr tief in die Augen sah. „Hol der Teufel alle Fragen! Gib dich mir, Marissa, lass mich bei dir bleiben heute Nacht."

Mit einem erstickten Aufschrei schlang sie die Arme um seinen Nacken. Unter dem fordernden, gewaltsamen Kuss bog sie sich Ian Tremayne entgegen und überließ sich ganz der Leidenschaft.

13. KAPITEL

In den Tagen, die nun folgten, verlor Marissa kein Wort mehr über die nächtliche Abwesenheit ihres Mannes, er unterließ jede quälende Frage. Es war für beide eine wunderbare Zeit, eine Zeit, in der sie einander kennen zu lernen und zu entdecken begannen, eine Zeit des Staunens und der Überraschungen. Nicht in ihren kühnsten Träumen hätte sich Marissa jemals ausmalen können, was es bedeuten würde, einen Mann wie Ian Tremayne zu lieben.

Sie verbrachten stürmische, atemlose Liebesstunden im Bett, dann wieder lachten und tollten sie wie übermütige Kinder. Einmal sprang er völlig angezogen zu ihr in die Badewanne und planschte und prustete wie ein unartiger kleiner Junge. Es gab Erlebnisse der behutsamsten Zärtlichkeit und Augenblicke, da sie beide in sinnlich satter Trägheit Champagner tranken und kleine Leckerbissen verzehrten, sich Früchte in den Mund steckten und erschöpft waren vor Wollust und Leidenschaft.

Manchmal ritten sie am Abend miteinander aus, und Marissa lernte die Stadt besser kennen, an die sie gleich ihr Herz verloren hatte. Oder sie gingen Arm in Arm durch das Warenhaus. Dann war Marissa so stolz auf Jimmy O'Brian, der sich unglaublich schnell eingearbeitet hatte. Mary und Marissa hatten sich außerdem mit der jungen Irin Sandy angefreundet, die sie beim ersten Mal herumgeführt hatte. Besonders gern erschien Marissa beim Sonntagsfrühstück der Waisenkinder von St. Kevin. Manche der kleinen Irrwische ließen sie an die eigene Kindheit denken, wenn sie stolz den Kopf zurückwarfen und trotzig zu den Erwachsenen aufschauten.

Je mehr Marissa über ihren Mann erfuhr, desto stolzer wurde sie auf ihn. Zwar lebte er auf Nob Hill und gehörte zu den reichsten und gesellschaftlich Ton angebenden Männern der Stadt, doch er wählte seine Freunde aus allen Bevölkerungsschichten nach dem Herzen. Er hasste Korruption und Bestechung, verachtete die gewissenlosen Beamten der Stadtverwaltung und bot allem die Stirn, was unehrenhaft oder kleinlich war. Bei aller Liebe zu seiner faszinierenden Heimatstadt war Ian Tremayne nicht blind für ihre gefährlichen und abwegigen Schattenseiten.

Eines Abends, als sie nebeneinander ritten, zeigte er Marissa, wie nahe Nob Hill eigentlich der Barbary Coast war, wo Laster und Verbrechen wucherten.

„Man muss sehr vorsichtig sein, wenn man hier lebt“, warnte er ernst. „Hier kann man einen Mörder zum Preis einer Flasche billigen Whiskys dingen.“

Sie hielten auf dem Hügelkamm und schauten hinunter auf die Stadt, die ihnen zu Füßen lag, faszinierend und drohend zugleich.

„Die Polizei verwendet jetzt schon Automobile für ihre Patrouillen, um die Straßen besser und schneller kontrollieren zu können. Und gottlob haben wir einen unbestechlichen Polizeichef. Trotzdem haben wir eine gefährlich hohe Verbrechensrate. So gibt es täglich Fälle von Entführung.“

„Entführung?“ fragte sie verwundert. Er warf ihr einen raschen Blick zu und erklärte den Ausdruck, unter dem sie etwas verstand, was hier nicht damit gemeint war.

„Nicht das, was du in deiner Unschuld denkst, Marissa. Hier geht es nicht um Liebespaare, sondern um Menschenhandel. Junge Leute werden von der Straße weg geraubt und verkauft. Manchmal müssen sie auf zweifelhaften Schiffen schuften, meistens freilich werden sie in die Bordelle und Lasterhöhlen des Fernen Ostens verschachert.“

Er legte die Hand fast beschwörend auf Marissas Schulter.

„Deshalb darfst du niemals in diese Gegend gehen, Marissa, nicht an die Barbary Coast. Mit deinem goldenen Haar und den grünen Nixenaugen würdest du einem dieser Sklavenhändler ein Vermögen einbringen, wenn er dich einem alten fetten Scheich in die Hände spielte."

„Es ist direkt schmeichelhaft zu erfahren, dass ich einem fetten alten Potentaten im Orient ein Vermögen wert wäre", scherzte sie.

Ian lachte tief in der Kehle und drängte seinen Rapphengst näher gegen ihr Pferd. „Von mir erfährst du nicht, was du mir wert bist, denn ich will vermeiden, dass es dir zu Kopf steigt, Liebste."

Marissa lächelte befriedigt, die Antwort war genau das, was sie gern hörte. Zwar war das Verhältnis der Ehegatten noch überaus anfällig, zerbrechlich, doch für den Augenblick schon sehr viel. Ausgelassen neckte sie weiter: „Dann hältst du dich dieser gefährlichen Gegend besser auch fern."

„Es lässt sich nicht leugnen, dass ein Gentleman gelegentlich dort sein Vergnügen sucht", parierte er.

Sie lachte leise auf. „Du machst mich neugierig. Wenn ich mich allein nicht dorthin wagen darf, musst du mich eben einmal mitnehmen, wenn du als Gentleman dorthin gehst."

„Ich bin kein Gentleman", widersprach er mit schalkhaftem Grinsen, „sondern ein Yank, ein Amerikaner."

„Ein Amerikaner, der sich nach Jahren der unbegrenzten Freiheit nun damit abfinden muss, wieder eine Ehefrau zu haben?"

Sie hatte es kaum ausgesprochen, als sich Marissa heftig auf die Lippen biss. Ein Schatten war über Tremaynes Züge geflogen. „Es tut mir Leid, Ian", sagte sie leise, „ich wollte dir nicht weh tun."

Sie wendete das Pferd und ließ es im Schritt gegen das Haus hinuntertrotten. Im nächsten Augenblick war er schon neben ihr und griff ihr in die Zügel. Betroffen schaute Marissa zu ihrem Mann auf.

„Ich habe mich nicht nur damit abgefunden, wieder eine Frau zu haben", verbesserte er, „sondern ich bin dir sehr dankbar. Du hast mir gezeigt, dass ich dabei war, mich in einer finsteren Höhle des ärgsten Selbstmitleids zu verkriechen. Du hast mir die Fähigkeit zurückgegeben, die Sonne zu sehen."

„Oh", murmelte Marissa betroffen.

Ian fuhr fort: „Ich bin glücklich, eine Frau zu haben. Komm, lass uns ganz schnell nach Hause reiten, dann zeige ich dir, wie glücklich ..."

Die leichte Röte, die Marissas Wangen färbte, ließ ihn lächeln. Es war fast unfassbar, welche Wandlung diese schöne Frau in ihm ausgelöst hatte. Gewiss, Marissa hatte von der ersten Begegnung an seine Sinne erregt und sein Blut in Wallung gebracht. Doch schon sehr bald hatte sie sich ungestüm und leidenschaftlich in sein Leben gedrängt, sie, die so schön, so wild und geheimnisvoll war wie eine Nixe. Ian Tremayne hatte von Neuem gelernt zu lieben. Auch jetzt noch war da manchmal das schmerzliche Bewusstsein, Diana damit die Treue zu brechen. Doch Marissa hatte ihn aus der Verzweiflung, aus der Verelendung des Herzens herausgeholt, und bei aller liebevollen Erinnerung an die tote Frau wusste er jetzt, dass er Marissa auch etwas zu geben vermochte, das Liebe war.

Marissa hatte ihm das Leben wieder lebenswert gemacht, es mit Glück und Sinn versehen. Auch in diesem Augenblick, da er sie anschaute, spürte er das drängende Pulsieren in den Lenden, die Erregung, das Verlangen. Diese Frau war bald Zauberin, bald Nixe, dann wieder Engel, konnte verwandelnd berühren ebenso wie lockend verführen und innig beseligen. Wie einen magischen Mantel konnte sie das goldblonde Haar über die Kissen breiten und seinen Körper zu höchster Wollust treiben, und dann errötete sie wie ein unschuldiges Mädchen vor der ersten Begegnung mit dem Mann. Nie zuvor hatte Ian Tremayne sich so sinnlich satt und befriedigt gefühlt, aber auch niemals so erregt und brennend, so ekstatisch wie beim leisen Stöhnen Marissas, dem Knistern ihres metallisch schimmernden Haares.

„Komm jetzt, komm", flüsterte er, und beide trieben die Pferde zu einem halsbrecherischen Galopp.

„Ich habe Lee und John den Abend freigegeben", sagte er plötzlich, als sie bei den Stallungen aus dem Sattel glitten. So führte Ian selbst die beiden Tiere in ihre Boxen, und Marissa folgte ihm. Die Ställe lagen im diffusen Licht, sobald die Türen geschlossen waren, ebenso die Remise. Überall hing schwer der herbe Duft von frischem Heu.

Marissa nahm den grünen Hut mit der wippenden Feder ab. Ihr Haar strömte in loser Flut über den Rücken wie flüssiges Gold oder züngelndes Feuer. Der Nachtwind hob spielerisch die eine oder andere Strähne, dann sprühte sie Funken wie die Augen, in denen das geheimnisvolle Grün des Smaragdes lebte. Marissa sah sehr mädchenhaft aus in dem eleganten Reitkleid, nur das Lächeln um ihren Mund und die erregende Verheißung in ihrem Blick waren keineswegs unschuldig. Sie stand nur wenige Schritte von ihrem Mann entfernt und wartete, sah zu ihm hin, wie er am Türrahmen lehnte und sie gleichsam im Schauen entkleidete. „Hast du schon einmal im Heu gelegen?" fragte er heiser. Sie verneinte ziemlich heftig: „Nicht doch, mit Grasflecken im Rock und Strohhalmen im Haar?"

Sie verstummte, denn Ian Tremayne hatte sie an sich gerissen und verschloss ihren Mund mit dem seinen, bevor er das Gesicht in ihrer Haarpracht vergrub. Ein feiner Fliederhauch stieg davon auf. Ian hob Marissa auf und trug sie in den Winkel hinten in der Remise, wo das frische Heu gelagert wurde, verdeckt von einem hölzernen Bretterzaun. Dort stellte er sie auf die Füße, riss den weiten Pelerinenmantel von den Schultern und breitete ihn über das Heu. Dann ließ er sich darauf fallen und wartete, überzeugt, dass es noch eine Weile dauern würde, bis Marissa seiner Einladung folgte. Er hatte sich geirrt.

Sie hatte blitzschnell die eng taillierte Samtjacke und den Rock abgestreift und stand vor ihm in seidenen Strümpfen und der hauchdünnen Wäsche, die sich glatt und glänzend an ihren Körper schmiegte und jede Linie deutlich werden ließ. Blick ruhte in Blick, und Marissa trat ganz nahe an Ian heran. Sie lächelte. Er hob sich auf die Knie und legte die Arme um ihre Hüften, atmete hastig den Duft, den sie ausströmte, und presste sein Gesicht an ihren Schoß, küsste ihren Leib. Die Lippen brannten durch die durchscheinende Seide. Er zog Marissa mit sich zu Boden und umschloss eine Brust mit den Lippen, die Zunge glitt spielerisch über die rosige Spitze, hin und her, bis sie hart wurde. Marissa stöhnte auf, er spürte das Zittern in ihr, als sie sich gegen seinen Mund drückte.

Die Lider sanken über die leuchtenden grünen Augen, und Ian Tremayne küsste und schmeichelte, während seine Hände geschickt die Schleifen des Hemdes lösten, es ihr über den Kopf zogen, das Höschen abstreiften. Nun konnte er die schönen Brüste, vollkommen wie von Künstlerhand, bewundern. Nackt leuchtete der schöne Körper im matten Schein der Gaslaterne. Ian Tremayne küsste sich von Linie zu Linie, von Rundung zu Rundung, folgte jeder Wölbung, langsam, unsagbar langsam und erregend. Seine Zunge koste über die helle Haut, bis sie glühte. Immer wilder, immer entrückter wand sich Marissa unter ihm, und er konnte sich nicht satt sehen an ihr.

Nach einer Weile warf Ian seine Kleidung ab und legte sich zwischen die glatten Schenkel und hob den Kopf, „öffne die Augen, Marissa".

Sobald sie ihn ansah, koste er nicht länger spielerisch, sondern küsste und streichelte ihre verborgen lockenden weiblichen Geheimnisse, bis Marissa stöhnte und leise Schreie ausstieß, die das Verlangen in seinen Lenden immer härter pulsieren ließen. Sie wollte, dass er endlich zu ihr käme, dass er sie nehmen sollte. Er tat es immer noch nicht. Zu sehr liebte er es, wenn sie zuckte und zitterte und spitze Laute nicht unterdrücken konnte, bis der ganze schlanke Körper schauerte und sich wand vor Wollust. Ekstase und Verlangen ließen sie sich aufbäumen.

Begierig küsste sie seine Schultern, drückte ihm leicht die Zähne ins Fleisch, leckte mit der Zunge darüber und entfachte die gleiche Erregung in ihm, in die er sie eben noch versetzt hatte.

Als jetzt Marissa an ihm niederglitt, konnte auch er die leidenschaftliche Spannung nicht länger ertragen, die von ihren Lip pen, den Fingern, der feuchten Zunge aus über seinen ganzen Körper zuckte. Keuchend warf er sich ganz über sie und drückte ihr die Schenkel auseinander, drang tief und tiefer in sie ein.

Marissa umklammerte ihn, presste ihn an sich, gab ihm alles. Und noch als sie den Gipfel der Lust erreichten, genoss er die hinreißende Schönheit ihres Leibes. Miteinander wanden sie sich, hoben und senkten sich, umschlangen sich, nahmen und schenkten zugleich. Verzückt flüsterte er ihr ins Ohr, wie gut sie ihm täte. Der wollüstig rasende Höhepunkt glich einem wilden Ritt im Sturm.

Als der Nachtwind kühlend über die brennenden Glieder strich, wusste Ian Tremayne, dass er Marissa wirklich liebte. Aber er fand die Worte nicht, mit denen er es ihr hätte sagen können. Noch nicht. Jetzt musste es genügen, sie in den Armen zu halten und in der Stille der Nacht mit Marissa eins zu sein.

Endlich ließ er sich von ihr zur Seite gleiten und hörte Marissa leise flüstern: „Ian?“

„Ja?“

„Ich ...“

„Was denn?“

„Ich ...“

Was war es nur, das sie nicht über die Lippen bringen konnte? Er schob sich über sie, stützte sich auf die Ellbogen. Sie seufzte.

„Was ist es, Marissa?“

„Es ist wunderschön mit dir, so im Heu.“

Er lächelte und fühlte sich irgendwie enttäuscht. Hatte sie ihm gestehen wollen, dass sie ihn liebte? Oder war es etwas tief Verborgenes? Hatte Marissa ihm anvertrauen wollen, was ihre Augen verschattete und sie mit diesem gehetzten Ausdruck erfüllte? Wie oft hatte er das beobachtet, ohne dass Marissa es bemerkt hatte. Das Geheimnis, das sie vor ihm verbarg, hatte sie es lüften wollen?

Ian Tremayne legte sich über seine Frau, hielt sie fest an sich gedrückt. Nein, er würde nicht in sie dringen. Wenn die Zeit reif war, würde Marissa ihm alles sagen, würde ihm gestehen, dass auch sie ihn liebte ...

Am folgenden Nachmittag saß Marissa auf einer Decke auf dem Rasen bei dem Teich im Golden Gate Park. Menschen waren überall, unter ihnen auch Ian. Mary und Jimmy saßen ganz in der Nähe. Die junge Frau fütterte die Schwäne mit kleinen Brotstückchen, und Jimmy sah ihr dabei mit deutlicher Anbetung zu, während er an einem Grashalm kaute. Sie hatten schon eine Menge Leute getroffen, als auf einmal Grace Leroux sie erspäht und Ian geschäftig mit sich fortgezogen hatte. Zuerst hatte Marissa den Enten zugeschaut, die auf dem Teich in Paaren schwammen, und den strahlenden Tag genossen. Doch als die Zeit verging, ohne dass Ian zurückgekommen wäre, wurde sie unruhig.

„Diese Frau geht mir auf die Nerven", flüsterte sie Mary zu, „ich kann sie nicht ausstehen."

„Pst", warnte Mary O'Brian. Zwar hatte Marissa mit keinem Wort der Freundin gegenüber erwähnt, wie sich die Beziehung zu Ian Tremayne entwickelt hatte, dennoch war Mary die Veränderung Marissas natürlich nicht entgangen. „Du darfst dir niemals anmerken lassen, dass sie dich auch nur im Geringsten stört."

„Ich könnte ihr die blond gefärbten Haare ausreißen."

Jetzt mischte sich Jimmy ins Gespräch und lachte. „Gerade deshalb darf sie nicht bemerken, wie sehr sie dir Kummer bereitet. Denn das ist es ja genau, was sie erreichen will, nämlich dass du dich aufregst über sie. Das musst du doch sehen."

„Aber sie ist immer hinter Ian her."

„Lass sie doch, solange Ian nicht hinter ihr her ist, ist es in Ordnung, Marissa."

Das stimmte und beruhigte Marissa ein wenig. Wenn es nur nicht gerade Grace Leroux gewesen wäre! Inzwischen hatte Marissa von Lee Kwan auch einiges über Lilli, die Frau am Bahnhof, erfahren und dabei feststellen können, dass die schöne Chinesin die Nachtclubbesitzerin wesentlich besser leiden konnte als die hochmütige Mrs. Leroux. Und während der ganzen letzten Zeit hatte Ian seine Frau nur einmal abends verlassen, eben damals, als Lilli die neue Show auf die Bühne gebracht und Marissa sich mit Lee ausgesprochen hatte.

„Was findet ein Mann bloß daran, sich so offensichtlich an der Nase herumführen zu lassen?" fragte sie Mary. Als der jungen

Mrs. O'Brian dabei eine leichte Röte verräterisch die Wangen färbte, drehte Marissa sich um.

Ian Tremayne war zu ihnen getreten. Er ließ sich neben ihr nieder und lächelte. „Ich glaube gar nicht, dass sie sich an der Nase herumführen lassen", widersprach er, „es kommt nur darauf an, was sie gerade erreichen wollen, wenn sie sich den Anschein geben."

Marissas Stimme klang plötzlich wie das Schnurren einer Katze. „Und was, bitte, war der Zweck, als du unsere liebe Mrs. Leroux trafst?'

Sogar Jimmy lachte bei dieser Frage auf.

„Sie hat eine besondere Ausstrahlung."

„Wie eine Kreuzspinne oder eine Schwarze Witwe", gab Marissa liebenswürdig zurück.

„So kommen wir auch nicht weiter", bemerkte Ian freundlich, strich Marissa zärtlich über die Schulter und wies in die Menge, die vorüberflanierte.

„Da sieh, Liebste, dort geht der Mann, der mich eben gebeten hat, in der Stadt ein Haus für ihn zu bauen, zu meinen Bedingungen, versteht sich."

Marissa strahlte. „Das ist ja wunderbar."

Ian lächelte ihr zu. Für einen Augenblick schien die Welt nur ihnen zu gehören.

Schon einmal war Marissa so nahe daran gewesen, Ian Tremayne die Wahrheit zu sagen und das Lügengewebe zu durchreißen, das sie immer noch trennte. Damals in der Nacht in der Remise hätte sie es ihm um ein Haar gebeichtet. Aber nicht nur ihre Zukunft hing dabei an einem seidenen Faden, Mary und James O'Brian waren in die Sache verwickelt und hätten vielleicht unter den Folgen einer Aufdeckung zu leiden.

Ian machte es sich auf der Decke bequem und begann ihnen

zu erklären, wie man in San Francisco Häuser bauen müsste. An dem Beispiel von Grashalmen erläuterte er, dass bei Erdbeben die Häuser einen gewissen Schwankungsspielraum brauchten, um nicht zusammenzustürzen. Man musste gute Löschmöglichkeiten bei Feuersbrünsten haben und tausend Dinge einberechnen.

Marissa liebte diese Besessenheit, die Ian Tremayne in seinem Beruf an den Tag legte, der für ihn eine leidenschaftliche Berufung darstellte.

Jetzt richtete sich Mary O'Brian plötzlich auf. „Ist die Erdbebengefahr hier wirklich so groß?“ fragte sie.

Ian kam nicht dazu, ihr eine Antwort zu geben. Neben ihnen stand Grace Leroux.

„Ian! Oh, da ist ja auch unsere liebe, oh, pardon, wie hieß sie bloß, ach ja, unsere liebe Myrtle, nicht wahr?“

Ian war aufgestanden und bot Marissa den Arm, zog sie zu sich hoch. „Meine Frau heißt Marissa, Grace, und an Mrs. und Mr. O'Brian solltest du dich wohl auch erinnern.“

„Ach ja, natürlich, die O'Brians.“

Marissa war ganz sicher, dass Grace Leroux sehr genau wusste, wie sie alle drei hießen, aber diese Frau konnte sich so unschuldig geben und dabei so unverschämt sein! Grace wollte gerade honigsüß loslegen, wen Ian Tremayne eben so dringend treffen sollte, als er von einem Herrn angesprochen wurde und sich mit einer kurzen Entschuldigung entfernte. Marissa lächelte überaus liebenswürdig und schaute den O'Brians nach, die sich in Richtung des Teegartens entfernten. Die beiden Damen waren auf einmal allein.

„Bilden Sie sich ja nicht ein, Sie hätten das Spiel schon gewonnen, Kleine“, zischte Grace Leroux, und alle gespielte Kindlichkeit war plötzlich abgefallen. „Merken Sie sich eines: Es hat noch nicht einmal begonnen.“

Die Drohung hinter diesen hasserfüllten Worten war so deutlich, dass eine bange Unsicherheit Marissa überfiel. Trotzdem gelang es ihr, ein unbefangenes Lächeln zur Schau zu tragen.

„Sollten Sie meinen Vornamen noch einmal vergessen, Grace, so nennen Sie mich getrost Mrs. Tremayne."

Damit rauschte sie an der völlig entgeisterten Witwe vorbei und schloss sich den O'Brians an. Das Lächeln vertiefte sich dabei um Marissas Mund. Grace Leroux befand sich in einem großen Irrtum. Es war Marissa, die in der ersten Runde vorne lag, weil Ian Tremayne ihr die Möglichkeit dazu gegeben hatte.

In der Nacht noch fragte sich Marissa, ob sie die Situation wirklich richtig eingeschätzt hätte. Sie hatte wohl nur für den Augenblick das Spiel gewonnen. Was sollte aber werden, wenn man ihre Lüge entdeckte, die Betrügerin entlarvte? Diese Lüge, dieser Betrug allein war es, der Marissa davon abhielt, sich vollkommen glücklich zu fühlen. Denn nach außen hin schien ihr Leben geradezu perfekt. Dabei musste sich Ian doch fragen, wenn er die Bankanweisungen für seine Frau ausschrieb, was sie denn mit all dem Geld anfing. Er mochte annehmen, dass sie die O'Brians auch weiterhin unterstützte, konnte natürlich nichts davon ahnen, wie viel sie nach England gehen ließ, nichts von den langen Briefen an Onkel Theo.

Gut, Ian wusste, dass Marissa eine Zuwendung an das Waisenhaus überweisen ließ, aber nicht, dass Marissa das mit Mary so abgemacht hatte.

Es gab da einen kleinen Tunichtgut namens Darrin McIver, den Marissa im Verlauf der sonntäglichen Frühstücksbesuche besonders in ihr Herz geschlossen hatte.

Er war erst zehn, verfügte aber über die hartgesottene Abgebrühtheit eines Erwachsenen, der auf der Straße groß geworden war. Das Gesicht mit den großen braunen Augen hatte immer einen gehetzten Ausdruck und würde später einmal gewiss sehr hübsch werden. Seine Mutter, so hatte der Pater von St. Kevin Mrs. Tremayne bekümmert versichert, wäre ein „armes gefallenes Mädchen“ gewesen, das sich in den Spelunken der Barbary Coast sein kärgliches Leben mit käuflicher Liebe verdiente und bald nach Darrins Geburt gestorben war.

Der Junge war helle, kannte jedes verbotene Glücksspiel wie ein professioneller Zocker und gewann im Poker, mit wem auch immer er spielen mochte. Dazu konnte er fluchen wie ein alter Seebär. Ganz am Anfang einmal hatte er Marissa aufs Gröbste beschimpft. Sie, für einmal vergessend, dass sie Mrs. Tremayne und eine Lady war, hatte ihm mit gleicher Münze zurückgezahlt. So war er sehr schnell verstummt. Nur im Vorbeigehen, als er, die Taschen voll gestopft mit Essbarem, an ihr vorbei musste, hatte er ihr beinahe verschämt zugeflüstert: „Sie sind völlig in Ordnung, Ma’am.“

Als sie ihm danach neue Kleider gekauft hatte, war ein Leuchten in seinen Augen aufgeflammt, doch hatte er ihr gleich darauf erklärt, dass er keine Almosen annähme. Er wäre kein Fall für die Wohlfahrt. Wenn freilich eines der Kinder in diese Kategorie fiel, dann der junge Darrin. Doch Marissa hatte bei allem sozialen Aufstieg den dumpfen Geruch des Kohlenstaubes, der Armut und des hilflosen Stolzes nicht vergessen. Sie verstand den Jungen besser, als er jemals wissen würde.

Deshalb hatte sie ihn an sich gezogen und vorgeschlagen: „Hör zu, Darrin, die Kleider sind kein Geschenk. Ich habe so oft Briefe zu besorgen, von denen ich möchte, dass sie geheim bleiben. Du erweist mir einen großen Dienst, und dafür bekommst du die neuen Kleider. Komm jeden Dienstag um zehn hinter das Warenhaus, einverstanden?“

Vielleicht traute er der feinen Dame noch nicht ganz, aber er stimmte zu, gerade noch rechtzeitig, bevor Ian Tremayne auf sie zuschlenderte. Ihn interessierte das widerspenstige Kind, an dem seine Frau solchen Gefallen zu finden schien.

„Du magst den kleinen Kerl, nicht wahr?“ fragte Ian.

Marissa lächelte ihm zu. „Ja, sehr sogar. Du etwa nicht?“

„Doch, komischerweise auch. Er erinnert mich irgendwie an dich. Es muss an den Augen liegen.“

Offensichtlich scherzte Ian Tremayne.

„Bestimmt nicht. Darrin hat sehr schöne braune Augen, die meinen sind doch grün.“

„Das stimmt zwar, aber gelegentlich habt ihr beide einen sonderbar gehetzten Ausdruck darin.“

Er ging an ihrer Seite, ohne weiter das Thema zu verfolgen, und Marissa sah ihn von unten herauf an. Er stellte zwar keine Fragen mehr, doch hatte er ihr eben zu verstehen gegeben, dass es vieles gab, auf das er sich von ihr eine Antwort gewünscht hätte.

Am Abend war Marissa unruhig bei Tisch und fühlte sich ungewöhnlich gehemmt, als Ian Tremayne ihr Schlafzimmer betrat. Doch er stellte auch dann keine einzige Frage. Marissa stand im Erker, und das silberne Licht des Mondes ließ das dünne Nachthemd durchscheinend werden. Ian hob seine Frau auf die Arme und trug sie auf das Bett. Und wieder spann der Zauber einer Liebesnacht sie beide magisch ein.

Am nächsten Dienstag trafen Marissa und Mary den Jungen hinter dem Warenhaus, so wie es abgemacht war. Darrin trug voller Stolz den neuen Anzug, die Schuhe, die kecke Mütze. Marissa übergab ihm den Brief an Onkel Theo.

„Sie könnten ihn genauso gut selber aufgeben“, stellte der Kleine fest.

„Gewiss doch", räumte Marissa ein, „aber ich habe es lieber, wenn du das für mich erledigst."

„Schon gut." Er zuckte die Achseln.

Marissa bemerkte, dass er mit einem feindseligen Blick über ihre Schulter starrte, und drehte sich um.

„Es ist nur diese alte Hexe", murrte Darrin unterdrückt. Es war Grace Leroux, die eben um die Ecke gebogen war und sie überrascht musterte.

„Darrin", tadelte Marissa und fühlte sich dabei ziemlich überrumpelt.

„Man muss sie immer im Auge behalten", stellte der Junge fest und warnte dann sehr ernsthaft: „Nehmen Sie sich in Acht, sie ist eine böse Frau."

„Man kann ihr nicht verbieten, hier ihre Einkäufe zu tätigen", wehrte Marissa ab, verblüfft über die Bemerkung des Jungen. Inzwischen hatte Grace Leroux die junge Frau stumm beobachtet, wobei das Gesicht Neugier und Verblüffung widerspiegelte. Plötzlich lächelte die blonde Witwe. Und Marissa musste zugeben, dass Darrin nicht so Unrecht haben mochte. Es war ein verschlagenes und böses Lächeln.

„Sie ist eine Hexe", beharrte der Junge, als Marissa grüßte und Grace Leroux davoneilte, ganz Dame der Gesellschaft.

„Darrin, das ist eine vorlaute Bemerkung", widersprach Marissa nicht sehr überzeugend, „sie nimmt solchen Anteil an der Stiftung für Waisenkinder ..."

„Sie nimmt nur Anteil an sich selber und wie man Leute beeindrucken kann", sagte Darrin verächtlich. „Und nun, Ladies, muss ich sehen, dass ich weiterkomme. Einen schönen guten Tag!"

Damit lief er um die Ecke, und die Freundinnen gingen zum Lunch bei Delmonico's. Marissa bestellte Champagner, und Mary ließ einen unauffälligen Blick über die elegante Welt gleiten, die sich mittags hier ein Stelldichein gab.

„Es ist so unfassbar, dass wir hier sind und alles so gut geht."

Marissa nickte nachdenklich.

„Ich habe dich noch nie so glücklich gesehen", fuhr Mary fort, „freilich auch noch nie vorher verliebt."

Marissa errötete heiß und nickte. „Du hast Recht, ich war auch niemals so glücklich wie jetzt. Und das ist es", ihr rann ein kalter Schauer über den Rücken, „was mir gelegentlich Angst macht, Mary."

Die junge Frau stellte das Glas nieder. „Du wirst ihm bald die Wahrheit sagen müssen, Marissa."

„Das kann ich nicht, das wage ich nicht, Mary."

„Es muss sein, Marissa."

Marissa Tremayne schüttelte heftig den Kopf.

„Es gibt immer wieder Augenblicke, wo ich es tun möchte. Aber ich darf nicht vergessen, dass auch eure Zukunft davon abhängt, und die meines Onkels Theo, und was geschehen könnte, wenn Ian uns nicht verzeiht."

„Ian liebt dich, Marissa."

„Er hat niemals ein Wort von Liebe gesprochen", räumte Marissa wehmütig ein.

„Und trotzdem liebt er dich. Marissa, es liegt in der Stimme, wenn er mit dir spricht, in den Augen, wenn er dich anschaut. Großer Gott, Marissa, Ian ist ein solch außergewöhnlicher Mann, so stark und selbstsicher, er hat eine hohe ethische Einstellung, und er ist so unwahrscheinlich attraktiv."

Marissa musste lächeln. Oh, ja, das alles war nur zu wahr. Und doch lauerte hinter ihrem Leben immer die Angst, er könnte die Wahrheit herausfinden und sich mit Verachtung von ihr abwenden. Sie musste die richtige Stunde für das Geständnis abwarten. Gewiss würde sie kommen, und dann sollte Ian Tremayne alles wissen.

„Es wird alles gut werden, Marissa, ich weiß es“, sagte Mary O'Brian und lächelte seltsam.

Marissa spürte, dass ihre Freundin sich verändert hatte, sie wirkte so freudig erregt, so strahlend. „Was ist los mit dir, Mary?“

„Du hast es also bemerkt? Oh, Marissa, ich bin ja so glücklich, Jimmy und ich, wir werden ein Kind haben.“

„Ein Kind!“ rief Marissa leise. Mary hatte so viel Liebe zu verschenken, und die Beziehung zwischen ihr und ihrem Mann war etwas Wunderbares. Und nun würden die beiden ein Kind haben und es über alle Maßen lieben, weil sie einander so sehr liebten. Doch dann fasste Marissa besorgt die Hand der jungen Frau.

„Der Arzt, Mary, was meint der Arzt?“

Sie hatte noch nicht vergessen, wie hinfällig Mary in London gewesen war.

„Er sagt, es sei alles in Ordnung. Außerdem will ich das Kind, koste es, was es wolle. Freu dich doch mit uns, Marissa.“

Während Marissa das Glas auf den zukünftigen Familienzuwachs im Hause O'Brian hob, wusste sie im Stillen, dass sie nun ihrem Mann die Wahrheit noch viel weniger würde sagen können. Es galt Marys Zukunft und die ihres ungeborenen Kindes zu schützen.

Die gute Prognose des Arztes schien sich nicht zu bestätigen, denn am folgenden Dienstag fühlte sich Mary am Morgen ziemlich elend. Marissa würde daher allein zum Warenhaus gehen müssen, um Darrin zu treffen. Lee Kwan war mehr als bekümmert, dass Mrs. Tremayne ohne Begleitung in die Stadt wollte. Doch Marissa konnte Johns Geleit nicht brauchen, wenn sie dem Jungen den Brief für den alten Bergmann brachte. So ließ sie ihre

Rappstute satteln und ritt hinunter zum Warenhaus. Dort ließ sie das Pferd warten und machte einen kurzen Besuch bei Jimmy. Von ihm erfuhr sie, dass Ian nicht im Hause sei. Das war nicht ungewöhnlich, da er wegen des Neubaus oft abberufen wurde. Sie freute sich, wie sicher und sachkundig der junge Ire seinen Aufgaben gerecht wurde und in die Rolle des Direktors hineinwuchs. Im Vorbeigehen trank Marissa noch eine Tasse Tee mit Sandy und traf sich pünktlich um zehn mit Darrin hinter dem Haus.

„Sind Sie allein gekommen, Mrs. Tremayne?“ fragte er besorgt. Sie lächelte, gerührt von seiner Umsicht, und erklärte ihm, dass Mrs. O'Brian sich zur Zeit nicht sehr wohl fühlte. Er runzelte die Stirn, und Marissa versicherte ihm, dass sie ganz gut auf sich aufpassen könnte. Dann übergab sie ihm den Brief an Onkel Theo.

Der Junge fragte: „Haben Sie noch Verwandte in England, Mrs. Tremayne?“

Als sie es unsicher bejahte, wirkte sein Gesicht auf einmal sehr kindlich und hilflos, und er sagte leise: „Es muss doch schön sein, in einer Familie zu leben.“ Doch dann riss er sich zusammen und schüttelte den Kopf, grinste. „Oder auch nicht, es gibt meist nur Unfrieden und Streiterei.“

Er wandte sich ab, den Brief in der Hand, und zögerte noch. „Vorsicht, Mrs. Tremayne, wir sind hier schon verdammt nah an der Barbary Coast.“

Sie nickte ihm zu, aber ihr war auf einmal schwer ums Herz. Sie würde mit Ian über den Jungen sprechen. Er war ein so kluger kleiner Kerl und hatte oft erstaunlich reife Ansichten. Vielleicht könnte man für ihn eine Stelle im Haus finden, ihm ein Heim geben, ohne seinen Stolz zu verletzen.

In Gedanken versunken, ging Marissa ihres Weges und bemerkte nicht einmal, dass sie sich von der Hauptstraße entfernt hatte und in eine schmale Seitengasse eingebogen war, und überhörte zuerst auch die Schritte, die ihr in sicherem Abstand folgten. Erst später hatte Marissa auf einmal das Gefühl, dass sie nicht mehr allein auf der Straße war, und blickte sich beunruhigt um. Hinter ihr kam ein ziemlich großer Mann mit einem dunklen Schnurrbart und einem Hut, der tief in die Stirn gezogen war und das Gesicht verschattete. Auf der anderen Straßenseite näherte sich einer, blond und glatt rasiert, und grinste hämisch. Marissa zuckte zusammen.

Zu spät begriff sie die Gefahr, in der sie schwebte. Bevor sie hätte schreien können, hatte der Mann mit dem Schnurrbart sie roh um die Taille gefasst und presste Marissa ein tropfend nasses Taschentuch auf das Gesicht. Sie atmete einen faden süßlichen Geruch, und die Welt begann vor ihren Augen zu verschwimmen. Umsonst wehrte sie sich gegen Übelkeit und schwindendes Bewusstsein, versuchte klar zu denken und der betäubenden Wirkung des Chloroforms nicht zu erliegen. Aber es gelang ihr nicht einmal, einen Finger zu rühren. Immer hatte Marissa gekämpft und sich zur Wehr gesetzt, jetzt hatte sie keine Chance dazu. Die Glieder wurden schwer, sehr schwer, sie wollte schreien und brachte keinen Laut aus der Kehle.

Alles verschwamm, drehte sich um Marissa, sie spürte nicht mehr den Arm, der sie hielt, sie wusste nur eines: Nun, da sie glücklich war, konnte sie nicht mehr um dieses Glück kämpfen. Der letzte Gedanke war, dass niemand ihr Verschwinden mit angesehen hatte. Sie würde spurlos untergehen, so wie sie immer allein gewesen war. Es würde Marissa einfach nicht mehr geben. Dann zerrann das Denken, und es wurde dunkel um sie her.

Marissa hatte sich getäuscht, ihre Entführung war nicht ganz unbemerkt geblieben. Darrin McIver, mit dem untrüglichen Instinkt der Straße, argwöhnisch und um die Sicherheit der verehrten Dame besorgt, war nicht allzu weit gegangen. Es war ihm plötzlich eingefallen, dass er sich ja gar nicht für die neuen Kleider bedankt hatte. Eigentlich war das ja auch nicht nötig, denn er arbeitete jetzt für Mrs. Tremayne. Aber sie hatte etwas an sich, das er gern mochte. Dazu war sie noch sehr jung, kaum doppelt so alt wie er selber, und doch eine waschechte Lady, nicht so hochnäsig und verlogen wie diese grässliche Mrs. Leroux. Wenn Mrs. Tremayne mit ihm redete, wusste er, dass sie es ehrlich meinte und Anteil an ihm nahm.

Darrin hatte von ihr auch schon etwas gelernt. Früher hatte er Mr. Tremayne einfach für einen stinkreichen Pinkel gehalten, der keinen Blick an die Waisenkinder verschwendete, denen er sonntags zu essen gab. Nun dachte Darrin, dass es vielleicht daran gelegen hatte, dass dieser Mann seine Frau mit dem ungeborenen Baby verloren hatte. Das hatte man Darrin einmal erzählt. Tragisch, so etwas, da war einer reich und hatte alles, und auf einmal waren die Frau und das Kind tot. Und die Huren in den Bordells hatten Kinder und lebten munter dahin, ohne sich um ihre Brut zu kümmern. Ungerecht ging es schon manchmal zu auf dieser Welt.

Und jetzt hatte dieser Mr. Tremayne eine andere Frau, und die war goldrichtig und hatte sogar ihn, Darrin McIver, umgekrempelt. Sie war so verdammt hübsch, und dabei konnte sie besser fluchen als er. Das hatte ihm damals mächtig Eindruck gemacht. Er mochte sie, ja, er mochte Mrs. Tremayne wirklich gern. Und er würde sich vielleicht doch bei ihr für den Anzug, die Schuhe und die Mütze bedanken. Er machte kehrt und folgte Mrs. Tremayne.

Als er wieder um die Ecke bog, konnte er gerade noch sehen, wie zwei Kerle, die gar nicht so übel aussahen, die Lady in ihrem tollen grünen Reitkleid packten und in eine kleine schwarze Kutsche zerrten. Die fuhr sofort los. Darrin wollte hinterherrennen, doch war ihm sofort klar, dass er das Gefährt nicht einholen konnte. Atemlos und verzweifelt sah er sich um. Die großen schwarzen Lettern des Warenhauses fielen ihm ins Auge. Mr. Tremayne. Er musste sofort her, nur er konnte helfen, etwas tun. Nur einen Herzschlag lang zögerte der Junge. Und genau da sah er sie, diese blonde Hexe mit dem bösen Blick, die hochmütige Mrs. Leroux. Was tat die jetzt hier, gerade jetzt, gerade hier? Sie zog einen ihrer Handschuhe über und lächelte. Gott, wie sie lächelte, so zufrieden und vollkommen erfreut.

Aber Darrin McIver konnte sich jetzt nicht mit der bösen Hexe aufhalten und rannte los.

„Mr. Tremayne!“ schrie er laut, schrie es, lang bevor er das Warenhaus überhaupt betreten hatte, immer und immer wieder.

„Mr. Tremayne!“

14. KAPITEL

Ian beglückwünschte sich schon jetzt zu der Einstellung Jimmy O'Brians. Der junge Ire hatte sich bereits als äußerst verantwortungsbewusster Mitarbeiter erwiesen und würde in Kürze den größten Teil der Leitung übernehmen können. Das wiederum entlastete Ian Tremayne und gab ihm mehr Zeit für seine Bauvorhaben.

Eben hatte er sich hinter den Schreibtisch gesetzt und an Marissa gedacht, mit der für ihn ein neues Leben begonnen hatte, als im Vorzimmer Stimmen laut wurden. Der Sekretär schien gewaltsam jemanden am formlosen Eindringen hindern zu wollen. Ian runzelte die Stirn.

„Ich muss Mr. Tremayne sofort sprechen“, kreischte eine helle Jungenstimme. Gleich darauf hörte man einen erstickten Wehlaut, die Tür wurde aufgerissen, und beinahe auf allen vieren stolperte atemlos Darrin herein. Hinter ihm erschien der Sekretär mit schmerzverzerrtem Gesicht.

„Ich lasse mich nicht aufhalten“, schrie der Junge, „es geht um Leben und Tod!“

„Schon gut.“ Ian Tremayne nickte dem Angestellten zu. Irgendwie war die ganze Sache erheiternd, der kriegerische Darrin und der offensichtlich unterlegene Sekretär schienen eine tätliche Auseinandersetzung hinter sich zu haben.

„Es muss ziemlich ernst sein, denn Darrin wäre sonst nicht so aufgeregt. Was ist denn geschehen, Junge, können wir dir helfen?“ fragte Ian.

„Sie haben sie“, stieß Darrin hervor. Der hart gesottene Gassenbub begann auf einmal zu stottern.

„Sie ... sie haben sie, Mrs. Tremayne, zwei Männer, hinter'm Warenhaus, sie ... sie haben sie mitgenommen inner Kutsche.“

Ian Tremayne starrte Darrin einen Augenblick lang leer an. Die Worte machten keinen Sinn, und er wollte sie nicht verstehen. Dann freilich barst sein ganzes Entsetzen gleichsam in dem einen Wort: „Was?“ Er starrte den Jungen aus weit aufgerissenen Augen an. „Was?“

Darrin biss die Zähne zusammen, obgleich er innerlich zitterte. Mit allen Anzeichen der Verzweiflung sprudelte er heraus: „Zwei Männer, einer war dunkel, Schnurrbart, Nadelstreifenanzug mit roter Weste, der andere blond, jünger, vielleicht zweiundzwanzig, ohne Bart. Sie haben Mrs. Tremayne in eine geschlossene Kutsche gezerrt, mit 'nem kleinen Rappen, und sind nach Osten.“

„Barbary Coast“, vermutete der Sekretär, der sich das Schienbein massierte.

Darrin widersprach und schaute Tremayne unverwandt an. „Ich denke, Chinatown."

Ian stürzte zur Tür, rief dem Sekretär zu: „Die Polizei, aber schnell! Und ich meine: schnell!"

Schon war er auf der Treppe, rannte hinaus auf die Straße, um die Ecke. Darrin war keiner, der sich eine solche Entführung aus den Fingern saugen würde. Doch kein Mensch war weit und breit zu sehen, es gab auch keine Anzeichen, dass etwa ein Kampf stattgefunden hätte. Darrin war Tremayne auf den Fersen gefolgt. Ian wusste, dass das Waisenkind Marissa vergötterte. Auch jetzt schaute er mit hoffnungsvoller Miene zu Tremayne auf.

„War's hier?" fragte Ian.

Darrin nickte. „Ja, Mr. Tremayne, hier ist's passiert", antwortete der Junge ihm.

„Gut, dann hol mir schnell mein Pferd, und danach wartest du hier, bis die Polizei kommt. Denen erzählst du alles haargenau, die kleinste Kleinigkeit kann wichtig sein."

Pfeilschnell sauste der Junge davon.

Ian sah sich um. Selbst wenn man wegen der vielen Hufspuren in dem ungepflasterten Weg nicht ausmachen konnte, welchen Weg die Kutsche mit der Entführten genommen haben mochte, für Ian stand es fest! Man hatte Marissa nach Chinatown gebracht, wo in den Bordellen und Opiumhöhlen horrende Preise für eine so schöne Frau gezahlt würden.

Darrin führte das Pferd herbei. Ein Blick genügte, ihnen zu zeigen, was sie beide dachten. Man musste Marissa Tremayne in allerkürzester Zeit finden, wenn man sie überhaupt noch einmal finden wollte. Der Mann und das Kind kannten das erbarmungslose Gesetz der Straße gleich gut.

„Wenn die Polizei alles weiß, geh zu Mr. O'Brian und sag ihm, er möge sich sofort mit Lee und John Kwan in Verbindung setzen, vielleicht können sie etwas herausbringen. Ich reite jetzt nach Chinatown."

Mit einem Sprung war Ian Tremayne im Sattel und hetzte dann den Hengst durch die Straßen, ohne sich um den Verkehr zu kümmern.

Wie ein Lauffeuer verbreitete sich die Nachricht von der Entführung der schönen Mrs. Tremayne in der Stadt. Immerhin war Marissa die Gattin eines der angesehensten und begütertsten Männer der Gesellschaft von San Francisco, dazu eines der charmantesten und beliebtesten. Schon während der Jahre seines Witwertums hatte er die Mütter wie die Töchter zu Begeisterungsstürmen hingerissen trotz seiner höchst unkonventionellen Art. Dazu galt Tremayne als unbestechlich und äußerst korrekt, wenn es um Ehrenbelange ging.

In ihrer Villa auf Nob Hill vernahm auch Grace Leroux die Hiobsbotschaft mit offensichtlichem Entsetzen von einer Nachbarin. Als sich die schöne Blondine ins Haus zurückzog, lächelte sie. Unten an der Waterfront hörte dann Lilli Reynolds von der Entführung und teilte sofort Ians Verzweiflung aus vollem Herzen. Wie niemand sonst wusste sie, was er schon um den Tod seiner ersten Frau gelitten hatte. Sofort ließ sie den Mann zu sich kommen, der besondere Angelegenheiten für sie zu erledigen pflegte. Mit der langen Narbe auf der linken Wange, den kleinen Augen und dem pockennarbigen Gesicht war Jake Breed zwar keine Schönheit. Doch keiner kannte die Lasterhöhlen der Barbary Coast so gut, und seit Menschengedenken fürchtete man ihn dort. Er arbeitete nicht für Lilli, um daran zu verdienen, sondern weil sie der einzige Mensch war, den Jake je geliebt hatte. Jetzt informierte sie den Mann knapp, dass zwei Männer Mrs. Tremayne entführt und vermutlich nach Chinatown verschleppt hätten. Lilli lieferte Jake auch die Beschreibung der Entführer, wie Darrin sie der Polizei gegeben hatte.

„Tu, was du kannst", bat Lilli. „Ich bin sicher, dies ist keine gewöhnliche Entführung."

„Ich werde etwas herausfinden", versprach der hässliche Mann. Sie lächelte herzlich. „Das weiß ich, Jake, das weiß ich."

Sehr langsam kehrte das Bewusstsein zurück und ließ die Wirkung des Chloroforms nach. Das Erste, was Marissa auffiel, war ein süßlicher Duft und die Seide, auf der sie lag. Mit Anstrengung gelang es ihr schließlich, die Augen zu öffnen. Wie betäubt starrte sie einen ungewöhnlich dicken Chinesen an, der vor ihrem Lager stand. Lackschwarzes, glattes Haar und ein langer dünner Bart fielen ihr auf. Der Mann strich sich das Kinn. „Grüne Augen", stellte er fest. „Es stimmt, sie hat einen hohen Preis. Ich werde Tee und ein Pfeifchen kommen lassen, dann können wir uns darüber unterhalten."

Preis? Der Mann redete von ihr, Marissa. Obwohl sie am liebsten aufgesprungen und dem Chinesen ins Gesicht gefahren wäre, konnte sie sich immer noch nicht bewegen und nur mit Mühe die Lider offen halten. So schloss Marissa die Augen und kämpfte gegen die Schwäche und das Schwindelgefühl an, das sie überfallen wollte. Nun hörte sie flüsternde Stimmen.

„Uns geht es nicht um den Preis, man hat uns bereits sehr gut bezahlt", murmelte ein Mann.

Ein anderer fuhr mit hellerer Stimme fort: „Das stimmt, aber ich könnte mir gut noch einen zusätzlichen Profit vorstellen."

Das musste der jüngere Blonde sein. Was der Chinese zur Antwort gab, konnte Marissa nicht verstehen, augenscheinlich erteilte er kurze Befehle. Dann goss jemand eine Flüssigkeit in Tassen oder Schalen. Der süßliche schwere Geruch verstärkte sich. Opium? Nun machte der Chinese den beiden Entführern ein Angebot. Vermutlich war es sehr niedrig, denn die helle jüngere Stimme wurde wieder hörbar.

„Wohl nicht ganz bei Trost, eh? Sie ist jung, schön, hat nicht nur grüne Augen, sondern auch goldene Haare und tolle Kurven ..."

„Und die Polizei sucht bereits nach ihr", gab der Chinese kühl zu bedenken.

Der Mann mit dem dunklen Timbre, vermutlich der mit dem Hut und dem Schnurrbart, schien verblüfft. „Schon? Nun, Sie haben die Möglichkeit, die Frau innerhalb einer Stunde aufs Schiff zu bringen. Und ist sie erst einmal an Bord ..."

Wieder wurde verhandelt. Marissa versuchte sich umzusehen. Sie lag in einer Ecke eines großen Raumes mit zwei Fenstern. Beide flankierten den runden Tisch, an dem die drei Männer debattierten. Eine Frau vom Aussehen einer Porzellanpuppe schenkte Tee nach, dann entzündete sie die Pfeifen. Die Frau hätte kaum eine Schwierigkeit für Marissa dargestellt, doch da waren immerhin drei Männer. Sie würden sie sofort wieder in ihrer Gewalt haben. Sie spannte Arme und Beine an, ließ Finger und Zehen spielen. Langsam kehrte das Gefühl in den Körper zurück. Wenn sie nur irgendwie ans Fenster käme. Vielleicht lagen sie nicht zu hoch über dem Boden? Und wenn, so könnte sie wenigstens zu schreien beginnen. Marissa wusste, dass sie selbst etwas tun musste, und begann unmerklich, Zentimeter um Zentimeter, von dem niedrigen Bett zu gleiten.

Plötzlich schienen sich die Männer geeinigt zu haben, und der Chinese sagte sehr bestimmt: „Man wird sie sofort jetzt an Bord bringen. Ihr wartet unten, bis sie dort sicher untergebracht ist, dann bekommt ihr euer Geld."

Jetzt sofort? Man würde sie jetzt wegbringen, vielleicht wieder betäuben, und sie würde sich nicht wehren können! Marissa sprang in die Höhe und rannte zu dem nächsten Fenster, riss die Vorhänge auseinander. Der Blonde war beinahe gleichzeitig auf den Füßen und wollte sich auf Marissa stürzen. Sie drehte sich blitzschnell herum und trat mit aller Kraft zu. Der Mann krümmte sich mit lautem Stöhnen auf dem Boden. Inzwischen hatte Marissa feststellen müssen, dass sie hier mindestens im dritten Stockwerk waren. Ein Sprung hätte den sicheren Tod bedeutet. Die Straße wimmelte von Menschen und Kindern. Gewiss waren viele der Menschen da unten Verbrecher. Aber es musste doch wenigstens auch einige wenige Anständige geben.

„Hilfe!“ schrie Marissa gellend aus dem Fenster. „Hilfe, um Gottes willen, so helft mir doch!“

Eine Hand legte sich ihr auf die Schulter, dann wurde sie so heftig zurückgerissen, dass sie stürzte.

„Wir sollten besser noch einmal alles in Ruhe besprechen“, meinte der Chinese betont. „Ihr habt mir verschwiegen, dass sie höchst unerfreuliche Schwierigkeiten machen würde.“

Keiner der Menschen im Raum konnte freilich ahnen, wie Recht der Chinese hatte. Denn Ian Tremayne hatte inzwischen die engen Straßen durchforscht. Vor einer der zahlreichen Opiumhöhlen stieß er auf den einäugigen Jack, der sofort panikartig die Flucht ergriff. Ian stürmte ihm unversehens nach. Dieser Jack handelte mit Haschisch und Frauen. Gelegentlich hatte man ihm den Prozess gemacht, doch dann war der Kronzeuge verschwunden, und alles war im Sande verlaufen. Ian ließ das Pferd stehen und verfolgte den Einäugigen zu Fuß. Kaum hatte er ihn eingeholt, da riss er den Galgenvogel so hart herum, dass der beinahe das Gleichgewicht verlor, und presste ihm beide Hände um den mageren Hals.

„Wo ist sie, Charlie, wo zum Teufel ist sie? Wenn ich sie nicht finde, brauchst du keine Gerichtsverhandlung mehr, denn ich erwürge dich eigenhändig."

Das Gesicht des Verbrechers lief blaurot an, er rang nach Luft. „Ich weiß nicht, wovon Sie reden, ich weiß wirklich nicht ..."

Tremayne drückte fester zu. „Meine Frau, Charlie, verdammt, die ganze Stadt redet davon, dass meine Frau entführt worden ist, und du kannst mir nicht erzählen, du wüsstest von nichts."

„Ich hab nichts damit zu tun, aber ich werd sie finden, ich schwöre es, sie kann nur an ganz wenigen Orten sein, und ich werd' sie finden, nicht töten, bitte!"

„Mr. Tremayne!"

Ian hörte seinen Namen, ohne den strampelnden Einäugigen loszulassen, und sah Lee Kwan, die sich einen Weg durch das Gewimmel bahnte.

„Mr. Tremayne, wir haben einen Hinweis, bringen Sie Charlie nicht um, wir haben etwas erfahren."

Ian ließ den Mann einfach fallen, der sich aufrappelte und pfeilschnell davonschoss. Er wandte sich an Lee.

„Lilli Reynolds hat Leute ausgeschickt, und sie hat eine Adresse. Aber sie warnt Sie und lässt sagen, es könnte lebensgefährlich werden."

„Die Adresse, Lee, schnell."

„Ich habe schon die Polizei verständigt ..."

„Das könnte zu spät sein, her mit der verdammten Adresse!"

Marissa hatte gebissen, gekratzt, getreten, aber das alles half ihr letztlich wenig, auch wenn sie einige der chinesischen Helfershelfer außer Gefecht gesetzt hatte. Man fesselte ihr die Hände und rollte sie in einen Teppich, so dass sie kaum atmen konnte und fürchtete, das Bewusstsein zu verlieren. Dabei musste sie gerade jetzt irgendwie erfahren, was mit ihr vorging. Ein Mann, dessen

Gesicht die blutigen Spuren von ihren Fingernägeln aufwies, warf sich den Teppich über die Schulter. Zwar konnte Marissa nichts sehen und sich überhaupt nicht rühren, kaum Luft holen, doch sie hörte alles, was geschah. Man würde sie an Bord eines Schiffes bringen.

Erst einmal ging es die Treppen hinunter, dabei schlug ihr Kopf immer wieder hart gegen den Rücken des Mannes, der sie trug. Auf der Straße draußen stellte Marissa fest, dass ihr Peiniger von einigen anderen Männern begleitet wurde, gegen die sie sich auch gewehrt hatte, und diese Kerle hatten scharfe Messer bei sich und würden sie gebrauchen, ohne mit der Wimper zu zucken. Die Klinge eines solchen hatte Marissa an der Kehle gespürt, und der Chinese hatte sie gewarnt, eine Narbe oder mehrere an diskreter Stelle würden den Preis kaum herabsetzen. Irgendwo wurden Schreie laut. Sie achtete nicht darauf.

Marissa war sich über ihr Schicksal nicht im Unklaren. Trotz der Warnung hatte sie sich in Gefahr begeben und war entführt worden. Und nun mochte Gott wissen, wie es weitergehen sollte. Eigentlich zählte es auch gar nicht mehr. Sie würde alles verlieren, was ihr das Leben lebenswert gemacht hatte, das Leben, Mary, Onkel Theo, Jimmy. Vor allem aber Ian und seine Liebe, nach der sie immer, wenn auch zuerst unbewusst, gestrebt hatte.

Vielleicht war es nur ausgleichende Gerechtigkeit. Mitten aus der durch Lügen erschlichenen Fülle hatte es Marissa getroffen. Wie der sagenhafte griechische Ikarus war sie zu hoch gestiegen und zu Boden gestürzt.

Tränen brannten in ihren Augen. Nein. So leicht gab Marissa sich nicht geschlagen. Sie bog den Körper in dem Teppich hin und her, warf sich herum. Man musste das doch von außen bemerken. Fäuste droschen auf sie ein, ohne sie daran zu hindern, sich wie ein Wurm zu krümmen.

„Ihr da, halt, sage ich!“

Ian Tremayne, seine Stimme! Marissa schlug noch heftiger mit Kopf und Füßen hin und her, um entweder aus dem Teppich auszubrechen oder wenigstens Aufsehen zu erregen. Der Mann, der sie trug, hielt inne und ließ den Teppich wie einen vollen Sack fallen. Marissa hörte einen Fluch und dann eilende Schritte. Verzweifelt rollte sie sich aus dem Teppich und kam irgendwie auf die Füße. Da standen sie alle in der engen Gasse, Ian, der Mann, der den Teppich getragen hatte, und seine Begleiter mit den grässlichen Messern. Der Anführer brüllte wie ein Löwe und warf sich mit aller Wucht gegen Ian Tremayne. Der wich im letzten Augenblick aus, und der Angreifer stürzte wie ein gefällter Bulle in die Knie, dann gaben ihm Ians Fäuste den Rest und ließen ihn schwer zu Boden krachen.

Die anderen Burschen kreisten Tremayne ein. Der Nebel zog in Schwaden von der Bucht herein, die Gaslaternen gaben verschwommenes Licht. Es spielte undeutlich über die Messerklingen. Einer sprang vor und fiel Ian an, das Messer blitzte in jähem Schwung, und Marissa schrie auf. Vermutlich hatte Ian bereits gewusst, was kommen würde, denn er umklammerte den Gegner und riss ihn mit sich auf die Erde. Sie rollten übereinander. Die anderen Chinesen liefen hinzu, Marissa raffte mit den gebundenen Händen die Röcke und rannte hinterher. Im Nebel erkannte sie nur, dass einer der beiden Kämpfer auf die Füße kam.

„Ian!“ warnte sie.

Scharf rief er ihr zu: „Aus dem Weg, Marissa, um Himmels willen, aus dem Weg!“

Schon näherten sich die beiden anderen Männer, die Klingen blitzten wieder auf, Ian wich aus, behielt die Angreifer im Auge, als sie sich gleichzeitig auf ihn stürzten.

Marissa schrie auf und warf sich von hinten gegen den, der ihr am Nächsten war. Bei dem Versuch, sie abzuschütteln, klirrte der Dolch auf das Pflaster. Marissa sah das gefährliche Funkeln der Mordlust in den dunklen schrägen Augen, dann schleuderte er sie zur Seite und wandte sich wieder Ian zu.

Irgendwo aus der Nacht kam das Schrillen der Polizeipfeifen.

Marissa taumelte auf die Füße und lehnte sich gegen die Wand. Keuchend rang sie nach Luft, und dann sah sie entsetzt, wie sich eine Klinge Ians Auge näherte. Mit einem Aufstöhnen brach Marissa zusammen.

„Ian!"

Plötzlich war überall ohrenbetäubender Lärm, man hörte hastige Schritte, schwere Tritte, lautes Stimmengewirr. Die Polizei war am Ort. Von hinten fühlte Marissa sich von starken Armen umschlossen und fuhr herum. Ihre Augen weiteten sich vor Freude. Es war Ian, schmutzig, aus einer Wunde über dem Auge rann Blut. Stumm schaute er sie an.

„Mein Gott, Ian, ich dachte, du wärest ..."

„Nein", er schüttelte den Kopf, „dreh dich nicht um."

Seine Stimme klang sehr weich. Marissa hatte sich bereits umgedreht. Der eine der Angreifer lag grotesk zusammengekrümmt auf dem Boden.

Polizisten schwärmten um ihn und die anderen herum. Einer von ihnen rief Ian zu: „Mr. Tremayne, wir hätten da noch ein paar Fragen ..."

„Die können Sie mir auch morgen stellen", wehrte Ian ruhig ab. „Jetzt bringe ich erst einmal meine Frau nach Hause."

Mit einem erleichterten Aufseufzen lächelte sie und lehnte sich an ihn. Er hob sie auf und trug sie aus der Gasse zur Straße zurück. In einem Wagen warteten Lee und John Kwan. Während die junge Chinesin Marissa beim Einsteigen half und die Fesseln löste, band John den Rapphengst hinten an die Kutsche, und Ian sprang hinter seiner Frau in das Gefährt.

„Wie konntest du mich bloß finden?“ flüsterte Marissa in seinen Armen.

„Wir waren schnell, Darrin hatte beobachtet, wie sie dich entführten. Aber vermutlich hätten wir nicht rechtzeitig zur Stelle sein können, wenn nicht Lilli gewesen wäre und die Adresse herausgebracht hätte.“

„Lilli? Wir müssen ihr danken“, murmelte Marissa.

Den Rest des Heimweges legten sie in völligem Schweigen zurück. Marissa fühlte sich so geborgen, so geliebt und in Sicherheit bei Ian, Lee und John. Ian hatte für sie gekämpft, für sie einen Menschen getötet und das eigene Leben bedenkenlos eingesetzt. Ian liebte sie.

Vor der Villa warteten Lilli und Darrin. Marissa sprang aus der Kutsche und nahm zuerst den Jungen herzlich in die Arme. Dann wandte sie sich an Lilli.

„Ich wollte bloß sicher sein, dass Ian Sie wohlbehalten herbringt“, entschuldigte sich die Nachtclubbesitzerin. Sie hatte ein überaus diskretes, unauffälliges Kostüm gewählt und war nicht geschminkt. Sie sprach leise und wirkte befangen. Ian stand wortlos hinter Marissa. Sie streckte Lilli beide Hände hin.

„Wir können Ihnen gar nicht genug danken, Lilli, bitte, kommen Sie herein.“

„Oh, nein, das geht nicht“, widersprach die Frau. „Es schickt sich nicht ...“

„Sie sind hier immer willkommen“, beharrte Marissa und fühlte den Blick ihres Mannes mit Zustimmung auf sich. „Ich sehe nicht ein, was sich daran nicht schicken sollte.“

Lilli und Darrin wurden nun ins Haus gezogen, und Marissa musste berichten, den Raum beschreiben und die Männer, und

Ian erinnerte seine Frau, dass sie am nächsten Morgen eine genaue Lagebeschreibung in ihrer Aussage bei der Polizei geben müsste. Man saß beisammen bei einem kleinen stärkenden Imbiss. Ian Tremayne bestand darauf, dass Darrin die Nacht in einem Zimmer der Villa verbrachte, und informierte das Waisenhaus. Bald schon verabschiedete sich Lilli, und Marissa brachte sie selbst zur Tür.

„Ich danke Ihnen", flüsterte sie, und Lilli umarmte sie scheu.

„Ich habe Ihnen zu danken. Ich habe nie etwas gegen Sie gehabt, meine Liebe, denn ich wusste, dass ich für Sie keine Rivalin sein konnte. Ich werde auch nie mehr hierher kommen. Aber ich bin Ihre Freundin und werde immer da sein, wenn Sie mich brauchen."

„Danke", sagte Marissa, „wir werden einander ganz bestimmt bald wieder sehen."

Als Lilli Reynolds gegangen war, bestand Lee mit sanfter Festigkeit darauf, dass Marissa ein heißes Bad nahm. Als sie in der Wanne saß, kam Ian. Zum ersten Mal trug er sie hinüber in sein eigenes Schlafzimmer und liebte sie auf dem breiten Bett. Danach lag Marissa neben ihm, wundersam zufrieden, und fühlte sich geliebt, umhegt und geborgen.

Ian Tremayne hatte die Arme fest und schützend um Marissa geschlungen, er küsste sie sanft auf die Stirn, und sie atmete seinen männlichen Duft, der mit der Körperwärme von ihm ausging. Noch enger kuschelte sie sich an ihn, schloss die Augen und spürte beglückt seine warme Haut. Immer wieder schickte sie ein inniges Dankgebet zum Himmel und wusste auf einmal, dass dies die Stunde war, in der sie ihm die Wahrheit sagen musste.

„Ian", flüsterte Marissa und musste verwundert feststellen, dass er an ihrer Seite eingeschlafen war, tief und fest, und mit den gelösten Zügen sehr jung und sehr entspannt wirkte.

Marissa biss sich auf die Lippe. Es würde noch einmal eine solche Gelegenheit geben, ihm zu gestehen, dass sie ihn zu sehr liebte, um weiterhin mit einer Lüge durch das gemeinsame Leben zu gehen. Und sie war nun überzeugt, dass auch seine Liebe zu ihr stark genug sein müsste, um nicht mehr nach Lüge und Wahrheit zu fragen. Marissa strich ihrem Mann behutsam über das Haar. Sie wollte ihn jetzt nicht wecken. Die Stunde würde kommen, da endlich Klarheit herrschte. In dieser Nacht war Marissa davon überzeugt und ganz ruhig.

Das Schicksal freilich würde ihnen beiden noch einmal eine harte Prüfung auferlegen.

15. KAPITEL

Drei Tage später war Ian Tremayne in seinem Arbeitszimmer im Warenhaus gerade dabei, die Polizeiberichte durchzulesen. Der Mädchenhändler Lau Wang war verhaftet worden. Einer seiner Helfershelfer war bei der Befreiung umgekommen, zwei andere saßen in Untersuchungshaft. Die beiden eigentlichen Entführer dagegen blieben spurlos verschwunden und waren somit noch immer auf freiem Fuß.

Marissa hatte ihrem Mann von dem eigenartigen Gespräch erzählt, dass die beiden bereits bezahlt gewesen wären. Ian hatte eine hohe Belohnung für jeden Hinweis ausgesetzt, ohne auch nur einen Fußbreit weitergekommen zu sein. Auch Lilli hatte ihre Nachforschungen ausgedehnt, erfolglos.

Als jetzt ein Besucher gemeldet wurde, lehnte sich Ian Tremayne seufzend zurück, sicher, wieder nutzlose Verdächtigungen zu hören. Als der Fremde eintrat, war Ian allerdings verblüfft. Das war kein kleiner Ganove, der sich eine Belohnung erschleichen wollte. Der Mann war überaus korrekt gekleidet und trug Hut und Handschuhe in der Linken.

„Mr. Tremayne?“

Ian erkannte sofort den Akzent, den auch Marissa hatte. Der Gentleman kam aus England. Ians Neugierde war geweckt, als er auf den Besucherstuhl wies.

„Ja, ich bin Ian Tremayne, was kann ich für Sie tun?“

Der Mann räusperte sich diskret. „Mein Kommen gilt eigentlich Ihrer Gattin, Sir, doch die Schwelle Ihres Hauses wird von einer chinesischen Schönheit wie von einem Höllenhund bewacht.“

Ian lächelte. Die schöne Lee hatte tatsächlich seit der Entführung etwas von einem Leibwächter an sich und hielt Marissa absolute Treue. Neuerdings war Lee Kwan ihrer Herrin noch mehr ergeben als zuvor ihrem Herrn.

Laut sagte Ian entschuldigend: „Wir hatten Unannehmlichkeiten vor wenigen Tagen, und Miss Kwan ist zu Recht auf ihrem Posten sehr wachsam.“

„Das verstehe ich durchaus. Doch ist es wegen des Onkels Ihrer Gattin geradezu lebenswichtig, dass ich Mrs. Tremayne sprechen kann.“

„Onkel?“ wiederholte Ian überrascht. „Ich habe keine Ahnung, wovon Sie sprechen!“

„Es geht um Theodore Ayers.“ Der Besucher stellte sich vor: „Wie ich Ihrem Sekretär sagte, bin ich Laurence Whalen, der Hilfsseelsorger von St. Giles.“

„Und?“

Der Geistliche schüttelte den Kopf. „Ich kann nicht verstehen, dass Marissa Ihnen nie etwas über ihren Onkel Theo erzählt hat, sie liebt ihn sehr, und er hängt rührend an ihr. Sie unterstützt ja auch die Pfarrgemeinde.“

„Bitte fahren Sie fort." Ian fühlte sich sonderbar beunruhigt, ohne sagen zu können, warum.

„Es ist dringend notwendig, dass Ihre Gattin Mr. Ayers zu sich holt, Mr. Tremayne, denn er hat sich den Streikenden in ihrem Kampf gegen die Minenbesitzer angeschlossen und befindet sich in Haft."

Ian Tremayne wusste überhaupt nicht mehr, um was es ging, und sein Besucher suchte unbeholfen nach den richtigen Worten.

„Es hat Tote bei den Auseinandersetzungen gegeben. Man wird Theo Ayers des Mordes anklagen, falls Mrs. Tremayne sich nicht bereit findet, ihn zu sich zu nehmen und für ihn zu bürgen." Er seufzte.

„Sie verlangen, dass Marissa ihren Onkel für immer außer Landes bringt?" Ian Tremayne musterte den Engländer eindringlich.

„Sind Sie ganz sicher, dass es dabei um meine Frau geht? Soviel ich weiß, hat sie keine lebenden Verwandten mehr."

Das jedenfalls stand fest, denn aus diesem Grund hatte ja Sir Thomas darauf bestanden, dass er, Ian Tremayne, Marissa heiraten würde.

Der Geistliche schaute unglücklich drein. „Theo ist auch der einzige Verwandte, den Marissa Ayers hatte."

„Ayers? Der Mädchenname meiner Frau Marissa ist Ahearn."

„Oh, nein, Sir, der Squire hieß Ahearn, Sir Thomas Ahearn."

Einen Augenblick lang glaubte Ian Tremayne, er müsste den Verstand verloren haben.

„Natürlich, Sir Thomas' einzige Tochter ist meine Frau Marissa."

„Aber nein, Sir, die Tochter des Squire ist Mary Katherine Ahearn, und es war schwierig genug, die Spur der beiden Mädchen bis hierher zu verfolgen. Offenbar hatte Marissa ihrem Onkel nichts von ihrer Eheschließung gesagt. Aber es geht um das Leben eines Menschen, eines guten Menschen, Sir, und da Ihre Gattin so viel für die Kirchengemeinde getan hat, war der Pfarrer überaus besorgt. Es tut mir Leid, Sir ..."

„Nein, nein, es ist schon gut", fiel Ian Tremayne ihm schnell ins Wort. Ein Bleistift, den er in der Hand gehalten hatte, brach mit leisem Knirschen mitten durch, und der Besucher zuckte erschrocken zusammen.

„Wenn der Onkel meiner ... meiner Frau in Gefahr ist, muss natürlich etwas geschehen. Seien Sie so freundlich und begleiten Sie mich nach Hause, Mr. Whalen."

Äußerlich ruhig gab Ian Tremayne Befehl, ihn während des ganzen Tages nicht mehr zu stören, besorgte für den Engländer ein Pferd und brachte es sogar noch fertig, während des Rittes zum Nob Hill auf einige Sehenswürdigkeiten hinzuweisen, die am Wege lagen. Nur die Hand am Zügel zitterte. Es war wie ein Wunder, dass er trotz des Zornes, der in ihm brannte, nach außen hin gelassen bleiben konnte, als wäre nichts Absonderliches geschehen.

Immer hatte er gewusst, dass Marissa in ihrem Innersten etwas vor ihm verbarg, und er hatte oft vermutet, dass sie ihn irgendwie belog. Doch niemals hatte er ahnen können, wie weit dies gehen würde, welchen vollkommenen Narren er dabei aus sich gemacht hatte. Nichts mehr in Ian Tremaynes Leben schien länger Wirklichkeit zu sein, nicht sein Vertrauen zu Marissa, nicht seine Verbundenheit mit ihr, vor allem seine Liebe war nichts als eine Seifenblase geworden.

Sie erreichten die Villa, und John schien sie bereits erwartet zu haben. Er nahm sich der Pferde an, während Ian den Geistlichen die Stufen hinauf zum Eingang begleitete. Lee Kwan schenkte dem Fremden einen argwöhnischen Seitenblick.

„Es ist in Ordnung, Lee", sagte Tremayne klanglos, „es handelt sich um eine ... Familienangelegenheit. Bitte doch Mrs. Tremayne in den Salon. Hier entlang, Mr. Whalen. Cognac?"

Der Engländer nahm dankend an, und danach bediente sich Ian mit einem doppelten Whisky. Gleich darauf trat Marissa ein.

Marissa Tremayne war ganz in Weiß. Sie trug ein Kleid mit hohem Kragen und schmalem Rock, der der neuesten Mode entsprechend hinten gerafft war. Das Haar war aufgesteckt, nur einige lose Locken ringelten sich an den Schläfen ins Gesicht. Die Augen, diese hinreißend grünen Augen, in denen das Feuer des Smaragdes sprühte, waren auf ihren Mann gerichtet, fragend, erwartungsvoll, unschuldig. Alles an ihr wirkte so unschuldig. Marissa Tremayne, seine Frau. War sie denn überhaupt seine Frau? Was war wirklich noch vor dem Gesetz gültig und was nicht?

Eigentlich zählte das alles nicht mehr. Seine Hände zitterten, und er hatte das Gefühl, dass in seinem Körper ein Brand loderte, der alles zu verzehren drohte. Diese Hexe mit dem unschuldigen Blick eines Kindes! Wie hatte sie sich nur so völlig in sein Leben stehlen können, wie seinen Träumen so hingebungsvoll lauschen, sich in die Herzen der Waisen von St. Kevin schmeicheln? Alle Angestellten waren ebenso von der Frau mit den Nixenaugen hingerissen wie die Gesellschaft von San Francisco. Und Ian hatte Marissa sein Herz gegeben und geglaubt, mit ihr sein Leben teilen zu können, noch einmal das Glück zu finden.

Vorher, in den Armen der käuflichen Huren, da war er kein solcher Narr gewesen!

„Ian, was ...?"

Und dann erkannte Marissa Lawrence Whalen und brach mitten im Satz ab. Sie begriff das Flackern in den Augen ihres Mannes als eisigen Zorn und atmete einmal gepresst, bevor sie sich an den Geistlichen wandte. „Mr. Whalen, was bringt Sie hierher nach Amerika?“

„Es geht um Ihren Onkel, Mrs. Tremayne, ich habe es schon Ihrem Mann erklärt.“

Das Blut war ihr aus den Wangen gewichen. Mochte sie sein wie auch immer, eines stand fest: Marissa Tremayne liebte ihren Onkel.

„Um Gottes willen, was ist mit ihm? Was ist geschehen? Es ... geht ihm doch gut, Mr. Whalen?“

„Beruhigen Sie sich doch, Mrs. Tremayne.“

Whalen war aufgesprungen und hatte ihre eiskalten Hände gefasst. Es schien, als schwankte sie, dem Zusammenbrechen nahe.

Ian zog einen Stuhl herzu. Die Schärfe in seiner Stimme war für Marissa nicht zu überhören. „Setz dich, Liebste. Mr. Whalen wird dir gleich alles erklären.“

Der Geistliche hatte nichts von der Spannung zwischen den Eheleuten bemerkt.

Marissa fragte sich bang, wie Ian nun zu ihr stehen mochte, nun, da ihr Lügengespinst jäh zerrissen worden war?

„Bitte, Mr. Whalen, sprechen Sie, was ist mit Onkel Theo? Er hat nicht mehr arbeiten müssen, ich habe ihm genügend Geld geschickt ...“

Ian Tremayne wusste nicht mehr, was er eigentlich wollte. Seine Frau schütteln, weil sie ihn so schamlos belogen hatte? Alles, alles war eine Lüge gewesen, vom Anfang bis zu diesem bitteren Ende war alles zwischen ihnen eine Täuschung gewesen. Er war nicht eigentlich zornig, sondern eher schwer getroffen, zutiefst verletzt. Wortlos stand er da und hätte laut herausschreien, sie schlagen mögen, dass auch sie schreien würde, und doch tat er nichts.

Marissa riss endlich ihren Blick von ihrem Mann los und schien zu begreifen, was geschehen war.

„Es war eigentlich eine Sache, die Theos Freunde anging", begann Lawrence Whalen ziemlich hilflos, „und doch machte er sie zu der seinen, Sie kennen ihn ja. Der Direktor, Mr. Lacey, hatte sich den Bergleuten gegenüber so unfair verhalten, als sie für bessere Arbeitsbedingungen streikten. Er hat die Löhne heruntergesetzt." Er schluckte, sah Marissa bekümmert an. „Sie wissen, was das bei den bestehenden Löhnen bedeutet. Theo machte sich zum Anwalt der guten Sache, rechtschaffen, wie er ist. Auf ihn hören die Arbeiter, ihn lieben sie."

„Was ist mit Onkel Theo?" wiederholte Marissa. Sie wirkte wie ein kleines Mädchen, hilfsbedürftig und verletzlich.

Ian Tremayne richtete sich auf und straffte die Schultern. Sie sollte ihn nicht von Neuem bezaubern.

Der Geistliche fuhr fort: „Lacey ließ Männer kommen, es gab eine Schlägerei, einige Tote. Nun will Lacey, dass Theo Ayers wegen Mordes vor Gericht gestellt und zum Tode verurteilt wird."

„Nein!" schrie Marissa gellend auf und schwankte. Beinahe hätte Ian die Arme nach ihr ausgestreckt. Er tat es nicht.

„Onkel Theo ist kein Mörder", murmelte Marissa tonlos.

„Das wissen wir alle. Aber Mr. Lacey will nur dann von einer Anzeige absehen, wenn Sie sich verpflichten, Theo für den Rest seines Lebens zu sich nach Amerika zu nehmen."

Marissa verkrampfte die Hände ineinander. „Ich komme mit Ihnen, ich hole ihn."

Ian Tremayne lehnte sich mit verschränkten Armen gegen den Glasschrank und schüttelte den Kopf. „Nein, du bleibst hier, Liebste."

Sie starrte ihn an, Verzweiflung in den grünen Augen. „Ian", murmelte sie trostlos, „Ian, ich tue alles, was du von mir verlangst, aber ich muss zu meinem Onkel."

„Ich habe es bereits gesagt, du bleibst, Liebste. Mr. Whalen, ich bitte Sie, meine Frau und mich für kurze Zeit zu entschuldigen. Wir haben ein paar Dinge abzuklären."

Der Engländer nickte, während Marissa ihren Mann ungläubig anschaute. Das konnte er nicht tun, das nicht. „Ian, um Gottes willen ..."

„Komm, bitte."

In seiner Stimme klang unüberhörbar ein Befehl mit, dennoch war er liebenswürdig, als er sich an den Besucher wandte.

„Bedienen Sie sich, es kann eine Weile, dauern. Dort liegt auch eine Tageszeitung."

Dann eilte Marissa hastig hinaus, und Tremayne folgte ihr langsam.

Am Treppenabsatz stellte Ian Tremayne fest: „Das war ganz ausgezeichnet, Marissa. Inzwischen glaubst du wohl selbst daran, eine englische Lady zu sein."

Sie fuhr herum, holte aus, doch er fing die Hand, bevor Marissa zuschlagen konnte.

„Machst du dir denn keine Sorgen um deinen Onkel Theo?"

Röte färbte die blassen Wangen. Marissa riss sich los und hastete die Treppen hinauf. Ian folgte ihr. Oben öffnete er die Tür und schob seine Frau ziemlich unsanft ins Zimmer. Während sie am Fußende des Bettes stand und ihn anstarrte, lehnte er sich mit dem Rücken gegen die Tür und verschränkte die Arme über der Brust.

„Hast du mir denn gar nichts zu sagen?"

„Würdest du mir auch nur ein einziges Wort glauben?"

„Du kannst es doch wenigstens versuchen."

Sie bäumte sich auf, als hätte er sie geschlagen. „Begreifst du denn nicht? Es gab keinen anderen Ausweg. Wir mussten dich belügen. Mary und ich hatten keine Wahl."

„Nur wegen des Geldes."

„Ja, doch das habe ich dir vom ersten Tag an gesagt."

„Marys Geld."

„Was ändert das?"

„Sehr vieles, alles ändert es. Denn Mary ist mit Jimmy O'Brian verheiratet, und ich bin es mit dir. Halt, bin ich es überhaupt? Wie ist das, sind wir überhaupt verheiratet?"

Marissa senkte den Kopf und wandte sich mit hängenden Schultern ab. „Doch, die Trauung ist rechtskräftig", murmelte sie verzagt.

„Wie das?" donnerte er, außerstande, sich weiter zu beherrschen.

Sie hob den Blick zu ihm, trostlos, verzweifelt, bang. „Der Squire hatte vorgesorgt, du hattest die Sondergenehmigung. Ich musste nur auf der Urkunde unterschreiben, und ich tat es mit meinem richtigen Namen."

Er stieß einen Fluch aus und hämmerte mit den Fäusten gegen den Türrahmen. „Hab Dank, verehrte Gattin, dass du mich in dein Lügengewebe eingesponnen hast. Warum, warum hast du mir nicht die Wahrheit gesagt?"

„Dann hättest du mich niemals geheiratet."

„Du warst das Hausmädchen auf dem Landsitz", sagte er plötzlich und fasste Marissa scharf ins Auge. „Die junge Tigerin mit dem Teegeschirr und dem Nixenblick. Wie konnte ich das nur übersehen?"

Ihre Stimme klang sehr bitter. „Wie hätte der reiche und wunderbare Amerikaner Ian Tremayne sich an ein englisches Dienstmädchen erinnern können?"

Er lachte auf, freudlos, zynisch, und die Härte in seinen Worten galt ihm selbst, nicht ihr.

„Und du warst nicht nur das Hausmädchen, nicht wahr? Ich hätte es wissen müssen, es lag so auf der Hand. Dein Verständnis für die Leiden der Bergleute, deine Anteilnahme an der Zukunft ihrer Kinder! Du warst das kleine Mädchen, nicht wahr, ganz in Weiß, das mich umrannte und in den Schmutz fiel. Du hast mich seit langem gekannt, Marissa, und ich hätte es merken müssen, denn Augen wie die deinen gibt es nur einmal auf der Welt."

„Es wundert mich, dass du das Armeleutekind heute noch in deiner Frau erkennst", murmelte sie undeutlich.

„Madam", er schüttelte den Kopf, „das ist ein Irrtum. Du hattest das Vorurteil, nicht ich. Ich hätte nie danach gefragt, woher du kommst und wer du bist. Kohlenstaub kann man abwaschen, nicht aber Lüge und Täuschung."

Sie hörte nur die Anklage und schrie leise auf. „Ich hatte keine andere Wahl."

Er sah, wie der Puls an Marissas Hals pochte, und zischte: „Du hast es all die Jahre gewusst, und du hast mir in diesen Monaten kein Wort davon gesagt, obwohl du mehr als einmal die Gelegenheit gehabt hättest."

„Nein, du verstehst das nicht", wehrte sie sich, und auch in ihrem Tonfall war etwas wie Zorn, der den seinen schürte. Wenn sie bloß nicht so schön gewesen wäre! Er riss sie heftig an sich. Sie schaute zu ihm auf mit den grünen Augen, die jetzt anklagend auf ihn gerichtet waren. Er hätte sie von sich stoßen müssen und hielt sie doch fest.

„Du verdammte Lügnerin, wie du mich missbraucht hast für deine Zwecke!"

Sie versuchte sich loszureißen. „Ian, lass mich, ich will nicht ..."

Dann erst gab er sie so plötzlich frei, dass sie auf das Bett stürzte. Aus großen, tränenfeuchten Augen schaute sie zu ihm auf. Er biss die Zähne zusammen und wandte sich zur Tür.

„Ian“, schrie sie auf, „du musst mich zu Onkel Theo gehen lassen, er ist unschuldig und weiß nichts von all diesen Lügen.“

„Nein, du bleibst hier.“

„Ian!“ Sie warf sich gegen ihn, er hielt sie an den Handgelenken fest. Ihr Haar löste sich und fiel in rotgoldenen Wellen um die Schultern. Er hätte das Gesicht darin vergraben mögen und den Duft atmen. „Ian, ich flehe dich an, verlange was du willst, ich will es tun.“

„Alles?“

Die Spannung zwischen ihnen erreichte den Siedepunkt. Er hätte nicht sagen können, wann der Zorn, die rasende Enttäuschung in Verlangen umgeschlagen waren, doch in dieser Stunde hätte er seine Seele für den Besitz dieser Frau mit den grünen Augen verkauft. Er presste sie hart an sich und vergrub die Hände in dem langen Haar. Aufstöhnend verschloss er ihren Mund mit einem gewaltsamen, schmerzhaft wilden Kuss. Er zwang ihre Lippen, sich ihm zu öffnen, und keuchte noch einmal: „Alles?“

Marissa zog hörbar den Atem ein und entwand sich Ians Griff, trat einen Schritt zurück. Der Blick der smaragdgrünen Augen ließ den Mann nicht los, als sie die Perlmutterknöpfe am Kragen öffnete, einen nach dem anderen, stolz, verächtlich, schweigend. Mit einer geradezu königlichen Gebärde ließ Marissa das weiße Kleid fallen, streifte mit ruhiger Grazie die Unterröcke, die Wäsche ab. Nackt stand sie dann vor ihm, herausfordernd wie eine heidnische Göttin. Die grünen Augen schimmerten feucht, die rotgoldenen Locken sprühten Funken und ringelten sich um die Schultern, die Brüste.

„Alles“, sagte Marissa hart.

Ian hatte ein fremdes Lächeln um den Mund, als er aus dem Jackett schlüpfte, die Krawatte abband und das Hemd so ungestüm aufriss, dass die Knöpfe absprangen und auf den Teppich rollten. Mit einer hastigen Bewegung streifte er Hose und Schuhe ab, stützte die Arme in die Hüften.

„Alles", wiederholte er und hob sie auf, trug sie auf das Bett, warf sich ungestüm über sie. Seine Lippen fanden die ihren in Verlangen, Raserei und Verzweiflung.

Irgendetwas tief in seinem Inneren wollte den Aufruhr zügeln, der in Ian Tremayne aufbrannte, doch das war nicht nötig. Marissa kam seinem Kuss entgegen mit der gleichen Wildheit, der gleichen Leidenschaft, die in seinen Sinnen tobte. Sie verkrampfte die Finger in seinem schwarzen Haar, erforschte seinen Mund und ließ die Hände über seinen nackten Leib streifen. Endlich löste er sich von ihren Lippen und suchte den Puls an der Kehle, die runden Brüste, die sie ihm entgegendrängte, mit der feuchten Zunge. An ihren Schenkeln flüsterte er unverständliche Worte, während sie sich ihm entgegenbog.

Ian Tremayne begriff, dass er seine Frau liebte, ungeachtet aller Lüge, aller Raserei der Enttäuschung. Er liebte Marissa, ihren Kuss, den Duft ihres Haares, ihres Körpers, die Schönheit ihrer Nacktheit. Er liebte die wollüstige Bewegung, mit der sie sich unter ihm wand. Wenn er in ihr war, wurden ihre Augen groß und ganz klar, unschuldig und strahlend. Wieder glitt er an ihr nieder, küsste sie an der intimsten Stelle, hörte die kleinen Schreie der Ekstase, als Marissa ihn umfasste und seine Erregung noch schürte. Glühend, keuchend, außer sich hielten sie einander dann umklammert in dem rasenden Rhythmus der Lust, heftig und gierig, in dieser Sturzflut von Liebe und Sehnen und Zorn und Verachtung und Verzweiflung.

Der Höhepunkt überwältigte sie mit seiner Intensität. Ian Tremayne erschauerte, als sich die ungeheure Anspannung löste und er sich in Marissa verströmte, die unter ihm zitterte und ähnlich fühlte. Und doch konnte auch dieser gemeinsame Augenblick nicht die Kluft überbrücken, die sich zwischen ihnen aufgetan hatte. Er rollte sich von ihr und saß dann wie betäubt auf dem Bettrand, bevor er aufstand und an eines der Fenster trat.

Der Nebel trieb in weißlichen, dichten Schwaden vorbei, und Ian empfand ähnlich in seinen Gedanken. Er liebte Marissa, und schon spürte er von neuem die schmerzhafte Spannung in seinen Lenden, die Begierde, den sinnlichen Aufruhr.

Marissa beobachtete ihn stumm und wünschte sich, aufzustehen, zu ihm zu gehen und ihm zu sagen, wie sehr sie ihn liebte. Dazu war es jetzt wohl endgültig zu spät. Sie drängte die Tränen mühsam zurück und zog das Laken über der Brust zusammen. Obwohl sie den Zorn in der Umarmung ihres Mannes gespürt hatte, hatte sie es genossen, ihn mit aller Leidenschaft zu empfangen, die sie ihm entgegenbrachte.

Er straffte die Schultern, richtete sich auf, sank wieder in sich zusammen. „Es will mir scheinen", murmelte er, ihr den Rücken zugewandt, „dass ich mich einmal mehr zu entschuldigen habe."

Das hatte er schon einmal getan, nur schmerzte es jetzt noch mehr.

„Das brauchst du nicht", flüsterte sie tonlos.

Er fuhr herum. „Oh, doch", gab er kalt zurück.

„Nein", schrie sie leise auf und zögerte, bevor sie weich sagte: „Ich liebe dich doch, Ian."

Groß stand er vor ihr, nackt, überwältigend in seiner gewaltsamen Männlichkeit, schrecklich in seinem stolzen Zorn.

„Keine magischen Zauber, Madam", murmelte er höhnisch. „Sie wirken nicht mehr."

Sie musste an sich halten, nicht in Tränen auszubrechen, obwohl sie zusammenzuckte, als hätte er sie geschlagen. Nun hatte sie ihm ihr Innerstes geöffnet, und es hatte sich gezeigt, dass sie ihrem Mann nichts bedeutete. An allen Gliedern bebend, stieß sie hervor: „Und ich gehe zu meinem Onkel, selbst wenn ich auf der Straße betteln müsste, ich muss zu ihm."

„Du bleibst."

„Verstehst du denn nicht", stöhnte sie, „sie werden ihn hängen." Das konnte, das durfte nicht wahr sein, Ian konnte das nicht wollen.

„Kein Mensch wird ihm ein Haar krümmen, doch du bleibst in San Francisco. Ich selbst hole deinen Onkel."

„Aber deine Arbeit ..."

„Ich habe gesagt, du bleibst, verstanden? Noch bist du meine Frau und wirst dich während meiner Abwesenheit an einige Regeln halten. Du verlässt die Villa nicht ohne Lee oder John und auch dann nur, um zum Warenhaus zu fahren oder soziale Verpflichtungen in meinem Namen zu erfüllen. Ist das klar?"

Er würde Onkel Theo holen. Das allein hatte Marissa begriffen. Und wenn Ian jetzt nicht gleich ging, würde sie zusammenbrechen. Der kalte, unbewegte Tonfall hatte ihr gezeigt, dass nichts Ian Tremayne mehr rühren würde, was auch immer sie ihm sagen mochte.

„Ja", gab sie tonlos zurück und starrte ins Leere.

„Dann zieh dich an. Mr. Whalen wird uns schon vermissen. Ich habe die Absicht, noch heute mit ihm nach England abzureisen. Wir nehmen den Abendzug."

„Heute schon?"

„Ja, sonst könnte es mich doch noch reizen, dir die Seele aus dem Leib zu schütteln."

„Du kannst sofort die Scheidung in die Wege leiten, wenn du

es willst", murmelte Marissa. „Dann bist du mich bei deiner Rückkehr schon los." Danach setzte sie wie gejagt hinzu, die Worte überstürzten sich: „Mary und Jimmy haben nichts damit zu tun, es ist alles nur meine Schuld. Ich flehe dich an, lass es sie nicht entgelten, Mary erwartet ein Kind."

„Nein, Marissa", unterbrach er sie bestimmt. „Ich denke nicht daran, Jimmy hinauszuwerfen. Er hat sich großartig entwickelt."

„Im Gegensatz zu mir, die sich als äußerst ungeeignet erwiesen hat", sagte Marissa leise und richtete sich hoch auf.

„Oh, nein, du hast dich sogar als sehr geeignet gezeigt", widersprach Ian und stellte dann schneidend fest: „Allerdings haben das schon andere Frauen vor dir auch getan."

Einen Augenblick lang vergaß Marissa, dass das Leben ihres Onkels von Ian Tremayne abhing, und sprang auf. Bevor sie etwas tun konnte, hatte er sie wieder an sich gerissen und hielt sie fest. Sie spürte seinen Körper heiß und drängend an dem ihren und hätte ihm so gern nachgegeben, den Kopf an die breite Brust gelegt und sich hingegeben. Wenn Ian sie doch wieder lieben wollte! Nein, das würde er wohl nie mehr tun.

„Denk an Onkel Theo", mahnte er und lächelte. „Du bist so hinreißend schön, Liebste, nur ein Narr könnte das bestreiten."

Damit gab er sie unvermittelt frei und schritt zur Verbindungstür.

„Ian", rief sie ihm erschrocken nach, „Ian, was wirst du nun tun?"

Er wandte sich zurück. „Ich weiß es nicht. Ich weiß es wirklich nicht."

Dann stieg er über die Kleider, die auf dem Teppich lagen, und schloss die Tür mit einem sehr entschlossenen Ruck hinter sich.

16. KAPITEL

Marissa saß bei Mary auf der kleinen Terrasse des Pförtnerhauses beim Tee, als der Telegrafenbote klingelte. Er hatte Mrs. Tremayne nicht in der Villa angetroffen und war deshalb hierher gekommen. Es war inzwischen Mitte April, und Ian hatte in den sechs Wochen seiner Abwesenheit nichts von sich hören lassen, eine kurze Nachricht ausgenommen, in der er ihr mitteilte, dass Theo in Freiheit und in seiner, Tremaynes, Begleitung wäre.

Die Depesche zitterte in Marissas Händen, dass sie kaum den Inhalt entziffern konnte.

„Ankomme San Francisco mit Abendzug am 16. April. John soll am Bahnhof warten. Ian.“

Mary wollte wissen, was in dem Telegramm stünde, und Marissa las es noch einige Male, bevor sie auf einen der Gobelinstühle sank und atemlos hervorstieß: „Gerechter Gott, Mary, er kommt übermorgen Abend nach Hause.“

Mary kniete neben der Freundin nieder und fasste ihre Hände. „Das ist doch wunderbar.“

Marissa gab keine Antwort.

„Marissa, freu dich doch, endlich wird alles gut werden.“

Oh, nein, nichts würde jemals wieder gut werden. Sie musste an den Abend vor Ians Abreise denken. Sie hatten ziemlich wortkarg mit Mr. Whalen bei Tisch gesessen, und Marissa hatte gespürt, wie sehr Ian aus ihrer Nähe strebte. Er schien ihr nicht einmal mehr zu zürnen, wollte sie einfach nicht mehr sehen, ihre Stimme nicht mehr hören. Die Unnahbarkeit, die Kälte hatten Marissa erschreckt.

Während seiner Abwesenheit dann hatte Marissa sich den alltäglichen Dingen zugewendet, war zuerst entrüstet gewesen, dass

John Kwan sie immer begleiten musste. Als sie in der Meinung, Ian misstraue ihr, John versicherte, es sei wirklich unnötig, sich ständig und überall an ihre Fersen zu heften, hatte der Chinese sie ruhig angesehen und gesagt: „Sie wissen, was einmal schon geschehen ist, Mrs. Tremayne, als man Sie damals so grausam entführte. Ich habe Mr. Tremayne mein Wort verpfändet, dass etwas Ähnliches niemals mehr geschehen würde, und ich halte mein Versprechen. Übrigens bin ich es nicht allein, der über Sie wacht, Mrs. Tremayne."

Seine ernsten Worte hatten sie getroffen, und sie hatte vor Freude zu zittern begonnen. Ian hatte sich wenigstens um ihr körperliches Wohl Gedanken gemacht. Das war schon sehr viel in der gegenwärtigen Lage. Dabei hätte er es jetzt eigentlich begrüßen müssen, wenn irgendein Verbrecher die ungewollte Frau aus dem Weg geräumt und entführt hätte. Doch einer solchen Einstellung würde wohl immer sein hohes ethisches Empfinden gegenüberstehen. Bei allem Abscheu der Betrügerin gegenüber würde Ian Tremayne es nicht dulden, dass jemand seiner Frau etwas zuleide täte.

In der Zeit seiner Abwesenheit schien sich, dem Telegramm nach zu urteilen, auch an seiner Verachtung nichts geändert zu haben. Und Marissa hatte seither in einer unaufhörlichen Reihe von Gewissensqualen und Selbstvorwürfen gelebt, die ihr die Tage zur Hölle machten. Äußerlich gesehen, war die Zeit freilich eher erfolgreich verstrichen. Wer nur Rang und Namen hatte in San Francisco, hatte sich bei Marissa Tremayne melden lassen und ihr einen Besuch abgestattet. Anfangs war sie sehr auf der Hut gewesen, als die gute Gesellschaft die zweite Mrs. Tremayne plötzlich von einer Stunde zur nächsten entdeckt hatte. Doch bald schon hatte sie feststellen müssen, dass man ihr herzlich entgegenkam. Das einzig Störende an dieser Sache war bloß, dass

Marissa sich damit in eben jenen Kreisen zu bewegen begann, in denen auch Grace Leroux verkehrte.

So hatte sie die ganze Zeit in einem Zwiespalt gelebt und sich erst recht als Lügnerin und Heuchlerin gefühlt. Nur Mary, die endlich die Freundin überzeugte, dass sie den Namen Tremayne zu repräsentieren hätte, war Marissa eine echte Stütze. Mochte er nach seiner Rückkehr eine Entscheidung fällen, bis dahin nahm Marissa den Platz ein, der ihr als Mrs. Ian Tremayne zustand.

Oft musste sie daran denken, mit welcher Sicherheit sie Grace Leroux gegenüber behauptet hatte, das Spiel gewonnen zu haben. Das war ein verhängnisvoller Irrtum gewesen. Aber immerhin bestand berechtigte Hoffnung, da sie die Freunde nicht mit sich gerissen hatte, als sie stürzte. Vor seiner Abreise nach Europa hatte Ian Jimmy O'Brian noch mehr Verantwortung übertragen und ihm seinen persönlichen Sekretär zur Seite gestellt. Marissa ihrerseits hatte es sich zur Gewohnheit gemacht, am Sonntagmorgen bei dem Kinderfrühstück dabei zu sein. Sie verbrachte manchen Nachmittag mit dem jungen Darrin, den sie immer mehr lieb gewann.

Sie hatte sogar versucht, ihn auf Nob Hill auf der dritten Etage im Dienstbotentrakt unterzubringen. Doch der Kleine hatte standhaft darauf beharrt, erst einmal mit Mr. Tremayne darüber zu reden. Darrin empfand unbegrenzte Hochachtung für Mr. Tremayne, ohne etwas von seinem angeborenen Stolz und Eigenwillen zu opfern. Marissa hatte diese feste Haltung eher mutlos gemacht. Da sie nicht wissen konnte, ob sie nach der Rückkehr des Mannes noch länger in der Villa leben würde, machte sie sich Sorgen um den Jungen. Würde Ian sich weiter um den Retter seiner Frau kümmern, wenn sie erst einmal aus dem Haus war?

Manchmal versuchte Marissa, ihre Angst mit Trotz zu bekämpfen. Vielleicht hatte Ian Tremayne nur deshalb so schroff reagiert, weil es ein englisches Hausmädchen von niedrigem Stand gewagt hatte, ihm die vornehme Lady vorzuspielen? Das Armeleutekind aus dem Bergmannsstädtchen? Sie wollte ihn wegen seines Hochmuts hassen und musste sich doch gleich wieder eingestehen, dass es ein Teil seiner inneren Sicherheit war, der ihn so erscheinen ließ. Und statt Ian Tremayne zu hassen, liebte Marissa ihn dafür nur umso inniger.

Wenn sie dann nachts schlaflos im Bett lag, sehnte sie sich nach Ian und erinnerte sich schmerzlich der Stunden in seinen Armen. Dazu kam, dass Marissa kaum mehr zweifeln konnte, dass die letzte Liebesnacht nicht ohne Folgen geblieben war. Davon aber hatte sie noch zu niemandem gesprochen, nicht einmal Mary O'Brian gegenüber eine Andeutung gemacht. Manchmal wollte Marissa sich selbst einreden, sie wäre noch nicht sicher, doch das stimmte nicht. Sie wusste es ganz genau. Und riesengroß erhob sich die Frage, wie es weitergehen sollte.

Sie konnte Ian nichts davon sagen, solange sie sich nicht über die Zukunft geeinigt haben würden. Sollte er tatsächlich die Scheidung anstreben, wollte Marissa ihn nicht damit halten, dass sie sein Kind erwartete. Dazu kam eine andere bange Sorge. Ians erste Frau war bei der Geburt gestorben und hatte das Kind mit in den Tod genommen. Konnte es Ian da nicht kränken, dass die ungeliebte zweite Frau gesund und stark genug war, einem Kind das Leben zu schenken? Vielleicht würde er deshalb Marissa nur noch mehr verachten und Vergleiche zwischen ihr und der geliebten Toten anstellen?

„Marissa“, murmelte Mary betroffen, „mach dir doch nicht so viele Gedanken, du bist ja ganz blass geworden. Selbst wenn Ian mir, ich meine, uns meine Monatsauslagen nicht mehr vergütete, so verdient Jimmy inzwischen genug, dass wir alle gut leben können. Und Jimmy hat ja jetzt eine Position, die es für die Zukunft recht ordentlich aussehen lässt."

Marissa hörte nur mit halbem Ohr hin und horchte erst auf, als Mary dann weiter hinzusetzte: „Freu dich lieber, wenn Ian zurückkommt. Er hat schon Karten für uns alle bestellt, sobald Caruso sein Gastspiel geben wird."

„Für euch, ja", sagte Marissa bitter, „gewiss nicht für mich."

„Doch, es sind vier Karten reserviert worden, Jimmy weiß es."

„Vielleicht wird Ian Grace mitnehmen."

„Unsinn, warum sollte er? Du täuschst dich wirklich, Marissa, wenn du glaubst, Ian wolle die Scheidung, glaube mir."

„Wegen seiner gesellschaftlichen Stellung?"

Mary lachte melodisch. „Nicht deshalb. Du kennst ihn gut genug, dass er sich keineswegs um die öffentliche Meinung kümmern würde."

Marissa war aufgestanden und ging rastlos auf der Veranda auf und ab, die Brauen zusammengezogen.

„Aber wenn er sich nicht scheiden lässt, könnte das Leben in Zukunft die Hölle für uns werden. Ich jedenfalls könnte es nicht ertragen, das Leben zu führen, das ich mir früher so sehr gewünscht habe. Ich kann nicht nur dem Namen nach seine Frau sein und schweigend zusehen, wie er sein Vergnügen an der Barbary Coast sucht. Und schon gar nicht würde ich Grace an seinem Arm in der Oper begegnen wollen."

„So sieh doch nicht alles gleich so schwarz, Marissa", mahnte Mary und lächelte. „Das ist nicht deine Art. Du bist eine Kämpfernatur, vergiss das nie. Als James und ich bereit waren, die Flinte ins Korn zu werfen, hast du allem die Stirn geboten."

„Damals war es auch viel leichter zu kämpfen", sagte Marissa leise.

„Weil du damals nicht liebtest“, bestätigte Mary, „aber nun, da du ihn liebst, musst du erst recht um ihn kämpfen, nun erst recht.“

Ein scheues Lächeln erwachte in Marissas Augen und ließ den Feuerfunken des Smaragds wieder sprühen. „Du hast Recht, Mary, ich liebe Ian, und ich werde um ihn kämpfen.“

Mary blieb heiter und zuversichtlich. „Es wird alles gut werden, glaube mir, hab nur Vertrauen.“

Marissa umarmte die Freundin und eilte in die Villa hinauf. Ja, am Vertrauen sollte es nicht fehlen, nicht an dem in Gott und nicht an dem in die Kraft der eigenen Liebe. Oben angekommen, teilte Marissa John mit, dass er mit ihr am nächsten Abend den Heimkehrenden abholen würde. Gleich darauf meldete ihr Lee eine Besucherin.

„Eda“, sagte Marissa überrascht und küsste die hübsche Frau, „wie nett von Ihnen, bei mir vorbeizukommen. Was darf ich Ihnen anbieten?“

Vermutlich war es ganz gut, jetzt nicht allein zu sein. Eda sah Lee unmissverständlich an. Marissa nickte der schönen Chinesin unmerklich zu, und Lee Kwan verließ mit einer Verneigung den Raum.

„Was ist denn los?“ fragte Marissa, sobald sich die Tür hinter dem Mädchen geschlossen hatte. Eda Funston war eine Frau, die mit der Wahrheit nicht gerade hinterm Berg hielt.

„Marissa, Sie sind über Nacht zum Stadtgespräch geworden. Ich glaube auch zu wissen, wer dieses abscheuliche Gerücht in Umlauf gebracht hat. Aber es ist nun einmal da, und ich bin der Ansicht, dass Sie es wissen müssen.“

Ein kalter Schauer rann Marissa über den Rücken, als sie fragte: „Von welchem Gerücht reden Sie, Eda?“

„Es wird behauptet, Ian Tremaynes junge Frau wäre beileibe

keine englische Lady aus dem Landadel, sondern ein geldgieriges Dienstmädchen, das Ian in diese Ehe hineinmanövriert hätte."

Trotz des Eiseshauches, der sie anwehte, blieb Marissas Stimme ruhig und schwankte keineswegs. „Ich war einmal Hausmädchen, Eda." Damit war freilich noch nicht gesagt, dass alles an dem Gerede stimmen müsste.

Eda Funston wehrte unbefangen ab. „Wir sind hier in Amerika, Marissa, dem Land der unbegrenzten Möglichkeiten. Und was ist schon Ehrenrühriges daran, ein Hausmädchen zu sein?" Sie lächelte und machte dann eine wegwerfende Handbewegung. „Außerdem stammt mindestens die Hälfte der feinen Gesellschaft auf Nob Hill von Freibeutern und Goldsuchern ab, lassen Sie sich das gesagt sein. Aber ich weiß, wer hinter dem ganzen Unsinn steckt."

Marissa konnte sich des unbestimmten Verdachtes nicht erwehren, dass vielleicht Ian selbst ihr Geheimnis verraten hätte.

„Es ist diese grässliche Witwe Grace Leroux. Sie hat sich ja immer schon so auffallend für Sie interessiert. Vielleicht hat sie einen Schnüffler auf Sie angesetzt, der in Ihrer Vergangenheit herumstochern sollte."

Hatte Ian selbst der schönen Grace erzählt, dass er seiner Frau müde geworden wäre und warum?

„Kopf hoch, Kindchen", sagte Eda, „ich wollte Sie keineswegs erschrecken. Aber ich musste Sie warnen, dass es Sie nicht unvorbereitet trifft. So können Sie schon zum Gegenschlag ausholen."

„Ich danke Ihnen, Eda. Wollen Sie nicht zum Essen bleiben?"

„Heute kann ich leider nicht, Freddie erwartet mich in der Stadt. Und machen Sie sich nichts aus dem Gerede, Ian wird dem schon schnell einen Riegel vorschieben, sobald er zurück sein wird."

„Er kommt morgen Abend."

„Sehr gut. Und merken Sie sich eines, meine Liebe. Wer oder was auch immer Sie gewesen sind, jetzt sind Sie die Frau Ian Tremaynes, und das genügt."

Eda umarmte Marissa herzlich und küsste sie auf beide Wangen, bevor sie sich wieder auf den Weg machte. Marissa stand noch auf der Schwelle und schaute der Davoneilenden nach. Plötzlich spürte sie, dass sie nicht mehr allein war. Sie drehte sich um und sah Lee.

„Es scheint, dass über mich in der Stadt geklatscht wird", murmelte Marissa.

Lee nickte bekümmert. „Ich habe davon gehört."

Das verwunderte Marissa keineswegs. War San Francisco auch eine große Stadt, so flogen gerade Gerüchte mit Windeseile von Mund zu Mund.

„Nun, Lee, ich bin keine Lady."

Die schöne Chinesin lächelte. „Mrs. Tremayne, Sie reden mit John und mir nicht anders als mit Ihren Freunden. Sie kümmern sich um die Waisenkinder, weil Ihnen ihr Schicksal wirklich am Herzen liegt. Und deshalb, Mrs. Tremayne, sind Sie eine echte Dame." Damit verneigte sich Lee tief und verschwand durch die Tür zum Esszimmer.

Marissa stand im Eingang und hatte Muße, über die Worte der Chinesin nachzudenken. Schließlich lächelte sie schwach und stieg die Treppe hinauf, trat im Schlafzimmer an das Fenster und blickte hinunter auf die Stadt, die sie so sehr lieben gelernt hatte. Von der Bucht stieg der Nebel auf und trieb in grauen Schwaden vorbei.

Wenig später brachte ein Bote ihr einen Brief. Er kam von Lilli Reynolds. Als Marissa ihn las, musste sie lachen. Auch Lilli warnte vor einer böswilligen Verleumdungskampagne, riet, sich nicht darum zu kümmern, und berichtete davon, dass Marissa viele Freunde hätte. Die folgenden Zeilen erheiterten Marissa trotz ihrer Niedergeschlagenheit. Lilli schrieb nämlich:

„Jemand scheint es besonders für seine Ritterpflicht zu halten, sich tatkräftig für Sie einzusetzen. Als Grace Leroux neulich von ihrer Putzmacherin kam, trafen einige wohlgezielte Tomaten die Witwe. Es wird Sie freuen zu erfahren, dass der kleine Übeltäter so schnell entwischte, dass ihn keiner fangen konnte."

Marissa setzte sich hin und antwortete mit einigen herzlichen Zeilen des Dankes an die Nachtclubbesitzerin.

Dann stand sie noch lange am Fenster und starrte in den Nebel. San Francisco barg nicht nur Feindliches, sie hatte auch echte Freunde hier, und vor allem war es Ian Tremaynes Heimat. Als Marissa spürte, wie ihre Hände zitterten, zwang sie sich zur inneren Ruhe. Mary hatte Recht, sie war immer eine Kämpfernatur gewesen, geboren, den eigenen Weg zu gehen, ohne den Mut zu verlieren. Marissa würde um Ian Tremayne kämpfen.

Am nächsten Abend stand Marissa Tremayne auf dem Bahnsteig und wartete auf die Ankunft des Zuges, mit dem Ian zurückkehren würde. Es wurde Verspätung gemeldet, und Menschen drängten sich entlang des Perrons, darunter auch einige ältliche Damen, die nahe bei der Tremayne-Villa auf Nob Hill wohnten. Eine davon war Mrs. Masterson, deren Sohn vom College nach Hause kommen wollte. Als ihre Blicke sich trafen, lächelte Marissa freundlich, doch Mrs. Masterson drehte rasch den Kopf zur Seite. Sie wusste es also auch schon! Marissa dachte an Eda Funstons Rat und reckte das Kinn trotzig in die Luft.

Nun hörte man das Pfeifen des einfahrenden Zuges, Bremsen quietschten, und Marissa unterdrückte gewaltsam das Zittern ihrer Hände. Dampf stieg zischend auf und verschleierte die großen

Räder. Marissa sah die hohe Gestalt Ians auf dem Trittbrett des dritten Waggons, bereit, sofort abzuspringen. Hinter ihm stand Onkel Theo, hager und blass, aber durchaus ansehnlich. Unwillkürlich hielt Marissa den Atem an. Was würde nun geschehen? Plötzlich wurde ihr klar, dass ihr völlig gleichgültig war, was Mrs. Masterson meinte, und dass sie keineswegs gesonnen war, sich selbst demütig zu verleugnen. Trotz des übermächtigen Wunsches, auf Ian zuzulaufen, konnte Marissa sich nicht rühren und schien wie angewurzelt. Und dann zählte auch das nicht mehr.

„Marissa!“

Es war Onkel Theo, der ihren Namen rief mit seinem langsamen Yorkshire-Akzent und auf seine Nichte zueilte, sie herzlich in die Arme schloss. Tränen rannen ihr über die Wangen, und sie küsste ihn immer und immer wieder. Mochte geschehen, was wollte, sie war dankbar. Onkel Theo war der einzige Mensch, den sie noch hatte, und Ian hatte ihn für sie gerettet. Sie bemerkte, dass auch Theo Ayers nasse Augen hatte, und schmiegte sich an ihn.

„Marissa, Mädchen, mein Gott, es tut so gut, dich wieder zu sehen. Dir und deinem Mann verdanke ich mein Leben“, murmelte er.

„Da bist du, Onkel Theo, gesund und in Sicherheit, das allein zählt nur“, gab sie zurück.

Er stellte sie behutsam auf die Füße, und der Blick über die Schulter Onkel Theos hinweg belehrte Marissa, dass es nicht so war. Es gab noch etwas in ihrem Leben, das ebensoviel bedeutete. Ian war fast ganz herangekommen, groß und elegant, und grüßte nach allen Seiten. Seine Augen freilich sahen nur Marissa. Auf einmal stockte sein Schritt, er runzelte die Stirn. Marissa hörte, wie Mrs. Masterson eben laut zu jemandem bemerkte: „Sie ist nur ein ganz mieser Emporkömmling, Dienstmädchen soll sie gewesen sein, hat den armen Mr. Tremayne in diese Ehe hineinmanövriert, sicher hat sie ihn verführt ..."

„Hoffentlich findet er einen Weg, sich von ihr zu befreien", erwiderte eine üppige Witwe in Taubengrau, „der arme Mr. Tremayne."

Alle Umstehenden mussten es gehört haben! Trotz ihrer zur Schau getragenen Haltung fühlte Marissa, wie ihr das Blut in die Wangen stieg. Hoffentlich hatte wenigstens Onkel Theo nichts bemerkt! Es hatte den Anschein, denn er zeigte keinerlei Reaktion.

Nun trat Ian mit strahlendem Lächeln auf die beiden ältlichen Klatschbasen zu, begrüßte sie heiter, erkundigte sich nach Mrs. Mastersons Sohn und sagte erst im Weitergehen fast beiläufig: „Übrigens irrst du dich gewaltig, meine liebe Nancy", das galt der triumphierenden Mrs. Masterson, „meine Frau brauchte mich keineswegs in unsere Ehe hineinzumanövrieren. Du musst sie nur einmal ansehen, um sofort zu begreifen, warum ich vom ersten Sehen an fest entschlossen war, sie zu heiraten! Sie und keine andere. Guten Abend!"

Die beiden Frauen starrten ihm verblüfft nach, als er nun auf Marissa zutrat. Marissa bemerkte das kalte Funkeln der kobaltblauen Augen, die Feindseligkeit, die jede herzliche Dankbarkeit im Keim erstickte, und wünschte sich die kurze Zeitspanne der vollkommenen Harmonie zurück. Dann hätte sie sich an Ians Brust werfen und das heiße Gesicht an sein Jackett schmiegen können. Diese Zeit war nun allerdings vorbei.

„Liebste", sagte Ian Tremayne und legte ihr mit betonter Herzlichkeit den Arm um die Schulter, küsste Marissa auf die Wange. Seine Lippen waren eiskalt. Er spielte für die Umstehenden Komödie, und Marissa tat ein Gleiches.

„Willkommen zu Hause, Ian." Mit einem strahlenden Lächeln strich sie über seine Revers. „Wie wunderbar, dass du endlich wieder da bist."

„Und noch dazu mit deinem lieben Onkel."

„Natürlich, meinem guten Onkel Theo!" Sie hakte sich auf der einen Seite bei Theo Ayers, auf der anderen bei Ian unter und schlug die Augen im Vorübergehen – besonders für Mrs. Masterson – hingebungsvoll zu ihrem Mann auf. „Nun kommt schon. Zu Hause wartet das Essen, und du hast gewiss auch bereits Sehnsucht nach unserem eigenen Bett gehabt."

„Mmm", stimmte er zu, und nur Marissa hörte den ätzenden Unterton, „beeilen wir uns, endlich nach Hause zu kommen."

Trotzdem zählte nur eines für Marissa: Ian Tremayne. Endlich war er wieder bei ihr.

Theo Ayers stand buchstäblich mit offenem Mund in der Halle der Villa auf Nob Hill und starrte auf den Kristall-Lüster, den Marmorboden, die breite, gewundene Treppe, die in den zweiten Stock führte.

Marissa schluckte. Nun musste Ian ihre Herkunft peinlich deutlich geworden sein. Er hatte Onkel Theo abgeholt, hatte das ärmliche Häuschen gesehen, den Kohlenstaub geatmet. Ian Tremayne kannte die Vergangenheit seiner Frau. Marissa schämte sich dieser Gedanken und grollte zugleich Ian, der schuld daran war, dass sie sich so erbärmlich vorkam.

Ian dagegen benahm sich kein bisschen anders als sonst, rief Lee zu, dass sie auftragen könne, und wandte sich höflich an Onkel Theo. „Darf ich Ihnen den Mantel abnehmen, Sir?"

Nun erst bemerkte Marissa, dass ihr Onkel von Kopf bis Fuß neu und kostspielig eingekleidet worden war. Er trug einen grauen Anzug, ein blütenweißes Hemd, dazu schwarze, glänzende Lederschuhe. Die anthrazitfarbene Weste passte zu der Krawatte.

Marissa musste sich eingestehen, dass ihr Onkel ein gut aussehender Mann war: hoch gewachsen, hager und durchaus würdig in seiner Haltung.

„Ist das Ihr Haus, Ian?" fragte Onkel Theo.

Ian Tremayne lächelte. „Gewiss, und ich bin sicher, dass Sie sich schnell darin wohl fühlen werden. John wird Ihre Koffer gleich hinaufbringen, und nach dem Abendessen können Sie sich wohnlich einrichten."

Spontan ergriff der ehemalige Bergarbeiter Ian Tremaynes Hand und schüttelte sie herzlich. „Ich bin Ihnen ja so dankbar, Mr. Tre... Ian." Er wandte sich Marissa zu und zog sie an seine Brust. „Auch wegen Marissa bin ich so froh, dass dies hier nun ihr Leben ist. Oh, Marissa, du hast es auch verdient."

„Und ob", murmelte Ian beipflichtend, „und wie sie es sich verdient hat."

Sie erstarrte und war erleichtert, dass Lee meldete, es sei aufgetragen.

Nach einem endlos langen Mahl, bei dem Marissa krampfhaft ein Gespräch in Gang zu halten versuchte und Ian einsilbig blieb, schlug Ian schließlich vor, Lee solle den Gast in sein Zimmer führen. Obwohl Marissa es kaum hatte erwarten können, Ian wieder zu Haus zu haben, sprang sie auf und folgte ihrem Onkel. Sie wollte nicht mit Ian allein bleiben.

In dem ihm zugedachten Raum zog Theo Ayers seine Nichte wieder in die Arme. „Es ist so schön, Marissa, dass du es so gut getroffen hast. Dein Mann ist ein ganz großartiger Kerl. Und dieses Haus, mein Gott! Du hast es aber auch verdient, wahrhaftig, das hast du."

Welche Ironie des Schicksals! Mit Lüge und Täuschung hatte sie, Marissa, sich diesen Platz erschlichen, und Onkel Theo redete von etwas, das sie sich verdient hätte! Doch Theo Ayers sollte eine gute erste Nacht hier in San Francisco haben, deshalb küsste sie ihn und wandte sich zur Tür.

Plötzlich rief er ihr nach: „Marissa?“

„Ja, Onkel Theo?“

„Lass den Kopf nicht hängen, Mädchen, wenn manchmal der Haussegen schief hängt.“

„Wie meinst du das, Onkel Theo?“

»Lass gut sein, ich sehe es doch in deinen Augen. Aber glaube mir, das sind nebensächliche Kleinigkeiten. Dein Mann liebt dich, Kind.“

„Hat er dir das gesagt?“

Er zuckte die Schultern. „Nicht direkt, aber wenn man eine Weile mit ihm zusammen war, da weiß man das eben. Wenn ich denke, wie er ins Gefängnis kam, wie sie mir sagten, wer er wäre. Nein, wirklich, Marissa, du hättest mir wenigstens schreiben können, dass du geheiratet hast.“

Es klang nun doch ein wenig gekränkt.

„Es tut mir Leid, Onkel Theo, und nun gute Nacht. Ich hab dich sehr lieb und bin glücklich, dich hier zu haben.“

Damit eilte sie hinaus und in ihre eigenen Räume. Dort saß sie lange auf dem Bett und wartete. Ian würde kommen, er musste kommen, ihr wenigstens ein paar Worte sagen nach all diesen Wochen. Aber er kam nicht. Marissa stand auf und ging rastlos auf und ab, streckte sich schließlich auf dem Bett aus und wartete. Wollte er denn nicht wenigstens mit ihr reden? Er hatte sie seit der Begrüßungskomödie auf dem Bahnsteig nicht mehr angefasst, und nun hatte er keineswegs das Verlangen, die Betrügerin zu sehen. Marissa schloss die schmerzenden Augen.

Als sie wieder nach der Uhr auf dem Kaminsims schaute, war es halb fünf Uhr morgens. Marissa musste einige Zeit gedöst haben. Tränen stiegen ihr in die Kehle. Sie stand auf, setzte sich an den Toilettentisch und zog die Haarnadeln aus der kupferblonden Pracht. Dann bürstete sie lange die rotgoldenen Wellen. Ian war nicht zu ihr gekommen. Das war kein gutes Zeichen. Wenn Marissa seine Leidenschaft verloren hatte, war damit alles zerbrochen. Blicklos starrte sie in den Spiegel. Es waren die Stimmen im Korridor, die sie aufschreckten. Ian sprach mit John Kwan.

„Ich weiß auch nicht, was die Tiere heute Nacht haben", sagte Ian.

John stimmte ihm zu: „Ich habe sie nie so nervös und ungebärdig erlebt, Sir. Und da ich hörte, der Rappe sei gesattelt worden, musste ich es Ihnen doch melden. Verzeihung, Sir, dass ich Sie gestört habe."

„Keine Ursache, John. Schon auf der Fahrt hierher fiel mir auf, dass in der Stadt überall die Hunde heulten. Es mag wohl am Mond liegen, John. Danke, und versuch zu schlafen."

Ian hatte also auch noch keinen Schlummer gefunden. Marissa hielt den Atem an. Sie hörte, wie ihr Mann vom Korridor her in sein Schlafzimmer trat und das Jackett auf das Bett warf. Dann wurde es ganz still drüben. Endlich konnte Marissa es nicht mehr ertragen und öffnete die Verbindungstür.

Ian Tremayne stand in schwarzen Hosen und einem weißen Frackhemd am Fenster und starrte schweigend in die Nacht hinaus. Der Kragen war geöffnet. Eigentlich konnte man den Morgen schon ahnen, denn erste blasse Streifen färbten den dunklen Horizont. Die nebelverhangene Stadt würde bald erwachen.

„Marissa", murmelte er, und ein sonderbares Lächeln huschte um seinen Mund. „Welch ungewohnte Stunde für einen Besuch. Und dabei ist doch dein Onkel schon hier im Haus, gesund und sicher, und du hast keine Verpflichtung mehr mir gegenüber."

Marissa rang hörbar nach Luft und stieß dann hervor: „Wie

kannst du es wagen, mir so etwas zu sagen? Ich kam hierher, weil ich dir danken wollte für alles, was du für Onkel Theo getan hast, Ian, nichts sonst."

Mit geballten Fäusten trat sie auf ihren Mann zu, blieb dicht vor ihm stehen. „Zu nichts anderem werde ich jemals wieder zu dir kommen, Ian. Ich werde dich nie mehr anrühren ..."

Sie stockte, als er sie heftig an sich zog. „Du bist doch meine Frau, Marissa, genau, wie du es gewollt hast, vergiss das nicht."

Sie war ihm so nahe, spürte die Spannung, die nicht erloschen war, die Bitterkeit, dass er sie festhielt, ohne zärtlich zu sein, ohne ein Liebeswort zu flüstern. Ob es das niemals wieder geben würde?

„Du hast keinen Zweifel daran gelassen, dass du keineswegs eine Frau wolltest, Ian. Dann erst schien alles gut zu werden, bis du eines Tages erfuhrst, dass du ein Dienstmädchen geheiratet hattest. Da war ich dem vornehmen Herrn auf Nob Hill nicht mehr gut genug."

„Verdammt, du Hexe", zischte er heiser und presste sie noch enger an sich. Sie empfand die Hitze, die sein Körper ausströmte, den Atem an ihren Wangen, den Duft nach Leder.

„Du hast mich belogen. Und obwohl ich dir immer wieder eine Gelegenheit gegeben hatte, mir die Wahrheit zu sagen, hast du weitergelogen. Mich hast du nur geheiratet, um in die Höhe zu kommen."

„Das ist nicht so."

„Du hast wegen des Geldes geheiratet, das wussten wir beide. Nur dachte ich damals, es wäre dein eigenes."

„Dann mach doch ein Ende. Ich frage nicht nach deinem Geld, ich will nur in Frieden leben. Dann brauchst du dich nicht länger um die öffentliche Meinung zu kümmern ..."

„Die ist mir vollkommen gleichgültig ..."

„Dann tu es doch! Lass dich von mir scheiden!“

„Es wird nie eine Scheidung geben.“

Er presste Marissa so hart an sich, dass sie beinahe aufgeschrien hätte. Die kobaltblauen Augen blitzten wie zwei stählerne Dolche und trafen Marissa auch mit solcher Schärfe.

„Es wird niemals eine Scheidung geben, Marissa. Das hat nichts mit anderen Leuten und ihrer Meinung zu schaffen, sondern einzig und allein mit dem Schwur, den wir beide geleistet haben: ... bis dass der Tod uns scheidet!“

„Du kannst nicht wollen, dass wir so weiter miteinander leben.“

„Ich würde so weiterleben, selbst wenn es die Hölle wäre, Madam.“

Einen gepressten Atemzug lang starrte sie ihm schweigend ins Gesicht, dann setzte sie sich zur Wehr. „Ich kann nicht, ich kann nicht und will es auch nicht. Ich will nicht mit dir leben, wenn du ...“

„Du wirst mit mir leben, Marissa, und als meine Frau.“

Marissa zitterte vor Zorn und Erregung und Hoffnung und Verlangen. Solange Ian Tremayne sie noch begehrenswert fand, war nicht alles verloren. Wenn sie jetzt nur wollte, würde sie wieder in seinen Armen liegen, denn er begehrte sie immer noch. Nein, das wollte sie nicht. Nicht so!

„Ich kann so nicht mit dir leben“, sagte sie. „Ich könnte es nicht ertragen, Ian ... ich liebe dich.“

„Du lügst“, donnerte er sie an. Dennoch schien er berührt, denn er lockerte seinen Griff, und einen langen Augenblick standen sie wortlos voreinander. Plötzlich drehte Marissa sich um und lief hinüber in ihr Schlafzimmer.

„Marissa!“

Sie hörte nicht darauf, schloss hastig die Korridortür auf und stürzte die Treppe hinunter. Er würde ihr nachkommen. Doch gerade das wollte sie nun nicht. Sie hatte ihm noch einmal Herz und Seele dargeboten, um ihn von ihrer Liebe zu überzeugen. Er schien nicht davon überzeugt, und alles andere zählte nicht mehr. Seinen Hohn würde Marissa jetzt nicht auch noch ertragen.

Im Stall ging Marissa zur Box ihrer Stute, die unruhig auf der Stelle trat, wieherte und sich aufbäumte.

„Was ist bloß los mit euch?“ flüsterte Marissa, denn auch die anderen Tiere waren ungewöhnlich erregt, schnoben und schlugen gegen die Verschläge. Mit Mühe beruhigte Marissa ihr Pferd, streifte Zaum und Zügel über und schwang sich auf den Rücken, ohne einen Sattel aufzulegen. Im Osten ging die Sonne auf, tauchte den Himmel in flammendes Rot, als Marissa über den Rasen dem Parktor zuritt.

Ian kam auf sie zu. „Marissa!“

Sie zwang die Stute zum Galopp. Mochte Ian ihr folgen! Sie würde zum Warenhaus reiten, wo Sandy gewiss schon das Kinderfrühstück vorbereitete. Es war Sonntag. Auf dem Weg durch die Stadt regte sich überall verschlafenes Leben. Mancher Zeitungsjunge nahm fluchend Reißaus, als Marissa ihr Pferd durch die noch leeren Straßen hetzte. Als sie endlich vor dem Warenhaus absprang und die Stute anhalfterte, bemerkte Marissa, dass Ian auf seinem Hengst bereits die Gasse herabgaloppierte. Mit einem schnellen Gruß lief Marissa an dem Nachtwächter vorbei und zu den Räumen, in denen die Kinder zu frühstücken pflegten.

Darrin war der Erste, der sie kommen sah, und er verzog das Gesicht zu einem breiten Grinsen. Ein Blick auf ihr wirres Haar und das zerdrückte Kleid freilich ließ ihn die Stirn runzeln.

„Mrs. Tremayne“, rief er ihr zu, und sie atmete einmal durch. Es war falsch gewesen, sich hierher zu flüchten. Ian würde sie auch vor den Augen der Kinder zu einer Rechtfertigung zwingen, wenn er zornig war. Daran hätte Marissa denken müssen.

In diesem Augenblick begann der Boden unter ihren Füßen zu schwanken, und eines der Kinder rief ängstlich: „Was ist das?"

„Ein Erdbeben", schrie Darrin. „Es ist ein Erdbeben, ein starkes." Aus dem Schwanken wurde ein Rollen, Stampfen und Dröhnen, schwoll an zu einem rasenden Gebrüll, als wolle die Erde aufbrechen und bersten.

17. KAPITEL

Das Erstaunliche war, dass Ian Tremayne das Erdbeben sah, bevor er es wirklich wahrnahm. Wie eine Welle lief es die Straße entlang, spaltete das Pflaster und ließ die Erde auseinander brechen. Darauf folgte ein lang gezogenes dumpfes Grollen, beinahe ein Ächzen. Mit lautem Wiehern bäumte sich der Rapphengst auf und hätte den Reiter beinahe abgeworfen.

Ian sprang aus dem Sattel und strich beruhigend über den Hals des Tieres. Dabei ließ er den Blick nach vorne schweifen und glaubte zu träumen.

Die hohen Gebäude zitterten und schwankten und neigten sich in einem unheimlichen Tanz. Der erste Riss wurde rasch länger, setzte sich fort durch Washington Street, verzweigte sich und stürmte wie eine ungeheure Meereswelle heran.

„Marissa", brüllte Ian Tremayne, besessen von dem übermächtigen Wunsch, dem geradezu verzweifelten Impuls, sie zu schützen, zu sehen, um jeden Preis sicher in den Armen zu halten. Zu spät Der Boden tat sich weiter auf, Rohrleitungen bogen sich und barsten. Holz, Pflastersteine, Zement und Metall gaben dem riesigen Druck nach, splitterten, krachten und klirrten durcheinander. Die unsichtbare Welle ergriff den verstörten Hengst und schleuderte ihn gegen die Mauer des Warenhauses. Ian konnte sein Pferd nicht beruhigen, denn er selbst hatte auf einmal den Eindruck zu fliegen und landete hart auf allen vieren. Mit Mühe rappelte er sich hoch und lehnte sich keuchend an das Gebäude. Zu beiden Seiten der Straße stürzten Häuser zusammen, schwankten Fassaden. Weiter bebte und grollte die Erde.

Marissa! Sie musste im Warenhaus sein. Und die Mauern würden der Druckwelle standhalten. Sein Großvater hatte sie stabil genug bauen lassen, und Ian selbst hatte immer wieder Verbesserungen durchführen lassen. Das Warenhaus würde nicht in Trümmer fallen!

Gegenüber brach eine Mauer ein, große Zementbrocken flogen durch die Luft wie nach einer Explosion. Ian warf sich gerade noch rechtzeitig zur Seite, um nicht getroffen zu werden. Und immer noch wellte sich der Boden, schwankte und ließ Häuser wie Strohhalme knicken. Schreie gellten auf, entsetzliche Schreie.

Und auf einmal hielt die Erde inne, es wurde still, ganz still.

Der Rappe lag neben Ian; er sah es nicht, hörte nicht die schrillen Schreie der Angst, der Todesangst. Ian stürmte zum Eingang vor und erstarrte mitten im Lauf. Ein leises Zischen drang an sein Ohr, kaum wahrnehmbar, und Ian Tremayne wusste sofort, was es bedeutete. Die unterirdischen Rohrleitungen waren geborsten, das Gas strömte aus. Jeden Augenblick konnten die ersten Explosionen die Stadt erschüttern.

„Marissa!“

Ian stürmte ins Haus, rannte beinahe den Nachtwächter um, den Iren Bobby, der von einem herabstürzenden Regal gestreift worden war und an der Wange eine tiefe Schramme hatte. Er riss die Augen auf, als er den Chef erkannte.

„Mr. Tremayne?"

„Meine Frau, sie ist eben hier rein gelaufen, wo ist sie? Und wer ist sonst noch im Haus, Bobby?"

„Nur ein paar Leute im Parterre, kein Mensch in den Büros oder auf den Etagen. Der Koch und ..." In jähem Schrecken stockte er, „einige Kinder sind schon bei Miss Sandy, und der Priester. Aber", ein tiefer Atemzug hob seine Brust, „das Haus hält stand, Mr. Tremayne, keine Sorge."

„Wir müssen sie schnellstens rausholen, Bobby", unterbrach ihn Tremayne, „die Hauptgasleitung ist irgendwo zerstört worden, alles kann hochgehen."

Der Mann verstand sofort. Er rannte hinter Ian her, vorüber an dem Lift, der vermutlich nicht mehr funktionierte, die wenigen Stufen zum Parterre hinauf. Dabei rief er Ian zu: „Sie sollten etwas für Ihre Schulter tun, Sir."

„Meine Schulter?" Er hatte überhaupt nichts gespürt, bemerkte erst nun, dass er blutete. „Das ist nichts", sagte er, obwohl hellrotes Blut das weiße Hemd färbte. Die Tür zum Café ließ sich nicht gleich öffnen und widerstand auch, als Ian sich dagegen warf. Selbst ein zweiter Versuch, gemeinsam mit Bobby, blieb ergebnislos.

Angst stieg in Ian auf. „Herr im Himmel", donnerte er, „verdammte Tür!"

„Ian", kam von drinnen leise und wie erstickt Marissas Ruf, „wir sind hier eingeschlossen. Ein Balken ist heruntergefallen und versperrt uns den Weg."

„Marissa", schrie er, „wir kommen, wir holen euch da heraus. Sind sonst alle in Ordnung?"

„Beeil dich, Ian, Sandy ist verletzt und blutet ziemlich arg, auch sonst haben ein paar etwas abbekommen."

„Und du, Marissa, geht es dir gut?"

„In Ordnung“, hörte er sie zögernd sagen und konnte nur hoffen, dass das auch wirklich so war. Wenn sie nur nicht aus Tapferkeit log, wie sie das so oft getan hatte! Sie würde auch in diesem Falle des Schreckens Herrin der Lage sein, Wunden verbinden, Kinder beruhigen und sich um alles kümmern. Das war ihr so selbstverständlich. Nicht etwa, weil sie Mrs. Tremayne war, seine Frau, sondern vor allem, weil das Leben sie von früher Kindheit an hart angepackt hatte, das Hausmädchen auf dem Landsitz und zuvor das kleine Mädchen in der weißen Schürze unter der Dunstglocke des Kohlenstaubes in Yorkshire.

„Ian, beeil dich“, rief Marissa jetzt, „bitte!“

Es stand also schlimmer um sie, als er gedacht hatte. Und wieder roch Ian Tremayne das ausströmende Gas. Herr im Himmel, es musste ganz schnell gehen, wenn es nicht zu spät sein sollte!

Das Erdbeben konnte kaum länger gedauert haben als eine halbe Minute, und doch schien die Welt aus den Fugen geraten zu sein. Ian lebte, er war ganz in der Nähe und würde sie alle hier herausholen. An diesen einfachen Feststellungen hielt Marissa sich aufrecht. Zwar war sie nie zuvor in ihrem Leben so fassungslos entsetzt gewesen, dennoch gelang es ihr, das Zittern zu verbergen, das sie überfallen hatte, als die Erde zu beben begann.

Hier im Parterre war die Hölle los gewesen. Möbelstücke, Porzellan und Kristall schienen ein Eigenleben zu haben und bewegten sich ziellos hierhin und dorthin, zersplitterten und zerscherbten. Bohlen lösten sich aus der Halterung, Zementbrocken flogen. Das Haus schwankte, als wolle das Dach alles unter sich begraben. Das Schlimmste blieb allerdings aus. Mochten die Mauern auch in den Grundfesten zittern, sie hielten der ungeheuren Druckwelle stand. Schreie und Angstrufe gellten auf, während der Boden nicht aufhören wollte zu zucken.

Als das Grollen schließlich verebbte, rappelte Marissa sich mühsam auf und begriff, dass Ian noch draußen auf der Straße war. Wenn ihm nur nichts zugestoßen war! Sie hätte schreien und um sich schlagen mögen vor Verzweiflung und Angst um ihn.

„Ian", murmelte sie unhörbar in sich hinein. Nein, es war keine Zeit für hysterische Ausbrüche oder Dergleichen. Einige der Kinder hatten angefangen zu weinen, als das Licht erlosch und sich tiefste Finsternis um sie breitete.

„Nur keine Bange", rief Marissa immer wieder, „es wird gleich wieder hell, keine Bange, es ist alles gut."

Würde es überhaupt wieder gut werden? Etwas wie Panik umkrallte Marissa. Wäre sie doch nicht aus der Villa gerannt, dann wäre sie jetzt bei Ian und hätte keine Angst.

Die Kinder wimmerten durcheinander, einige schienen leicht verletzt, und dann rief Sandy mit erstickter Stimme: „Marissa, ich blute, ich blute sehr stark."

„Ich hole die Notlaterne, Mrs. Tremayne", ließ sich jetzt der Koch Ralph vernehmen, doch Marissa unterbrach ihn sofort, den süßlichen Geruch des ausströmenden Gases in der Nase.

„Nein, Ralph, nicht!"

Der füllige Mann begriff sofort. „Natürlich, Mrs. Tremayne, natürlich nicht."

Nur keine Panik! Sie durfte einfach nicht daran denken, dass Ian in Lebensgefahr schweben könnte, von einem zusammenstürzenden Haus begraben, von der Erde verschlungen zu werden.

„Es wird gleich wieder gut sein", sagte sie laut. Nachdem sich die Staubwolken ein wenig verzogen hatten, drangen nun zaghaft ein paar Sonnenstrahlen durch die Fenster. Marissa zitterte, als sie die Kinder beim Namen rief, sich erkundigte, ob eines verletzt sei. Da vernahm sie auf einmal die dunkle Stimme des Priesters.

Pater Donohue sagte: „Es tut mir furchtbar Leid, Mrs. Tremayne, dass ich so wenig tun kann, aber ich liege hier unter einem Tisch eingeklemmt und kann mich nicht rühren. Ich fürchte, das eine Bein ist arg gequetscht."

Nur Marissa bemerkte, wie die Stimme kaum wahrnehmbar zitterte, und bewunderte die Beherrschung des Paters.

„Haltet still", rief sie beruhigend, „ich komme zu euch, ich komme."

„Müssen wir alle sterben?" fragte ein kleiner Junge jämmerlich.

„Unsinn, keiner von uns wird sterben", versprach Marissa. „Wir denken nicht daran, und was mich angeht, so habe ich noch eine ganze Menge zu tun, bevor ich bei euch sein werde, also habt Geduld."

Wie recht sie mit diesen Worten hatte, sah sie erst, als sie sich mühsam, Schritt für Schritt, vorwärts kämpfte. Sie würde leben, weil das Kind leben musste, das sie unter dem Herzen trug, Ian Tremaynes und ihr Kind!

Plötzlich rief irgendwo links Darrin: „Ich bin hier, Mrs. Tremayne, ich komme zu Ihnen!"

Endlich hatte Marissa alle Kinder um sich versammelt. Kaum eins schien wirklich ernsthaft verletzt, obwohl manche eingeklemmt unter allerlei Schutt gewesen waren. Um Sandy hingegen machte Marissa sich Sorgen. Ein Servierwagen mit Frühstücksgeschirr war auf sie gefallen, Blut hatte bereits den Rock durchtränkt Marissa zerriss ein Tischtuch und band den Schenkel des Mädchens oberhalb der Wunde ab. Der Blutstrom wurde zu einem langsamen Tröpfeln. Marissa fühlte Übelkeit und riss sich zusammen. Der Küchenbursche brachte eine Flasche mit Kochsherry, und sie flößten Sandy eine Teeschale voll davon ein.

In dieser Lage hörten sie dann Ian Tremaynes Stimme. Marissa flüsterte ein inniges Stoßgebet des Dankes, bevor sie antworten konnte. Ian lebte nicht nur, er kam ihnen zu Hilfe!

„Seht ihr, es wird gleich wieder alles gut sein, Mr. Tremayne ist da, er holt uns alle hier heraus. Nur ein bisschen Mut und Geduld!"

Wenigstens hoffte Marissa, dass alles gut werden könnte, wenn auch der Gasgeruch immer noch bedrohlich in der Luft hing. Dann allerdings mischte sich etwas anderes darein. Es roch unverkennbar nach Rauch ...

Endlich hatte Ian die Notfallwerkzeuge gefunden und eine Axt ergriffen. Bobby folgte seinem Beispiel, gemeinsam nahmen sie sich die verkeilte Tür vor. Es dauerte nicht lange, da krachte das Holz und splitterte aus dem Rahmen. Sobald die beiden Männer durchgekrochen waren, sahen sie sich freilich unerwarteten Hindernissen gegenüber. Tische waren übereinander gestürzt, große Gipsbrocken heruntergefallen, Mauersteine aus den Wänden gebrochen. Nicht bloß ein Balken versperrte ihnen den Weg, sondern ein riesiger Schutthaufen trennte Ian von den Menschen, zu denen er sich mit der unbändigen Kraft der Verzweiflung durchzuarbeiten begann.

Der Nachtwächter meinte: „Ich sehe nach, ob ich draußen ein paar Leute zum Graben auftreiben kann, Sir."

Auf der Straße waren kaum Helfer zu finden, denn es herrschte ein Chaos aus Todesangst, Zusammenbruch und völliger Auflösung. Menschen rannten in Panik ziellos durcheinander oder starrten wie betäubt ins Leere. Immer noch schrillten gellende Schreie, und die ersten Feuerwehrwagen ratterten mit ihrem Gerät und behelmten Männern durch die aufgerissene Washington Street. Die Stadt hatte innerhalb von Sekunden ihr Gesicht vollkommen verändert. Manche Gebäude standen noch, die meisten waren eingestürzt Und immer wieder diese fürchterlichen Schreie.

Jemand brüllte Befehle, vielleicht ein Polizist, der versuchte, einen Trupp Freiwilliger zur Bergung der Verschütteten zusammenzubringen. Es war nicht so, dass die Leute nicht helfen wollten. Sie konnten es nicht, zu groß war der Schock, den sie erlitten hatten. Feuerwehrmänner forderten die Menschen auf, ihre Häuser zu verlassen. Unten an der Straße züngelten die ersten Flammen aus einem Fachwerkbau, der in Trümmern lag.

Ian war dem Nachtwächter gefolgt und begriff, dass er auf keine fremde Hilfe zählen konnte. Nur ein Trost ergab sich aus dem erschütternden Anblick der Zerstörung und des Grauens. Der Rapphengst war wieder auf den Beinen und stand ziemlich ruhig da. Er blutete wenig aus einer Schürfwunde und hob den Kopf, als er seinen Herrn erblickte. Während Marys Stute wohl in der Panik die blinde Flucht ergriffen hatte, war der prachtvolle Kerl auf der Stelle geblieben und hatte auf Ian gewartet.

„Guter alter Junge", murmelte Ian und strich dem Pferd über die Mähne, „wart auf mich, ich werde dich noch brauchen." Dann stürmte er mit dem Nachtwächter in das Warenhaus zurück. Und sie begannen zu schaufeln, zu schaufeln, zu graben. Dazwischen erkundigte sich Ian immer wieder, wie es drinnen stünde, und Marissa gab sich alle Mühe, munter zu antworten, dass alles in Ordnung sei. Dabei musste sie gegen die aufsteigende Angst ankämpfen. Denn Sandy hatte inzwischen das Bewusstsein verloren, und von dem Pater hatte sie auch kein Wort mehr vernommen. Ein Junge, dessen verletztes Bein Marissa verbunden hatte, begann leise zu schluchzen. Der Koch Ralph klagte, er hätte Mühe zu atmen, und Darrin hustete immer heftiger. Dennoch rief Marissa, auch wenn ihr die Tränen in den Augen brannten und die Kehle wie zugeschnürt war: „Wir halten durch, Ian."

„Und wir sind gleich bei euch", gab er zurück.

Inzwischen aber verrann die Zeit unendlich langsam. Die Eingeschlossenen hörten von der Straße her nun auch die Befehle, das Gebiet schleunigst zu räumen, und die durchdringenden Schreie.

„Marissa", kam endlich Ians Stimme wieder, „wir haben eine Art Tunnel gegraben und brauchen einen Freiwilligen, der als Erster durchkriecht."

Marissas erster Blick fiel auf Darrin. Er schüttelte entschlossen den Kopf, obwohl er so atemlos war, dass er nur krächzen konnte.

„Ich gehe erst wenn Sie draußen sind, Mrs. Tremayne."

Ein Junge erbot sich, wenn auch zaghaft, und Marissa lobte ihn. Als sie seine Hand fasste, war die schweißnass vor Angst. Es war sehr schwierig, der Kleine musste sein ganzes Gewicht gegen den losen Balken stemmen. Alle schauten mit Vertrauen auf ihn, wie er tapfer das Wagnis begann. Langsam und vorsichtig arbeitete er sich vorwärts, bis Ian ihn herausholen konnte. Die Zurückbleibenden jubelten. Nur Marissa wusste, was an schier unüberwindlichen Schwierigkeiten es noch zu meistern galt. Der Pater war hilflos eingeklemmt, und Sandy war bewusstlos.

Während sie mit betonter Munterkeit die nächsten Kinder in den Tunnel schickte, flüsterte Marissa dem Koch Ralph und seinem Küchenburschen zu: „Wir müssen den Pater unter dem Tisch hervorholen. Vielleicht können sie, wenn die Jungen draußen sind, ein größeres Loch graben. Inzwischen müssen wir sehen, wie wir Pater Donohue freibekommen."

Von draußen wurde Ian ungeduldig. Marissa versuchte, ihrer Stimme Festigkeit und Gelassenheit zu geben, als sie den Sachverhalt möglichst so erklärte, dass die Kinder nicht beunruhigt würden.

„Wir müssen hier ein paar Dinge wegräumen, um den Pater zu erreichen, Ian. Wir haben Ralph und seinen Helfer und Darrin."

Draußen drückte Ian dem ersten Knaben, der geklettert kam, seinen Spaten in die Hand und versicherte ihm, dass seine Hilfe dringend nötig wäre, was den Kleinen zu handfestem Graben anfeuerte.

Marissa lächelte, obwohl ihre Augen wie Feuer brannten. Nein, jetzt war nicht die Zeit für Tränen und Atemnot. Es galt, den Priester zu retten. Der schwere Eichentisch musste angehoben werden. Wenn er Ralph und dem Küchenburschen entglitt, würde das Gewicht den eingeklemmten Pater zerquetschen. Sie einigten sich, dass Marissa, sobald die Männer schoben, den Pater mit aller Kraft ziehen sollte. Es war die einzige Möglichkeit.

Der Junge mit dem verbundenen Bein humpelte zu Marissa und sagte tapfer: „Ich helfe Ihnen, Mrs. Tremayne."

„Es ist zu gefährlich", warnte Marissa und warf einen besorgten Blick auf Pater Donohue, der die Augen geschlossen und die Finger um das Kreuz auf der Brust verkrampft hatte. Der Kleine grinste zuversichtlich.

„Der Pater war mir Vater und Mutter", erklärte er, „und ich will ihn nicht auch noch verlieren, Mrs. Tremayne."

Der irische Priester öffnete die Augen. „Pass auf dich auf, mein Junge, und hab Vertrauen in unseren Vater im Himmel, so wie ich Ihm vertraue. Jede Stunde ist die richtige, wenn Er mich ruft in die ewige Heimat."

„Gottvertrauen ist gut", unterbrach Marissa ihn, „aber erst wollen wir auch unser Möglichstes tun."

Mit einem Blick auf Ralph und den Burschen fasste sie den Pater unter den Armen an. Der Junge mit dem verbundenen Bein stützte den Kopf des Priesters, der begann: „Und wandle ich auch im Tale ..."

Ein leises, unheilvolles Knirschen verriet, dass die Männer sich gegen den Tisch stemmten. Marissa und ihr kleiner Helfer zogen aus Leibeskräften und rissen den Pater weg. Keine Sekunde später stürzte alles mit ohrenbetäubendem Krachen zusammen. Die Eingeschlossenen jubelten wieder.

Als Pater Donohue aufstehen wollte, brach er mit einem leisen Aufschrei in die Knie.

„Es hat keinen Sinn, das Bein ist eindeutig zerquetscht, ich kann nicht auftreten."

„Und ich bringe Sie trotzdem hier raus, Pater", bestimmte Marissa, „gebt Pater Donohue von dem Sherry, ich muss mich um Sandy kümmern."

Die junge Irin war immer noch besinnungslos. Ihr Kopf lag auf der Schürze des Kochs, der Atem ging unregelmäßig, der Puls wurde fühlbar schwächer. Sie brauchte unbedingt sofort Hilfe. Obwohl Marissa wusste, dass Sandy sie nicht hören konnte, flüsterte sie ihr zu: „Es wird gleich besser, gleich ist alles gut."

Nun waren fast alle Kinder draußen, und es galt, den Pater und die ohnmächtige Sandy hinauszubringen. Marissa wusste, dass man von ihr erwartete, auch hier einen Ausweg zu finden. Ein Blick auf den Tunnel zeigte, dass er zusehends weiter wurde, da alle Jungen auf Ians Seite fleißig gruben, manche mit bloßen Händen.

„Bring mir zwei große Tischtücher", befahl sie dem Koch, „wir machen eine Art Tragbahre für die beiden und schieben sie in die Öffnung, dann kann mein Mann sie das letzte Stück durchziehen."

Der Koch wandte ein, dass der Tunnel dafür noch zu eng sein könnte.

„Dann müssen sie ihn eben erweitern", beharrte Marissa. Obwohl sie ziemlich erschöpft und sehr durstig war, weil der Qualm hier drinnen immer dichter wurde, rief sie: „Ian!“

„Kommst du endlich, Marissa?“

„Noch nicht, wir müssen zwei Tragbahren hinausbringen, der Pater und Sandy können nicht gehen. Macht den Tunnel noch etwas breiter.“

Wie spät es wohl sein mochte? Draußen schien es heller Tag. Seit dem verheerenden Erdbeben mochten Stunden verstrichen sein, Ian schwieg so lange, dass Marissa begriff, wie sehr sie alle in Lebensgefahr schwebten. Und sie wollte nicht sterben, aber vor allem durfte das Baby in ihr nicht ausgelöscht werden, bevor es überhaupt einen einzigen Atemzug getan hätte.

Zum ersten Mal begriff Marissa ganz deutlich, dass dieses Kind ein Teil von ihnen beiden sein würde, dieser Sohn mit dem lackschwarzen Haar und den kobaltblauen Augen des Vaters, der vielleicht sogar dessen Lächeln geerbt hatte. Und die Träume, Ians Träume von einer besseren Welt, in der es mehr Sicherheit geben sollte.

„Wir graben weiter, Marissa“, sagte jetzt Ian Tremayne, und zu den geretteten Kindern gewandt, befahl er: „Und ihr fragt den Feuerwehrmann dort, wohin ihr mit den anderen gehen könnt, bleibt beisammen und passt auf, dass ihr keinen unterwegs verliert. Ich verlasse mich auf euch, Jungs.“

Drinnen hörten sie, wie der älteste der Waisen das Kommando übernahm und die Männer wieder eifrig gegen die Zeit zu schaufeln begannen.

„Jetzt müssen Sie endlich raus, Mrs. Tremayne“, ließ sich Darrin krächzend vernehmen.

Doch Marissa schüttelte den Kopf. „Erst müsst ihr alle draußen sein.“ Damit kehrte sie zu der Bewusstlosen zurück und zeigte Ralph und dem Küchenburschen, wie man Sandy in das

Tischtuch einbinden musste, um sie ins Freie zu schieben und dann später wohl auch ins nächste Krankenhaus zu tragen.

Ralph warf Marissa einen forschenden Blick zu.

Sie erklärte: „Ich habe einmal oder zweimal ein Bergwerksunglück in England miterlebt, Ralph, ich weiß, was zu tun ist."

„Daran habe ich auch nie gezweifelt, Mrs. Tremayne", versetzte der Koch mit hörbarer Hochachtung in der Stimme.

Gemeinsam trugen sie Sandy zum Tunneleingang. Sie schoben nach Leibeskräften, während Ian am anderen Ende sich so weit wie möglich hineinlehnte, um Sandy zu fassen.

„Ich habe sie", schrie er, „rasch, jetzt den Pater."

Marissa atmete auf. „Pater Donohue, schnell!"

Mit bebenden und schweißnassen Händen und klopfenden Herzen machten sie sich zu viert an die Arbeit. Und obwohl alles gegen sie verschworen schien, schafften sie es, den Priester in das Tischtuch zu binden. Er stöhnte nur einmal leise auf, und Marissa hielt inne. „Sein Bein, ich muss es noch schienen."

„Nichts da", widersprach der Ire entschlossen und biss die Zähne zusammen. „Seht zu, dass ihr sofort hier rauskommt, verdammt noch mal. Vergebung, Herr!"

Endlich schallte es herein: „Wir haben den Pater, schnell, kommt!"

„Mrs. Tremayne", sagte Darrin, doch Marissa lächelte ihm zu. „Nach dir, keine Widerrede, und dann hinter mir noch die beiden Männer."

Innerhalb von Sekunden war Darrin draußen und rief drängend: „Mrs. Tremayne, kommen Sie endlich!"

„Ich bin ja schon da", gab Marissa zurück und machte den ersten Schritt. In diesem Augenblick bebte die Erde zum zweiten Mal. Marissa verlor das Gleichgewicht und stürzte zu Boden. Der Balken, der den Tunnel abstützte, ächzte und schwankte.

„Marissa“, hörte sie noch eine Stimme schreien und rollte zur Seite, um von herabfallenden Brocken nicht getroffen zu werden. Umsonst. Ein brennender Schmerz zuckte ihr durch den Kopf. Noch einmal kam wie aus weiter Ferne der Ruf „Marissa“. Es war wohl Ians Stimme, doch sie verhallte, als Marissa die Augen schloss und vergeblich gegen die Leere ankämpfte, in die sie zu sinken drohte.

„Marissa!“

Arme schlossen sich um sie, und Marissa öffnete mit letzter Kraft die Lider. Ian war durch den Tunnel gekrochen, um sie zu holen. Sie wollte lächeln, über seine Wange streichen, ihm sagen, dass sie ihn immer lieben würde, auch wenn er sie nicht mehr lieben könnte ...

Aber sie konnte keinen Ton herausbringen, die Gedanken zerflatterten.

Draußen loderten die Feuersäulen auf und tauchten die Stadt in königliches Purpurrot. Marissa Tremayne sah es nicht. Die Welt um sie herum versank in uferlose Finsternis und Schwärze.

18. KAPITEL

Ian wagte sich nicht damit aufzuhalten, den Zustand seiner Frau näher zu untersuchen, solange sie sich im Innern des Warenhauses befanden. Zu groß war die grauenvolle Gefahr des Gasbrandes, der sich unaufhaltsam auf sie zufraß. Zwar hatten die Tremaynes das Gebäude so feuersicher wie möglich errichtet, doch kaum mit dem wirklichen Eintreten einer solchen Katastrophe gerechnet.

Jetzt blieb Ian nichts übrig, als mit einem Arm Marissa an sich zu pressen, während er sich auf den Knien und mit dem anderen

Arm kriechend durch den Tunnel schob. Am äußeren Ende streckte ihm Darrin bereits beide Hände entgegen, begierig zu helfen. Ian ließ Marissa in der Obhut des mutigen Jungen und schrie dem Koch und seinem Gehilfen zu, sich zu beeilen. Danach hob er seine Frau auf und trug sie hastig ins Freie. Er überließ es den anderen Helfern, sich um Sandy und Pater Donohue zu kümmern. Auf der Straße hatte der dichte Qualm das Tageslicht bereits verfinstert.

Marissa holte einige Male stöhnend Luft, dann schlug sie die Augen auf und blinzelte, lächelte matt, bevor sich die Lider wieder über den verschwimmenden Blick senkten. Ian tastete nach ihrem Puls und fand ihn erstaunlich regelmäßig. Marissa schien keinen ernsthaften Schaden genommen zu haben. Inzwischen hatten der Koch und der Küchenbursche auch die bewusstlose Sandy und den Priester aus dem Gebäude gebracht. Die Kinder waren bereits in Sicherheit, ausgenommen Darrin, der nicht von Marissas Seite wich.

„Wie geht es der Lady?“ fragte der Koch, und Darrin hing an Ians Lippen, als der nickte.

„Es ist noch einmal gut gegangen.“ Dennoch wusste Ian natürlich, dass sie keineswegs alles überstanden hatten.

Die Straßen, teilweise gespalten und aufgerissen, waren von Flüchtenden erfüllt und größtenteils völlig verstopft. Die Angst vor dem Großbrand und den geplatzten Gasleitungen hatte die Menschen in panischem Schrecken aus den Häusern getrieben, manche waren angezogen, andere halb nackt, einige trugen ein paar Habseligkeiten mit sich, die sie dann kopflos und verdattert irgendwo fallen ließen, ohne es zu bemerken.

„Mr. Tremayne!“

Ian hörte den lauten Ruf, drehte sich um und sah einen Rot-Kreuz-Wagen mit halb scheuenden Pferden auf sich zukommen.

Ein Leutnant der Stadtfeuerwehr hielt die Zügel und brachte die Tiere mit einem harten Ruck zum stehen.

„Sir, wir brauchen Sie ganz dringend am Ende der Washington Street, Sie haben die Erfahrung mit solchen Dingen. Dort sind zwanzig Leute unter einem einstürzenden Dach begraben, und man versucht jetzt, die Trümmer zu entfernen. Helfen Sie!"

„Meine Frau", stotterte Ian Tremayne hilflos und schaute auf Marissa nieder, die wie leblos in seinen Armen lag. Ihr Gesicht und die Kleider waren fleckig von Ruß und Schmutz und Blut, und doch war sie gerade in diesem aufgelösten Zustand so schön, so verletzlich und schutzbedürftig. Ian konnte sie jetzt nicht allein lassen, das konnte keiner von ihm verlangen.

„Wir bringen die Verletzten ins Krankenhaus, Sir, man wird auch für Ihre Frau alles tun, ich schwöre es Ihnen."

„Ich kann nicht ...", murmelte Ian.

Da zupfte ihn Darrin am Ärmel. „Ich bleibe bei Ihrer Frau, Sir, ich lasse sie nicht aus den Augen, das verspreche ich Ihnen. Ich kümmere mich um sie. Versprochen!"

Der Nachtwächter sagte: „Ich komme mit Ihnen, Mr. Tremayne."

Ian hätte schreien und toben mögen, sich auflehnen gegen diese Ungerechtigkeit des Schicksals. War er dazu durch die Hölle gegangen, Marissa zu retten, um sie nun allein zu lassen? Die Vernunft bestimmte sachlich, dass es mit Marissa gut stünde, dass es um Menschenleben gehe und ein weiterer Wettlauf mit der Zeit zu gewinnen sei. Er wusste das, er kannte seine Pflicht. Jedes Opfer, das man an diesem Tage dem Tod abzutrotzen vermochte, war den Einsatz wert. Die Sterbeglocke würde noch oft genug ertönen.

„Ich komme natürlich."

Sie hoben Marissa in den Wagen, Darrin sprang hinauf, und

Ian half, den verletzten Pater und Sandy, die immer noch ohne Bewusstsein war, behutsam hochzulagern.

Mit schlechtem Gewissen stellte Ian Tremayne fest, dass diese beiden Menschen viel schlimmer dran waren als Marissa, die vermutlich bloß einen Schwächeanfall nach den durchgestandenen Stunden erlitten hatte. Auf dem Wagen waren schon andere, verbunden und verstört, und der Leutnant musste weiter, die Verletzten in Sicherheit bringen. Hinter ihm näherte sich bereits bedrohlich die Flammenfront. Darrin winkte Ian Tremayne beruhigend zu, als die Pferde anzogen.

Jähes Entsetzen ließ Ians Herz sich zusammenkrampfen. Er musste mitten hinein in Tod und Vernichtung. Es war möglich, dass er Marissa nie mehr wiedersehen würde, und doch musste er sie wieder in den Armen halten. Sie hatten das Erdbeben nicht bisher ziemlich unbeschadet überstanden, um einander jetzt noch zu verlieren. Sie mussten auch Feuer und Explosionen besiegen, sie mussten leben.

Warum nur hatte Marissa ihn nie verstanden? Er hatte immer wieder versucht, es ihr deutlich zu machen, doch sie hatte nicht darauf gehört. Es war ihm vollkommen gleichgültig, wer ihr Vater und wie ihre Herkunft war. Er war beim ersten Anblick von Marissa hingerissen gewesen, und weder Zeit noch Umstände hatten etwas daran ändern können, dass Ian Tremayne seine Frau liebte. Natürlich hatte er rasenden Zorn empfunden, dass Marissa ihn belogen und immer weiter belegen, dass sie kein Vertrauen zu ihm gehabt hatte, selbst dann nicht, als er seine Lebensträume vor ihr ausgebreitet hatte. Und nie war das Wort „Liebe“ über ihre Lippen gekommen, nicht, bevor sie in der Nähe der Verzweiflung gewesen war. Selbst dann hatte er ihr gegrollt und angenommen, sie benutzte ihn nur als Mittel zum Zweck, ihren Onkel zu retten. Dabei hätte Marissa wissen müssen, dass er bis ans Ende der Welt gegangen wäre und alles getan hätte, Theo Ayers zu holen, ob sie Ian nun geliebt oder gehasst hätte.

Nur damals hatte sie ihrem Mann gestanden, dass sie ihn liebte, damals und eben an diesem Morgen, bevor sie vor ihm geflohen war, geflohen vor dem Mann, der sie liebte, um geradewegs in die Katastrophe hineinzureiten.

„Ich bleibe bei Ihnen, Mr. Tremayne", wiederholte der Nachtwächter noch einmal. Ian schüttelte den Kopf. Es würde ganz sicher genug freiwillige Helfer geben.

„Nein, Bobby, sehen Sie den Rappen dort, er gehört mir. Nehmen Sie ihn und folgen Sie dem Wagen mit den Verletzten. Achten Sie darauf, dass alle gut versorgt werden, ich treffe Sie später im Hospital."

Bevor der Mann widersprechen konnte, wandte Ian Tremayne sich ab und schritt gegen den Menschenstrom, den Flammen entgegen. Es war sehr schwierig, schnell vorwärts zu kommen, denn die kopflos Fliehenden drängten in die andere Richtung. Endlich erreichte er die Unglücksstelle, sah das eingestürzte Dach, die Feuerwehrleute, Männer, die helfen wollten. Einer erkannte ihn, und sofort wichen sie zur Seite, dem Architekten Platz zu machen, der die Sachlage besser überschauen würde als die Helfer.

Innerhalb kürzester Zeit erteilte er die notwendigen Befehle, ließ Stricke und Seilwinden kommen und machte sich mit den Leuten an die Arbeit, die Eingeschlossenen zu befreien. Im Unterbewusstsein bemerkte er, dass die lodernden Flammen ein gespenstisches Licht über die dunklen Straßen warfen. Die Abenddämmerung war inzwischen hereingebrochen.

Näher und näher wälzte sich der verheerende Brand und trieb die verstörten Menschen in panischem Entsetzen vor sich her. Später hörten sie, dass Frederick Funston den Ausnahmezustand über San Francisco verhängt hatte und seit vier Uhr nachmittags mit den Soldaten im vollen Einsatz stand. Es hatte Fälle von schier übermenschlicher Tapferkeit gegeben, aber auch ebenso unmenschliche Ereignisse. Diebe hatten sich an Leichen vergriffen, Halsabschneider Unsummen für einen Handkarren und Händler Märchenpreise für Werkzeug verlangt.

Und zu allen grauenhaften Folgen des Erdbebens war seit Stunden das gefräßige, unersättliche Feuer getreten.

Am frühen Abend hatten sie das Dach teilweise gehoben und konnten daran gehen, Frauen und Kinder aus den Trümmern hervorzuholen. Drei Männer waren tot, erdrückt von herabgestürzten Balken und Mauerteilen, eine Frau konnte nur noch erstickt geborgen werden. Sie alle hatten wohl kaum gelitten, der Tod musste schnell eingetreten sein. Hier wenigstens konnte Ian Tremayne aufatmen. Anderenorts hatten sich dagegen entsetzliche Szenen abgespielt. Verschüttete hatten stundenlang um Hilfe geschrien, ohne dass einer der Helfer zu ihnen hätte vordringen können, Menschen hatten der Feuerwalze nicht entkommen können.

Ian Tremayne hielt mit Feuerwehrleuten, Soldaten und Freiwilligen durch, bis die Dämmerung der Nacht gewichen war und nur noch der zuckende Flammenschein des Feuersturmes, der sich durch die Stadt wälzte, die Schauplätze der Vernichtung erhellte. Es brauchte kein geschultes Auge, um einsehen zu müssen, dass der Brand nicht mehr einzudämmen war. Die ganze Stadt war zum Spielball des entfesselten Elementes geworden.

Er hatte sie in den Armen gehalten, nur in den Armen gehalten, und die kobaltblauen Augen waren fast schwarz gewesen vor Sorge und Angst um ihr Leben. Ian hatte sie in den Armen gehalten, und sie hatte gewusst, dass nun alles gut werden müsste ...

Als Marissa jetzt die Augen aufschlug, musste sie freilich feststellen, dass Ian Tremayne nicht mehr bei ihr war. Alles um sie herum war weiß, blendend weiß und unglaublich sauber. Ihr Blick streifte Darrin, der neben dem Bett saß. Sobald er bemerkte, dass Marissa nicht mehr bewusstlos war, sprang er wie elektrisiert auf.

„Sie sind wieder da, Mrs. Tremayne, wunderbar. Der Doktor hat gesagt, Sie wären bald wieder munter, aber ich hab's nicht recht glauben können, es war so schlimm, ich hatte Angst, nicht richtig Angst, aber ..." Seine kindliche Stimme überschlug sich vor Erregung.

„Ist ja gut", beschwichtigte Marissa, „ich bin ganz in Ordnung." Als sie sich aufrichten wollte, schmerzte ihr Kopf höllisch, doch der Druck ließ schnell wieder nach. Dennoch war ihr ein leiser Wehlaut entfahren, und Darrin war zusammengezuckt.

„Sie sind doch verletzt, Mrs. Tremayne."

„Unsinn, Darrin, ich habe eine ziemliche Beule am Kopf, die hat etwas geschmerzt, das ist alles. Ich bin sicher, der Doktor hat Recht, es geht mir wirklich viel besser. Ich war auch nie in meinem Leben richtig krank. Ich bin nicht schwer verletzt, Darrin."

„Sie haben uns ganz schön Angst gemacht, weil Sie so lange weg waren, einfach weg, kalt und wie tot."

„Ich bin aber recht munter", tröstete sie freundlich. „Wie geht es Miss Sandy und dem Pater?"

„Das Bein des Paters haben sie verarztet und ihm 'ne halbe Flasche Whisky eingeflößt, und Sandy hat 'ne Menge Blut verloren. Inzwischen ist sie wohl auch irgendwie zusammengeflickt, und sie hoffen, dass sie durchkommen wird", berichtete der Junge sachlich.

„Und Mr. Tremayne, wo ist mein Mann?"

„Oh", der Kleine schlug sich gegen die Stirn, „der konnte

nicht bleiben, musste irgendwohin, wo sie 'nen Fachmann brauchten, eingestürztes Dach und so. Ich hab ihm versprochen, dass ich solange bei Ihnen bleibe, Mrs. Tremayne. Und nun bleiben Sie mal hübsch wach, ich seh zu, ob ich 'nen Doktor finde."

Marissa nickte wie betäubt, fühlte den Schwindel, der alles um sie kreisen ließ. Ian hatte ihr das Leben gerettet, doch danach war er gegangen. Hatte sie etwa nur geträumt, dass er sie in den Armen gehalten und voller Sorge und Angst angeschaut hatte?

Im Handumdrehen war der Junge wieder bei ihr, gefolgt von keinem Arzt, sondern von einer Nonne in schwarzer Tracht. „Mrs. Tremayne", sagte die Schwester freundlich, „wir freuen uns alle, dass Sie wieder bei Bewusstsein sind, und der Arzt meint, Sie sollten sich bloß ein wenig schonen, dann sind Sie in ein paar Tagen wieder ganz in Ordnung. Jetzt allerdings wird es noch ein wenig Unruhe geben, wir müssen das Krankenhaus evakuieren."

„Evakuieren?"

„Es tut mir Leid, aber das Feuer lässt sich nicht aufhalten und ist schon ziemlich nahe. Die Stadt steht unter Kriegsrecht, und ein Offizier hat eben Befehl überbracht, das Gebäude zu räumen."

„Hat man etwas von meinem Mann gehört, Schwester?" erkundigte sich Marissa und kletterte dabei schon aus dem Bett. „Ich muss zu ihm."

„Mrs. Tremayne", mahnte die Pflegerin mit zusammengezogenen Brauen, „Sie können jetzt unmöglich zu ihm. Mr. Tremayne arbeitet mit den Rettungstrupps und ist ein überaus fähiger Mann. Er wird zu Ihnen kommen, sobald er nur kann. Aber Sie können nicht auf die Straße gehen. Man plündert, höre ich, und das Militär oder die Polizei schießt auf Diebe und Räuber. Man hat sogar Kinder niedergeschlagen, Frauen vergewaltigt."

„Wenn wir aber das Krankenhaus verlassen müssen“, widersprach Marissa heftig.

Die Nonne schüttelte wieder den Kopf. „Mr. Tremayne wird wissen, wohin man uns bringt, in den Park, und Sie dort zu finden wissen. Beruhigen Sie sich.“

„Ich habe verstanden, Schwester, ich will auch gar nicht mehr zu meinem Mann. Aber ich bin nicht krank. Darrin hier und ich können etwas tun. Wo können Sie uns brauchen?“

„Mrs. Tremayne ...“

„Wo können wir helfen? Vielleicht etwas tragen?“ Erst seufzte die Ordensfrau, dann lächelte sie. „Wir sind für jede Hilfe dankbar, Mrs. Tremayne. Draußen warten Wagen auf die Patienten, die nicht selbst gehen können. Sie könnten sich um einige Menschen kümmern, die beaufsichtigt werden sollten.“

Ian Tremayne glaubte, den längsten Tag seines Lebens hinter sich gebracht zu haben. Mit seinen Hilfstrupps stand er pausenlos im Einsatz, empfing Meldungen von anderen Notsituationen durch Feuerwehrleute, Polizisten und hin und wieder auch von einem Offizier. Die einzige Möglichkeit, des Riesenbrandes überhaupt Herr zu werden, waren zahlreiche Sprengungen. Die Schwierigkeit bestand nun allerdings darin, dass die Feuerwehrleute niemals für den Einsatz von Dynamit geschult worden waren. So ging es bald von Mund zu Mund, dass durch unsachgemäße Handhabung und Funkenflug noch unbeschädigte Häuser auch mit zerstört würden. Und doch konnte nichts retten als ein Gürtel aufgeworfener Erde, auf dem nichts mehr brennbar war und den die Flammen nicht überspringen konnten.

Inzwischen wurden im Rathaus Sitzungen abgehalten, Bürgervertretungen einberufen, Beschwerden beantwortet, ob General Funston überhaupt das Recht hätte, den Ausnahmezustand zu verhängen. Die wildesten Gerüchte waren auch schon im Umlauf. Man erzählte von Plünderern, die ertappt und niedergeschossen worden waren und auf offener Straße liegen gelassen wurden mit einer Warnungstafel: „Bestraft wegen Plünderung und Raub!“

Man redete von unvorstellbarer Feigheit, erbärmlichen Verbrechen und ebenso unverzagter Tapferkeit, von Opfermut und Heroismus im Einsatz für die Menschen in Gefahr. Der Mann von der Straße war ebenso in aller Munde wie die Reichen und Berühmten auf Nob Hill. Die Zeitungen des allmächtigen Zeitungszaren W. R. Hearst, eines geborenen San Franciscoers, mussten gleichsam jede Stunde ihre Titelseitenschlagzeilen ändern, weil die neuesten Schreckensmeldungen die letzten bei weitem überstiegen. Bis zum Abend hin stand nur eines fest. San Francisco war einer ungeheuren Katastrophe, ausgelöst durch das sekundenlang anhaltende Erdbeben und einiger schwächerer Nachstöße, zum Opfer gefallen.

Es herrschte einerseits das erbarmungslose Gesetz der Straße, und andererseits feierten Nächstenliebe und Hilfsbereitschaft wahre Triumphe.

Ian Tremayne war bereits so erschöpft, dass er keine Müdigkeit mehr spürte, und arbeitete einfach völlig mechanisch weiter. Er fuhr mit den Löschzügen auf dem Trittbrett von Einsatzstelle zu Einsatzstelle, wo man ihn gerade brauchte. Der Nachtwächter Bobby hatte sich ihm nach einigen Stunden angeschlossen und die Nachricht gebracht, dass es Marissa gut ginge und sie im Krankenhaus versorgt würde. Bobby war auch nach Nob Hill geritten und hatte dort in Erfahrung gebracht, dass niemand verletzt worden wäre und die Villa noch stünde. Onkel Theo, die beiden O’Brians und das chinesische Dienerpaar waren also auch in Sicherheit.

Von dem Arzt, der Marissa behandelt hatte, wusste Bobby zu berichten, dass sie außer einer ziemlichen Beule am Hinterkopf keinen ernstlichen Schaden davongetragen hätte und Darrin ihr nicht von der Seite wiche.

Endlich konnte Ian erleichtert aufatmen. Wenig später kam allerdings eine Hiobsbotschaft. Das Feuermeer hatte beinahe das Krankenhaus erreicht, allerschnellste Hilfeleistung war nötig geworden, wenn man das Gebäude retten wollte. Von Neuem begann Ian Tremayne den Wettlauf mit der Zeit. Wieder ging es um Marissa, und die Verzweiflung verdoppelte die erlahmenden Kräfte. Er konnte und wollte sie nicht verlieren.

Inzwischen war der zweite Tag nach der Katastrophe angebrochen, und Einheiten der Marineinfanterie lösten, von Washington abbeordert, die erschöpften Männer nach pausenlosen Anstrengungen endlich für ein paar Stunden ab, damit sie wenigstens ein wenig schlafen und etwas essen konnten. Ian Tremayne freilich stand der Kopf weder nach dem einen noch dem anderen. Er machte sich auf den Weg zum Krankenhaus, wobei er inständig hoffte, nicht zu dem Abtransport zu spät zu kommen. Was hätte er darum gegeben, jetzt den Rapphengst zur Verfügung zu haben. Doch das blieb ein unerfüllter Wunsch.

Ian Tremayne begann zu laufen, getrieben von der Angst um Marissa. Gerade als er das Gebäude erreichte, bog der letzte Wagen um die Ecke. Die ersten Flammenzungen leckten gierig an dem Dach, Ian sah einen Mann, der dem Transport zu Fuß folgte, und rannte hinter ihm her.

„He, wohin bringt man die Verletzten? Und sind alle aus dem Haus?" Der Pfleger wandte sich Ian zu. Dem Gesicht nach zu urteilen, war auch er ziemlich am Ende seiner Kräfte.

„Ja, man konnte alle in Sicherheit bringen, Sir, alle."

„Aber wohin, wohin werden sie gefahren?"

„Zum Golden Gate Park. Dort haben sie schon Zelte errichtet, heißt es, für die Obdachlosen, und eine Feldküche erstellt." Mit einem mitleidigen Blick auf Tremayne fügte er hinzu: „Ich hoffe für Sie, dass Sie die Leute finden, die Sie suchen, Sir."

„Ich werde sie finden, verlassen Sie sich drauf", gab Ian zurück. Mit einem kurzen Wort des Dankes machte er sich auf den Weg zum Park, gezeichnet von Erschöpfung, rußverschmiert und rauchgeschwärzt, hatte Ian Tremayne nur einen einzigen Gedanken. Er würde Marissa wiedersehen.

Sie waren dabei, die letzten Patienten aus dem Krankenhaus zu tragen, als Marissa im Korridor mit Dr. Spenser zusammenstieß, der sie zuvor untersucht hatte. Er hielt sie zurück und zog sie unter eine Gaslampe, um ihr prüfend in die Augen zu sehen.

„Ich habe schon gehört, man konnte sie nicht im Bett halten, Mrs. Tremayne", sagte er. „Und wie es scheint, schlagen Sie sich tapfer. Aber Sie haben doch noch Kopfschmerzen, nicht wahr, Übelkeit, Schwindelgefühl?"

„Nein, Doktor, ich bin in Ordnung, keine Sorge." Er seufzte und wischte sich den Schweiß von der Stirn. „Bin ich froh, denn sonst könnte ich unter den gegebenen Umständen auch herzlich wenig für Sie tun, Madam. Ich komme kaum durch mit all den Knochenbrüchen und blutenden Wunden und Verbrennungen. Schonen Sie sich einfach in den nächsten Tagen noch, soweit es möglich ist."

„Ich möchte etwas tun, Doktor, ich fühle mich dazu imstande."

Er nickte ihr anerkennend zu. „Ich bin dankbar für jede Hilfe. Da sitzt eine Frau mit gebrochenem Knöchel im Wartezimmer. Eine Gesellschaftsschönheit. Der Knochen ist eingerichtet und geschient. Wir können sie aber nicht tragen, denn es gibt noch einige Notfallpatienten, für die wir Bahren brauchen und Pfleger. Würden Sie sich um die Dame kümmern? Wir haben keine einzige Krücke mehr übrig, klemmen Sie sich die Verletzte unter den Arm."

Marissa nickte, und der Arzt eilte weiter, rief noch zurück: „Die erste Tür links, Mrs. Tremayne."

Sofort mit dem Abgang Dr. Spensers erschien Darrin wie ein getreuer Schatten hinter Marissa und folgte ihr den Korridor hinunter.

Im Wartezimmer saß eine Frau zusammengesunken auf einer Liege. Der schmale Rock des eleganten Nachmittagskostüms war zerrissen, wahrscheinlich, damit man den Knöchel hatte behandeln können. Bei Marissas Eintritt hob die Frau den Kopf, dann erstarrten beide.

„Sie?" flüsterte Grace Leroux mit weit geöffneten Augen.

Im selben Moment gellten draußen Schreie auf. „Das Feuer, das Dach hat Feuer gefangen, beeilt euch, schnell!"

Marissa biss die Zähne zusammen und trat auf die Sitzende zu. „Kommen Sie, wir müssen zusehen, dass wir Sie hier herausbringen." Zu ihrer Verblüffung begann Grace Leroux zu lachen, obschon Angst auf ihren Zügen sich abzeichnete. Ein hysterischer Anfall?

„Sie wollen mir helfen, ausgerechnet Sie? Ist Ihnen denn nicht klar, dass das Haus in Flammen steht?"

„Natürlich ist mir das klar, darum müssen wir uns ja auch beeilen."

„Nun seien Sie nicht auch noch so besorgt um mich!"

„Los, Grace!" sagte Marissa scharf und zog die Frau hoch.

Grace Leroux verstummte und brachte dann ziemlich leise heraus: „Sie wollen mir helfen nach allem, was ich getan habe?"

„Sie haben nur ein paar Gerüchte über mich unter die Leute

gebracht, Grace, das ist schließlich nicht gerade ein Mordversuch."

Während die Frau Marissa wortlos anstarrte, stieß Darrin zornig hervor: „Verstehen Sie denn nicht, Mrs. Tremayne? Diese Hexe da war es, die Sie verkauft hat. Sie hat die zwei Männer bezahlt, damit Sie entführt und von Chinatown aus übers Meer verschleppt werden sollten."

Marissa atmete hörbar ein. Sie wusste sofort, dass Darrin die Wahrheit sprach.

Grace spottete mit gesenktem Blick: „Und nun? Sind Sie immer noch darauf versessen, mir das Leben zu retten, Mrs. Tremayne?"

Mit einem festen Griff zwang Marissa die Frau, sich auf sie zu stützen, während Darrin Graces anderen Arm um seine Schultern legte.

„Allerdings, ich kann den Geruch von verbranntem Fleisch nicht ertragen. Und nun kommen Sie endlich, um Gottes willen, schnell!"

Es war nicht leicht, Grace Leroux die Treppe hinunter und auf den wartenden Wagen zu bringen, doch es gelang. Dr. Spenser ritt heran und nickte Marissa zu, strich Darrin über den zerstrubbelten Haarschopf.

„Auf den Wagen auch mit euch beiden!"

„Es ist kaum noch Platz", wollte Marissa widersprechen, doch der Arzt wurde ungeduldig.

„Noch sind Sie meine Patientin, Mrs. Tremayne, und ich befehle es Ihnen. Sie sind zwar eine überaus bemerkenswerte und tapfere junge Frau, aber ich glaube nicht, dass Sie das Leben Ihres ungeborenen Kindes aufs Spiel setzen wollen."

Marissa fühlte, wie ihr jähe Glut in die Wangen stieg. Darrin hatte die Worte des Arztes gehört, und sie wusste nicht, wie viele andere das auch getan haben mochten, freilich auch nicht, ob ihr das wirklich etwas ausmachte. Inmitten dieser Katastrophe der erdbebenzerstörten brennenden Stadt würde sich später kaum jemand an diese Bemerkung erinnern. Vor allem musste Ian erst einmal sicher und wohlbehalten zurückkommen, damit sie ihm ihr Geheimnis beichten konnte. Ohne eine weitere Widerrede kletterte sie auf den Wagen, Darrin wie ein Schatten immer dicht hinter ihr.

Als sie den Park erreichten, wurde Marissa klar, dass ihr keine Zeit bleiben würde, weiter über ihren eigenen Problemen zu brüten. Aus allen Richtungen strömten verletzte und hungrige Menschen herbei. Man brauchte dringend Leute zum Austeilen der Suppe. Man musste sich um geringfügigere Verletzungen kümmern, Verbände anlegen. Kinder liefen weinend herum und suchten ihre Eltern. Natürlich war Hilfe unterwegs. Ein Zug, der Ärzte und Pflegerinnen bringen sollte, würde bereits in der nächsten Zeit eintreffen. Für jetzt freilich wusste Marissa, dass sie benötigt wurde.

Nachricht um Nachricht kam herein. Die Villen auf Nob Hill waren nun auch in Gefahr, das Feuer hatte auf das Nobelviertel übergegriffen. Marissa zwang sich, die aufsteigende Sorge um Onkel Theo und die Kwans zu unterdrücken. Jimmy O'Brian hatte Mary und die anderen gewiss rechtzeitig in Sicherheit bringen können. Inzwischen hatte man Marissa und Darrin die verlassenen Kinder anvertraut. Sofort begann Marissa, sich darum zu kümmern, dass die Kleinen getröstet wurden und zu essen bekamen. Dann verband sie die meist geringfügigen Verletzungen. Immer wieder versicherte sie denen, die weinten, es werde gleich vorbei sein, und alles werde gut werden.

Auf einmal tauchte der Nachtwächter Bobby auf und war

ebenso froh, Mrs. Tremayne zu finden, wie sie hoffte, mehr über ihre Angehörigen zu erfahren.

„Ich habe Ihren Onkel mitgebracht, Madam, und Ihre Freunde, die Iren aus dem Pförtnerhaus, und die chinesischen Diener. Auch die Pferde sind wohlauf, ich hoffe es wenigstens. Die Armee hat sie erst einmal für die Hilfstrupps beschlagnahmt, aber das ist immer noch besser, als wenn sie verbrannt wären, nicht wahr?"

Er grinste und trat zur Seite. Marissa flog in die Arme ihres Onkels. Theo Ayers war wohlauf und voller Tatendrang für jeden Einsatz bereit. Nachdem er Marissa herzlich geküsst hatte, nahm er ihr sofort den kleinen Bengel ab, den sie trug, und ließ ihr damit Zeit, nach Mary zu sehen. Die junge Schwangere fühlte sich elend. In einem der Notzelte lag sie auf einem Feldbett, totenblass und trotz der fortgeschrittenen Schwangerschaft sehr schön. Marissa tat das Herz weh beim Anblick der Freundin, die ihr die Arme entgegenstreckte und vergeblich versuchte, sich aufzurichten. Sie kniete neben Marys Lager nieder.

„Ich bin ja so froh, dass ihr in Sicherheit seid."

„Bobby hat uns erzählt, du seiest verletzt, und wir haben uns solche Sorgen gemacht", sagte Mary leise. „Gottlob, dass du da bist. Geht es dir auch gut?"

„Wir haben überlebt", stellte Marissa fest, „und wir werden es auch weiterhin tun, Mary."

„Du hast so viel Kraft, was hätte ich nur all die Jahre ohne dich getan?" meinte Mary O'Brian.

Marissa lächelte unsicher, fast traurig. „In der letzten Zeit warst eher du die Optimistin, die mir immer wieder versicherte, alles würde sich zum Guten wenden."

„Dafür bin ich jetzt so elend und nutzlos."

„Unsinn, nutzlos bist du ganz und gar nicht, Mary. Du wirst

ein Kind haben, vergiss das nicht! Kraft ist nicht in dem, was wir tun können oder nicht, Kraft liegt im Herzen, und du hast ein starkes, tapferes Herz.“

Mary lächelte ziemlich ungläubig, die Lider sanken über die müden Augen.

Marissa deckte die Freundin zu und riet ihr, ein wenig zu schlafen. Dann lief sie zu den Kindern zurück.

Inzwischen waren es schon etwa dreißig, die nach ihren Eltern weinten oder über Schmerzen klagten und jammerten. Darrin hatte man ein etwa halbjähriges Kleinkind in die Arme gelegt, und Marissa verarztete eine Fünfzehnjährige, die danach sehr hilfsbereit war und an ihrer Seite blieb. Und nun war ja auch der Nachtwächter Bobby da, dem sie allerlei auftragen konnte, was sie selbst nicht erledigen musste. Außerdem war Darrin geradezu unermüdlich und wich nicht von seiner angebeteten Mrs. Tremayne.

Auch Theo Ayers kümmerte sich um die größeren Kinder, bis endlich alle satt und beruhigt waren. Einige der Kleineren schliefen, und immer wieder saß Marissa unter ihren Schützlingen und erzählte Geschichten, Märchen und Legenden, um die Gedanken der jungen Zuhörer von der bedrückenden Realität abzulenken.

Die Nacht brach ein und verrann, und im Morgengrauen bemerkte Marissa einen hoch gewachsenen Mann, der mit verschränkten Armen am Pfosten des Zelteinganges lehnte. Trotz der rauchgeschwärzten, rußverklebten und schmutzigen Gesichtszüge und der angekohlten Kleidung erkannte sie ihn sofort. Es war Ian Tremayne. Sekundenlang glaubte Marissa, Flügel zu haben, und das Herz hämmerte wie ein Schmiedehammer in der Brust. Ian lebte, er war gekommen.

Und er schaute sie an. Sie wusste nicht, wie lange er schon dort gestanden hatte, gewiss nicht erst einige Minuten. Obwohl sie am liebsten aufgesprungen und zu ihm hingelaufen wäre, zögerte Marissa auf einmal, fühlte sich gehemmt, unsicher. Vielleicht hatte er von seiner Frau anderes erwartet, nicht, dass sie und ihr Onkel hier zu finden waren? Verriet sie damit nicht wieder die weniger gute Herkunft, bei der man an solche Situationen einfach gewöhnt war?

Doch Ian lebte, und alles andere war völlig belanglos. Er aber rührte sich nicht, und sie blieb sitzen, während ein kleines Mädchen, das nicht mehr schlafen konnte, ungeduldig an ihrem Rock zerrte. Marissa stand auf, bemerkte, wie zerrissen und fleckig ihr Kleid war, und steckte das Mädchen schnell wieder ins Bett.

Onkel Theo war es, der sie rief: „Marissa, dein Mann ist da. Lass nur, Darrin und ich machen das hier schon allein, und dann werde ich zusehen, dass der Junge auch Schlaf bekommt. Das alles war ziemlich viel für sein Alter. Er ist ein patentes Kerlchen, verlässlicher als mancher Erwachsene."

„Danke", murmelte Marissa und strich den zerdrückten, schmutzigen Rock glatt. Sie starrte Ian an und musste beinahe lachen. Sie waren nun wirklich ein großartiges Paar, er, von Kopf bis Fuß schwarz wie ein Kaminfeger, der eben der Esse entstiegen, das Haar aschengrau bestäubt, die Hände schwielig und aufgeschunden, sie in ihrem weißen Seidenkleid, von dem der doppelte Saum für Verbände abgerissen war, schmutzverkrustet und abgekämpft. Jetzt kam er auf Marissa zu, die kobaltblauen Augen leuchteten aus dem verschwitzten, rußigen Gesicht.

„Ian", flüsterte Marissa scheu und glättete immer wieder mit zitternden Händen das zerrissene Kleid, „ich bin ja so froh, dass du lebst." Und dann sprach sie wie gejagt weiter, überstürzt und atemlos, als müsse sie sich verteidigen. „Vermutlich ist das nicht der Ort, an dem ich sein sollte, nicht wahr? Wenn du eine englische Lady geheiratet hättest, wäre sie wahrscheinlich nicht zwischen Feldküche, Notzelten und verlorenen Kindern zu suchen. Es tut mir Leid, Ian, wirklich, ich ..."

„Ian", Jimmy O'Brian stürzte herein, „schnell, wir brauchen Sie!"

19. KAPITEL

Wieder war ein Wagen mit Verletzten eingetroffen. Inzwischen freilich hatten auch Ärzte und Pflegerinnen aus benachbarten Städten die Arbeit aufgenommen, waren Medikamente verteilt worden, die aus Hilfsaktionen stammten, die man allerorts organisierte.

Wie die anderen Männer trug Ian Tremayne Frauen und Kinder, die nicht laufen konnten. Eben hatte er ein kleines Mädchen mit einer Rauchvergiftung auf ein Notbett gelegt und richtete sich auf, als sein Blick einen Mann streifte, der im Hintergrund des Zeltes über eine Frau gebeugt stand.

Ian überlegte nur kurz, dann fiel ihm ein, um wen es sich handelte. Es war der Vertraute von Madame Lilli, der pockennarbige Jake. Eine böse Ahnung durchfuhr Ian Tremayne, er beeilte sich, an das Bett zu kommen. Wie er befürchtet hatte, war es Lilli, die dort lag. Der hässliche Mann machte Ian sofort Platz und schien überaus erleichtert, ihn zu sehen. Als Ian zögerte, bat Jake leise: „Bitte, Sir, es würde ihr so viel bedeuten."

Ian ließ sich auf die Knie nieder und fasste die heißen Hände. Er musste die Zähne zusammenbeißen, als er sah, was geschehen war. Schwere Verbrennungen hatten ihr schönes Gesicht entstellt.

Lilli Reynolds öffnete mühsam die Augen und erkannte Ian Tremayne, wandte sofort den Kopf ab und flüsterte erstickt: „Oh, Ian, nicht, bitte."

„Lilli", murmelte er und schaute fragend zu Jake auf. „Hat sie etwas gegen die Schmerzen bekommen? Gestern, so hörte ich, herrschte ziemliche Knappheit an Betäubungsmitteln."

„Sie haben ihr Morphium gegeben, ich habe mich darum gekümmert."

Gottlob musste sie nicht unnötig leiden. Doch der Unterton in Jakes Stimme verriet Ian, dass der hässliche Mann um Lillis Leben bangte.

„Ian", begann Lilli heiser. Es machte ihr sichtlich große Mühe, überhaupt zu sprechen, „du hättest mich ... so ... nicht sehen sollen. Nun wirst du mich leider so grässlich in ... Erinnerung ... behalten ..."

„Ich werde dich immer in der Erinnerung tragen, wie du bist, Lilli, ein wahrer Freund, ein wunderbares Herz in einem wunderbaren Menschen. Und überhaupt nicht nur in der Erinnerung, Lilli. Wir schaffen es, du auch, Lilli. Unsere Stadt, wir werden sie wieder aufbauen, und du stehst das alles auch durch, du schon."

Er spürte den schwachen Druck ihrer Hand, als Lilli flüsterte: „Du bist ein guter Mensch, Ian, und ich habe dich immer so sehr geliebt. Aber sie liebt dich auch, und du weißt es."

„Liebt sie mich wirklich, Lilli, sagt sie das nicht bloß so? Woher willst du es wissen, dass es wahr ist?"

„Schau ihr in die Augen, Ian, in die Augen ... Sie wird dich noch sehr glücklich machen, glaube mir."

„Wir werden alle wieder lachen lernen, Lilli, und glücklich sein."

Sie gab keine Antwort, die Finger lagen leblos in den seinen. Bestürzt beugte sich Ian über Lilli, legte das Ohr lauschend an ihre Brust. Der Herzschlag war zwar schwach, doch deutlich hörbar.

„Das Morphium wirkt", erklärte Jake. Ian nickte stumm.

„Wenn sich etwas in ihrem Befinden ändert, Sir, werde ich Sie zu finden wissen“, versicherte Jake ruhig.

„Danke“, gab Ian Tremayne leise zurück und erhob sich mühsam von den Knien. Auf dem Weg nach draußen stieß er beinahe mit einem der Ärzte zusammen, einem ernsten, hageren Mann, der ihn forschend ansah.

„Sie sind Ian Tremayne, nicht wahr? Ich kenne Ihr Bild aus den Zeitungen, wo man oft genug über Sie berichtet hat wegen Ihrer Bauten und Ihrer Meinung über die öffentliche Sicherheit. Hätte man auf Sie und Sullivan gehört, stünde es jetzt anders um diese Stadt und ihre Bewohner.“ Die Stimme klang sehr bitter. „Nicht das Erdbeben hat San Francisco vernichtet, sondern das Feuer.“

„So scheint es“, murmelte Ian, begierig, zu Marissa zurückzugehen.

„Ich bin Dr. Adam Spenser“, stellte sich der Arzt jetzt vor. „Ich habe heute morgen Ihre Frau noch einmal flüchtig gesehen.“

Sofort war Ian Tremayne hellwach. „Man hat mir versichert, es gehe ihr gut. Stimmt etwas nicht?“

Der Arzt lächelte eigentümlich und schien zu zögern. „Ich bin mir nicht ganz sicher.“

Ian verlor sofort die Geduld. „Wenn die Beule am Hinterkopf nicht wirklich gefährlich ist, was ist es dann, Doktor? So reden Sie endlich!“

„Mr. Tremayne, bitte! Nein, die Beule ist ziemlich harmlos, und eine ganze Armee könnte vermutlich Ihre Gattin nicht abhalten, sich für eine gute Sache einzusetzen, wenn sie sich dafür entschieden hat. Doch sollte Mrs. Tremayne in der nächsten Zeit etwas vorsichtiger mit ihren Kräften umgehen. Denn wenn ich mich nicht sehr irre, ist sie seit ungefähr zwei Monaten schwanger.“

Ian taumelte, als hätte er einen Schlag erhalten.

„Sie haben es also noch nicht gewusst", entschuldigte sich der Arzt. „Tut mir Leid, wahrscheinlich hat es Ihnen Mrs. Tremayne selber sagen wollen. Nun, Sie sollten jetzt wohl beide an etwas Schlaf denken. Man hat mir erzählt, Sie hätten am liebsten die ganze Stadt eigenhändig gerettet, Sir. Also schlafen Sie sich erst einmal aus, und tragen Sie Sorge, dass auch Ihre Frau das tut."

Ian nickte wortlos, zugleich überglücklich und niedergeschlagen, wie betäubt und atemlos staunend. Er kannte die Risiken einer Geburt. Schon einmal hatte er Frau und Kind dabei verlieren müssen. Und Marissa würde er nicht verlieren können, sie nicht.

„Danke", brachte er endlich mühsam heraus und ging wie ein Schlafwandler davon. Er verirrte sich zweimal in der Menge der Notzelte, die man auf dem Rasen des Parks aufgeschlagen hatte.

Nach achtundvierzig Stunden pausenlosen Einsatzes in Qualm und Rauch begann Ian die Erschöpfung bleischwer in allen Gliedern zu spüren. Dennoch trieb es ihn unaufhaltsam weiter auf der Suche nach Marissa. Er hätte sie schütteln mögen, schütteln und anschreien, sie müsse sich endlich mehr schonen, nein, nicht schütteln, halten. In den Armen wollte Ian Tremayne seine Frau halten, festhalten, für immer. Dabei wäre er wahrscheinlich selbst dazu zu müde gewesen.

„Ian!"

Endlich schien er den richtigen Weg eingeschlagen zu haben, denn Theo Ayers stand vor ihm.

„Ian, ich bin so froh, dass Sie da sind. Ich habe zwei Feldbetten aufgetrieben und zusammengestellt. Marissa, Sie kennen sie, sie will die Kinder nicht allein lassen, und da Platz für Sie beide ist, unternehmen Sie etwas, dass sie sich hinlegt. Sie brauchen auch ein wenig Schlaf, möchte ich meinen, mein Junge. Sie erlauben mir doch, Sie so zu nennen?"

„Danke", murmelte Ian trocken, „und wie ist das mit Ihnen?"

„Oh, ich bleibe hier, ich habe den Jungen mit Decken versorgt, und nun werde ich auch ein wenig ausruhen. Im Augenblick gibt es nicht genug Betten, und der Kleine und ich, wir sind nicht so verwöhnt. Das wissen Sie ja, Ian."

„Theo, Sie sind kein Jüngling mehr."

„Nun machen Sie mich nicht gleich zum Tattergreis, junger Mann. Nachher, wenn alles wieder in Ordnung gekommen ist, können Sie mich ja wieder hochherrschaftlich unterbringen. Für heute genügt es." Seine Stimme klang rau, beinahe zornig. „Aber ich lasse nicht zu, dass meine Nichte auf der bloßen Erde liegt, und Sie, Ian, sind der einzige Mensch, der sie dazu bringen kann, eins der Feldbetten zu benutzen."

Ian musste lachen und schlug Theo auf die Schulter. Dann wandte er sich ins Innere des Zeltes und sah, wie Marissa gerade ein kleines Mädchen in eine Behelfswiege legte und zudeckte. Als er sie an der Hand fasste, fuhr sie erschrocken herum.

„Komm jetzt, Liebste", sagte er bestimmt, „du hast heute genug für die Kleinen da getan. Morgen ist auch noch ein Tag. Außerdem wird es langsam Zeit, auch an unser Kind zu denken."

Sie war verwirrt. Er wusste es schon? Da er aber nicht gesonnen schien, in dieser Nacht noch irgendwelche Erklärungen abzugeben und Marissa selbst zu erschöpft war, weiter zu fragen, wehrte sie sich nicht. Wortlos führte er sie zu dem Lager, das Theo Ayers für sie beide errichtet hatte. So wie sie waren, schmutzverkrustet, verschwitzt und rußgeschwärzt, hob Ian Tremayne seine Frau auf das Feldbett und ließ sich neben ihr niederfallen. Er konnte gerade noch den Arm um Marissa legen und sie an sich ziehen, festhalten. Dann waren sie auch schon beide eingeschlafen.

Marissa erwachte und fand sich allein in der ersten Morgendämmerung. Es mochte erst gegen fünf sein. Trotzdem herrschte in dem Zelt schon reges Leben. Die meisten Kinder waren bereits auf den Beinen. Darrin spielte mit einem kleinen Mädchen, während Onkel Theo und der Nachtwächter Bobby Brot verteilten. Nur Ian war nicht zu sehen.

„Er ist schon mit seinen Leuten draußen", erklärte Theo Ayers und brachte seiner Nichte Milch. „Sie haben die Wasserleitung notdürftig geflickt, es gibt schon wieder Wasser."

Eine harte Detonation zerriss seine Worte.

„Sprengen sie denn immer noch?" fragte Marissa.

Er nickte. „Dynamit und Kanonen sind die einzigen Mittel, die ihnen geblieben sind. Damit versuchen sie, wenigstens die Hafenanlagen zu retten. Wenn das gelingt, könnte es das Ende der Feuersbrunst bedeuten."

Was würde überhaupt nach diesem dreitägigen Flammensturm noch übrig sein? Marissa blieb keine Muße zu weiterem Grübeln, denn Onkel Theo winkte.

„Komm, Mädchen, die Kleinen müssen gefüttert werden. Heute Nachmittag werden sie dann mit der Fähre nach Oakland übergesetzt."

Marissa zwang sich ein Lächeln ab, weil sie wusste, dass er das von ihr erwarten würde. Im Herzen krampfte sich alles zusammen, Hoffnungslosigkeit, Erbarmen, Sorge. San Francisco war verwüstet, viele Menschen umgekommen. Was sollte aus diesen Kindern werden, wenn vielleicht die Eltern und Verwandten unter den Toten waren?

Von Bobby erfuhr sie später, wie die Sachlage nach der Katastrophe nun wirklich war. Zahllose Straßenzüge lagen in Schutt und Asche, auch das Palace Hotel war trotz vorbildlicher Sicherheitsvorkehrungen ein Raub der Flammen geworden. Viele Villen auf Nob Hill waren eingestürzt, andere ausgebrannt. Barbary Coast war ein einziger Trümmerhaufen. Viele waren der Meinung, dies wäre nicht gerade zu beklagen. Um die Seuchengefahr herabzumindern, hatte man die Leichen verbrannt. Doch da waren nun noch die Ratten. Die Ärzte warnten vor einem Ausbruch der Pest. Solange allerdings der Brand nicht völlig gelöscht war, galt ihm das Hauptaugenmerk der Hilfstrupps.

Am Nachmittag waren dann die verlassenen Kinder innerhalb einer Stunde in guter Obhut von Ordensfrauen an Bord der Fähre unterwegs nach Oakland. Nur das kleine halbjährige Mädchen hatte Marissa bei sich behalten. Sie würde sich um das Kleinkind kümmern, bis die Eltern sich meldeten. Das Würmchen war gar so klein, und das scheue Lächeln, mit dem es Marissa zu begrüßen schien, hatte ihr beinahe das Herz gebrochen. Sie entschloss sich, die Kleine Francesca zu nennen, nach dem Heiligen, der auch dieser Stadt den Namen gegeben hatte, die nun ein rauchender Trümmerhaufen war.

Darrin wich nicht von ihrer Seite, und Marissa war fest entschlossen, ihm ein Heim zu geben und für seine Zukunft zu sorgen. Zur Stunde freilich wusste Marissa Tremayne noch nicht einmal, ob sie selbst noch ein Haus hatten.

Darrin, der einen Erkundungsgang hinter sich hatte, meldete, dass eine „Lady von der Barbary Coast“ Marissa sprechen wollte, die ihr „das Leben gerettet“ hätte.

„Sie ist arg vom Feuer zugerichtet worden“, setzte er warnend hinzu, bevor er Marissa die kleine Francesca abnahm und den Weg zu dem Notzelt wies, in dem Lilli Reynolds untergebracht war.

„Lilli“, sagte Marissa betroffen, als sie an das Bett trat. Es war leer. Hatte sie die einzige Freundin verloren, die sie in dieser Stadt gehabt hatte? Bevor Marissa eine der Nonnen fragen konnte, legte ihr ein hässlicher Mann die Hand auf den Arm und sah sie aus erstaunlich leuchtenden Augen unsicher an.

„Mrs. Tremayne, Madam?"

„Ja, ja, das bin ich, ich suche Lilli Reynolds."

„Sie ist beim Arzt, er wechselt die Verbände."

„Wird sie ... überleben?"

In diesem Augenblick brachte eine Nonne Lilli zurück. Sie steckte in dicken, weißen Verbänden, auch die eine Gesichtshälfte war bandagiert.

Marissa eilte zu ihr und nickte der Schwester zu. „Ich kümmere mich um sie."

„Marissa", murmelte Lilli leise und tastete nach Jakes Hand.

„Es wird bald schon alles wieder gut sein", stammelte Marissa und half der Kranken auf das Notbett.

„Ich habe überlebt, ja, aber ich werde für den Rest meines Lebens schrecklich entstellt sein, und in meinem Gewerbe ..." Sie unterbrach sich, doch Marissa legte die Hand über die der Frau.

„Sie werden etwas Besseres finden, Lilli."

„Das habe ich schon gefunden, Mrs. Tremayne. Vielleicht war diese Katastrophe nötig, um mir die Augen zu öffnen. Jake hier hat mir das Leben gerettet. Er hat jeden Cent gespart, den er bei mir verdient hat, und wir werden heiraten. Ich werde einen ganz normalen Haushalt führen. Und wenn ich auch in dieser Stadt immer den Ruf der Hure haben werde, wir bleiben hier, hier sind wir zu Hause."

„Oh, Lilli", Marissa freute sich, „das ist wunderbar, und ich werde sie oft besuchen."

Trotz der Verbände sah man das strahlende Lächeln, mit dem Lilli zu Marissa aufschaute.

„Ich danke Ihnen. Jetzt aber sollten sie zu Ian gehen. Sie haben die Hafenanlagen retten können. Ich glaube, es ist aus mit dem Feuer."

„Sie wissen, dass er ..."

„Er war gestern Abend und heute ganz zeitig bei mir", sagte Lilli, „aber missverstehen Sie das ja nicht. Ian Tremayne liebt Sie über alles. Doch er ist auch ein Mensch, der alten Freunden die Treue hält, selbst wenn das Schicksal sie so zugerichtet hat wie mich jetzt."

Marissa beugte sich über die Liegende und küsste sie herzlich auf das, was der Verband von der Stirn freiließ.

„Oh, Lilli, Sie werden immer schön sein, denn Sie haben ein wunderbares Herz. Meine herzlichen Glückwünsche Ihnen beiden." Sie drückte Jake die Hand und hastete hinaus.

Draußen umarmten sich die Menschen voller Dankbarkeit, Freudenschreie erfüllten die Luft, in der immer noch der Brandgeruch hing.

„Sie haben das Feuer gelöscht, der Hafen ist gerettet, die Stadt brennt nicht mehr."

Mit zitternden Knien rannte Marissa zu dem Zelt zurück, in dem sie die Nacht verbracht hatte.

Ian Tremaynes Gesicht und seine Kleider waren zwar ebenso schwarz wie die Stiefel, die er trug, doch er war in einem so angeregten Gespräch mit Theo Ayers begriffen, dass seine Augen strahlten und die Zähne weiß blitzten. Er drehte sich um und sah Marissa.

Nichts konnte Marissa mehr aufhalten, auf ihren Mann zuzufliegen und sich in seine Arme zu werfen. Und er hielt sie fest, ganz fest an sich gedrückt, während er leise sagte: „Es ist vorbei, die Stadt brennt nicht mehr."

Hinter ihnen zupfte Mary O'Brian ihren Mann am Ärmel

und warf Onkel Theo, der mit dem kleinen Mädchen auf dem Arm neben Darrin stand, einen sprechenden Blick zu.

„Wollen wir nicht die beiden erst einmal ...?“

„Nein, nein, wartet.“ Ian Tremayne drehte sich um, ohne Marissa loszulassen. „Ich glaube, wir haben noch ein paar Dinge ins Lot zu bringen. Bisher war ich ja immer unterwegs, und nichts zählte außer der Brandbekämpfung und der Rettung der Menschen. Jetzt sind wir alle beisammen.“

Jimmy O'Brian räusperte sich und begann entschlossen: „Wir sind alle mitschuldig, Mr. Tremayne, nein, viel schuldiger als Marissa. Sie hat das alles nur aus schwesterlicher Zuneigung, aus selbstloser Freundschaft für meine Mary getan.“

„Wir haben alle unser Teil Schuld zu tragen“, unterbrach Ian ihn, „und deshalb werden wir jetzt Folgendes tun.“

Ein eisiger Schauer rieselte durch Marissas Körper. Liebte Ian sie wirklich, wie Lilli und Onkel Theo es behauptet hatten? Nachdem er bereits wusste, dass sie ein Kind haben würden, hatte er Marissa in der vergangenen Nacht in den Armen gehalten, hatte sie zuvor aus dem Warenhaus gerettet und sich noch früher entschieden geweigert, sich scheiden zu lassen. Auch ließ er sie jetzt nicht los. Angst und Hoffnung stritten in Marissa miteinander.

„Ich habe mich entschlossen, Mary die Summe zurückzuerstatten, die ich bisher ihrem Erbe für die Unterhaltszahlungen entnommen habe. Ich denke nicht, dass man uns wegen Unterschlagung und Irreführung der Behörden belangen wird, aber so ist mein Gewissen dem alten Sir Thomas gegenüber etwas erleichtert. Ich habe ihn nicht betrogen und Mary nicht geschädigt, sondern das Geld geborgt und verwaltet.“

„Ian“, stieß Mary hervor und war blass geworden, „was geschieht mit Ihnen? Das Warenhaus ist bis auf die Grundmauern niedergebrannt, die Villa auf Nob Hill wahrscheinlich auch ...“

Ian Tremayne lachte unbekümmert.

„Mein Großvater hat eine Warenhauskette gegründet, San Francisco war nur die Zentrale und außerdem bei höchst ehrenwerten Gesellschaften gut versichert. Dazu kommt, dass die Stadt schnellstens wieder aufgebaut werden soll, aus aller Welt laufen bereits Spenden ein. Und ich werde es sein, der die Pläne dafür ausarbeiten und den Wiederaufbau leiten wird. Sie, Jimmy, werden als Generaldirektor ein Gehalt beziehen, von dem Mary und Sie gut leben können, bis sie das Alter erreicht haben wird, in dem ihr das Erbe ihres Vaters zufällt."

Er wandte sich an Theo Ayers und fuhr fort: „Sie, Onkel Theo, sind einer der bemerkenswertesten Männer, die mir je untergekommen sind, und ich würde mich sehr freuen, wenn Sie sich entschließen könnten, für immer bei uns zu bleiben. Sie aber, Mary, muss ich eines fragen. Ich bin hier daheim und werde San Francisco niemals verlassen. Sie haben gerade ein arges Erdbeben und eine noch ärgere Feuersbrunst überstanden. Sind Sie sicher, dass Sie Ihr Kind hier zur Welt bringen und hier leben wollen, oder soll ich Jimmy in eine andere Stadt wie Boston oder New York ..."

Mary unterbrach ihn und sagte sehr bestimmt: „Wir sind hierher gekommen, um uns eine Zukunft aufzubauen, das haben Sie uns ermöglicht, Ian, und hier bleiben wir."

„Der Meinung bin ich auch", bemerkte Theo Ayers. „San Francisco ist von nun an auch unsere Heimat, nicht nur die Ihre, Ian. Und wir haben Ihnen buchstäblich das Leben zu verdanken, mein Junge."

„Dann wäre ja alles geregelt", stellte Ian sachlich fest, und Marissa wollte sich Mary in die Arme werfen. Unerwartet fest hielt er sie zurück und meinte ruhig: „Wir, Liebste, haben noch ein Wörtchen miteinander zu reden."

Zu den anderen gewandt, bat er lächelnd: „Entschuldigt uns bitte."

„Ich passe auf das Baby auf, Sir", versicherte Darrin eifrig.

Hatte Ian Tremayne ihm nicht eben zugezwinkert? Marissa kam nicht dazu, weiter darüber nachzudenken, denn ihr Mann hielt sie an der Hand und zog sie mit sich aus dem Zelt und weg aus der Nähe der Menschen, die sich hierher geflüchtet hatten.

An einem der kleinen Teiche, fernab von allem Treiben, blieb Ian stehen und sah seine Frau an. Die kobaltblauen Augen glitzerten sehr beunruhigend.

Marissa straffte die Schultern und richtete sich auf. Sie würde um Ian Tremaynes Liebe kämpfen. Das hatte sie sich in den letzten Stunden geschworen.

„Nun, und wie steht das mit dir?" fragte Ian.

Verblüfft sah Marissa zu ihm auf. „Wie meinst du das, mit mir?"

„Ich weiß, dass du das alles für Mary und Jimmy getan hast und fur deinen Onkel Theo, doch du hast auch von einem besseren Leben geträumt, von einem großen Haus. Nun kann ich nicht einmal sagen, ob wir noch ein Dach über dem Kopf haben für die nächste Zeit. Wie also steht es mit dir?"

Heftig entzog Marissa ihm die Hand, zornig, dass er so gering von ihrer Einstellung zu ihm denken konnte. „Wie kannst du es wagen, Ian, mir eine solche Frage zu stellen. Du weißt doch genau, dass ich ..."

„Marissa", sagte er sanft, „einer der Gründe, warum ich dich so sehr liebe, ist deine unerschütterliche Entschlossenheit zu kämpfen, selbst wenn es gar nicht mehr nötig ist."

„Gut, ich habe dich damals geheiratet, damit Mary das Geld nicht verlieren würde, und ich habe alle Vorteile dabei gehabt,

Ian. Aber ..." Sie stockte plötzlich mitten im Satz. Hatte sie sich da eben nicht verhört? Hatte er es wirklich gesagt?

„Wie bitte?"

„Einer der Gründe, warum ich dich so sehr liebe", wiederholte er.

„Du ... du liebst mich?'

Er lächelte genau jenes Lächeln, dessen verführerischem Strahlen Marissa in jener Nacht in London so willig erlegen war, und nickte.

„Ja, Marissa Ayers-Tremayne, ich liebe dich. Ich habe dich vom ersten Sehen an begehrt und erst nachher begriffen, dass es mehr war als Verlangen. Ich lernte dich lieben wegen des eigenartigen Ausdrucks in deinen Augen. Ich liebe dich so sehr wegen deines Mutes und der Entschlossenheit zu kämpfen. Deshalb konnte ich es nicht ertragen, dass du mir nicht vertrauen wolltest. Marissa, kleine Törin, es war mir immer völlig gleichgültig, wer du bist und woher du kommst. Heute freilich liebe ich auch deine Vergangenheit. Ich liebe dich, weil du es nicht ertragen kannst, Kinder leiden zu sehen, ohne sie in die Arme zu nehmen. Marissa, über Erdbeben und Feuer hinaus liebe ich dich, du bist alles, was ich zum Leben brauche."

„Oh, Ian", flüsterte Marissa und starrte ihn an, unfähig zu begreifen, dass das die Wirklichkeit sein konnte, dass die tiefe Zärtlichkeit in seiner Stimme, in seinen Worten tatsächlich ihr gelten sollte. In seinen Augen stand eine Wahrheit, die Marissa beseligte und sich nicht mehr wegleugnen ließ. Obwohl Ian Tremayne rußgeschwärzt, hager und erschöpft war, glaubte sie, nie einen anziehenderen Mann gesehen zu haben. Stärke verriet sich sogar in den gebeugten Schultern, den Erschöpfungslinien in seinem markanten Gesicht, Kraft, Entschlossenheit und überbordende Liebe ...

Marissa hob sich auf die Zehenspitzen und schlang beide Arme um seinen Nacken, um Ian zu küssen.

„Nun", fragte er, abgekämpft und verdreckt, wie er war, immer noch mit jenem Anflug von unbewusstem Hochmut, „du hast mir immer noch keine Antwort gegeben. Wie steht es mit dir?"

„Ich liebe dich, Ian Tremayne. Ich habe deine Liebe zwar nicht verdient, denn ich habe dich belogen und getäuscht, um deine Frau zu werden. Und ich glaubte dich auch zu hassen, weil du vieles in mir so leicht durchschautest. Dann sah ich, wie gut du zu Jimmy und Mary warst und zu uns allen. Bei der Ankunft war ich so schrecklich eifersüchtig und wollte dich so sehr hassen, dass es nicht mehr weh tun sollte, wenn du zu Lilli oder Grace gingst ..."

„Seit du da bist, hat es keine andere Frau in meinem Leben mehr gegeben", sagte er leise.

Sie lächelte. „Ich danke dir dafür. Eine freilich gab es, Diana, die Erinnerung an die Vergangenheit."

„Ein Teil meines Herzens wird ihr auch immer gehören. Dir aber ist es zuzuschreiben, dass ich mich aus der Einsamkeit lösen konnte, Marissa, verstehst du das?"

In ihren grünen Augen glitzerten Tränen des Glückes. Mochte Gott verzeihen, dass sie so selig war, während die große Stadt in Trümmern lag. Und Marissa schwor sich, am Wiederaufbau dieser Stadt mitzuhelfen.

„Oh, Ian, ich habe Lilli gesehen, und ..."

„... und sie wird endlich Jake heiraten, der sie über alles liebt, und in Frieden leben."

„Ich werde sie oft besuchen, Ian. Sie hat mir das Leben gerettet. Aber was ist mit Grace?"

„Sie wird trotz des gebrochenen Knöchels schleunigst aus der Gegend verschwinden. Darrin hat mir alles gebeichtet. Heute morgen habe ich sehr ernsthaft mit ihr geredet und ihr nahe gelegt, anderswo ihre Intrigen zu spinnen."

Er wusste auch das? Marissa drückte sich enger in die Arme ihres Mannes und flüsterte: „Oh, Ian, ich liebe dich so sehr."

„Und du wirst bei mir bleiben?"

„Ich bin deine Frau, Ian ... bis dass der Tod uns scheide! Wie Mary und Onkel Theo habe auch ich hier eine Heimat gefunden, bei dir, Ian, hier kann ich leben und träumen und mit dir bauen. Da ist nur noch eines: glaubst du, dass wir Darrin mit uns ..."

„... mit uns nach Hause nehmen können?" Tremayne lachte. „Mir schwante schon, dass wir deinen kleinen Ritter nicht mehr loswerden könnten und vielleicht auch nicht ein kleines Mädchen namens Francesca, nicht wahr?"

„Sie ist doch noch so klein, Ian, wenigstens, bis ihre Eltern gefunden sind."

„Und dann werden wir bald auch unser eigenes Kind haben", murmelte Ian Tremayne und streifte zärtlich Marissas Wange mit den Fingern. „Wenn du wüsstest, wie glücklich ich bin, wie ich mich darauf freue. Vor einem Jahr noch, Liebste, war ich ein einsamer, verbitterter und zorniger Mensch, heute umgeben mich nur Liebe und Treue. Das alles ist allein dein Werk, Marissa."

Endlich legte er seine Lippen auf die ihren, warm, innig und doch leidenschaftlich, und die Welt versank um Marissa. In diesem Kuss gab es alles Sehnen und Verlangen, alle Erwartung und alle Verheißung und endlose Liebe ...

„Mrs. Tremayne, Mr. Tremayne."

Sehr langsam begriff Marissa, dass jemand ihren Namen rief, und sie löste sich verlegen aus Ians Armen. Der Nachtwächter Bobby saß auf dem Rapphengst und strahlte über das ganze rußgeschwärzte Gesicht.

„Ich war auf Nob Hill. Ihr Haus, Sir, steht noch. Mehr als die

Hälfte der Villen ist bis auf die Grundmauern niedergebrannt, doch die Ihre ist unversehrt geblieben. Sie müssen hinreiten und es sehen."

Bobby sprang ab und half Marissa in den Sattel, dann schwang Ian sich hinter sie und schüttelte den Kopf.

„Ich kann es nicht glauben, Marissa."

Nun, da von überallher Hilfe zusammengeströmt war, konnte Ian Tremayne auch an sich denken. Sobald sie den Golden Gate Park hinter sich hatten, gab er dem Pferd die Zügel frei, und es flog in gestrecktem Galopp die verödeten Straßen entlang hügelan. Bobby hatte Recht gehabt. Während ringsum vieles in Schutt und Asche lag, stand die Tremaynesche Villa unberührt da, abgesehen von einigen Rußflecken und angesengten Dachziegeln.

Ian Tremayne sprang von dem Rücken des Rappen und hob seine Frau herunter, die sich mit einem befreiten Auflachen in seine Arme fallen ließ.

„Liebste", rief er und schwang sie übermütig im Kreis, „wir haben sogar noch ein Haus, in dem wir deine kunterbunte Familie unterbringen können. Ist das nicht wunderbar?"

Er küsste sie lang und stürmte dann mit Marissa auf den Armen zum Eingang hinauf.

Sie rief atemlos dazwischen: „Wir müssen doch die anderen holen, Ian."

„Das besorgt schon Bobby", belehrte er sie und hielt plötzlich auf den Stufen inne. „Ich bin der glücklichste Mann der Welt", jubelte er. „Kann ein Mensch denn noch mehr Segen empfangen?" setzte er leise hinzu. Als er den Kopf neigte, ihre Lippen zu finden, kam unerwartet eine Antwort, die sie nicht erwartet hatten.

Es begann kühl und leicht zu regnen, die Tropfen sprühten und glitzerten in der Luft. Das belebende Nass rann über die aufgewandten Gesichter, die strahlten, über die heißen Wangen, blieb sekundenlang an den Wimpern hängen und mischte sich in den langen Kuss.

Eng aneinander geschmiegt, eilten Marissa und Ian dann die Stufen hinauf in ihr unversehrtes Haus. Dem großen Feuer entronnen, hatten sie beide gemeinsam den Weg nach Hause gefunden. Das Wunder war geschehen.

– ENDE –

Band-Nr. 25023
6,95 €
ISBN 3-89941-023-8

Connie Mason

Haremsnächte

Marokko, 1673: Vom englischen Landsitz seiner Mutter kehrt Scheich Jamal abd Thabit zurück nach Marokko, ins Land seiner Väter. Sofort betraut der Sultan ihn mit einer wichtigen Aufgabe: Jamal soll die Berber besiegen, die durch ihre grausamen Raubzüge Angst und Schrecken in der Wüste verbreiten. Jamal erfüllt den Auftrag seines Herrschers, aber als er dem Sultan den Berberfürsten und dessen schöne Tochter Zara bringt, erkennt er plötzlich: Er will nicht, dass Zara stirbt – er möchte sie für sich in seiner Wüstenoase erobern. Doch Jamal hat nicht mit Zaras Stolz gerechnet, der es ihr verbietet, die Geliebte dieses feurigen Mannes zu werden. Sie wartet nur auf einen geeigneten Moment zur Flucht ...

Band-Nr. 25010
5,95 €
ISBN 3-89941-010-6

Susan Wiggs

Die Reise ins Paradies

Gegen den Widerstand ihrer vornehmen Familie in Boston tritt Isadora Duncan Peabody an Bord der „Silver Swan“ die lange Seereise nach Rio de Janeiro an. Sie will etwas von der Welt sehen, ihre Unabhängigkeit beweisen! In Kapitän Ryan Calhoun findet sie einen interessierten Gesprächspartner und, in Rio angekommen, einen aufmerksamen Verehrer. Isadora ahnt nicht, dass Ryans Kampf für die Freiheit der Sklaven in den Südstaaten ihr neugefundenes Glück mit ihm schon bald gefährden wird. Ein faszinierender historischer Roman um die Liebe zwischen einer mutigen Frau und einem verwegenen Mann und ihren gemeinsamen Kampf um die Freiheit der Sklaven.

MIRA®

Candace Camp

Die geheimnisvolle Mitgift

Würde Cassandra die geheimnisvolle Mitgift finden, die ihre Vorfahrin Margaret Verrere versteckt hat, dann wäre alle Not vorbei, und vor ihr und ihren Geschwistern würde eine gesicherte Zukunft liegen. Doch sie schafft es nicht, das schwierige Unterfangen allein zu bewältigen. Zum Glück weiß Cassandra, wen sie um Hilfe bitten könnte: Sir Philip Neville, dem seit einer kurzen romantischen Begegnung ihr Herz gehört. Der weltgewandte Philip findet Cassandras Ansinnen zwar abwegig, entschließt sich aber nach anfänglichem Zögern, sich an der Schatzsuche zu beteiligen. Denn der Lohn reizt ihn – nicht das Gold, nicht das Geld, sondern Cassandras Hand.

Band-Nr. 25011
5,95 €
ISBN 3-89941-011-4

MIRA®